OS GRITOS

慟哭

Tokurō Nukui

OS GRITOS

慟哭

Tradução de Rafael Schuabb

Rocco

Título original
SCREAM (DOUKOKU)

Originalmente publicado em japonês por
Tokyo Sogensha Co., Ltd., Tokyo, Japan

Edição brasileira traduzida a partir do idioma japonês.

EDITORA ROCCO LTDA.
Rua Evaristo da Veiga, 65 – 11º andar
Passeio Corporate – Torre 1
20031-040 – Rio de Janeiro – RJ
Tel.: (21) 3525-2000 – Fax: (21) 3525-2001
rocco@rocco.com.br|www.rocco.com.br

Printed in Brazil/Impresso no Brasil

Preparação de originais
VANESSA RAPOSO

CIP-BRASIL. CATALOGAÇÃO NA PUBLICAÇÃO
SINDICATO NACIONAL DOS EDITORES DE LIVROS, RJ

N896g

Nukui, Tokurō
Os gritos / Tokurō Nukui ; tradução Rafael Schuabb. - 1. ed. - Rio de Janeiro : Rocco, 2025.

Tradução de: Scream (*Doukoku*)
ISBN 978-65-5532-593-5
ISBN 978-65-5595-392-3 (recurso eletrônico)

1. Ficção japonesa. I. Schuabb, Rafael. II. Título.

CDD: 895.63
25-99541.0 CDU: 82-3(520)

Carla Rosa Martins Gonçalves - Bibliotecária - CRB-7/4782

慟哭

1

O SOL INTENSO MACHUCAVA SEUS OLHOS.

No ar parado, as cigarras zumbiam. Mesmo sentado no banco, imóvel como estava, a transpiração jorrava por todo o corpo.

Era, de fato, um verão insuportavelmente quente.

Ele estava sentado naquele banco fazia cerca de uma hora. Apesar da sombra da árvore, estava quente demais para permanecer ali. Sua camisa já estava toda encharcada de suor.

Ainda assim, ele nem tentou se mexer. Recém-liberado do hospital, sabia que aquele sol impiedoso faria mal para seu corpo ainda debilitado, mas não encontrava forças para se levantar e ir para casa.

Durante aquela hora, apenas deixou o olhar vagar, sem se fixar em nada. Brinquedos comuns em um parquinho infantil, como balanços, escorregadores e caixas de areia, pontilhavam seu campo de visão. As crianças pareciam ignorar o calor, gritando e correndo de um lado para o outro. Sob a copa das árvores, as mães fofocavam.

Era o início de tarde de um belo e pitoresco dia de verão.

Além das crianças e das mães, não havia ninguém à vista, o que era perfeitamente normal para um dia de semana. A maioria dos homens estaria trabalhando naquele horário, a menos que também estivessem afastados como ele.

Distraído, uma cena idílica lhe chamou a atenção. Dois meninos e uma menina, em idade de ingressar no jardim de infância, estavam construindo um castelo de areia. Um dos garotos trazia água em um balde de plástico amarelo. A garota segurava uma pá e o outro menino estava ocupado moldando o castelo com as mãos.

Ao virar o rosto, ele se deparou com outros dois meninos, aparentemente irmãos, brincando nos balanços. O mais velho balançava-se de pé; o mais novo, porém, não parecia capaz de fazer o mesmo e permanecia sentado. O balanço do primeiro garoto, como era de se esperar, ia e vinha com muita velocidade, enquanto o caçula, talvez se sentindo frustrado, balançava-se para a frente e para trás com o rosto vermelho.

A tarde ia se iniciando, pacífica e tranquila.

Caindo em si de repente, ele percebeu que estava confuso, imerso em pensamentos que rodopiavam em sua mente. Eram apenas lamentos e remorsos incoerentes.

Sabia que, por trás daquele longo e persistente fluxo de pensamentos, havia apenas um vazio. Um vazio tão, tão profundo que nem o sol forte de verão conseguia iluminar.

Era como se tivesse um buraco aberto em seu peito. Um buraco que nenhum médico poderia suturar, um buraco que doía sem que a dor jamais passasse. Um vazio que mais parecia um túnel castigado pelo vento. E, apesar de ser verão, o vento era tão frio que chegava a congelá-lo, sem jamais dar trégua.

— Faça algo — sussurrou. Sem se dar conta, apoiou a cabeça nas mãos. Fechou os olhos com força e pressionou-os com as palmas. Estava com dor de cabeça. Uma dor que volta e meia o atacava, de origem desconhecida.

Volta e meia ela se intensificava e atenuava, sempre o rondando. O médico lhe dissera que a causa era emocional, então assim que ele se acalmasse a dor passaria.

“Aquele embuste...”, xingou mentalmente. Não importava quanto tempo passasse, a enxaqueca permanecia. Quer dizer que teria que conviver com ela até o fim dos seus dias?

Era o buraco, o buraco. Tudo culpa daquele buraco. Quando o vento soprava por ele, fazia sua cabeça ranger de dor, como se um torno invisível a espremesse.

— Socorro — falou, sem conseguir se controlar. — Desse jeito, algo vai acabar acontecendo. Rápido! Rápido! Alguém me ajude antes que seja tarde...

Mas ele sabia que, mesmo se pedisse, não receberia nenhum tipo de socorro. A verdade é que, daquele momento em diante, nunca mais seria capaz de pedir ajuda a alguém.

2

Desde a manhã, não paravam de chegar aos ouvidos de Saeki rumores sobre a vinda de um inspetor da Agência Nacional de Polícia. Uma das atribuições do cargo era desmascarar escândalos e crimes cometidos por agentes de segurança. Após uma recente sucessão de eventos inadmissíveis, como condutas obscenas e roubos cometidos por policiais, era inegável que aquele fosse um trabalho de suma importância.

Até alguns anos atrás, poucas pessoas prestavam atenção naqueles que portavam o título de inspetor, mas agora, inesperadamente, a maioria dos funcionários do Departamento de Polícia Metropolitana de Tóquio havia resolvido se preocupar com sua existência. Não era de se admirar que mesmo aqueles que não se lembravam dos inspetores andassem agitados, em especial nos últimos tempos, com tudo sendo checado de forma mais minuciosa.

Embora não houvesse nada de errado no histórico de Saeki, a verdade era que ele não estava muito empolgado com a iminente visita do inspetor. Não queria encontrá-lo.

O problema não era o título em si, mas a pessoa.

Evitando se demorar no escritório tanto quanto fosse possível, Saeki havia decidido se aprontar para ir embora logo. Mas, quando estava prestes a dar o fora, as coisas, como de costume, não saíram como o desejado.

Estava fechando a porta do banheiro quando foi chamado por Tsuneya Ishigami, inspetor-geral da Agência Nacional de Polícia.

— Olha o Bastardo aí...

Um peso caiu sobre os ombros de Saeki ao ouvir aquela voz. Em toda a corporação, o Ishigami era a única pessoa que o chamava de "bastardo" na sua cara.

Em silêncio, Saeki se virou para trás.

Ishigami, com um sorriso forçado no rosto inexpressivo como o de um lagarto, vinha se aproximando pelo corredor.

— Há quanto tempo, superintendente Saeki. Como tem sido sentar na cadeira de chefe da Primeira Seção Investigativa? — cumprimentou Ishigami com um tom dissimulado que disfarçava certa grosseria e uma intimidade exagerada. Atrás dele havia um homem, que aparentemente o acompanhava.

— Pode ir na frente? — pediu Ishigami ao sujeito. — Quero ter uma conversinha com o superintendente Saeki.

— Claro — o outro homem respondeu rapidamente e, com movimentos bruscos, foi na direção do elevador.

— Pois eu não tenho nada em especial para dizer — afirmou Saeki sem rodeios. Se não rejeitasse a conversa de modo tão direto, aquele desaforado continuaria falando sem parar.

— Estou ciente de que as pessoas não são muito fãs do meu trabalho, mas não precisa ser tão grosseiro.

Saeki teve que se esforçar ao máximo para se controlar e não dizer nada impróprio, como: "Não me entenda mal, meu problema não é com o seu cargo; é com você."

— Inspetor-geral, o senhor me parece intranquilo — disse Saeki. — Aconteceu alguma coisa?

Ishigami reagiu à pergunta com um sorriso malicioso.

— Quando as atribuições de um inspetor-geral se tornam muito conhecidas, é difícil fazer avanços. Todo mundo quer saber o que estou investigando.

— Pois eu, pelo contrário, não tenho interesse nenhum no assunto. Perguntei apenas por educação.

— Ora, vamos. — Ishigami deu um tapinha no ombro de Saeki — Eu e você somos uns dos poucos concursados por aqui. Prefiro que a gente fique numa boa, Bastardo.

"Quem falaria uma coisa dessas?", pensou Saeki, sentindo o canto do olho estremecer. O sujeito sabia o quanto a palavra "bastardo" o irritava e por isso mesmo a usava.

Saeki tinha sido o mais bem-sucedido da sua turma na academia de polícia. Tudo que conquistara fora pelas próprias capacidades, mas as pessoas ao redor não pensavam assim. Ishigami, em especial, não o considerava o mais interessante ou inteligente entre os colegas. No entanto, havia um rumor, correndo à boca miúda, que sugeria que em breve Saeki seria promovido a superintendente-chefe da polícia. Caso isso se concretizasse, ele se tornaria superior a Ishigami, seu veterano com dois anos a mais de carreira. Se não fosse por Saeki, seria Ishigami quem estaria em destaque na tropa de elite da polícia. Não era estranho, portanto, que o visse como um obstáculo, mas...

— É fundamental que nada do que diz respeito a uma investigação vaze — disse Ishigami —, mas, em se tratando de você, superintendente, não tem problema algum. Acabo de vir do Departamento de Assuntos Gerais.

Departamento de Assuntos Gerais? Nesse caso, ele devia estar no décimo andar. O edifício do Departamento de Polícia Metropolitana tinha um elevador exclusivo para os andares intermediários, entre os quais, o décimo. Para vir à Divisão de Assuntos Criminais, no sexto andar, havia outro elevador que parava apenas nos andares inferiores. Se Ishigami tinha algo a resolver no Departamento de Assuntos Gerais, não devia ter vindo ao sexto andar. Saeki logo pensou: "Esse sujeito fez todo o trajeto até aqui só para olhar na minha cara e falar abobrinhas."

Alheio ao que se passava na mente de Saeki, Ishigami prosseguiu:

— Trata-se de uma questão com a Associação de Benefício Social. Houve um probleminha.

"Por que diabos esse cara está vindo com esse papo furado para cima de mim?", Saeki sentiu a pergunta chegar à ponta da língua.

— Há um boato de que a lista com os nomes dos policiais vazou — Ishigami soltou de repente.

— A lista com os nomes dos policiais? — Saeki repetiu, involuntariamente e em tom de lamento, interrompendo Ishigami.

— Ah, o fato é que uma cópia da listagem dos policiais do Departamento de Polícia Metropolitana vazou e teve um alcance considerável. Na verdade, o vazamento foi tão amplo que não poderíamos deixar que o Departamento resolvesse por conta própria.

Saeki encarava Ishigami em silêncio.

— Consigo ver a pergunta estampada em sua testa, superintendente Saeki: "Como foi que isso aconteceu?" O vazamento dessa lista provavelmente é mais grave para vocês do que para nós, em especial para a Divisão de Assuntos Criminais. A imprensa está dando uma festa por receber esse assunto de bandeja. Como chefe da Primeira Seção Investigativa, não seria você um alvo bastante conveniente?

Saeki não respondeu.

— Mas o problema não é só esse. Os oficiais da Quarta Seção Investigativa e do Gabinete de Segurança Pública não conseguem mais colocar a cabeça no travesseiro sem saber se seus endereços pessoais estão sendo espalhados por aí. É uma situação muito grave.

Saeki entendia muito bem o problema sem que ninguém precisasse lhe explicar. O que ele não compreendia era o que a Associação de Benefício Social do Departamento de Assuntos Gerais teria a ver com isso.

— Você deve estar se perguntando por que o Departamento de Assuntos Gerais está envolvido, né? É porque, para uma pessoa vender esse tipo de listagem, o caso só pode ser de dívida de jogo. Alguém nessa situação provavelmente já pegou dinheiro emprestado com a Associação de Benefício Social pelo menos uma vez, então fui até lá para pedir essa relação de solicitantes de empréstimos. Mas aqueles cabeças-duras ficaram reclamando, dizendo que não poderiam me dar esse tipo de informação. Que se danem. Apesar de não ter conseguido hoje, na minha próxima visita com certeza eles vão me dar o que quero.

Enfim, Saeki se manifestou:

— Por que está me dizendo isso?

— Hm... — Com uma fungada, Ishigami aproximou o rosto de forma íntima demais. — Porque temos uma trajetória juntos, e isso com certeza foi obra de alguém que não é concursado...

Durante o recrutamento, a polícia japonesa divide os candidatos entre qualificados e não qualificados, ou seja, uma distinção entre os que são de carreira e os que não são. Os oficiais de carreira são os candidatos que tiveram sucesso e passaram no Exame Nacional do Serviço Público, tornando-se o que é conhecido como "oficiais da elite da polícia". A cada ano, a Agência Nacional de Polícia aprova apenas cerca de vinte pessoas. Mesmo considerando-se o Japão inteiro, o número de aprovados não passa de quinhentos por ano. E, quando são selecionados, tornam-se inspetores-assistentes na hora. Depois, ao se graduarem na Academia de Polícia e começarem a trabalhar sozinhos, são promovidos a inspetores e, então, transferidos para uma delegacia, tornando-se superintendentes por volta dos vinte e sete ou vinte e oito anos. Os demais policiais podem levar cerca de vinte anos para chegar a esse nível, porém um superintendente logo atinge o patamar de delegado local. Com isso, percebe-se como os oficiais de carreira são promovidos mais depressa.

Naturalmente, a existência desses dois tipos de recrutamento acaba causando atritos entre os policiais e se tornando um problema para o bom funcionamento da corporação. Quando um novato inexperiente é alçado à posição de comando acima de um veterano, sem dúvida a situação não é nada agradável para quem recebe as ordens. Claro que há muita inveja envolvida, mas o problema real são oficiais de carreira, como Ishigami, que olham com ar de superioridade para quem não tem o mesmo histórico.

Para Saeki, que já havia refletido profundamente sobre esse complexo de superioridade, a afirmação de Ishigami beirava o absurdo.

Saeki deu sua opinião sincera:

— No momento, são poucos os oficiais de carreira aqui no Departamento de Polícia Metropolitana, contando comigo. Então, faz mesmo sentido se preocupar em distinguir quem é concursado e quem não é para encontrar o culpado nesse caso de vazamento de dados?

A reação de Ishigami foi erguer sutilmente as sobrancelhas e abrir um sorriso sarcástico.

— O problema, dessa vez, não se limita a isso. A questão é o próprio declínio da moral dos policiais. Quem sempre me causa problemas são os oficiais reprovados no Exame Nacional. Por exemplo, aquele caso de assédio sexual envolvendo o delegado da província de Kanagawa. Ele é um desses que cresceram soltos, por assim dizer. Esses não concursados são tão baixos que não conseguem nem manter seus princípios morais. Minha intenção é aumentar o nível deles.

As palavras de Ishigami eram tão cheias de confiança que lhe escaparam em um volume mais elevado, o que fez Saeki involuntariamente se preocupar com o arredor. Se uma terceira pessoa estivesse por perto e ouvisse aquilo, poderia pensar que Saeki, também oficial de carreira, talvez compartilhasse das convicções de Ishigami. E isso só causaria mais chateações.

— Sobre o caso, estou tranquilo em relação a você, superintendente Saeki. Sua trajetória é longa e você é o *crème de la crème*. Independentemente de qualquer coisa, sei que é de confiança nessa questão. Se suspeitar que algum dos seus subordinados possa ter participação nisso, é só me enviar um relatório.

Depois de dizer o que queria naquele tom impassível, Ishigami se retirou, parecendo satisfeito. Saeki se deu conta de um sentimento desconfortável que lhe pesava no coração, como se alguém tivesse cuspido na sua cara.

3

Raios de sol intensos castigavam as ruas. O asfalto parecia prestes a derreter e o calor que emanava dos aparelhos de ar-condicionado conseguia tornar a sensação térmica ainda pior. A temperatura anormal da metrópole dava a impressão de sugar a energia das pessoas junto com o suor.

— Que loucura, tudo está uma loucura — disse ele consigo mesmo.

O calor da cidade contém em si essa loucura toda. É muito natural que as pessoas que vivem nela acabem também se tornando um pouco esquisitas.

Estava andando sem rumo certo. Sabia muito bem que não havia aonde ir nem trabalho algum a ser feito. Mas caminhava mesmo assim, pois não conseguia suportar o peso do vazio que havia em si. E, mesmo que caminhar não fosse mudar nada, assim como o vento gelado que soprava pelo buraco no peito, ele não conseguia parar.

Apesar de ser dia de semana, havia tanta gente nas ruas que daria para chamar de uma verdadeira multidão. A maioria era jovem, aparentemente estudantes. E, sem exceção, as pessoas sorriam. Duas ou três mulheres estavam rodeadas por homens, conversando alegremente sobre vários assuntos. Uma moça de cabelo comprido se apoiava no rapaz ao seu lado. Três colegiais se espremiam em uma cabine telefônica, se cutucando e soltando gritinhos agudos divertidos.

"Por que estão tão contentes?", ele não conseguiu deixar de pensar, desconfiado. "A vida é mesmo tão divertida assim para essas pessoas? Será que não existe sofrimento no mundo delas?"

Começava a sentir que não pertencia àquilo. Como se fosse um rato imundo em meio a um grupo de coelhos alvos. "É isso que eu sou."

“O que, afinal, tem de diferente entre mim e os outros? Por que só eu tenho esse buraco aberto no peito?” Ele queria parar alguém na rua e perguntar: “Você não tem um buraco no peito? O que é esse vazio dentro de mim?”

Com um sentimento de quase ódio, ele observou com desprezo a multidão ao redor. “Se uma pessoa sequer cruzar o olhar com o meu, vou agarrar os ombros dela e exigir uma resposta. Por que isso está acontecendo comigo?”

Ele olhou para um ponto de ônibus, para uma cabine telefônica. Cada pessoa trancada em seu mundinho particular. Incapazes de notar a presença dele ali.

— Droga — murmurou, parando e encarando com atenção a paisagem no entorno. — Todos estão felizes. Alguém responda minhas dúvidas, por favor.

De repente, ele teve a sensação de ser observado. Quando se virou, notou uma moça bem jovem, talvez nem maior de idade ainda, olhando em sua direção. Quando seus olhares se cruzaram, a menina não desviou o dela. Pelo contrário, abriu um sorriso bonito.

“Está sorrindo para mim?” Pego de surpresa, ele ficou ali em pé, paralisado.

A moça veio com passos rápidos em sua direção. Sem acreditar no que estava acontecendo, ele tentou desesperadamente se lembrar dela, mas não a reconhecia.

Ela parou diante dele. Vestia uma camisa listrada que parecia nova, com os primeiros botões abertos e as mangas dobradas até a altura dos cotovelos. Dava para ver a estampa da camiseta que usava por baixo. Naquele calor, era estranho que ela não parecesse estar suada.

A moça abriu outro sorriso e perguntou de repente:

— Posso fazer uma oração pela sua felicidade?

Aquelas palavras pegaram-no completamente de surpresa. Que inesperado.

— Pela minha... felicidade? — ele repetiu como um bobo.

A moça assentiu, o cabelo longo e macio balançando.

— Isso mesmo. Posso fazer uma oração pela sua felicidade?

É claro que havia algo de suspeito ali. Naquele momento, a palavra "felicidade" lhe parecia um conceito alienígena.

"Minha felicidade...? Onde que ela foi parar? No momento o que sinto é o completo oposto de felicidade. E ainda assim esta garota pede para rezar por mim. Pede para rezar pela felicidade de alguém no fundo do poço. Será que existe algo mais engraçado do que isso?"

Ele sentiu um sorriso brotando no rosto, o primeiro em muito tempo. E ficou surpreso ao descobrir que ainda conseguia rir. "Tudo bem, se essa garota quiser rezar, que reze."

Ao ver o sorriso dele, a moça quis confirmar que aquilo era um sinal de consentimento.

— Tudo bem para você, então? Venha por aqui, por favor.

Pegou-o pelos braços e o levou até uma mureta próxima, onde o fez sentar.

— Por favor, relaxe a mente e se concentre nas suas memórias mais agradáveis.

Ela o encarava fixamente e ele fez o mesmo, focando o pretume profundo das pupilas dela, enquanto pensava na sua paradoxal transparência.

A moça aproximou a palma da mão direita da cabeça dele, fechou os olhos e, como se fizesse uma prece silenciosa, franziu de leve as sobrancelhas, a testa se enrugando. Ele foi tomado por um sentimento de reverência naquela situação que lhe parecia absurda e não teve escolha a não ser fechar os olhos também.

Após cerca de um minuto naquela posição, a moça se pronunciou:

— Prontinho.

Ele abriu os olhos e o sorriso dela saltou à vista.

— Prontinho. Muito obrigada.

Ele inclinou a cabeça em agradecimento. Parecia prestes a se levantar para ir embora, mas precisou perguntar:

— É só isso? Acabou?

A moça assentiu.

— Sim, acabou. Muito obrigada.

Sem dar mais espaço para questionamentos, ela enfim foi embora com passos apressados.

Deixado para trás, ele se deu conta de que estava com uma sensação estranha. "O que foi isso? Ela disse que tinha rezado pela minha felicidade, mas no fim nada mudou. Aquilo foi o suficiente para ela? Vou conseguir ser feliz com isso?"

Só uma coisa parecia real em meio àqueles momentos surreais: o sorriso genuinamente feliz da moça.

4

ONZE HORAS DA MANHÃ DE TERÇA-FEIRA, 8 DE JANEIRO DE 1991. O detetive-inspetor Shigeo Okamoto, da Primeira Seção Investigativa do Departamento de Polícia Metropolitana de Tóquio, esperava incansavelmente um telefonema.

Às sete da manhã daquele dia, nas margens do rio Asakawa, na cidade de Hino, haviam sido encontradas roupas que supostamente pertenciam à jovem Naomi Saitou, desaparecida desde o dia 10 de dezembro do ano anterior.

Quem as encontrou foi um senhor de idade que costumava levar seu cachorro para passear todas as manhãs ao redor do rio Asakawa. Quando ele encontrou, em meio a um amontoado de espigas murchas, roupas que pareciam ser de uma criancinha em idade pré-escolar e notou que havia nelas o nome "Naomi Saitou", associou-as às notícias do desaparecimento, cujo caso vinha causando comoção pública desde o ano anterior, e imediatamente telefonou para o número de emergência.

Ao receber a chamada, a delegacia localizada na zona leste de Hino imediatamente designou investigadores para fazerem uma busca na área e também solicitou reforço da Primeira Seção Investigativa do Departamento de Polícia Metropolitana de Tóquio. Em resposta, membros da Oitava Subseção, da qual Okamoto também fazia parte, entraram em ação, e agora ele era a única pessoa que havia permanecido no escritório de investigação, aguardando contato.

Assim que Naomi Saitou foi dada como desaparecida, a polícia de Tama, onde a menina residia, evitou bater o martelo a respeito da natureza do ocorrido, pois ainda não havia um consenso sobre ser um caso de crime ou de acidente. A Primeira Seção Investigativa, a Seção Forense e uma unidade de investigação móvel do Departamento de Polícia Metropolitana de Tóquio conduziram uma operação de busca em grande escala, porém, não foi encontrada nenhuma evidência que comprovasse qualquer atividade criminosa. Conforme os dias foram passando, as chances de que fosse um caso de sequestro foram diminuindo, assim como o interesse da opinião pública.

Bem nesse ponto da investigação, a descoberta acontecera. E o fato de que apenas as roupas da menina foram encontradas após um mês inteiro de buscas reduzia drasticamente a chance de aquilo ter sido um simples acidente. Era possível, mas a maioria dos investigadores designados para o caso consideravam se tratar de um crime. Àquela altura da investigação, fazer buscas nos arredores significava, em outras palavras, procurar o corpo da pequena Naomi.

O próprio Okamoto não tinha esperança de que a menina estivesse viva. Se o corpo fosse encontrado, as chances eram grandes de que aquele se provasse o pior tipo de caso: o sequestro e assassinato de uma criancinha. Por isso, ele torcia para que jamais achassem corpo algum.

Entretanto, essa frágil esperança foi estraçalhada pelo frio toque do telefone.

— Primeira Seção Investigativa.

Assim que Okamoto atendeu a ligação com sua voz grave, ouviu uma explicação detalhada da situação. Ele apenas balançava a cabeça enquanto ouvia e não fez nenhuma pergunta.

— Entendi. Vou reportar ao chefe da seção.

Assim que desligou o telefone, a porta do escritório dos detetives se abriu. O chefe Saeki ia entrando; parecia já estar ciente da situação.

Ele atravessou o cômodo, chamando o detetive apenas com o olhar. Okamoto o seguiu para o escritório do chefe, ao lado. Saeki logo se sentou à janela, e o outro parou diante da escrivaninha.

— O corpo foi encontrado — reportou Okamoto, sem demonstrar qualquer emoção. — Estava despido dentro de um saco de PVC preto, desses usados para lixo, abandonado às margens do rio. Já se passou um tempo considerável desde a morte, e o processo de decomposição está avançado.

Saeki ficou encarando o detetive com toda a atenção enquanto ele falava, um olhar que o deixava desconfortável. Ele achava que os boatos negativos a respeito de Saeki que corriam à boca miúda eram infundados. Para o detetive, Saeki não ocupava aquela posição por ser o protegido de alguém, mas, sim, pelas próprias capacidades. Nesse sentido, Okamoto não guardava nenhum rancor pelo fato de que seu superior fosse alguém com menos tempo na polícia do que ele. Porém, não importava quantas vezes Saeki já o tivesse encarado, o detetive não conseguia se acostumar com o seu olhar; parecia conseguir enxergar dentro da alma das pessoas. Quando estava diante do chefe, ele se sentia um completo idiota e até tropeçava nas palavras. Mesmo naquele momento, dois anos desde que Saeki assumira o cargo, a sensação permanecia.

Okamoto ainda não conseguia esquecer a impressão que tivera na primeira vez em que ficara cara a cara com Saeki. O chefe havia acabado de realizar o discurso introdutório após sua promoção e olhou ao redor para os rostos dos membros da Primeira Seção. Por apenas um instante, os olhares dos dois se cruzaram. Naquela ocasião, Okamoto desviou o olhar, sem perceber, e alguns segundos depois, ao se dar conta, ficou espantado com sua conduta. Já havia confrontado inúmeras vezes os olhos afiados como lâminas dos mafiosos japoneses e os olhos perdidos dos mortos, e nenhuma vez tivera medo, mas naquele momento tinha sentido uma pressão forte o bastante para fazê-lo desviar o olhar. Mesmo por reflexo, Okamoto estava chocado com esse fato, mas se forçou a acreditar que estava intimidado pelo histórico de Saeki ao longo de sua carreira na segurança pública. Agora, porém, ele compreendia que a razão de ter titubeado na ocasião tinha sido a frieza no olhar do chefe, embora não fizesse ideia de sua origem.

Após concluir seu relatório, Okamoto recapitulou suas palavras depressa. Certo, não tinha mais nada a dizer. Bastava ter autoconfiança e seguir as instruções, e tudo correria bem.

De repente, Saeki virou o rosto para a janela atrás de si. Lá fora, o firmamento era de um azul infinito. O típico céu cristalino de inverno. Okamoto teve a lembrança súbita de que Saeki também tinha uma filha da mesma idade. "Será que ele está sofrendo, se colocando no lugar dos pais daquela menininha?" Okamoto provavelmente sentiria o mesmo pesar caso sua filha, que já era uma adolescente, estivesse naquela fase.

No entanto, quando Saeki olhou de volta para o detetive, não havia sinal de compaixão no semblante dele. Okamoto, então, percebeu seu engano. Era um grande erro fazer suposições sobre a mente de um chefe tão durão, acreditando que seus sentimentos seriam influenciáveis assim.

— Entendido. Entre em contato com o Departamento de Relações Públicas imediatamente para que seja feita a declaração de que o corpo foi encontrado. Mais informações serão divulgadas assim que a identificação for confirmada, então, por enquanto, apenas se concentre nos contatos telefônicos.

O tom da voz de Saeki era calmo e não demonstrava qualquer emoção. Okamoto se limitou a responder:

— Sim, senhor.

— Provavelmente será formada uma central de investigação conjunta com as delegacias de Tama e de Hino, mas isso eu mesmo vou reportar porque pode ter relação com o caso anterior.

O "caso anterior" era realmente parecido: o desaparecimento ainda não solucionado, desde o dia 15 de outubro do ano anterior, da pequena Yukiho Kagawa, residente da cidade de Higashikurume. Também não havia sido possível determinar se o caso se tratava de um acidente ou de um crime, e as buscas na região ainda estavam em curso.

A imprensa, sempre alerta, ao tomar conhecimento do segundo incidente envolvendo o desaparecimento de uma criança pequena e notar que ambos ocorreram em segundas-feiras, publicou reportagens sugerindo se tratar de um assassino em série, mas, pela falta de novas evidências, essas insinuações foram aos poucos morrendo. O fato de que as cidades de Higashikurume e de Tama eram bastante distantes uma da outra também deu a impressão de que a relação estabelecida entre os dois desaparecimentos era forçada.

Entretanto, com a descoberta desse cadáver, era certo que os olhos da imprensa se voltariam outra vez ao assunto, incluindo o caso de Yukiho. Se realmente houvesse uma conexão entre os crimes, seria um caso brutal de sequestros e assassinatos em série que visavam apenas menininhas. Estava claro que aquilo tinha potencial para causar um alvoroço capaz de virar o Departamento de Polícia de ponta-cabeça.

— Em seguida, vou para a delegacia de Hino. Quero me juntar ao destacamento local — disse Okamoto.

Ele considerava que sequestrar e matar garotinhas era o crime mais desprezível existente. Levando em conta o luto da família e para evitar a continuidade desses crimes, era preciso prender urgentemente o culpado.

— Sim, faça isso. — Saeki assentiu de leve, ficou de pé e se retirou.

Okamoto retornou à sala dos investigadores, telefonou para o Departamento de Relações Públicas, explicou os detalhes, pegou no armário um casaco surrado e o vestiu.

Ao abrir a porta e sair para o corredor, de repente pensou se os dias sem conseguir dormir nem descansar ainda se arrastariam por muito tempo. Não, ele não podia ser assim tão fraco. Okamoto balançou a cabeça, afastando aqueles pensamentos.

5

ULTIMAMENTE ELE VINHA REFLETINDO SE AS PESSOAS NÃO SERIAM MAIS felizes enquanto dormiam.

De manhã, logo após despertar, a sensação de perda era enorme. Naqueles momentos, ele mesmo não conseguia não se sentir sozinho.

Detestava o alvorecer. Preferiria que ele nunca chegasse. Seu desgosto pelas manhãs foi aumentando dia após dia, o que acabou causando períodos de sono mais longos. Na época em que tinha emprego, e justamente pela natureza do trabalho, ele agradecia pelos dias em que conseguia dormir por pelo menos três horas, mas àquela altura isso parecia ter acontecido com outra pessoa.

Pouco a pouco, a hora de deitar foi ficando para cada vez mais tarde e ele acabou passando a acordar depois do meio-dia. Talvez fosse melhor uma vida em que trocasse o dia pela noite, mas isso parecia o estar apodrecendo por dentro, e seu orgulho não permitiria.

Levantou-se, lavou o rosto e fez uma refeição simples: pão com ovo e um copo de leite. Os pratos se acumulavam na pia — lavava a louça uma vez por semana. Apesar disso, como costumava jantar fora, a situação não era tão ruim. Também não tinha forças para limpar o cômodo, então uma fina camada de poeira branca cobria tudo. Quer dizer, *tudo* era apenas uma televisão, uma escrivaninha e um cabideiro. Um cenário bastante deprimente. Não era um lar decorado a ponto de que o acúmulo de pó se tornasse um problema.

"Isso é cruel até mesmo para mim", ele não pôde deixar de pensar. "Que vida desumana tenho vivido até agora. Pensando bem, nunca tive um passatempo sequer. Não lembro nem de ter lido um único livro por prazer. Este quarto decadente é como o meu imaginário: não há nada além do mínimo necessário. Apenas o que é preciso para levar a vida e um pouco de emoções humanas. Isso é tudo que tenho dentro de mim."

Sentia-se um pouco desconfortável ali, então resolveu sair, sem rumo certo. Lá fora estava quente como de costume. Assim que saiu pelo portão do prédio, a luz do sol o cegou e imediatamente ele começou a suar. Mas a sensação parecia mais agradável do que antes.

"Me puna. Alguém me puna..."

Ia cambaleando por uma rua próxima pela qual sempre passava. Embora fosse uma via estreita, sem mureta e com apenas uma faixa em cada sentido, estava conectada a uma grande avenida e, por isso, o volume de veículos ali era grande. "Será que não seria mais fácil simplesmente me jogar na frente de um carro?" Era algo que já havia pensado, mas no momento nem para isso tinha energia.

Sempre que podia, ele tentava ir a lugares que não conhecia. Um local com que não tivesse qualquer conexão e que não lhe trouxesse lembranças era onde conseguia se sentir mais à vontade. Talvez fosse bom criar coragem para sair de Tóquio e ir para o interior, um lugar tranquilo onde não precisasse lidar com ninguém e pudesse viver num mundo próprio.

Absorto em devaneios, continuou caminhando pela rua. Talvez pelo fato de que o terreno fosse rebaixado em relação aos arredores, os gases liberados pelos veículos se acumulavam e dificultavam a respiração. As ruas transversais que se ligavam à estrada eram todas descidas também.

Foi quando estava prestes a virar em uma esquina. Um grito estridente. Quando instintivamente virou o rosto na direção de onde vinha o som, viu uma criança montada em um triciclo descendo a ladeira a toda. Ela parecia ter pegado tanto impulso devido à descida que não conseguia mais controlar a velocidade, os pés fora dos pedais. Talvez por causa do medo, as mãos da criança estavam rígidas, o rosto, tão tenso que não conseguia mais gritar. Se o triciclo não parasse e acabasse invadindo a pista, inevitavelmente seria atingido.

Sem pensar, ele disparou para a frente e ficou ali parado, com as pernas abertas e os braços esticados. No instante seguinte, a sela do triciclo voou para suas mãos, e, com o impulso, a criança atingiu o peito dele, batendo o nariz.

Houve silêncio por um momento. Misteriosamente, todo o som desapareceu. Em seguida, veio a voz da criança, que, voltando a si e percebendo-se apavorada, começou a chorar aos berros. Ele a segurou com uma das mãos e, com a outra, levantou o triciclo.

De repente, percebeu que uma mulher vinha correndo em sua direção. Parecia ser a mãe da criança. Ela avançava, chamando a criança pelo nome, com o rosto pálido.

— Mamãe!

A criança gritou enquanto tentava se soltar do braço dele. Assim que ele calmamente a colocou no chão, a menininha saiu em disparada como uma lebre em fuga, abraçou os joelhos da mãe e começou a chorar. Essa, por sua vez, acariciou o cabelo da filha enquanto repetia seu nome.

A mãe pegou a criança no colo e, ainda com o rosto choroso, se aproximou dele.

— Muito obrigada! Muito obrigada! — Ela se curvou várias vezes, inclinando bastante a cabeça.

— Não foi nada. Tome cuidado, por favor — respondeu ele, esforçando-se para sorrir com naturalidade, mas falhando. Os músculos do rosto estavam tensos, mas a mãe estava tão agitada que pareceu não perceber.

A mãe ainda continuava fazendo mesuras em agradecimento quando ele se afastou. Não gostava de presenciar aquele tipo de afeto parental. Ela provavelmente estava se sentindo aliviada e feliz pela criança estar viva; uma felicidade que ele nunca mais sentiria.

Ele fora o responsável por dar a outra pessoa aquele tipo de felicidade. Que ironia do destino.

Sua mente acabou revisitando o passado. Sua felicidade já havia sido destruída. Bem. Seria mesmo esse o caso?

De repente, ele se lembrou da moça do outro dia, a esquisita que, do nada, o parara na rua. Sem aviso, as palavras dela voltaram vívidas à mente. Para ele, aquelas palavras tinham sido como um raio de luz: "Posso fazer uma oração pela sua felicidade?"

6

Kenzou Kai, chefe da Divisão de Assuntos Criminais do Departamento de Polícia Metropolitana de Tóquio, manteve a expressão austera por algum tempo após ouvir o relatório de Saeki.

A descoberta do cadáver os colocava na pior situação possível. Certamente, o falatório apontando a incompetência na busca da criança desaparecida se intensificaria, e os primeiros na linha de tiro seriam o próprio Saeki, chefe da Primeira Seção Investigativa, e Kai, chefe da Divisão de Assuntos Criminais. Era natural que estivesse taciturno.

— Hm... Então, o que acha? — pronunciou-se o superior de Saeki, após um longo silêncio. — Sua opinião é de que se trata de um assassino em série?

Sentado à mesa, o tom de Kai era quase arrogante. Saeki estava de pé diante dele, do outro lado da escrivaninha. Era óbvia a intenção de Kai de deixar explícita a diferença entre o seu cargo de superintendente-chefe e o do subalterno, mas, como isso já era de praxe, Saeki já nem se irritava.

— Acredito que a possibilidade seja grande... — respondeu Saeki com muita serenidade. — Mas não devemos tirar conclusões precipitadas.

— Eu te avisei que não havia cartas de ameaça, não avisei? — Kai falou impaciente, tamborilando no braço da cadeira.

— Sim.

A curta resposta de Saeki pareceu apenas irritar ainda mais o chefe. O batuque dos dedos se intensificou.

— Você acha que isso seja obra de algum pedófilo?

— No cenário atual, não há como afirmar com certeza.

Naquele momento, essa era a única resposta possível à pergunta de Kai, e Saeki a forneceu encarando o chefe com um olhar impassível. Aquele tinha o potencial para se tornar o maior caso desde que ele havia assumido a liderança da Divisão de Assuntos Criminais. Entretanto, Kai parecia incomodado e continuava fazendo perguntas óbvias, o que talvez denotasse falta de autoconfiança.

Kai, que demonstrava uma irritação que não podia ser vista como algo além de arrogância, subitamente pareceu voltar a si e virou-se para Saeki.

— Acho que vou precisar convocar uma coletiva de imprensa — disse.

Ele se apoiou com os cotovelos na mesa, inclinando o corpo para a frente e aproximando o rosto do de Saeki. Para Kai, aquilo talvez indicasse uma demonstração de afeto em relação ao subordinado. Devia estar repensando seu comportamento arrogante.

A mesma história. Kai sabia que devia sua promoção a Saeki. Ele havia ascendido ao cargo de chefe da Divisão ao mesmo tempo em que Saeki ocupara o posto de chefe da Primeira Seção. Era uma exceção que alguém como Saeki, que possuía pouca experiência prática, assumisse aquela posição. Para contrabalançar, Kai havia sido designado para o cargo em que se encontrava agora. Era um oficial que, embora não tivesse sido aprovado no exame nacional, conseguira progredir de forma fora do comum dentro da polícia; a maioria dos oficiais se aposentava sem jamais ser promovido a um cargo como o dele. Estava claro que isso se devia à inusitada situação de Saeki.

Kai sempre agia assim. Primeiro, pavoneava sua posição a Saeki, querendo reafirmar seu status hierárquico superior. Depois, o ímpeto diminuía e ele passava a se preocupar que o subordinado estivesse incomodado. Então, como tinha medo de ser reportado por Saeki, começava a falar com uma voz suave, tentando apaziguar os ânimos. Não importava quanto tempo já houvesse se passado, Kai não se dava conta de que o subordinado não tinha a menor intenção de fazer isso. Era uma situação engraçada.

— É o que se espera, não? — Saeki respondeu sem demonstrar qualquer emoção. Não guardava nenhum sentimento negativo em relação ao chefe. Considerava-o risível, mas não o desprezava. Estava farto, na verdade, de como seus laços sanguíneos tinham dado origem a relações insignificantes como aquela.

— Poderia ser você? — Kai observou Saeki com um olhar lisonjeiro.

Algumas pessoas gostam de participar de coletivas de imprensa, outras não. É claro que as que não gostam acham desagradável ter que interagir com repórteres. Já as que gostam simplesmente estão perseguindo a fama ou são fanáticas por televisão. Pode parecer algo infantil, mas, surpreendentemente, muitas pessoas gostariam de ter a chance de aparecer na TV, e Kai pertencia a esse grupo. Talvez oferecer o que ele considerava a melhor parte do trabalho e designar Saeki para aquela tarefa fosse uma forma de demonstrar afeto à sua maneira. Do ponto de vista de Saeki, porém, isso era um incômodo.

— Sim, senhor. Mas, para um primeiro comunicado, acredito que uma nota nos jornais seja suficiente.

— Ok, deixo isso em suas mãos.

— Então, vou entrar em contato com a delegacia de Hino.

— Faça isso — Kai falou, assentindo.

— O corpo será levado para uma faculdade de medicina. Os resultados da autópsia devem sair durante a noite.

— Certo.

A expressão facial de Kai ia ficando mais serena à medida que ouvia Saeki enumerar as ações que deveriam ser executadas, como se aquilo o fizesse se sentir mais seguro. "Difícil dizer quem é o durão aqui, hein?", Saeki pensou. Nesses momentos, Kai parecia exercer a função de um porto seguro, evitando que Saeki se apavorasse. Mas o que acontecia na realidade era justamente o oposto.

Para Saeki, Kai não era, de forma alguma, incompetente. Considerava que, embora a sorte tivesse certa influência no desenrolar da situação, Kai estava à altura do cargo de chefe da Divisão de Assuntos Criminais. Não importa o que dissessem, era um dos poucos policiais não concursados que haviam se tornado superintendentes-chefes. Além disso, ele só apresentava esse tipo de insegurança quando Saeki estava presente. Na verdade, Kai se comportava como se estivesse apenas desempenhando o triste papel de um gerente intermediário de uma empresa qualquer e Saeki sentia certa pena dele por isso.

— Uma central de investigação conjunta será instaurada com as delegacias de Tama e de Hino. Se me permitir, gostaria de falar com a de Hino para fazer os preparativos antes da coletiva de imprensa.

Não deveria ser necessário pedir a autorização de Kai o tempo inteiro — e era um transtorno sempre ter que considerar o comportamento do chefe e massagear o seu ego —, mas se não o fizesse, certamente falariam pelas costas que Saeki estaria se aproveitando. Para ele, esse tipo de comentário era mesquinho.

— Ok — disse Kai —, faça o que achar melhor. — Com as palmas das mãos juntas sobre a mesa, parecia um cristão devoto em oração.

Saeki foi em direção à porta, no fundo da sala. Estava quase saindo quando ouviu Kai dizer:

— Caso haja algum inconveniente, entre em contato.

"Realmente é como um adolescente", Saeki sorriu com sarcasmo. "Será que ele sequer se dá conta do quão inapropriadas são as suas palavras?" A verdade é que Kai provavelmente se sentia como o responsável designado pelo herdeiro de uma família nobre, cujo histórico não poderia permitir que fosse manchado. Era um trabalho difícil; Saeki não podia deixar de se compadecer por ele.

7

A PALAVRA "FELICIDADE" NÃO SAÍA DE SUA MENTE, COMO SE FOSSE UMA poeira presa por eletricidade estática. Por mais que tentasse pensar em outras coisas, quando se dava conta, seus pensamentos já haviam se encaminhado para esse tema e um profundo questionamento se repetia: "O que será que é de fato a felicidade humana?"

Ele sabia perfeitamente que a cisma se originava da moça que encontrara em meio à multidão e que oferecera uma prece. Embora percebesse que a conduta dela era semelhante às dessas neorreligiões obscuras, também se lembrava muito bem, mesmo não conseguindo descrever com exatidão, de sentir algo sagrado durante os poucos minutos pelos quais durara o ritual ou a cerimônia amadora.

A prece daquela moça tinha mesmo tocado o coração dele.

No seu interior vinha crescendo um desejo incontrolável de saber o que havia sido aquele encontro, afinal. Ele precisava vê-la outra vez e trocar algumas palavras com ela. Era como se isso fosse a única corda que poderia resgatá-lo do fundo do poço.

Lá estava ele de novo, no meio daquele mar de gente. Parado, desafiando o fluxo intenso que ia de um lado para o outro, concentrado apenas na figura da moça, mas sem encontrar nem sinal dela. Apesar disso, sua intenção era permanecer ali esperando quanto tempo fosse necessário até que ela aparecesse. Se essa fosse sua chance de fechar aquele buraco no peito, ele permaneceria ali, mesmo com o sol escaldante.

E, assim, ficou por volta de vinte minutos naquela posição, até que ouviu uma voz tímida vinda de trás dele:

— Com licença.

Ao se virar, viu um rapaz vestindo uma camiseta simples e um jeans surrado. Um estranho qualquer.

— Com licença. Posso fazer uma oração pela sua saúde e felicidade?

"Saúde e felicidade?" Ele arregalou os olhos. Não estava contando com a possibilidade de que outra pessoa além da moça o abordasse, embora soubesse que não eram poucos os jovens que se aproximavam de transeuntes nas ruas daquele jeito. E ele parado ali, como um palerma, devia ser um alvo fácil.

Após um instante de hesitação, assentiu. Apesar de não ter pedido nada a ninguém, outra vez um estranho vinha lhe dizer que queria rezar pela sua felicidade. Não resistiu a fazer uma careta diante da ironia.

O rapaz fez uma longa prece e, ao contrário da moça da outra vez, manteve as mãos acima da cabeça dele por três minutos inteiros. Segundo sua explicação, as mãos eram canalizadoras da energia que transborda no universo e que preenche todas as coisas. Essa energia estava se derramando sobre ele, que ficou o tempo todo em silêncio, de olhos fechados e com o rosto baixo.

— E então, sentiu alguma coisa? — perguntou o rapaz, todo empolgado, ao terminar a prece.

Ele meneou a cabeça em negativa.

— Tudo bem. No início é assim mesmo pra todo mundo. Não basta que apenas quem está canalizando a energia tenha um grau de iluminação elevado, o receptor também precisa ter.

— Quer dizer então que essa sua oração não funcionou? — indagou ele.

— Não, não, é só uma questão de espiritualidade. Não existe isso de a oração não funcionar — o rapaz refutou, parecendo irritado com a pergunta.

— Eu me pergunto se vou conseguir ficar feliz após essa oração.

— Vai sim — o rapaz afirmou, cheio de confiança. — O mundo está repleto de uma energia que as supostas leis da física não são capazes de explicar. Se as pessoas conseguissem absorver essa energia, com certeza poderiam levar uma vida mais saudável e feliz.

— Isso é verdade mesmo? — insistiu ele.

— É. — Justificando-se, o rapaz acrescentou: — Mas é preciso praticar sempre para funcionar, entende?

Ele não estava totalmente convencido, dava para ver pela sua expressão.

— Se quiser, que tal vir estudar a palavra de Deus? — completou o rapaz às pressas.

"Deus": essa palavra também era novidade para ele. Pensava que ninguém no mundo tinha uma conexão menor com entidades, como deuses e iluminados. A realidade de seu cotidiano era tão brutal que não havia a possibilidade de falar sobre amenidades de crenças e religiões.

Entretanto, quando deixara aquela vida de burro de carga, percebeu que mesmo palavras que antes considerava vazias possuíam significado.

Ele assentiu e decidiu acompanhar o rapaz, que se apresentou como Miura e contou que seu ponto de encontro com os colegas era próximo à estação de trem de Nogata, da linha Seibu Shinjuku. De onde estavam, seria rápido chegar ao destino, sem necessidade de baldeação. Comprou o bilhete e entrou no vagão junto ao rapaz. Durante a viagem, Miura puxou papo sobre assuntos variados, entre os quais outra lei natural em que acreditava, mas seu interlocutor não conseguia entender a maior parte do que dizia.

Após desembarcarem na estação, Miura o conduziu por alguns minutos até um apartamentinho em um prédio elegante, com a fachada de azulejos.

— Ah, então, pela primeira lição de hoje será cobrado um valor de dois mil ienes, tudo bem? — Miura avisou de repente, parando em frente à porta do apartamento.

Não parecia muito correto conduzir alguém por todo aquele caminho para só ali, enfim, informar sobre uma cobrança. Ele se incomodou com a atitude, mas deduziu que virar as costas e ir embora seria um pouco vergonhoso.

Assim que passaram pela porta, uma voz soou do interior do apartamento:

— Seja bem-vindo.

Um homem, de aproximadamente quarenta anos, vinha pelo corredor. Atrás dele estavam uma mulher de meia-idade e uma jovem vestindo um blusão despojado. O chão de concreto na entrada apertada estava lotado de sapatos.

— Entre, entre, por favor — o homem chamou, estendendo a mão.

A parede entre a sala de estar e o quarto no apartamento em estilo ocidental havia sido removida, criando um espaço bastante amplo. Lá estavam sentados vários homens e mulheres, que também pareciam ter sido trazidos por voluntários. Ele se sentou o mais distante possível.

— Bem, vamos começar então.

O homem que o recebera parou ao lado da janela, com o rosto virado para o público. Miura e o restante da equipe se sentaram aos fundos.

— Primeiro, gostaria de convidá-los a refletir um pouco sobre o porquê de estarem aqui. "Porque fui convidado", vocês diriam. Não, não. Se fosse só por isso, não teriam vindo. Pessoal, tenho certeza de que cada um aqui sentiu algo que os guiou até este lugar. O sentimento costuma variar de pessoa para pessoa, mas entendam: existe uma coisa chamada "destino".

Ao longo do discurso, o homem continuou demonstrando grande habilidade e eloquência. Falava de forma apaixonada e relaxada sobre sua visão de mundo singular: a energia espiritual que preenche nosso mundo, o outro plano imaterial que não conseguimos enxergar e as grandes leis que regem o universo. Para manter a atenção da plateia, também soltou algumas piadas e comentários sobre questões ecológicas que estavam na moda. Uma garota, que estava acompanhada de mais duas pessoas, toda hora sorria e assentia, aparentemente muito impressionada.

Mas não ele, que não conseguia acompanhar o que estava sendo dito. A pregação do homem falava da existência de uma "energia invisível" que aparentemente era algo como "Deus". Em suma, a proposta não era muito diferente de uma propaganda de dieta saudável: o atalho para a felicidade era absorver o máximo possível de tal energia. De fato, a conclusão da palestra era que seu pessoal vendia comida carregada daquela energia e que, quando estivessem indo embora, os visitantes deveriam "considerar" adquirir.

O grupo da garota impressionável imediatamente começou a comprar vegetais e comidas enlatadas de marca desconhecida. Pelo visto, também haviam decidido se tornar membros.

— E então, o que achou? Divertido, não? — perguntou Miura, se aproximando com um olhar triunfante.

Ele deu sua resposta honesta: não havia entendido muito bem.

— Faz sentido, né? Talvez seja meio confuso quando você está ouvindo pela primeira vez. Mas depois de duas ou três vezes, passa a ter um sentido muito mais profundo.

— Não, acho que é um pouco demais para mim — recusou ele com educação.

— Como assim? O que você achou difícil? Foram palavras tipo "éter" e "energia"? Se estudar, pouco a pouco vai entender melhor. — O tom de Miura se tornava cada vez mais incisivo, bem diferente da timidez que transmitira quando o abordou na rua.

Quando ele recusou outra vez, o homem que fizera o discurso e a mulher de meia-idade se aproximaram. Foi então que percebeu ser o único dos visitantes ainda no local. "Será que todos se afiliaram e foram embora?", pensou.

— O que houve? Qual é o motivo da hesitação? — perguntou o homem com um toque amistoso sobre seu ombro.

Ele franziu as sobrancelhas com a intimidade exagerada, mas o homem não pareceu perceber seu desconforto.

— Você está preso a preconceitos, não é? Mas eles são como sujeira grudada na pele... — O homem tentou persuadi-lo com o tom de voz maçante.

Miura e a mulher se aproximaram, juntando-se ao longo sermão. Os três repetiram várias e várias vezes: "Que desperdício da oportunidade que o destino lhe ofereceu." Mas ele não entendia muito bem o que exatamente estava desperdiçando.

O sermão durou intermináveis trinta minutos. Miura repetia sem parar como era um absurdo jogar fora aquela chance de ouro; a mulher de meia-idade lamentava o desperdício, com os olhos marejados; o homem reclamou do egoísmo dele, que não se emocionava com o entusiasmo dos três.

— Certo. Mas a questão é que até hoje não tenho certeza se Deus existe mesmo, e estou ouvindo a versão de vocês pela primeira vez. Ainda não entendo nada. Acho que quero estudar um pouco mais e depois retorno.

A situação lhe parecia tão ridícula que acabou cedendo e comprou uma apostila antes de voltar para casa. Depois de gastar doze mil ienes naquele material e de informar seu número de telefone, enfim foi liberado. Somente o endereço ele preferiu não fornecer, desculpando-se.

Assim, Miura e os demais enfim acalmaram os ânimos.

8

Quando Okamoto chegou ao auditório da delegacia da zona leste de Hino, a central de investigação já estava montada. No que mais parecia um armazém, havia longas bancadas dobráveis simples e inúmeras cadeiras de metal dispostas de modo organizado. Perto da janela havia escrivaninhas destinadas aos líderes da operação, incluindo o delegado daquela repartição e o chefe da Primeira Seção Investigativa, Saeki. Naturalmente, a cadeira dele estava vazia.

Após trocar cumprimentos com vários detetives presentes, Okamoto ouviu do chefe da Oitava Subseção que o corpo encontrado às margens do rio Asakawa havia sido identificado. Os pais de Naomi Saitou estiveram no necrotério da delegacia e confirmaram que, de fato, se tratava da menina. O choque da mãe fora tão grande que ela chegou a desmaiar, causando certo alvoroço.

A central havia sido montada depois dessa confirmação oficial. A linha de investigação e outros detalhes seriam decididos após Saeki, em nome do Departamento de Polícia Metropolitana, dar a coletiva de imprensa, mas as duplas de detetives já estavam formadas para a operação. Por enquanto, Okamoto — junto ao novo parceiro, o sargento Kitaoka, da delegacia do leste de Hino — havia sido designado a extrair mais detalhes dos pais de Naomi, que já haviam retornado para casa.

Embora nunca tenham parado para conversar com calma, Kitaoka não era exatamente um estranho para Okamoto, mas não houve qualquer objeção à formação daquela equipe. Ele era um jovem detetive, ainda na faixa dos trinta e poucos anos, transbordando disposição.

— É natural que o chefe Saeki esteja à frente dessa grande operação — Kitaoka comentou enquanto dirigia até a residência da pequena Naomi. — Estou feliz por poder trabalhar sob o comando de alguém com uma reputação como a dele.

— "Reputação"? — perguntou Okamoto, confuso. — Que tipo de reputação?

— Ouvi falar que ele é um esquisitão que, mesmo sendo um oficial de carreira, resolveu se voluntariar para esse cargo — Kitaoka respondeu olhando para a frente.

Oficiais concursados costumavam progredir em suas carreiras na segurança pública em delegacias locais. Além disso, recebiam tratamento especial, como ficar sob a supervisão de alguém, para que seu histórico profissional não fosse manchado. Era como se houvesse nessas repartições o entendimento de que precisavam devolver esses importantes agentes de elite com os históricos tão intactos quanto estavam quando a sede os confiara a elas. Dito isso, era improvável que um policial de carreira assumisse um cargo tão exposto e vulnerável como o de chefe da Primeira Seção Investigativa. O fato de que Saeki ocupava aquele posto era claramente atípico.

— Você não ouviu mais nada? — Okamoto perguntou, sem papas na língua. Havia sentido certo desconforto no tom de Kitaoka. — Digo, a respeito da reputação dele?

Não tinha como ser só isso. Com certeza havia algum rumor ridicularizando e duvidando das capacidades do líder que em teoria tinha sido promovido sem esforço próprio, só pelo apoio de alguém influente.

Kitaoka apenas sorriu, sem esboçar qualquer sinal de resposta. Olhando o perfil do parceiro, Okamoto falou com serenidade:

— As pessoas estão muito enganadas se pensam que ele só chegou a essa posição por causa da influência de terceiros. Em breve, você talvez entenda isso.

— Ouvi falar que ele é muito habilidoso! Ficou famoso quando ainda estava no Departamento de Segurança Pública por capturar um espião durante a visita de Gorbachev ao Japão. Não tem ninguém no Departamento de Polícia Metropolitana que não o conheça, mas... — Olhou diretamente para Okamoto. — Sejamos francos: vai me dizer que ele ter se tornado chefe da Primeira Seção Investigativa não tem nada a ver com seus laços familiares?

— É verdade que a esposa do chefe é a filha única do comissário-geral da Agência Nacional, o cargo mais alto da polícia no Japão. Mas o assunto para por aí.

— "Para por aí"? Está me dizendo que ele ter recebido esse cargo não teve nenhuma influência do sogro?

Okamoto estava um pouco cansado daquela conversa. Não era apenas Kitaoka quem desconfiava das condições da ascensão de Saeki: isso era uma percepção geral dentro da polícia. Oficiais como Okamoto, que tinham uma visão positiva de Saeki, eram, de fato, minoria. Sempre que pensava na situação do chefe, não podia deixar de simpatizar com ele de alguma forma.

— É verdade o boato de que ele é filho bastardo do antigo ministro da Justiça, Hideyoshi Oshikawa? — Kitaoka perguntou.

— Sei lá — Okamoto respondeu, curto e grosso. — Não me interessa saber quem são os pais do meu chefe.

— Ouvi falar que ele está até pensando em migrar para a política daqui a alguns anos. E também é um apoiador fervoroso do Oshikawa, né? É óbvio que, quando ele entrar na política, vai se afiliar ao partido do ex-ministro. Essas ligações, mais sua posição de chefe da Primeira Seção Investigativa...

Okamoto apenas suspirou. Sentia-se profundamente grato por não ser Saeki; achava que não conseguiria viver sob essa visão preconceituosa.

Todas as coisas ditas por Kitaoka eram fatos. Não era mais segredo que Saeki fosse mesmo filho bastardo de Hideyoshi Oshikawa, e o fato de que o poder do ex-ministro permanecia inabalável, apesar da disseminação de um escândalo daquelas proporções, somente revelava sua influência nos bastidores do mundo político atual. No entanto, quanto maior se revelava esse poder, mais a inveja ao redor era alimentada e direcionada a Saeki.

— Veremos. — Okamoto se lembrou de como o olhar de Saeki o intimidava. — Veremos...

Pouco tempo depois, Okamoto estava sentado diante dos pais de Naomi Saitou.

— Está tudo bem com os senhores? — perguntou ele.

— Sim, graças a vocês — respondeu a mãe, inclinando a cabeça para a frente enquanto segurava um lenço sobre a boca.

A casa da família Saitou, localizada em uma nova área residencial na cidade de Tama, parecia incorporar o espírito da classe média japonesa: quatro quartos, cozinha, sala de estar, sala de jantar e banheiros. A sala de estar não chegava a ser luxuosa, mas tampouco era simplória. De elegância mediana também era a pequena mesa redonda à qual se sentavam os pais de Naomi e o próprio Okamoto.

— Esse é um caso trágico e, para capturar esse criminoso terrível, vamos precisar contar com a cooperação dos senhores — afirmou Okamoto, sem emoção. Ele se apiedava do casal, mas, se demonstrasse compaixão o tempo todo, não iria conseguir levar o trabalho adiante. Além disso, acreditava que seria melhor para todos os envolvidos se o assunto fosse tratado de forma pragmática.

Prosseguiu com perguntas sucessivas: quando fora a última vez que viram Naomi? Como ela estava vestida na ocasião? Qual fora a última coisa que ela comera? Haviam percebido alguém estranho nos arredores? Houvera contato por parte do criminoso?

Todas essas informações haviam sido coletadas na época da denúncia do desaparecimento da menina. Mas sempre pode ocorrer de algo escapar quando se está muito nervoso e depois, conforme o tempo vai passando, aquilo voltar à lembrança. Por isso, a polícia não se incomodava em fazer esse tipo de pergunta duas, três vezes. Na verdade, era justamente assim que, com frequência, informações antes esquecidas vinham à tona.

Entretanto, não havia nada de novo daquela vez. Okamoto confirmou que o casal tinha alguns desafetos, mas nada que pudesse motivar um crime tão grave à família de um simples burocrata.

Falar sobre a filha quando ainda estava viva trouxe tanta tristeza à mãe da menina que ela precisou se retirar, tentando conter o choro. Okamoto entendeu isso como uma deixa e saiu com o parceiro.

Ao voltar para o carro, Kitaoka pegou seu caderno e releu as anotações cuidadosas que fizera durante a conversa com os pais de Naomi. Suspirou e o fechou com um estalo.

— É terrível algo assim ter acontecido... Uma menininha assassinada...

— Com certeza. É o tipo de caso que eu mais detesto — concordou Okamoto. A tristeza dos pais da criança ainda pesava em seu peito.

— No final das contas, a resposta deve ser simples, não? — Kitaoka ligou o motor e deu partida no carro. — Um maníaco sexual.

Okamoto alongou o pescoço, tentando aliviar a tensão nos ombros.

— As chances são grandes.

Segundo o legista, a causa da morte da menina havia sido estrangulamento. Como não havia se tratado de um sequestro com pedido de resgate, a hipótese de que o crime fosse obra de um pedófilo se destacava.

— Onde é que o mundo vai parar? Antigamente, um crime assim seria inimaginável — lamentou Kitaoka.

Okamoto deu um sorriso amargo.

— Eu não sou tão velho assim.

— E isso não é só um problema dos outros, sabe? Tenho planos de me casar em breve — disse Kitaoka.

— Uau, parabéns!

— Muito obrigado. Temos conversado sobre como gostaríamos que nosso primeiro filho fosse uma menina, mas não consigo deixar de pensar sobre a possibilidade de algo assim acontecer conosco. Qualquer pessoa pode passar por algo do tipo.

— Sim, é verdade — disse Okamoto, concordando com a cabeça.

— Provavelmente... não, *com certeza* eu iria surtar.

— Compreendo. Eu também tenho uma filha.

— Ah, é? Já é crescida?

— Está no ginásio. Já não é mais a menininha do papai.

Kitaoka abriu um sorriso pensativo.

— Ela é bonita? — perguntou.

— Sim, felizmente não herdou essa minha cara feia.

9

AO PARAR PARA VER A APOSTILA QUE HAVIA COMPRADO, ELE DESCOBRIU que o nome daquele grupo era Igreja Evangélica dos Ensinamentos Sagrados.

Como já tinha gastado dinheiro com aquilo, resolveu dar uma olhada e achou o material surpreendentemente interessante. Não fosse sua antipatia e os peculiares pré-requisitos para aquela forma de pensar, talvez não resistisse tanto aos ensinamentos. Embora não estivesse lá muito impressionado pelo que lia, achou que seria bom entender um pouco mais.

Ligou para o número que lhe haviam passado. Por acaso, Miura não estava presente. Mas, ao dizer para a atendente que ele queria participar de outra reunião para ouvir e aprender mais, foi informado sobre a data e o local do próximo encontro do grupo.

Ao chegar lá, percebeu que daquela vez havia vários membros presentes. Tratava-se de um seminário de grandes proporções, sediado no enorme hall de um edifício que parecia uma igreja. A taxa de participação do evento era de dez mil ienes, com uma apostila incluída. Além de ter conseguido ouvir o discurso de cabeça mais aberta do que antes, ali não houve abordagem forçada ao final da reunião, quando estava se retirando.

O interesse dele por aquela igreja crescia mais e mais. Foi quando recebeu um telefonema de Miura.

— Soube que você participou de um seminário recentemente, não foi?

— Sim.

— Você foi tão resistente naquela vez que achei que não apareceria de novo. Mas que bom, fico muito feliz. — A voz de Miura pelo telefone era aguda como a de uma criança e soava estridente. — Já que você está interessado, o que acha de assistir à apresentação do nosso líder?

— Líder?

— Sim, a pessoa que nos guia. Foi ele quem escreveu aquela apostila que você comprou no outro dia.

Havia mesmo uma foto de um homem naquele material, um cara barbudo com aparência de ermitão.

— Promovemos um retiro de treinamento dos iniciantes. Se quiser participar, poderá conversar pessoalmente com nosso fundador.

— Retiro...

— Isso. Até para nós, que já estamos aqui, é difícil arranjar uma oportunidade para falar com ele. Então, acho que é uma chance incrível para você.

"Retiro de treinamento?" Isso também era novidade para ele. "Será que, se eu for, conseguirei encontrar o que venho procurando? Será que um guru assim poderia fechar o buraco que tenho no peito?"

— Quanto tempo dura esse retiro? — perguntou.

— Temos dois cursos: um com a duração de três dias e duas noites, e outro de seis dias e cinco noites. Mas, para quem está iniciando agora, o de três dias é melhor. Fica na cidade de Nasu. A taxa de participação é de cento e vinte e cinco mil ienes. Três dias, a partir de 2 de agosto. O que acha?

Não havia nenhum impeditivo em relação à data. Não tinha nada para fazer, afinal. O valor parecia meio alto, mas ele não sabia muito bem qual era a média de preço para aquele tipo de atividade. Pensou que talvez, participando daquilo simplesmente por lazer, pudesse aliviar um pouco a tristeza.

— Parece interessante. Talvez eu tenha interesse...

— Jura? — A voz de Miura se elevou. — Que bom! Maravilha! A forma como você tem visto o mundo até agora vai mudar e ficar muito mais brilhante!

Miura parecia genuinamente contente, tanto que o deixou um pouco constrangido.

— A propósito... — Ele decidiu perguntar a Miura algo sobre o qual vinha pensando. — Vocês sempre abordam as pessoas na rua daquele jeito?

— Hã? Você se refere à oração? Costumamos fazer assim. Ao rezar pela felicidade do maior número de pessoas possível, você fica mais feliz também.

— É mesmo? E no seu grupo também tem uma moça que faz esse tipo de oração nas ruas?

— Muitas! Mas está falando de alguma em particular?

Ao ouvir a pergunta, de repente ele ficou envergonhado. Não conseguia explicar bem em palavras e detestava essa confusão.

Começou a enumerar as características conforme lhe vinham à mente, cabelo longo e baixa estatura. Mas logo entendeu que essa descrição pareceria muito vaga para qualquer outra pessoa.

— Só com essas informações eu não sei de quem se trata — disse Miura. — Você não lembra o nome?

— Não. Mas tudo bem se você não souber quem é. Não é nada de mais mesmo.

— Tem certeza?

E, dito isso, Miura não o pressionou mais.

10

O RELÓGIO JÁ HAVIA PASSADO DE MEIA-NOITE, ANUNCIANDO O DIA 9 DE janeiro.

Após um telefonema da Seção de Relações Públicas, o comunicado da localização do corpo foi feito às quatro da tarde, por meio de uma nota de imprensa. Cada um dos repórteres de jornais, de agências de notícias e de canais de televisão que se amontoavam na delegacia do leste de Hino recebeu uma folha impressa em tamanho grande. No texto, havia apenas um breve relato que incluía o estado em que o corpo estava no momento em que foi encontrado, bem como uma descrição do que mais havia na cena e o nome da pessoa que o achara.

Saeki e o delegado daquela repartição estavam presentes na primeira coletiva de imprensa que ocorreu em seguida e contou com a participação de mais de cem jornalistas. Além de repetir as informações já divulgadas na nota, Saeki também acrescentou que o corpo encontrado havia sido confirmado como sendo de Naomi Saitou, que uma central de investigação especial havia sido montada exclusivamente para o caso e que uma autópsia forense estava em andamento naquele momento. Ele ouviu duas ou três perguntas dos repórteres e logo se adiantou a anunciar que, assim que a autópsia fosse concluída e a polícia tivesse os resultados em mãos, uma nova coletiva de imprensa seria organizada para as respostas serem dadas de uma só vez.

E realmente: outra coletiva foi realizada logo depois da meia-noite. Assim que Saeki deu as caras, uma tempestade de flashes foi disparada. O lugar estava ainda mais lotado do que antes, parecendo prestes a explodir.

Após se certificar de que o delegado estava sentado ao seu lado, Saeki divulgou os resultados da autópsia: a causa da morte, que teria ocorrido cerca de um mês antes, era asfixia por estrangulamento; o horário exato não podia ser determinado, já que a avaliação do conteúdo no estômago fora inconclusiva.

Sem delongas, os repórteres começaram suas perguntas.

— Em quais circunstâncias o corpo foi encontrado?

— Estava às margens do rio Asakawa, em um matagal — Saeki respondeu ao microfone, pronunciando cada palavra com calma.

— Foi dito que inicialmente haviam sido encontradas apenas algumas peças de roupa. Isso quer dizer que o corpo estava despido?

— Isso mesmo.

Um burburinho se espalhou entre os presentes.

— Foram encontradas outras peças de roupas?

— Foram.

— Poderia dizer onde estavam, exatamente?

— Espalhadas pelas proximidades. Dispersas, mas próximas do corpo.

— Você acredita que tenham sido simplesmente descartadas lá?

— Não é um lugar difícil de ser localizado, então essa possibilidade é alta.

Até o final da coletiva, Saeki continuou omitindo o fato de que o corpo estava em um saco de lixo. Mesmo dentro da polícia, havia sido decretada uma ordem de silêncio sobre esse ponto específico, que poderia vir a se tornar uma carta na manga dos investigadores. Afinal, o modo como o corpo havia sido encontrado era algo que apenas o criminoso e os policiais envolvidos sabiam. Enquanto os investigadores tivessem aquele trunfo, poderiam utilizá-lo para encontrar uma brecha nas declarações de um potencial suspeito, mesmo que ele negasse o crime. Desse modo, era uma informação importante que não deveria, de modo algum, vazar para a imprensa. Algumas respostas precisavam se manter vagas e pouco objetivas.

— Você acredita que houve abuso sexual? — continuavam os jornalistas.

— Na fase atual da investigação, não posso afirmar.

— Poderia nos informar um possível perfil do criminoso?

Saeki olhou por um instante para o papel que tinha em mãos. Não precisava ler — os dados já estavam marcados em sua mente —, mas fazer pausas era uma das suas estratégias para lidar com repórteres.

— Em primeiro lugar, acreditamos que seja alguém que tenha familiaridade com a região. O suspeito deve morar ou frequentar os arredores das cidades de Hino e de Tama. Não sabemos a idade. Como a vítima desapareceu durante a tarde de uma segunda-feira, nossa suposição é de que o criminoso tenha um trabalho que lhe permita folgas nesse dia da semana, ou que, talvez, não tenha emprego fixo. Não podemos afirmar nada além disso nesta etapa da investigação.

Essas eram informações que qualquer pessoa que lesse os jornais poderia concluir mesmo sem nenhuma declaração da polícia. Na prática, porém, isso era tudo o que a polícia sabia.

Enfim a pergunta que Saeki e o time de investigadores do caso menos queriam ouvir foi feita.

— Será que o criminoso pode ser o mesmo responsável pelo desaparecimento da menina Yukiho Kagawa, em 15 de outubro do ano passado?

A intuição de Saeki lhe dizia que a possibilidade de que os dois casos estivessem relacionados era grande. E provavelmente não era o único: todos os envolvidos nas investigações pareciam pensar assim. De qualquer forma, apesar da ampla aceitação dessa hipótese, os policiais sabiam que não podiam tomá-la como verdade de forma tão precipitada. No final das contas, era apenas um palpite e, na coletiva, era melhor fazer cara de paisagem.

— No momento, não podemos afirmar.

— A investigação sobre aquele caso teve algum progresso?

A pergunta estava totalmente fora de contexto; aquela coletiva de imprensa era sobre o assassinato de Naomi Saitou e nada mais. Mesmo que surgissem perguntas sobre outros casos, ele não deveria responder. Os repórteres com certeza sabiam disso, mas aproveitar a ocasião para tentar conseguir um furo jornalístico era uma estratégia comum. Os jornalistas sempre queriam conseguir novas informações a partir de qualquer escorregadela.

— Esta coletiva é referente a esse caso — Saeki respondeu inexpressivamente.

A relação entre a polícia e a mídia era delicada. Certos casos precisavam se manter protegidos do registro público e da imprensa — era comum em sequestros. Na investigação atual, havia outras informações que deviam ser protegidas pela polícia, como o fato de o corpo ter sido encontrado em um saco de lixo. Não são poucos os oficiais que desenvolvem uma antipatia pela imprensa, por acreditarem que ela acaba prejudicando as investigações. Porém, quando a apuração de um caso alcança um beco sem saída, às vezes não há alternativa além de pedir a cooperação da imprensa. Com o poder de alcance dos jornais e da televisão, é possível coletar informações úteis da população, bem como disseminar montagens e retratos falados. Assim, do ponto de vista da polícia, a mídia era uma faca de dois gumes.

Além disso, a avidez com que a imprensa tendia a correr atrás de informações exclusivas poderia se tornar um problema em um caso de tanto interesse da opinião pública, como o desaparecimento de menininhas. Os repórteres sabiam que teriam um furo de reportagem se algumas das informações sigilosas fossem descobertas e, por isso, usavam todas as iscas que estivessem ao alcance para tentar fisgar informações dos investigadores.

Aparentemente, seria uma longa batalha diplomática entre os dois lados. No entanto, Saeki conseguia camuflar seu descontentamento sob uma expressão neutra.

11

Primeira sexta-feira de agosto. Ele se dirigiu a Shinjuku, onde ficava o ponto de encontro para o retiro de treinamento da Igreja Evangélica dos Ensinamentos Sagrados. Lá, um ônibus alugado levaria os participantes até a cidade de Nasu.

Miura não iria participar naquele dia. Passando os olhos pelas pessoas que chegavam, ele não viu nenhum rosto conhecido. A maioria parecia estudantes entre o fim da adolescência e os vinte e poucos anos. Havia uns poucos adultos, na casa dos trinta. Estavam num clima de descontração geral, falando alto e brincando. Por um momento, passou pela sua cabeça que estivesse no lugar errado.

Ele se sentou na mureta e, entediado, acendeu um cigarro. Pouco a pouco, outras pessoas foram se aproximando. Logo chegou a hora da partida, e eles entraram no ônibus, ocupando quase todos os quarenta assentos.

Desejando se afastar do barulho dos jovens, ele decidiu se sentar na frente, num assento da janela. Pretendia aproveitar a viagem até Nasu olhando a paisagem.

— Com licença, posso me sentar aqui?

Quando ele se virou em direção à voz, um rapaz usando óculos de aro prateado e aparência frágil apontava para o assento ao seu lado.

— Claro, à vontade — respondeu, voltando a olhar pela janela.

Após se certificar de que todos já estavam sentados, um dos membros da congregação puxou um microfone e começou a falar:

— Muito obrigado por estarem participando conosco hoje!

O encarregado continuou dizendo algumas coisas que ele não considerou relevantes e às quais não deu muita atenção, deixando seu olhar se perder na paisagem lá fora.

Assim que o pronunciamento terminou, o ônibus deu partida e os jovens sentados atrás dele na mesma hora começaram a conversar animadamente em voz alta. Já fazia um tempo desde a última vez que ele viajara, e o trajeto até Nasu tinha previsão de durar três horas.

Depois de cerca de uma hora, o ônibus fez uma pausa de quinze minutos em um posto de conveniências na beira da estrada. A maioria dos passageiros foi ao banheiro, depois o veículo seguiu viagem.

Assim que o ônibus retornou à rodovia, o homem de óculos sentado ao seu lado dirigiu-se a ele, baixinho:

— Ahem...

Ele virou o rosto em direção ao rapaz, que pareceu um pouco hesitante, mas continuou:

— Ahem... Tudo bem se conversarmos por um instante?

A proposta tinha sido tão repentina que ele não conseguiu responder nada. O outro continuou, embolando as palavras:

— É que, bem, desde que entrei no ônibus, queria falar com você, mas sou um pouco tímido e não tinha conseguido criar coragem ainda.

— É mesmo? — Foi o que conseguiu dizer, sem saber como responder.

— Eu não sou uma pessoa tão animada quanto esse pessoal, então pra mim é difícil me enturmar. Inclusive, a razão principal de eu ter entrado neste grupo é para lidar com essa minha personalidade retraída, mas ainda não consigo conversar com qualquer um. Escolhi você porque me parece uma pessoa tranquila... Mas se for um incômodo, não tem problema — desembestou a falar, como uma criança repreendida tentando se desculpar.

— Não é incômodo nenhum — ele respondeu; depois de uma hora de estrada, já estava começando a ficar entediado.

— É mesmo? Que bom — disse o outro, sorrindo e abaixando a cabeça em agradecimento.

Encorajado, o jovem de óculos prateados falou banalidades sem parar: seu nome, a universidade que frequentara e outros motivos que o levaram a participar daquele grupo religioso. Seu vizinho de assento logo percebeu que, embora se considerasse tímido, era uma pessoa que adorava conversar e, uma vez que começava, parecia não querer parar.

— Quando ouvi a filosofia desse pessoal, me veio um estalo: "É isso! É isso que eu estava procurando!" Então, decidi aderir à congregação imediatamente. Estou muito feliz, de verdade, por ter encontrado esse grupo por acaso.

— É mesmo?

Ele seguia apenas pontuando com respostas vazias, pois não se importava de fato com o que o rapaz falava. Este, por sua vez, não percebia o desinteresse e continuou tagarelando alegremente. Parecia que ele estava ávido para conversar, mas não tinha encontrado uma via de escape até aquele momento.

— E você, por que escolheu se converter? — perguntou, quando enfim terminou de contar sua própria história de ingresso na congregação.

— Hã?

— Ah, tudo bem perguntar sobre isso?

O rapaz pareceu confuso enquanto tentava entender a expressão do outro.

— Eu ainda não me converti.

— Nossa, verdade? Que estranho — disse o rapaz, inclinando a cabeça.

— Como assim, estranho?

— É que eu esperava que todos aqui já fossem da igreja.

Ele franziu a testa.

— Engano seu. Eu ainda não me comprometi com nada nem paguei a taxa de ingresso.

— Então, por que está participando deste retiro de treinamento?

— Fiquei interessado e gostaria de ouvir o fundador falar pessoalmente. Depois disso que vou decidir se entro ou não.

— Que estranho... — continuou murmurando o rapaz de óculos.

Então, uma sensação de desconfiança brotou em sua mente: "A igreja vai mesmo permitir que eu entre?"

Ele olhou pela janela com um semblante preocupado. Então, ouviu um arfar histérico ao seu lado.

— O que houve?

Quando se virou, assustado, viu que o rapaz o observava de forma muito curiosa.

— Nada. É que quando você se virou, o seu perfil me pareceu familiar. Como se já tivesse te visto antes. Lembro do seu rosto de algum lugar, mas...

Ele encarou o quatro-olhos com severidade por um instante e disse, frio:

— Está imaginando coisas.

— Que estranho... — repetiu o jovem, balançando a cabeça.

12

Mesmo com a primeira etapa da investigação de certo modo concluída, nenhum dos detetives voltou para casa. Todos observavam com um semblante sério o rosto do chefe da Primeira Seção Investigativa, Saeki, projetado no monitor trazido por um canal de televisão. Após a conclusão daquela coletiva de imprensa, haveria outra reunião entre os investigadores para decidir quais oficiais seriam designados para trabalho de campo, coletando informações na manhã seguinte. Até que isso fosse resolvido, nenhum deles poderia deixar a delegacia.

Assim que o ponteiro do relógio marcou meia-noite, Okamoto desistiu de vez de ir para casa e decidiu descansar no dormitório do local. Não era de modo algum obrigatório que passassem a noite lá, mas ele não se importava de que isso acontecesse nos primeiros dias após o estabelecimento da central de investigação. Embora seu corpo já não fosse mais o mesmo desde os quarenta anos, ele pretendia garantir que sua prontidão nunca mudasse.

Depois de observar o rosto de Saeki no monitor por algum tempo, Okamoto se levantou discretamente com a intenção de ligar para casa. Retirando-se do auditório utilizado pela central de investigação, ele se dirigiu para o telefone público no hall de entrada da delegacia.

Era difícil acreditar que já era madrugada considerando a quantidade de carros da imprensa estacionados em frente à entrada principal da repartição. No hall, entretanto, a situação era o extremo oposto: o local estava vazio. Todos deviam estar na coletiva de imprensa.

Okamoto pegou algumas moedas de dez ienes na carteira, inseriu-as no telefone e discou o número de casa. Se não entrasse em contato, acabaria deixando todos preocupados. Era melhor telefonar, mesmo que fosse tarde e que já estivessem dormindo.

Depois de cerca de dez toques, alguém atendeu.

— Alô.

Era a voz grave de sua esposa. Para evitar trotes telefônicos, foram orientados a não dizer seus nomes.

— Sou eu — Okamoto respondeu brevemente. — Estava dormindo?

— Não. Takashi ainda não foi para a cama.

— É mesmo? Está estudando para a prova?

— Isso. Dando uma última repassada na matéria.

— Deve ser difícil, né? Mesmo estando ainda no primário.

— É um menino muito estudioso.

Um frio intenso se esgueirava pelo hall. Okamoto imaginava a cena: o filho do sexto ano do primário estudando, sentado à escrivaninha em uma noite gélida como aquela, e se perguntava se era mesmo necessário chegar àquele ponto. Havia discutido algumas vezes com a esposa sobre isso e, em seguida, aceitara a própria derrota.

— Espero que ele não se esforce demais. Não será um grande problema se não conseguir passar no exame de admissão para o ginásio daquela escola. Se entrar na Sanaka está bom.

Sanaka era uma escola pública próxima à residência deles, mas que não tinha uma boa fama no bairro. Diziam que um grupo de delinquentes estava fora de controle, impondo sua autoridade e praticando bullying. Essa também era uma das razões pelas quais a esposa queria que o garoto ingressasse em uma escola particular.

— Não, de jeito nenhum. Lá ele vai acabar sofrendo bullying. — Havia um tom de protesto em suas palavras, já tendo repetido aquilo inúmeras vezes. — Ele é frágil.

— Se é fraco, era melhor praticar esportes e treinar.

Apesar de dizer isso, Okamoto sabia que seu filho de fato não tinha muito vigor: pegava resfriados com facilidade e não levava muito jeito para exercícios físicos. Provavelmente havia herdado isso da mãe. Aliás, como ela mesma dizia, com certeza os estudos se encaixavam melhor no perfil do menino.

— Não há com o que se preocupar por enquanto — disse ela.

A esposa tentava não levar Okamoto muito a sério, porque ele costumava ser muito cabeça-dura e distraído. Além disso, Okamoto também acreditava que estava tudo bem e que o filho deveria fazer o que fosse melhor para si. Se não era bom em esportes, não havia necessidade de forçá-lo. De todo modo, Okamoto considerava importantes as conversas que tinha com a esposa sobre esse tipo de questão.

— E Namiko, já dormiu? — perguntou ele.

— Ainda está acordada. Essas crianças de hoje em dia são umas corujinhas!

— Ah, é? Fale pra ir dormir logo, tem aula amanhã.

— Eu falo, mas entra por um ouvido e sai pelo outro.

Okamoto sorriu, pensando que seus filhos já não estavam mais na idade de simplesmente obedecer aos pais cegamente. A mente dele entendia isso, mas era algo que lhe trazia certa nostalgia.

— Hoje não vou voltar para casa. Estou na delegacia de Hino e vou precisar ficar por aqui nesta noite.

— O trabalho tem sido exaustivo, não tem?

Sua esposa não costumava se meter no trabalho dele. Devia ter descoberto sobre o caso assistindo às notícias, mas não fez comentários sobre o assunto.

Após lembrá-la de checar a tranca da porta e de lhe desejar uma boa noite, Okamoto desligou. Apesar de não terem conversado sobre nenhum assunto em especial, aquele curto diálogo já lhe trazia certa satisfação. Ainda mais em um dia como aquele, no qual havia ficado cara a cara com alguém que havia perdido a filha.

Enquanto guardava as moedas restantes, Okamoto se perguntou momentaneamente se a coletiva de Saeki já teria terminado. Depois voltou a refletir sobre as pequenas alegrias de sua vida.

Okamoto tinha uma vaga ideia de como andava o casamento de Saeki, e parecia-lhe que não muito bem. Segundo rumores, o chefe e sua esposa haviam se casado por influência dos pais. Embora Okamoto não conhecesse pessoalmente a esposa de Saeki, não podia deixar de pensar que a origem daquele estranhamento estava no modo como o relacionamento deles começou. Uma verdadeira pena, caso fosse verdade. Apesar de ter apenas uma filha, Saeki estava sempre tão ocupado com o trabalho que não conseguia dar muita atenção à família. Em vez de voltar para casa, parecia preferir ficar por dias em um apartamento alugado.

Considerando as circunstâncias da sua criação, ele provavelmente não recebera muito afeto da família.

13

O RETIRO DE TREINAMENTO FOI UM DESASTRE: ELE NUNCA IMAGINOU que seria tão ruim. Se não tivesse se convencido de que a culpa por participar daquilo era dele próprio, não teria conseguido segurar a raiva que sentia ferver por dentro.

Desde que voltara do retiro, o telefone não parava de tocar. Era sempre a igreja. Ele acabou tendo que desabilitar a secretária eletrônica e deixar o telefone no silencioso. Isso impedia que até pessoas não associadas ao culto lhe ligassem, mas ele não se preocupava com isso, pois acreditava que ninguém telefonaria de qualquer maneira.

Entretanto, aquela situação não podia continuar assim. Talvez trocar o número de telefone fosse uma boa ideia. A situação era realmente revoltante.

Só de se lembrar daqueles três dias, ele já sentia um embrulho no estômago. Era um "retiro de treinamento" apenas no nome. Na prática, não passava de um processo de lavagem cerebral.

Durante aquele período, a rotina era sempre a mesma: assistir à palestra, fazer uma refeição e depois mais palestra. Quase não tinham intervalos para descansar ao longo do dia. E, mesmo quando usavam o lavabo ou tomavam banho, a música da igreja tocava ao fundo. Ela tocava o tempo todo, até durante a noite, enquanto dormiam. O único momento em que não tocava era durante as palestras, mas naquelas ocasiões os participantes eram atropelados por uma onda de perguntas tão intensas que não havia como relaxar. O objetivo era deixar os participantes em um estado de tensão contínuo, até que não conseguissem mais raciocinar por conta própria. Um método clássico de lavagem cerebral.

Ele não conseguiu falar com o fundador do culto no primeiro dia, quando o sujeito deu as caras por apenas uma hora. Depois disso, ficou totalmente ocupado, e homens e mulheres em idade universitária, chamados de "palestrantes", entravam, um após o outro, falando sem parar sobre verdades incompreensíveis. Ficavam apenas repetindo orientações muito duvidosas, como "creia na nossa igreja", "se esforce em espalhar a nossa palavra e aumentar o número dos fiéis a cada mês" e "o atalho para a felicidade é fazer doações mensais para a igreja". Conforme os dias foram passando, muitos daqueles jovens se entregaram e ficaram iguais a robôs, apenas balançando obedientemente as cabeças para cima e para baixo.

Não é que não houvesse quem duvidasse daqueles ensinamentos tão incisivos. Houve uma discussão entre seus colegas depois de voltarem para os quartos, que eram ocupados por seis pessoas. Ele não participou da conversa, e no dia seguinte percebeu que aquela tinha sido a decisão correta: o homem que ficou criticando a igreja foi chamado e conduzido a outro quarto, onde ficaria isolado. Ele não voltou a ver o homem e nem soube o que lhe aconteceu, mas podia imaginar que sua situação não tenha sido muito agradável.

Na última palestra do terceiro dia, muitos participantes estavam visivelmente emocionados, inclusive aos prantos. Ao pensar naquilo de um ponto de vista racional, a cena lhe pareceu esquisita demais. Quase todos os presentes davam a impressão de ter se tornado fiéis fervorosos.

Ao fim da palestra, mais uma provação o aguardava. Como ainda não tinha decidido se tornar membro da igreja, ele foi isolado dos demais, cercado e pressionado a ingressar, em uma abordagem muito mais insistente que a anterior, no prédio em Nogata.

Quando os membros da igreja que o cercavam perceberam que sua recusa era irredutível, quase o xingaram aos palavrões. Ele se perguntava por que precisavam chegar ao ponto de menosprezar e vilipendiar seu caráter.

Diante de argumentos tão arrogantes, se ele fosse alguém de mente fraca, provavelmente teria considerado que talvez estivesse mesmo errado, tamanha força das palavras daquela doutrina. Ao perceberem que ele resistia ao assédio, porém, os fiéis resolveram adotar a tática de derrotá-lo pelo cansaço, revezando-se em turnos para convencê-lo.

Desconfiando de que um simples aceno de cabeça seria anuência suficiente para que o dessem por vencido, ele perseverou e se manteve impassível durante as seis horas seguidas de discussão. Sua voz já estava rouca e sua cabeça um tanto atordoada pela sonolência, mas ele manteve sua decisão de forma resoluta. Para encerrar de vez aquela situação, ameaçou processar a igreja por cárcere privado e enfim foi liberado.

Ele nunca tinha passado por uma situação tão bizarra. Sentia que havia presenciado o modo pelo qual essas neorreligiões conseguem multiplicar seus devotos fanáticos. Quando se lembrava daquela cena, reafirmava para si que aquela era a verdadeira natureza dessas seitas duvidosas que surgiam a todo momento.

Entretanto, duas semanas depois do incidente, sua decisão de recusar o ingresso em uma igreja tinha aos poucos se alterado. Ele começava a pensar que as religiões, assim como muitas outras coisas, tinham lados bons e ruins. Será que de fato não havia algo de autêntico ali? Ele entendia que o vazio em seu coração acabaria fazendo com que buscasse apoio externo e se tornasse dependente, mas pretendia seguir adiante com a ideia de procurar uma igreja. O que acreditara serem as bases da vida já haviam há muito desmoronado e agora o que realmente precisava era de qualquer coisa em que pudesse confiar.

Não havia dúvidas de que, em algum lugar, haveria alguém capaz de preencher o buraco em seu peito. Ele se perguntava se esse alguém seria "Deus". E, se fosse o caso, qual seria a melhor forma de ouvir o que Deus tinha a dizer?

De repente, uma face atravessou sua mente como se fosse uma revelação divina. Era o rosto da moça que lhe perguntara, com uma aura sincera: "Posso fazer uma oração pela sua felicidade?" Seria aquela moça alguém conectado ao verdadeiro Deus? Será que ela poderia conduzi-lo à paz de espírito?

Após pensar nisso apenas uma vez, essa hipótese ocupou sua mente por completo. Parecia-lhe que reencontrar aquela moça era a coisa mais importante do mundo.

Outra vez, ele perambulou pelas ruas em busca do verdadeiro Deus, acreditando que haveria ensinamentos que poderiam preencher o vazio em seu coração.

A cidade estava quente como sempre. Nas vias engarrafadas, as buzinas de automóveis tocavam sem parar, o sol intenso talvez deixando as pessoas ainda mais impacientes. Por outro lado, as que caminhavam nas ruas pareciam letárgicas, praguejando baixinho contra o clima escaldante.

De repente, alguém lhe ofereceu um folheto e o pegou sem pensar. Nele estava escrito, em uma fonte bastante simples, o seguinte:

SE VOCÊ NÃO ESTÁ FELIZ É PORQUE NÃO ENTENDEU
COMO FUNCIONA O SISTEMA QUE LHE TRARÁ FELICIDADE.

Ele achou aquela frase bastante interessante. Parecia ser um folheto de convite para outra neorreligião. Havia mesmo muitos deuses entupindo um país tão pequeno.

Abaixo da primeira frase de efeito havia uma descrição dos encontros em letras miúdas. Enquanto ele dava uma olhada no panfleto sem ler de fato, algo passou pela sua cabeça.

Primeiro, ele poderia compreender a doutrina daquela religião a partir da leitura de materiais impressos e, depois, ir a um dos encontros. Afinal, agora que pensava no assunto, mesmo em livrarias comuns havia várias apostilas dessas novas igrejas à disposição. Não haveria problema em retardar a decisão de participar ao vivo se pudesse ler alguns materiais e entender melhor do que se tratava. Acreditava que o erro da última vez estava no fato de que ele se jogara na experiência de participar de um evento religioso sem pesquisar muito a respeito antes. Porém, se estudasse antecipadamente, não precisaria se preocupar em cair em um golpe.

Ele enfiou o folheto no bolso e se apressou a caminho de uma livraria.

14

Quinta-feira, 10 de janeiro. Um dia inteiro se passara desde que a central de investigação especial havia sido estabelecida. No entardecer, os detetives que já haviam concluído suas atividades de campo voltavam à sede.

Na reunião da noite anterior, a região ao redor de onde o corpo havia sido descoberto e a vizinhança da casa da menina fora dividida em áreas, de modo que cada uma delas ficou sob a responsabilidade de uma equipe que deveria se dirigir até lá, investigar e coletar informações. Os investigadores deveriam ir à sua área designada, visitar cada casa e procurar possíveis testemunhas. Com as lembranças nos depoimentos cada vez mais nebulosas conforme o tempo passava, visitar o maior número de residências possíveis em um ou dois dias era essencial para a resolução do caso.

Passava um pouco das 19h quando Okamoto e Kitaoka retornaram da área designada aos dois.

Ao voltarem para a delegacia, os detetives deviam relatar ao chefe da Primeira Seção Investigativa e ao chefe da Seção de Assuntos Criminais não apenas o que haviam conseguido coletar ao longo daquele dia, mas também apresentar um plano de ação para o próximo. Tanto aqueles que já tinham terminado seus relatórios quanto os que aguardavam para fazê-los estavam relaxando, fumando e tomando café, sentados em cadeiras dobráveis. A fumaça de tabaco era densa e preenchia o auditório de tal forma que, quando Okamoto e seu companheiro chegaram, o espaço parecia estar coberto de neblina.

— E aí, que trabalheira hoje, hein… — um detetive, colega de Okamoto, falou ao vê-lo.

— É verdade — disse Okamoto, levantando a mão em resposta.

A atmosfera era de agitação. Mais adiante, um detetive concluía seu relatório:

— ... por lá. Isso é tudo.

Okamoto puxou uma cadeira e se sentou.

— Então, terminamos por aqui? — A voz que respondeu ao detetive não era especialmente alta, mas, de alguma forma, ecoou pelo auditório. Os agentes que jogavam conversa fora de repente se calaram, como se tivessem sido pegos no flagra. — Tem certeza? — perguntou Saeki.

O detetive que lhe passava o relatório parecia não ter palavras para explicar, mas balbuciou, de forma inaudível, algo que havia ocorrido mais cedo.

— Ainda não entendi bem o que você andou fazendo o dia inteiro — insistiu Saeki, mais incisivo.

O outro continuou parado, o rosto enrubescido, ainda em silêncio.

— Cara, começou de novo — disse um colega que estava sentado ao lado de Okamoto, cutucando-o com o cotovelo. — Esse nepobaby cretino fica se exibindo por aí que nem um pavão.

Okamoto preferiu não responder, pois sabia que qualquer coisa que dissesse seria em vão.

— Ele próprio nunca foi a uma investigação de campo e não conhece os desafios que enfrentamos nas ruas. É bom não vir pra cima da gente com essa arrogância toda — reclamou o colega em voz baixa, mas Okamoto entendia bem o que ele quis dizer.

A severidade de Saeki não era novidade. Até onde Okamoto conseguia ver de forma imparcial, embora o chefe tivesse uma tendência a ser muito rígido, não era de modo algum um comportamento tão absurdo assim. As palavras de Saeki eram, em geral, apropriadas a alguém que ocupava o seu posto.

Na verdade, até mesmo Okamoto já havia sido fortemente repreendido após ter cometido um erro básico. Durante a investigação inicial de outro assassinato, ele não percebeu que o nome do criminoso estava registrado no caderno de telefones da vítima. No final das contas, o assassino acabou sendo capturado uma semana depois, mas se Okamoto não tivesse cometido aquele deslize, a prisão teria ocorrido no mesmo dia em que o caderno fora encontrado. Tinha sido uma pequena falta de atenção e ele próprio, mais do que ninguém, se lamentava por isso. Mesmo assim, um equívoco daquele não poderia passar em branco: era necessário que Saeki o advertisse com firmeza, caso contrário não seria possível manter a disciplina em toda a Primeira Seção Investigativa. Era de se esperar que as palavras dele fossem duras.

Apesar disso, Okamoto considerava que a forma de falar de Saeki era mesmo espinhosa. Ele se comportava como se não se importasse com os sentimentos do funcionário repreendido. No começo, Okamoto pensava que aquilo se devia à juventude e ao nervosismo do chefe diante de seus subordinados, a um temor de que não o respeitassem. Porém, atualmente havia mudado de opinião: pensava agora que aquela rigidez era inata a Saeki e que a postura do chefe em relação aos seus subordinados podia ser mesmo descrita como "severa".

No entanto, para quem estava recebendo a advertência, era insuportável. Afinal, mesmo que você concordasse com a repreensão, havia uma enorme diferença entre um puxão de orelha respeitoso e um esporro. Além disso, no final das contas, Saeki era visto pelos demais como um mero gerente de seção sem experiência de campo. A impressão que Okamoto tivera dele na primeira vez em que os dois se conheceram mantinha-se forte, então não conseguia menosprezar o chefe, mas não eram poucos os que nutriam uma enorme antipatia por ele, como era o caso do detetive sentado ao lado de Okamoto.

Ele concluiu que seria bom se fosse mais fácil compreender as sutilezas do comportamento de alguém. A severidade de Saeki sem dúvida era necessária naquele trabalho. Mas as pessoas que procuravam entender isso eram pouquíssimas.

— Certo! — disse Saeki. — Esforce-se mais amanhã.

O detetive que apresentava o relatório enfim havia sido liberado. A testa estava molhada de suor. Quando voltou ao seu assento, pegou um cigarro e começou a tragar intensamente.

Outros detetives se adiantaram antes que chegasse a vez de Okamoto apresentar seu relatório. Conseguira fazer duas entrevistas pela manhã e seis à tarde. Entre os depoimentos, encontrara uma informação que acreditava ser relevante ao caso: segundo um estudante que praticava jogging nas proximidades do rio, por volta das nove da noite do dia anterior, não havia nada nas margens na ocasião.

— Era noite e estava escuro. Será que ele pode simplesmente não ter percebido o saco preto de lixo? — perguntou o homem calvo sentado ao lado de Saeki, o chefe da Seção de Assuntos Criminais da delegacia da zona leste de Hino.

— Não creio que seja o caso. Também achei prudente confirmar, e ele reafirmou com confiança. Além disso, a quadra de tênis do outro lado da margem funciona até as 21h e tem uma iluminação forte que permite uma boa visão a quem passa por ali. Acho que dá para confiar no relato do rapaz — Okamoto explicou de forma cuidadosa, conseguindo convencer o outro.

Por meio desse depoimento, foi confirmado que o corpo fora abandonado após as 21h. Desde o começo da investigação, havia suspeitas de que o criminoso tivesse agido no meio da noite, mas ter um depoimento concreto fazia toda a diferença. Com essa informação, seria possível reduzir a janela de tempo estimada das ações do assassino.

— Agradeço pelos seus esforços. Espero poder contar novamente com eles amanhã — disse Saeki, mantendo o tom educado com Okamoto, que curvou a cabeça de leve e se afastou.

O agente que se apresentou em seguida havia coletado uma informação que parecia bastante útil. Alguém teria avistado um possível suspeito.

— Estava usando óculos de aro preto e um boné de beisebol. Vestia uma jaqueta corta-vento preta e calça jeans. Um homem, jovem, com altura aproximada de um metro e setenta, magro e de pele clara.

Houve uma comoção. Aquela era a primeira informação significativa relatada no dia. Afinal, se alguém tivesse mesmo avistado o criminoso, logo seria possível dar um xeque-mate no caso.

— Bom trabalho — disse o chefe da Seção de Assuntos Criminais da delegacia. — Vamos providenciar o retrato falado o quanto antes. Volte amanhã à casa da testemunha.

— Entendido. — O agente assentiu.

— É uma pista muito promissora, não acha?

O chefe da Seção de Assuntos Criminais virou-se, com um sorriso no rosto, para Saeki, sentado ao seu lado.

— De fato — ele respondeu.

— Sim, esse cara provavelmente é o culpado. Se conseguirmos um retrato falado, a investigação vai estar no papo.

— Só acho que é bom evitarmos conclusões precipitadas.

— Como é? — O chefe da Seção de Assuntos Criminais olhou feio para Saeki, como se sua ideia havia sido desmerecida. O sangue logo lhe subiu à cabeça.

— Especula-se que o autor do crime tenha utilizado um veículo para transportar o corpo. Sendo assim, deveria haver um carro por perto no momento do avistamento do suspeito. Havia um veículo estacionado próximo ao homem? — Saeki perguntou ao detetive, ainda diante dos dois líderes da investigação.

— Não, a testemunha não viu nenhum.

— Bom, nesse caso não podemos tirar conclusões precipitadas. Vamos considerá-lo apenas como um potencial suspeito.

— Não, há mais nessa história! — Teimou o chefe da Seção de Assuntos Criminais. — Ele pode ter deixado o carro em qualquer lugar. Óculos e boné? Não é uma combinação suspeita?

Para Okamoto, a impressão era de que o chefe da Assuntos Criminais do leste de Hino tinha algum tipo de rivalidade com Saeki. Ele rebatia suas opiniões sempre que possível e parecia ter o temperamento de alguém que nunca se satisfazia apenas com o que os outros falavam, sempre tendo que inserir algum comentário próprio. Ou talvez ele simplesmente se ressentisse por Saeki ser um oficial de carreira. Aparentava ser cerca de uma geração e meia mais velho do que Saeki e, ainda assim, tinha um cargo inferior. Além disso, possuía em seu histórico um cargo de chefia no Departamento de Polícia Metropolitana antes mesmo de Saeki assumir o atual cargo. Por essas razões, era evidente que seu orgulho não permitia que deixasse a investigação ser conduzida por alguém que considerava um novato inexperiente.

— Concordo em fazermos o retrato falado. — Saeki permaneceu tranquilo. — Mas, por ora, creio que seja melhor mantê-lo em sigilo.

O chefe da Seção de Assuntos Criminais bufou pelo nariz com insatisfação, mas preferiu guardar para si sua opinião.

Já passava das nove da noite quando outros dois detetives concluíram seus relatórios. O chefe da Seção de Assuntos Criminais se levantou e falou em voz alta:

— Como vocês ouviram, conseguimos uma informação importante para o caso. A partir de amanhã, quero que deem prosseguimento ao inquérito focando na figura desse homem de óculos de aro preto e boné. O retrato falado será distribuído assim que estiver pronto. Nesse meio-tempo, continuem averiguando a área para a qual foram designados. — Sua barriga protuberante se sobressaía enquanto se dirigia a todo o auditório. Havia ignorado as observações de Saeki e não esboçou qualquer pretensão de fazer uma avaliação cuidadosa do relato da testemunha. Estava claro que queria tomar o controle da investigação. — Vamos todos continuar dando duro amanhã. Dispensados! — exclamou.

Com aquela atitude arrogante, ignorou mais uma vez a presença de Saeki. O chefe da Seção de Assuntos Criminais da delegacia local havia feito o discurso final do dia, sobrepujando Saeki, o chefe responsável pelo caso — seria natural que ele se irritasse. O chefe da Oitava Subseção estava de olhos arregalados.

Okamoto observou com preocupação o comportamento dos dois. Porém, Saeki não mudara o semblante e começou a organizar a papelada assim que o fim da reunião foi anunciado. Não se via qualquer sinal de raiva em seus gestos.

Mentalmente, Okamoto aprovou sua atitude. Saeki não era movido por coisas insignificantes como reputação. Desde que a investigação corresse sem grandes percalços, não havia problema. Essa era uma das virtudes dele. Entretanto, pelo que Okamoto podia perceber, nenhum detetive parecia dar valor à generosidade de Saeki. Talvez até tivessem admirado a atitude do outro.

Saeki era cercado por mal-entendidos e preconceitos. Mesmo assim, não tentava resolver essas questões. Okamoto chegava a sentir um pouco de pena de Saeki, pela resiliência que precisava demonstrar.

15

ENTRE OS MUITOS LIVROS QUE ENCONTROU PARA COMPRAR, A DOUTRINA do culto chamado "Ordem Universal da Luz Branca" lhe pareceu particularmente interessante. Só depois é que ele se deu conta de que era a religião do culto que havia lhe entregado aquele folheto antes.

Boa parte dos fundamentos do conteúdo escrito nos materiais doutrinários adquiridos abordava era o mesmo, com uma ou outra diferença, variando um pouco os termos utilizados. Em suma, o que queriam dizer era apenas: "acredite em Deus", "acredite no nosso guia", "acredite na nossa fé".

Havia muitos cultos baseados no budismo e no cristianismo, além de outros que apresentavam uma visão de mundo mais singular. Mas cada um deles, em geral, pregava a existência de um "Deus" como um ser distante, cujo contato com os humanos era intermediado pela figura de um guru, o líder daquela religião.

Esse tipo de dogma não lhe parecia satisfatório. Para um devoto dessa crença, Deus estaria em um lugar inimaginavelmente distante e não teria qualquer conexão direta com os fiéis. "Se Ele estiver longe assim, como irá preencher o buraco no meu peito?"

A esse respeito, a doutrina da Ordem Universal da Luz Branca possuía um ponto de vista bastante particular. Segundo o texto, Deus estaria unido às pessoas no âmago de seus corações. Por isso, explicava que, quanto mais um fiel olhasse para dentro de si, mais próximo estaria de Deus.

Essa ideia, sim, ele era capaz de compreender com facilidade. O principal era que a espiritualidade dependia do esforço individual de seus devotos. Bastaria que se esforçassem e fossem capazes de uma profunda introspecção para poderem se aproximar de Deus. Para ele, esse pensamento parecia muito válido em comparação às outras religiões.

Além disso, a Ordem afirmava ter sistematizado o processo introspectivo. Não apenas induzia os fiéis a olharem para dentro de si, mas também havia estabelecido um guia para ajudá-los a adquirir uma compreensão mais profunda durante esse movimento.

Ele não fazia a menor ideia do que era essa tal de "cabala", mas entendeu que se tratava de um tipo de budismo ocidental. Apesar dessa semelhança, comparada com outros cultos que eram inspirados diretamente em crenças já existentes, como o cristianismo, a cabala pareceu-lhe algo inovador.

De todo modo, a Ordem Universal da Luz Branca parecia ser uma religião confiável em vários aspectos. Inclusive, seus livros enchiam uma prateleira inteira, organizados de forma diferente das outras obras. Pelo destaque que recebiam, pareciam estar vendendo bem, o que fazia sentido, considerando seu conteúdo.

O autor dos livros era Shouei Koizumi, o líder do culto. Não havia quaisquer fotografias, o que também despertava a curiosidade das pessoas.

Depois de fazer uma leitura cuidadosa ao longo de dois dias, ele telefonou para o número do setor de relações públicas listado no final do livro. Sentia-se como um garoto, de tão animado e ansioso que estava.

Depois de alguns toques, a ligação foi atendida.

— Ordem Universal da Luz Branca, em que posso ajudar? — falou com voz doce uma jovem mulher.

— Desculpe incomodar, mas eu gostaria de fazer algumas perguntas — disse ele, escolhendo com cuidado as palavras. — Estou ligando porque li recentemente *Jornada para a felicidade*.

— É mesmo? Fico feliz! — respondeu a mulher.

— Sim. E fiquei interessado em conhecer melhor o grupo de vocês, então, se tiver uma reunião ou algo do tipo, eu gostaria de participar, se for possível.

— Tudo bem, seja bem-vindo. Quando seria bom para você?

A voz dela soava bem despreocupada. Faltava-lhe um certo tom de fanatismo comum a neorreligiões, a ponto de ele chegar a pensar que talvez tivesse telefonado para o número errado. De todo modo, aquilo o deixou mais aliviado.

— Para mim, pode ser em qualquer data. Quando ocorrerá um encontro com conteúdo simples, para iniciantes como eu?

— Entendi. Já que você pode em qualquer dia, talvez seja melhor vir até nossa sede quando preferir. Com certeza, vai ter alguém presente para lhe dar todas as explicações de forma compreensível.

— Ah, podemos combinar assim mesmo? — Então, continuou a falar, como se estivesse se precavendo: — Eu ainda não decidi se vou me juntar a vocês, por isso queria conhecer um pouco melhor antes.

— Não tem problema nenhum. Muitas pessoas têm essa dúvida. Algumas vêm, dão uma olhadinha e vão embora. Pode vir despreocupado.

— Ah, sim, entendi. Bem, para onde devo me dirigir, então?

— Você ainda tem seu exemplar de *Jornada para a felicidade*, certo? No final dele está escrito o endereço em Kyoudou, na região de Setagaya. Há algumas unidades dentro da região metropolitana de Tóquio, mas a de Kyoudou é a maior. Então, acho que é a melhor para o senhor.

Ele abriu o livro ainda com o telefone em mãos. Realmente havia um endereço ali. Pensou que, quando olhasse um mapa, teria uma ideia aproximada de onde aquele lugar ficava.

— Se o endereço não for suficiente, posso enviar um mapa — disse a mulher.

— Não, acho que sei onde é.

— É um edifício grande, bem em frente à estação. Acredito que vai localizá-lo com facilidade. Mas, se não o encontrar, ligue para cá e alguém pode ir buscar o senhor na estação.

— Ah, é mesmo? Muito obrigado.

Em seguida, ele comentou que iria lá dali a um ou dois dias e desligou. A mulher que atendera sua ligação não pediu nome nem telefone. Ele ficou com a impressão de que era uma instituição bastante honesta.

Sentiu o coração bater um pouco mais rápido de empolgação.

16

Passava das onze da noite quando Okamoto chegou em casa — até que cedo, considerando as proporções do caso.

Depois que sua esposa o ajudou a tirar o sobretudo, ele foi se sentar na sala de estar. Os dois filhos colocaram as cabeças para fora dos seus quartos e, ao ver o pai, falaram:

— Seja bem-vindo!

— Obrigado, fico feliz por ver vocês — respondeu ele.

Okamoto educara os filhos para que sempre fizessem os cumprimentos corretamente quando estivessem acordados. Não tinha problema se não quisessem conversar além disso. Ele acreditava que garantir que fossem feitos os cumprimentos educados era o mínimo para manter a boa comunicação familiar.

— Como estão os estudos? — Okamoto perguntou ao filho.

— Mais ou menos — respondeu o garoto, antes de sumir atrás da porta.

— Veio cedo hoje, né? — comentou a esposa enquanto trazia chá em uma xícara sem alça, tradicionalmente japonesa.

— Sim.

Ele aceitou o chá e tomou um gole. O calor da bebida foi se espalhando pelo seu corpo frio.

— O senhor Tanio telefonou — avisou ela.

— Ah, é? — Okamoto disse. — O Tanio?

Receber telefonemas era esperado, considerando a notoriedade daquele caso. Com certeza, Tanio não deixaria de entrar em contato.

— E o que ele falou?

— Disse que retornaria a ligação depois.

— Ah, claro.

Ele imaginou que Tanio talvez estivesse fazendo uma ronda noturna e, como ainda não estava cansado, considerou lhe mandar uma resposta amigável. Decidiu tomar um banho antes de ligar para o amigo. Sua esposa avisou que a água do ofurô já estava bem quente.

Tanio apareceu bem quando Okamoto estava saindo do banho. Havia falado que telefonaria, mas pelo visto decidiu vir pessoalmente.

— Não estou incomodando, estou? — perguntou com um sorriso simpático.

— E o seu trabalho não é esse, rapaz? Entre logo — respondeu Okamoto, sorrindo também.

— Só você mesmo, Okamoto. — Tanio rapidamente enfiou os pés nas pantufas que lhe foram entregues. — Não vou fazer cerimônia, então.

Ele tinha sido calouro de Okamoto no ensino médio. Ambos eram da equipe de handebol, mas acabaram perdendo contato após a formatura. Entretanto, quando o veterano ingressou na Primeira Seção Investigativa do Departamento de Polícia Metropolitana de Tóquio, inesperadamente acabaram se reencontrando.

Tanio trabalhava como jornalista policial para o jornal *Touto*.

Todo repórter tinha suas próprias fontes — como detetives com os quais mantinha contato e que vazavam detalhes ainda sigilosos. Os jornais não produzem suas matérias utilizando apenas o que a polícia anuncia oficialmente. Afinal, é impossível apresentar um quadro geral sobre um caso a partir de simples coletivas de imprensa, como a que Saeki fizera no dia anterior. Por isso mesmo, naquele caso os jornalistas haviam decidido fazer uma "ronda noturna" na casa de seus informantes. Se conseguissem coletar informações exclusivas para seus empregadores, seria um furo de reportagem.

Para um leigo, pode soar estranho que um jornalista apareça no meio da noite na casa de um detetive para pedir informações sigilosas.

Não é difícil imaginar que essa situação seja uma espécie de conluio entre investigadores e jornalistas. Isso porque, para começo de conversa, talvez uma pessoa comum não acredite que esses dois grupos possam ter uma relação tão amigável assim.

Claro, não é como se um jornalista fosse cair nas graças de um investigador do dia para a noite. Um detetive pode ser todo sorrisos com um repórter que encontra na delegacia, mas fechar a cara caso se depare com o sujeito na porta de sua casa — até mesmo porque é estranho que alguém saiba o seu endereço. Uma vez que o repórter localiza a casa de um detetive e vá até lá, em geral acaba não conseguindo conversar porque o investigador finge não estar ou pede para dizerem que já está dormindo. Após superar esse primeiro contato e aparecer três ou quatro vezes, pode ser que o investigador convide o jornalista a entrar. Ainda assim, isso não quer dizer que ele vá vazar informações. A ronda noturna de um jornalista criminal é, em suma, um trabalho pouco recompensador.

A profissão não desaparece porque a polícia é um baú de tesouros de informações como nenhuma outra instituição. Por mais que a imprensa tenha expandido sua rede de inteligência, ainda não é capaz de rivalizar com a capacidade investigativa da polícia. Por isso, é necessário confiar na intuição e ir atrás das informações dessas fontes altamente estimadas.

Quando Okamoto voltou à sala e reencontrou Tanio, imaginou que ele estivesse pulando de alegria por dentro. Afinal, havia conseguido captar um informante sem fazer muito esforço. Okamoto não era um informante muito bom, pois em geral era discreto e não falava muito sobre os casos, mas pelo menos não mandava Tanio embora. O que, por si só, já podia ser considerado uma bênção para um jornalista criminal.

— Aqui. — Tanio havia se sentado no tatame do chão da sala de estar e oferecia uma caixa de doces. — Para as crianças.

— Não precisava se incomodar. Já cansei de te dizer que não aceito suborno — Okamoto falou enquanto pegava a caixa.

— Um caso bastante difícil, não é mesmo? — perguntou o jornalista, ajeitando-se de joelhos e com a coluna reta, numa forma tradicional japonesa de se sentar, porém, desconfortável para muitos.

— Fique à vontade — disse Okamoto, meneando o queixo de maneira amigável.

— Posso mesmo?

Tanio pareceu feliz por mudar de posição e cruzar as pernas.

A esposa de Okamoto trouxe chá e o entregou para o jornalista.

— Beba devagar — limitou-se a dizer, com uma ênfase pouco natural e uma expressão que denotava certo desagrado.

— Me desculpe. — Tanio coçou a cabeça. — Sei que sempre venho muito tarde.

— Não tem jeito. Você também tem o seu trabalho. — Okamoto tomou um gole do chá. — Meu filho está se preparando para a prova de admissão do ginásio. Isso tem me deixado um pouco nervoso.

— Ah, é? Me desculpe por incomodar num momento assim.

— Tudo bem. Se a gente falar baixinho, não vamos atrapalhar os estudos dele.

— Ele vai tentar entrar em que colégio?

— Instituto Kaimei.

— Instituto Kaimei? É uma escola famosa, não? — Tanio ergueu as sobrancelhas. Seu semblante repentinamente se tornou brincalhão. Desde sempre, ele se aproveitava de sua expressão amigável para cativar as pessoas, e mesmo agora, com quarenta anos nas costas, isso não havia mudado. — Entrando na Kaimei, ele deve conseguir ir direto pro ensino médio. E se as suas notas estiverem entre as cem melhores do colégio, é praticamente garantido que consiga entrar na Universidade de Tóquio.

— Ele ainda não foi aprovado. Fazer o exame qualquer um pode, né?

— Qualquer um, uma pinoia! Se o meu moleque dissesse que queria tentar a Kaimei, o professor dele iria era rir na cara do coitado! — Tanio fez um gesto tão exagerado com as mãos que chegava a ser engraçado.

— Não precisa falar assim. O seu filho está com quantos anos?

— Ele tem um a menos do que o Takashi, está no quinto ano do primário. Por enquanto, ainda não precisamos nos preocupar com os exames. — Tanio balançou a mão como quem não liga e, de repente, entrou no assunto principal. — A propósito, como eu disse antes...

— Sobre o caso?

— Isso. Difícil, não?

— Pois é. Vocês também não estão conseguindo descansar desde que isso começou, né?

— Isso não é nada. — Tanio inclinou o corpo para a frente. — Na prática, como está o andamento? Tem alguma relação com o caso de Higashikurume, de outubro do ano passado?

Okamoto meneou a cabeça.

— Não sei.

— Lá vem você de novo. — Tanio estava com um sorriso largo olhando para o rosto de Okamoto. — Você é mesmo discreto.

— Mas é verdade. Não há nada que conecte diretamente os dois casos. A única coisa em comum entre ambos é que a desaparecida era uma menininha.

— E o que a central de investigação pensa a respeito de os dois desaparecimentos terem ocorrido às segundas-feiras?

— O que você acha? — Okamoto encorajou Tanio a opinar. — Com apenas esse ponto em comum, você acredita que é possível dizer que o culpado é a mesma pessoa?

— Acho que não... — respondeu, coçando a cabeça com força. — Hum, está bem.

— Não estou escondendo nada. Realmente não há mais pontos em comum.

— Está bem, vou acreditar em você. — Tanio pegou a xícara de chá e tomou um gole fazendo barulho. — Então, vamos deixar aquele caso pra lá. Me fale um pouco mais sobre o caso atual.

Okamoto riu com ironia.

— Já te disse várias vezes: não posso falar sobre a situação de uma investigação atual. E você com certeza sabe disso.

— Até agora não teve nenhum avanço? — Tanio continuou, como se não tivesse ouvido as palavras de Okamoto. — Deve ter tido alguma coisa, não teve?

— Você não escuta, né?

— Do jeito que a polícia está fazendo tanto mistério sobre a investigação, deve ter surgido alguma pista importante. Tem testemunhas?

Tanio sabia como pressionar os outros. Seu semblante brincalhão era uma isca, e a vítima, antes que se desse conta, já estava dominada. Esse era o ponto forte do jornalista.

— É isso, então. Há testemunhas.

— Eu não afirmei nada.

— Não precisa esconder. Também estou empenhado em coletar informações sobre o caso, e se conseguir alguma coisa, você será a primeira pessoa a saber.

Por "coletar informações", ele queria dizer que estava interrogando pessoas na região onde ocorrera o desaparecimento, agindo como se fosse um detetive.

— Mesmo que você esconda a existência de uma testemunha, é apenas uma questão de tempo até que ela surja no meu radar — disse o jornalista.

Okamoto riu ironicamente de novo. Sentiu-se derrotado.

— Certo, certo. Você venceu.

Okamoto pensou sobre a situação por um momento. Era verdade que, como Tanio mencionou, a existência de uma testemunha pipocaria mais cedo ou mais tarde na mídia. Nessa circunstância, não era um momento ruim para demonstrar gratidão a tal jornal. Não devia haver problema em falar sobre isso, desde que enfatizasse que não se tratava necessariamente de um avistamento do culpado.

— Alguém viu uma pessoa suspeita — disse Okamoto.

— Como esperado, então. — Tanio sorria de orelha a orelha.

— Mas ainda não há evidências de que a pessoa seja a culpada. Na minha opinião, eu diria que não é. Por favor, não entenda o que vou dizer de forma errada.

— Certo. Certo. — Tanio assentiu amigavelmente com a cabeça, quase esfregando as mãos.

Okamoto, então, começou a descrever as características do homem que havia sido avistado pela testemunha.

17

Ao desembarcar do trem na estação de Kyoudou e sair pelo portão sul, ele logo identificou o prédio que deveria se dirigir. O culto ocupava do terceiro ao sexto andar de um edifício comercial de boa aparência. Ele imaginou que só o aluguel já devia ser uma fortuna, o que o fez mais uma vez perceber o poder aquisitivo das neorreligiões.

Ele pegou o elevador até o terceiro andar, onde se deparou com uma porta de vidro em que estava escrito Ordem Universal da Luz Branca — Unidade Setagaya. Do outro lado do vidro havia um cômodo muito bem iluminado.

Após hesitar por um momento, ele abriu a porta com um empurrão. Assim que o fez, ouviu-se uma voz feminina:

— Seja bem-vindo!

Logo à direita havia um balcão que parecia ser a recepção, com uma placa em que se lia *Information*, em inglês. Detrás estava sentada uma mulher de jaqueta azul-escura.

— Como posso ajudar o senhor? — ela perguntou, sorrindo e agindo como se trabalhasse no balcão de informações de uma empresa como outra qualquer.

— Eu liguei ontem querendo conhecer melhor o grupo de vocês — disse, sentindo-se um tanto nervoso. Nunca havia se sentido assim.

— Está certo. Venha comigo, por favor.

A mulher levantou-se de forma enérgica e indicou o caminho pelo corredor. Ele acenou com a cabeça e a seguiu.

Além do balcão de recepção, aquele andar também estava mobiliado com um conjunto para atendimento com mesa e cadeiras elegantes, tudo enfeitado com vasos de plantas ornamentais e quadros. Sua decoração lembrava o lounge de uma empresa de tecnologia.

A mulher o guiou até um sofá e disse:

— Espere aqui, por gentileza.

Em seguida, ela fez uma reverência e retornou para o balcão de onde havia saído. Havia uma aura sofisticada ali, que não lembrava em nada a de uma organização religiosa.

Nem um minuto havia se passado quando um homem, um pouco mais velho do que ele — devia ter quase quarenta anos —, apareceu na porta do outro lado do salão. Tinha um estilo casual, com camisa de botões de manga curta e calça.

— Desculpe por fazê-lo esperar. Sou eu quem vai atendê-lo.

Para a sua surpresa, o homem esticou a mão e ofereceu um cartão de visita a ele, que se levantou e o pegou. Estava escrito “Ordem Universal da Luz Branca — Philosophus Motoharu Kawakami”. Ele não entendeu bem o que “philosophus” queria dizer, mas supôs que fosse um tipo de hierarquia na estrutura daquela religião.

— Desculpe, eu estou sem cartão de visita — ele se explicou.

— Não tem problema. Mesmo aqui dentro não tem muita gente que se preocupa em ter um. Mas eu gosto — Kawakami disse amigavelmente e, em seguida, esticou a mão apontando para o sofá. — Sente-se, por favor.

Ele se sentou e Kawakami se apresentou.

— Muito prazer, hoje vou lhe apresentar um pouco mais sobre a Ordem. Estou à sua disposição.

— Eu agradeço — disse ele, abaixando a cabeça educadamente.

— O senhor veio hoje para nos conhecer melhor, certo? Como surgiu esse interesse? — Kawakami perguntou de forma clara e objetiva. Parecia um homem de negócios diante de um cliente.

— Bem, na verdade, eu li *Jornada para a felicidade* e fiquei tocado em certos trechos. Tive vontade de conhecer melhor.

— Ah, que bacana! Esse livro já vendeu três milhões de cópias, é um grande best-seller! Realmente, muitas pessoas que o leram acabaram ingressando na Ordem depois! — Kawakami ergueu as sobrancelhas, orgulhoso.

— Hoje eu gostaria de saber mais detalhes sobre a doutrina de vocês e também sobre as atividades cotidianas, se for possível.

— Entendi — Kawakami concordou, acenando de leve com a cabeça. — Então, sem mais demora, me acompanhe por aqui, por favor.

Ele se levantou depois de Kawakami e o seguiu pela escada até o quarto andar, que era dividido em alguns cômodos. O cicerone abriu a porta de um deles e entrou. Na sala havia cerca de dez carteiras escolares de metal. Do outro lado, no fundo da sala, havia um quadro branco e um projetor.

— Primeiro, vou pedir para o senhor assistir a um vídeo aqui. Está com tempo hoje?

Ele se limitou a responder:

— O tempo não é um problema.

— O vídeo de apresentação para iniciantes dura cerca de quarenta e cinco minutos. Após assisti-lo, acredito que o senhor vai entender em linhas gerais do que se trata a Ordem. De todo modo, ao término dele eu lhe darei informações adicionais e, posteriormente, o levarei para dar uma volta pela unidade.

Ele se sentou na cadeira mais à frente por orientação de Kawakami, que fechou a cortina preta e se retirou, dizendo:

— Até já!

Ser deixado sozinho ali, sem mais ninguém, lhe trouxe uma sensação de solidão, como se tivesse voltado à época da escola.

O vídeo começou a rodar. Letras apareceram sobre um fundo espacial, feito em computação gráfica. Devia ter sido muito caro de produzir.

Depois do título, surgiu na tela um jovem casal, um homem e uma mulher que encenavam como estavam conhecendo o culto. Deu a entender que os dois seriam os guias do vídeo dali em diante.

O casal, com seus próprios problemas e um livro que trazia em mãos, acabava encontrando a Ordem e ingressava nela, tornando-se devoto. Exatamente como ele, os dois começavam com uma simples visita, depois recebiam algumas explicações simples sobre as doutrinas do culto e, então, decidiam experimentar as práticas. No final, tratava-se de uma história sobre alcançar a paz de espírito.

Era um vídeo com uma narrativa compacta e bem fácil de entender. Não se percebia nenhum sinal de religiosidade nele. Era moderno, sofisticado e, de alguma forma, inegavelmente muito singular.

— O que achou?

Kawakami havia entrado na sala e estava no fundo, o aguardando. Bem quando o filme acabou, ele ligou as luzes e foi em direção ao visitante.

— O vídeo apresenta uma explicação simples que talvez não seja suficiente. Mas se o senhor realmente quiser conhecer melhor a Ordem, creio que ele funcione bem como pontapé inicial.

— Foi bastante fácil de entender — ele expressou sua opinião sincera.

— Apresentar esses tópicos por meio de um filme é bem útil, pois sem dúvidas ajuda as pessoas a entenderem como a Ordem é de verdade.

Kawakami abriu a cortina da sala.

— Eu cheguei a participar de um retiro de treinamento de um culto chamado Igreja Evangélica dos Ensinamentos Sagrados — disse ele —, mas foi terrível.

— Ah, já ouvi falar deles. — Kawakami acenou de leve com a cabeça. — O senhor teve uma experiência ruim?

— Sim, um pouco. Mas aqui parece diferente.

Ele tentou puxar a conversa para esse assunto, mas Kawakami não pareceu muito interessado em seguir por esse rumo.

— Cada congregação tem o seu próprio modo de pensar, não acha? — disse Kawakami. — Eu mesmo às vezes ouço alguns rumores sobre aquela igreja, mas não me sinto capaz de opinar sobre as diferenças entre ela e a nossa.

— Ah! — ele exclamou, surpreso.

— Existem muitas pessoas que acreditam nos ensinamentos de seus líderes. Se elas estiverem felizes, acho que não tem problema, não é?

— Tem razão.

Os membros das neorreligiões que vinham surgindo em cada canto viviam criticando umas às outras, mas parecia que ali o modo de proceder era diferente. Ele não sabia se aquilo era apenas o ponto de vista de Kawakami ou se era a política daquele culto, mas não percebeu nenhum tom malicioso em suas palavras.

— Bem, vamos então subir mais um andar. Acho que conversar um pouco com os outros pode ser produtivo.

Ele foi conduzido por mais um lance de escadas. Assim como o quarto andar, o quinto possuía um corredor branco, ladeado por portas da mesma cor. Kawakami abriu a mais próxima.

Ali havia cinco ou seis pessoas, homens e mulheres. Todos eram adultos, entre trinta e cinquenta e poucos anos. Pareciam estar envolvidos em algum tipo de discussão ao redor de uma escrivaninha.

— Este é o senhor Matsumoto, que faz uma visita para nos conhecer — Kawakami o apresentou ao grupo. Ele abaixou de leve a cabeça.

— Olá! Seja muito bem-vindo! Venha aqui, por gentileza.

O homem que parecia ser a pessoa mais velha presente se levantou e puxou a cadeira para trás. Ele entendeu que era um convite para se sentar e assim o fez.

— Uma visita, então? O que achou do vídeo? — começou a falar prontamente.

Ele também tentou responder e interagir da forma mais animada que pôde.

Depois, um a um, eles foram se apresentando. Não havia como decorar o nome de todos naquele momento, mas o que o impressionou mais foi como eles, sem exceção, pareciam contentes. Cada um explicou o motivo de ter se convertido ao culto. Entre as razões, alguns tinham vindo com a família, outros eram desbravadores que pulavam de religião em religião sucessivamente até enfim chegar àquela congregação. Além disso, todos da sala pareciam felizes com a visita dele.

— Eu posso dar a impressão de ser um veterano importante aqui, mas estou apenas no quarto nível acima do básico. — Kawakami coçou a cabeça. — Agora eles estavam debatendo sobre nossa próxima publicação, mas eu fui convidado a me retirar porque não posso participar disso.

— Você ainda não tem experiência suficiente, Kawakami — comentou, em tom jocoso, uma mulher de meia-idade, cuja família inteira havia se convertido.

Todos os presentes concordaram, explodindo em gargalhadas.

— Tem mesmo uma hierarquia? — ele perguntou.

— Sim, tem sim. Só não é algo como um status ou uma posição social dentro da Ordem. Comparativamente, é como se fosse uma graduação de artes marciais. Enquanto você praticar, sua classificação vai melhorando — explicou o primeiro homem a se levantar.

— Como você é um iniciante, primeiro será considerado um *neophyte*. O objetivo final de todos é se desenvolver até se tornar o que chamamos de *ipsissimus*, o grau mais elevado. Entretanto, atualmente ninguém além do grão-mestre Koizumi está nesse patamar — acrescentou a outra mulher.

Ele não entendeu o significado daquelas palavras, mas pelo menos conseguiu captar um pouco do sistema e do clima do culto. Pensando que já tinha atrapalhado demais o trabalho deles, levantou-se da cadeira e se despediu.

— Esta foi uma reunião para seniores, mas hoje também há um encontro de jovens. Não gostaria de dar um pulinho lá? — Kawakami sugeriu quando saíram para o corredor.

Ele não tinha razão para recusar a proposta.

Continuaram pelo corredor até o guia abrir outra porta. Lá dentro também ocorria uma reunião com a mesma atmosfera animada da anterior, só que, dessa vez, os participantes eram de faixa etária estudantil.

Kawakami o apresentou ao grupo, mas ele mal escutou. No instante em que entraram na sala ele ficou estonteado, como se tivesse levado um golpe forte na nuca. Sua atenção havia sido roubada por uma jovem que estava ali.

Era ela. A moça peculiar que havia rezado pela felicidade dele.

Ele recebeu uma chuva de boas-vindas, mas, quando refletiu sobre a situação em outro momento, sequer se lembrava de como tinha respondido a todas aquelas saudações. Sua mente estava tão imersa na presença daquela jovem que ele não conseguia prestar atenção ao que os demais falavam.

— Boa tarde, sou Saki Kitamura — ela o cumprimentou. Ao inclinar a cabeça, seu longo cabelo cobriu suavemente as orelhas.

— Nós já nos encontramos antes, não? — disse ele, com receio de que a voz estivesse trêmula. Afinal, nunca pensou que a reencontraria ali.

— Ah, é? Tem certeza? — Saki parecia confusa, como se não se lembrasse dele.

Realmente, era improvável que se lembrasse. A interação entre eles fora breve. Ela com certeza falava com vários transeuntes todos os dias. Não era estranho que se esquecesse do rosto de alguns.

— Sim, você me perguntou se podia fazer uma oração pela minha felicidade.

Quando ele disse isso, Saki olhou para baixo, aparentemente envergonhada.

— Ah, não. Jura?

Os rapazes ao redor a provocaram:

— Como é que é? Você fazia esse tipo de coisa? — Havia um ar de flerte nas palavras. Pelo visto, ela estava atraindo a atenção dos homens no recinto.

— Falando nisso, eu também não te encontrei antes em algum lugar? — Kawakami se intrometeu. — Estava pensando nisso agora.

— Não, disso eu não me lembro — respondeu ele.

— É mesmo? Que estranho.

Kawakami murmurou algo inaudível, hesitante. Porém, como não teve brecha para desenvolver o assunto, parou por aí mesmo.

Após papear por algum tempo, ele avisou que ia embora. Os jovens o observaram se retirar com semblantes alegres. Não havia sinal de maldade neles.

Kawakami o levou até o hall dos elevadores.

— Espero que tenhamos atendido às suas expectativas.

— Sim, fiquei bastante impressionado — respondeu com sinceridade.

Naquele momento, já havia decidido ingressar na Ordem. Sentia que reencontrar Saki Kitamura fora uma espécie de sinal divino.

— Volto qualquer dia desses. — O elevador chegou e ele entrou. — Obrigado pela atenção.

Ele curvou a cabeça, e logo a porta se fechou.

18

Saeki veio dirigindo da cidade de Hino, estacionou o Nissan Bluebird e caminhou até seu prédio. Ele preferia utilizar o próprio carro nos deslocamentos envolvendo o trabalho para evitar que a mídia descobrisse que ele tinha um apartamento alugado no distrito de Kouenji, além da casa em que morava. Alguns dos chefes anteriores da Primeira Seção Investigativa eram levados para casa em viaturas, mas Saeki tentava evitar isso o máximo possível.

Ao subir pela entrada do prédio, estava se arrastando. Somente quando entrou no elevador conseguiu, enfim, relaxar, mas uma onda de cansaço caiu sobre seus ombros.

Subiu para o quinto andar e pegou a chave no bolso. Ao girar a maçaneta, teve a sensação de que havia alguém dentro do imóvel.

Assim que abriu a porta, viu um par de scarpins pretos enfileirados. Dava para ouvir o som de fritura na cozinha, o que abriu seu apetite.

— Achei que já era hora de você voltar mesmo.

Quando Saeki entrou na sala de estar, Itsuko Shino estava em pé na cozinha, de costas.

— Seu sexto sentido é bom, hein?

Saeki jogou a maleta no sofá e afrouxou a gravata.

Ele e Itsuko iniciaram o relacionamento pouco depois de Saeki ser alçado ao posto que ocupava, ou seja, já completavam dois anos juntos. Ela faria trinta naquele ano, mas, graças ao rosto arredondado e de aparência infantil, não parecia ter de modo algum a idade que tinha. Certo dia, ela resolveu, de repente, cortar drasticamente o longo cabelo. Com o corte curto, Itsuko ficou com uma aparência ainda mais jovem. Ela mesma se incomodava com o formato do rosto e com a jovialidade que aparentava, mas Saeki gostava dela assim.

Itsuko visitava o apartamento de Saeki sempre que uma central de investigação era inaugurada. Sua intenção era utilizar seu talento na cozinha para animar o investigador. Depois disso, não dava as caras até que o caso fosse solucionado. Era a forma habitual de Itsuko demonstrar que era uma mulher decidida.

— A janta ainda não está pronta. — Ela virou-se para Saeki, segurando hashis culinários, um pouco mais compridos do que os usados como talheres. Itsuko estava em frente ao fogão, sem avental. Vestia apenas uma camiseta listrada folgada e calça jeans. Por causa do cabelo curto, podia ser confundida com um garoto se vista de costas.

— Ah, não comi nada ainda.

— Hoje tem bife!

— Que chique!

— É, mas claro que vamos dividir o que gastei no mercado.

Saeki deu um sorriso irônico e se dirigiu ao toalete. Após jogar um pouco de água fria no rosto, ele percebeu que não se sentia tão cansado assim. No entanto, preferiu não pensar se isso era por causa da água ou por qualquer outro motivo.

— Desculpe por tudo. — Por alguma razão, essas admiráveis palavras saíram de sua boca. Uma frase que ele disse sem nem se dar conta.

Como esperado, Itsuko se virou com uma expressão espantada no rosto.

— Quê? Isso é estranho vindo de você. O que houve?

— Nada — respondeu de forma evasiva.

Saeki desconversou porque sentia-se estranho por ter feito tal comentário. Nunca havia falado assim com ela. Então, pegou na geladeira uma garrafa de chá oolong e bebeu diretamente do gargalo, sem se servir de uma xícara.

— Já, já vai ficar pronto — disse Itsuko. — Está com muita fome?

— Não, tudo bem.

— Você não está bem, né? Está cansado?

— Nem tanto.

Ele puxou uma cadeira da mesa de jantar e se sentou. Ficou ali observando a mulher terminar o preparo da refeição.

Talvez pelo fato de Itsuko ser divorciada e ter a experiência de um casamento no passado, sua habilidade na cozinha era excepcional. Ela parecia mesmo ficar contente ao cozinhar e alimentar alguém. Também fazia faxina com empenho e tinha uma mente voltada para a família, mas, por outro lado, parecia detestar lavar e passar roupas. Itsuko brincava que um dia seu marido acabaria lhe entregando um pedido de divórcio porque o cesto de roupas sujas passava o ano inteiro cheio. Ela defendia que a invenção mais revolucionária do mundo era a máquina de lavar e secar roupas automática.

— Prontinho. Pegue os pratos — pediu a Saeki, com a frigideira a postos.

Ele tirou dois pratos do guarda-louça às suas costas.

Com mãos experientes, Itsuko passou a carne, que ainda chiava na panela, para os pratos. Acrescentou as guarnições: batata-doce à dorê e mix de vegetais. Para completar o menu, salada de alface com milho e sopa missoshiru com wakame.

— Parece gostoso! — Itsuko apontou alegremente para cada um dos alimentos que havia preparado. Era um comportamento bonitinho, mas inadequado para alguém de sua faixa etária. Ainda assim, combinava com ela. — Ah!

Saeki, pelo contrário, era uma pessoa mais seca. Por mais que o barulho da carne fritando tivesse aos poucos despertado o apetite no seu estômago vazio, ele não conseguia se expressar muito bem. E, naquele momento, era como se metade do cérebro estivesse sendo atraído para outro lugar, e a mente, alheia aos arredores.

— Bem, vamos comer então!

Itsuko observou o comportamento de Saeki com preocupação, mas decidiu não fazer mais perguntas. Ela apenas continuou falando animadamente enquanto colocava arroz nas cumbucas.

A comida que ela preparou estava deliciosa como de costume. Saeki sempre refletia que bastaria essa diligência para que Itsuko pudesse encontrar um homem e se casar outra vez. Não precisava estar envolvida com alguém com esposa e filhos. No entanto, ele jamais ousara expressar tais pensamentos em voz alta. Saeki sabia muito bem o quanto estava sendo egoísta, mas não queria arruinar o atual relacionamento deles.

— Mas, caramba, que caso terrível esse, né? — comentou ela.

Os olhos de Itsuko brilhavam enquanto ela comia com vontade. Apesar do corpo esbelto, era bastante comilona. Por mais que comesse — e se bobear, poderia acabar comendo mais do que o próprio Saeki —, não tinha tendência para engordar. Ela sempre alegava que o trabalho intelectual também gastava muita energia e que precisava de nutrientes.

— Você já tem ideia de quem seja o culpado? — Itsuko perguntou sem hesitação, como se fosse um assunto banal.

Por causa da natureza de sua ocupação, ela não tinha muita preocupação a respeito de trazer à tona assuntos sobre o trabalho. Deixando-se levar por sua curiosidade, fazia um monte de perguntas sobre isso e aquilo. No começo, Saeki se sentia desconfortável nessas situações: às vezes se irritava; em outras, tentava manter a discrição com meias-palavras. Porém, sem que percebesse, em algum momento passou a gostar dessas conversas. E foi a partir daí que sua relação com Itsuko começou.

— Ainda não — falou de modo prudente.

Ele não podia soltar informações sobre o andamento da investigação para alguém da imprensa assim, sem pensar. Itsuko achava engraçado esse jeito certinho dele e insistia em fazer perguntas, mas ele não falaria nada que quebrasse seu código de conduta ética.

Itsuko atuava como colunista freelancer e, no ano anterior, havia recebido o Prêmio de Escritores de Não Ficção do Japão, conhecido como um equivalente ao Prêmio Akutagawa, só que para textos de não ficção. Desde então, seu nome ficou conhecido na indústria literária e jornalística. Inclusive, ela já tinha uma reputação estabelecida por sua habilidade de coletar informações para textos jornalísticos, que superava o preconceito por ser mulher. Saeki também a admirava por isso. Agora ela estava engajada numa investigação sobre negligência médica de grandes hospitais. Saeki não tinha dúvidas de que, uma vez pronta, aquela reportagem incitaria um grande debate sobre o tema na sociedade.

— É um caso trágico, mas é justamente por isso que está atraindo tanta atenção dos jornais — disse ela. — A própria imprensa tem ajudado a criar um furor.

— Essas notícias desprezíveis têm me dado é dor de cabeça — lamentou Saeki.

— Mas, agora que a opinião pública está tão atenta ao caso, você tem uma grande chance, não?

— Chance? — Ele franziu a testa, perplexo.

Itsuko disse calmamente:

— Claro. Uma chance para alavancar sua carreira.

— Eu não penso dessa maneira.

— Talvez seja um pouco indelicado, mas é importante. Afinal, você quis especificamente o posto de chefe da Primeira Seção Investigativa porque desejava ver sua competência reconhecida, certo? Essa não seria uma boa oportunidade de mostrar do que você é capaz para o pessoal que te menospreza como se fosse um gerente presunçoso qualquer?

— Eu realmente não estou pensando assim.

— Que mentira! — Itsuko afirmou, como se soubesse melhor o que se passava na cabeça de Saeki do que ele mesmo. — Caso contrário, você não teria desejado um posto como o que está ocupando.

Saeki se calou. Itsuko acrescentou, parecendo orgulhosa:

— Já entendi tudo!

A conversa ficou em suspenso por um tempo e ambos continuaram comendo em silêncio. Saeki deixou metade da segunda cumbuca de arroz e, em seguida, foi preparar o chá. Ao ver isso, Itsuko pegou um pote de ameixas fermentadas debaixo da pia da cozinha.

— Acho que ninguém pensaria que o temido chefe da Primeira Seção Investigativa teria ochazuke como prato preferido... arroz cozido com chá! — comentou Itsuko, sorrindo com os olhos.

Saeki abriu um leve sorriso consternado enquanto derramava a água quente da garrafa térmica no bule.

O detetive só ficava plenamente satisfeito em uma refeição quando fazia ochazuke com a última metade de cumbuca de arroz. Em cima do arroz branco, ele colocava ameixa em conserva salgada e lâminas de algas secas, e despejava ali chá verde de verdade, em vez de simplesmente água quente. Por cima, ele ainda acrescentava dashi granulado e shoyu, e, enfim, comia fazendo bastante barulho. Itsuko não precisava lhe dizer que achava aquilo um hábito de pessoas idosas, porém, era um costume de muitos anos na vida dele, de modo que não conseguia abandoná-lo. Ela sorria enquanto o observava.

Após terminarem a janta, ele foi sentar-se no sofá. Ao ver que Itsuko estava colocando a louça suja na pia, falou:

— Eu vou lavar. Pode deixar aí.

Era implícito na divisão de tarefas entre os dois que Saeki era a pessoa que lavava a louça das refeições. Ele preferia um relacionamento assim, de colaboração cinquenta a cinquenta. Era algo que ele nunca havia conseguido estabelecer com a esposa.

Enquanto Itsuko vinha da cozinha para a sala de estar, Saeki lhe disse:

— Então, sobre o que você disse antes... É sério?

— O quê? — Itsuko sentou-se diante dele em diagonal, inclinando de leve a cabeça para o lado. Às suas costas, dava para ouvir o barulho da cafeteira trabalhando na cozinha.

— Você sabe exatamente ao que estou me referindo.

— Ah, aquilo. — Itsuko fez uma expressão brincalhona, como uma criança travessa. — Não sei o motivo, mas sim. Acertei?

— Sei lá — respondeu desanimado.

Itsuko franziu as sobrancelhas, intrigada.

— Tem algo estranho hoje, né?

— Estranho como?

— Você está ainda mais calado do que de costume.

— Nem tanto.

— Eu não tenho a menor intenção de bancar a sua esposinha.

— Nunca pedi isso.

— Nesse caso, tudo bem. — Itsuko subitamente desviou o olhar e checou a cafeteira. — Ah, o café ficou pronto! — exclamou como se falasse consigo mesma e se levantou do sofá.

Saeki virou o corpo, apoiando o cotovelo no encosto.

— Você bem que podia passar a noite aqui, hein — disse ele.

Itsuko fez cara de quem chupou limão.

— Não posso cometer uma imoralidade dessas.

E soltou uma leve risada.

19

Conforme o tempo ia passando, aquele reencontro com Saki Kitamura começou a parecer um milagre inexplicável para ele. Poderia ser apenas uma coincidência?

Sua convicção de que aquela situação havia sido uma intervenção divina só crescia. A Ordem Universal da Luz Branca era a "verdade" que ele estivera buscando, e Saki havia sido enviada por Deus para que não desse um passo em falso e se desviasse do caminho.

Ao retornar para casa depois da visita à unidade do culto em Setagaya, seu humor estava instável e ele se sentia inquieto. De coração pesado, ele desejava se converter o mais depressa possível e se tornar um verdadeiro devoto da Ordem.

No dia seguinte, ele se levantou cedo e telefonou para o culto. Já fazia bastante tempo desde a última vez que acordara cedo assim, por volta das 8h. A sensação desagradável que ele vinha sentindo ao acordar havia misteriosamente desaparecido por completo.

Quando manifestou pelo telefone a sua vontade de ingressar no culto, a voz animada do outro lado lhe sugeriu que retornasse à unidade. Sentiu o coração se agitando, como se fosse um garoto ingênuo. Um pensamento em especial ocupava sua mente: "Será que Saki Kitamura estará lá hoje? Quero encontrá-la e tentar conversar com ela com calma."

De volta ao prédio, uma mulher, não a mesma do dia anterior, estava no balcão de recepção. Após explicar a razão de sua visita, ele foi outra vez conduzido para o sofá de atendimento. Esperou um pouco e uma funcionária do escritório apareceu e solicitou que ele preenchesse e assinasse o formulário de filiação. Escreveu o nome e endereço com todo o cuidado. Quanto ao campo "Ocupação", ele deixou em branco.

— O senhor possui algum documento de identificação em mãos?

Ele lhe entregou sua carteira de motorista. No telefonema daquela manhã, haviam lhe dito para levar algo que pudesse comprovar sua identidade.

— Ótimo. — A mulher comparou meticulosamente o formulário que ele havia preenchido com o documento. Então, sorriu e assentiu com a cabeça.

— É um processo rigoroso, não é? — comentou ele enquanto recebia de volta sua carteira de motorista.

— Sim, nós não aceitamos novos membros que não sejam pessoas confiáveis. E se alguém inicia contato conosco já usando um nome falso, nós recusamos a filiação — afirmou com firmeza, as palavras transbordavam convicção.

— Faz sentido.

Ele concordou com a cabeça, mas, então, se questionou se o fato de não estar trabalhando seria um problema para sua entrada na Ordem. Aquela mulher com certeza percebeu que ele não havia preenchido o campo de ocupação, mas não fez qualquer menção a isso.

— O senhor trouxe uma foto de rosto, a taxa de adesão e o valor correspondente às mensalidades dos primeiros seis meses?

— Eu trouxe o dinheiro, sim, mas não a foto. Me falaram no telefone que poderia tirar minha foto aqui.

— Ah, é mesmo! Sem problemas. Vou recolher apenas as taxas, então.

Ele entregou à mulher um total de sessenta mil ienes, sendo trinta mil pela taxa de adesão e os outros trinta mil pelas seis primeiras mensalidades. Não achou caro demais.

A mulher contou as cédulas com todo o cuidado e confirmou:

— Certinho. — Assentiu com a cabeça e continuou falando: — Aqui estão nosso regulamento e dois livros didáticos. Um deles apresenta a vida do grão-mestre Koizumi e o outro é uma coletânea de seus ensinamentos espirituais. A leitura de ambos é obrigatória, portanto, tente lê-los o mais depressa possível. É algo que pedimos a todos os membros.

— Certo.

— Se o senhor quiser ler mais, há outros livros à venda no departamento de publicações, no sexto andar. Nós também enviamos pelo correio, direto para a casa do comprador. Fique à vontade para checar os itens neste catálogo. Além disso, um boletim informativo será enviado todos os meses para sua casa. O senhor tem alguma dúvida?

— Não, nada que me ocorra agora — disse, assentindo.

— Então vamos tirar a foto. Siga-me, por gentileza. — Com um gesto animado, ela o levou até uma sala aos fundos.

O pequeno cômodo estava equipado para funcionar como um estúdio. Ele se sentou em silêncio e foi fotografado. A mulher explicou que aquela imagem seria utilizada no crachá de membro, um cartão magnético. Era por meio dele que o percentual de frequência e o número de doações eram controlados. Ele ficou maravilhado com a tecnologia do sistema que utilizavam.

— Assim que seu cartão estiver pronto, nós o enviaremos para sua residência. Vai ter um número de filiação impresso nele. Peço que o decore, pois esse será o seu número, e ele não vai mudar enquanto o senhor estiver conosco. Até que o definitivo chegue à sua casa, utilize este cartão provisório, por favor. — Ela lhe entregou o objeto. — Com isso, concluímos o procedimento. O senhor Matsumoto acaba de se tornar um membro oficial da Ordem. — A mulher sorriu, mostrando os dentes pela primeira vez.

— Gostaria de saber: como posso participar na prática das atividades do grupo? — perguntou ele.

— A esse respeito, peço que o senhor se informe no balcão de recepção do quarto andar. A pessoa lá poderá lhe informar melhor do que eu.

— Ah, sem problemas.

Ele fez uma reverência e na mesma hora subiu para o quarto andar. Ao se aproximar do balcão, a recepcionista o acolheu com um sorriso, dizendo:

— Senhor Matsumoto, certo? Espere um momentinho, por favor. Alguém da equipe virá atendê-lo.

Como não havia cadeiras no quarto andar, ele se distraiu observando a paisagem pela janela. Então, ouviu uma voz às suas costas:

— Ah! Não é o senhor que veio ontem?

Ao se virar, ele não acreditou em quem viu parada bem ali diante dos seus olhos: Saki Kitamura.

— Ah, olá — ele cumprimentou vagamente.

— Decidiu se juntar a nós? — perguntou Saki com um sorriso no rosto.

Ela vestia um conjunto de duas peças azul-piscina, bem apropriado para o verão. Trazia alguns documentos junto ao peito.

— Sim, sem demora. — Ele assentiu.

— Então, a partir de hoje podemos fazer atividades juntos, né? — Saki comentou alegremente.

Bem nesse momento, uma mulher vestindo um terno azul-marinho surgiu. Pelo visto, seria ela a responsável por orientá-lo.

— Desculpe por fazê-lo esperar, senhor Matsumoto. Podemos iniciar a visita agora?

Ela se apresentou como Tanaka.

— Tanaka, é você quem vai acompanhar o senhor Matsumoto? — Saki perguntou à mulher.

— Sim, por quê?

— Será que eu poderia ir no seu lugar?

— Você?

— Sim. Já conheci o senhor Matsumoto em outra ocasião. Isso é, desde que não seja nenhum incômodo...

— Não, nesse caso não tem problema. — A mulher assentiu, contrariada. — Então, vou deixar o senhor aos cuidados de Kitamura. Mas, se depois tiver alguma dúvida, fique à vontade para me perguntar — disse Tanaka, logo se retirando.

— Não tem problema? — ele perguntou a Saki, cujos lábios relaxaram num sorriso despreocupado.

— Está tudo bem, pode confiar. Só espere um pouco, por favor, pois tenho que levar estes documentos até o quinto andar.

— Vamos juntos, então!

Ele e Saki seguiram para o andar acima e, enquanto ela entregava os documentos, ele ficou no corredor esperando. Saki ficou por algum tempo fora de seu campo de visão, dentro de uma sala, mas logo retornou.

— Desculpe pela demora. Então, sem mais delongas, que tal darmos uma volta?

Ela rodopiou e a saia plissada que vestia esvoaçou.

— Vou começar explicando como funcionam os encontros. — Enquanto caminhavam, Saki levantou um dedo de forma meiga. — Os novos membros devem selecionar uma das três opções de curso. São elas: o curso de autotreinamento, o curso de voluntariado e o curso de condicionamento físico. Uma vez que você tenha escolhido um dos cursos, não poderá mudar para nenhum dos demais. Mas está livre para experimentar todos os três. Claro, se você escolher o curso de autotreinamento, ainda assim vai poder participar dos treinos físicos e das atividades voluntárias.

— Em qual curso você está? — perguntou ele.

— Eu? Estou no primeiro, o de autotreinamento. Mas também participo das atividades voluntárias. Por isso que as pessoas em geral preferem entrar nesse curso. — Saki abriu a porta no fim do corredor.

— Ninguém está usando esta sala, vamos aproveitar e conversar aqui mesmo.

A sala parecia um espaço próprio para recepcionar pessoas. Estavam instalados ali um conjunto simples de mesa e cadeiras, uma prateleira de livros e plantas ornamentais. Todos aqueles livros eram de autoria da mesma pessoa: Shouei Koizumi.

— Sente-se, por favor. — Saki indicou uma cadeira com a mão. Ela também se sentou, com delicadeza, no sofá. — Onde estávamos?

— Você tinha acabado de mencionar que a maioria das pessoas escolhe o curso de autotreinamento.

— Ah, é mesmo. Como esse curso acaba funcionando mais por conveniência e já não tem tanto sentido hoje em dia, falam que será reformulado. Por isso, os que optam por ele também participam de atividades voluntárias.

— O encontro de ontem era para discutir sobre voluntariado?

— Sim, isso mesmo. Este culto respeita bastante as opiniões de seus membros. As coisas só são implementadas depois de terem sido propostas e decididas em conselho. Temos líderes, é claro, mas, de certo modo, pode-se dizer que são os integrantes que realmente administram o culto.

— Entendo.

— Não acha essa postura bastante democrática? — Os olhos de Saki brilhavam. — É um ideal progressista, né?

— Sobre o que me falaram ontem... Há uma espécie de hierarquia ou algo assim?

— Certamente. Ela depende da sua dedicação para participar das atividades. É parecido com o sistema de faixas nas artes marciais. No caratê, por exemplo, você pode avançar de uma faixa para a outra conforme vai demonstrando, entre outros aspectos, a sua capacidade de realizar golpes de forma correta e eficaz.

— Ah, sim. — Ele sorriu.

— Na Ordem há dez níveis, a escala *sephiroth*. Um membro no primeiro nível é chamado de *neophyte*; no segundo, de *zelator*... — Saki franziu um pouco as sobrancelhas. — Na verdade, não consegui memorizar nada além do segundo nível. Vou confessar que eu mesma me filiei há poucos dias.

— Ah, é mesmo? Então...

— Isso mesmo, quando falei com o senhor na rua naquela vez, eu estava participando de uma atividade de outra congregação.

— E o que houve lá? Você se desligou?

— Isso mesmo. Lá eles me pressionavam demais. Aquele grupo nos obrigava a cumprir cotas diárias. Todo santo dia eu tinha que falar com trinta pessoas, pelo menos. Acabei ficando desgostosa com aquela situação e resolvi sair.

— Nossa. — Ele concordou com a cabeça, rindo. — Mas, então, qual o significado desses nomes difíceis da hierarquia?

— Eu também não sei muito bem, mas parece que tem a ver com astros celestes: *neophyte* com a Terra, *zelator* com a Lua...

— Certo, e em que nível você está?

— Eu acabei de me tornar *zelator*. Se participar das atividades do voluntariado, pode progredir rapidamente para esse patamar. Com força de vontade, é fácil ascender para os próximos níveis!

— O que são essas atividades, em termos práticos? Imagino que não seja um voluntariado qualquer.

— Há vários tipos de eventos! — Saki levantou a mão e começou a contar nos dedos. — Reuniões de estudo acontecem sempre e, uma vez por mês, temos também os encontros regulares. Além disso, há as sessões de treinamento e, uma vez por semestre, uma grande convenção é organizada. Aliás, o grão-mestre também participa dela.

— O grão-mestre Koizumi, certo? Você já teve a oportunidade de encontrá-lo pessoalmente?

— Não, ainda não. Apenas aqueles que estão no nível cinco ou superior podem falar com ele cara a cara. Isso não nos é permitido.

— Hm... Quanto rigor, né? Bem, mas como as reuniões de estudo funcionam?

— São encontros organizados de forma voluntária pelos membros. Alguém de um nível superior assume a responsabilidade de apresentar uma palestra sobre o sistema da cabala.

— O que é exatamente esse negócio de cabala?

— Por favor, não me pergunte sobre isso, ainda sou uma novata! — Saki riu e balançou as mãos. — É o que estudamos. Por isso há os grupos de estudo, não é mesmo?

— É, faz sentido. — E deu um sorriso irônico.

— Informações sobre esses eventos são enviadas pelos correios. A edição deste mês não está aí? — Saki apontou para o livro que ele havia colocado ao seu lado. — Vamos unir forças, já que ambos somos novatos!

— Vamos — ele concordou docilmente. Era como se o coração dele, congelado e duro como pedra, começasse a derreter. — Por que você ingressou aqui?

— Eu? — Saki arregalou os olhos, sobressaltada com a pergunta. — Hmmm... Eu também me pergunto o porquê. Mas, se fosse para apontar um motivo, talvez seja pela sofisticação do ambiente aqui, que me encanta. Este prédio comercial é elegante e isso de estarem introduzindo o uso de cartões parece bem moderno, o senhor não acha? Além disso, a cabala é algo um pouco diferente do que estamos acostumados a ver por aí e traz uma sensação de novidade. Talvez seja por isso.

— Não foi pelos dogmas ou pela ideologia da Ordem?

— Claro que por essas coisas também! Mesmo alguém como eu quer alcançar a iluminação espiritual. — Saki falava como se estivesse disparando trivialidades. Parecia completamente despreocupada.

Ele estava um pouco desapontado, mas aquele era o primeiro dia em que haviam conseguido conversar propriamente. Talvez, conforme fossem conversando daquele momento em diante, pudesse redescobrir o fascínio que havia sentido antes. Convencera-se disso.

— Que tal subirmos um pouco? Tem mais gente lá em cima. De todo modo, como o senhor acabou de entrar na Ordem, é fundamental que converse com muitas pessoas diferentes!

Obedientemente, ele concordou com Saki, que era uma geração mais jovem. Algo impensável para o homem que ele fora no passado.

— Não se esqueça disso — reforçou ela.

Ele se levantou.

20

JÁ HAVIAM SE PASSADO QUARENTA E OITO HORAS DESDE QUE O CORPO fora encontrado. A investigação ainda estava no terceiro dia e o moral dos detetives permanecia inabalado. Estavam todos presentes para trabalhar na delegacia no leste da cidade de Hino, ignorando o cansaço. Dali a uma semana, a impaciência começaria a se infiltrar em seus semblantes. E, depois de um mês, já haveria um desespero pairando no ar.

De toda forma, naquela manhã, os detetives ainda possuíam alguma energia remanescente. Quando Okamoto deu as caras na central de investigação, recebeu uma calorosa saudação dos colegas:

— Bom dia!

Ele se curvou em resposta e começou a procurar por um cinzeiro. Antes de mais nada, precisava de um cigarro.

— Cinzeiro, Okamoto?

Era a voz de Kitaoka. Em sua mão direita havia um cigarro pela metade e, na esquerda, carregava um cinzeiro.

— Ah, obrigado. — Okamoto aceitou-o.

— Aqui. — Kitaoka acendeu um isqueiro, oferecendo-o ao colega.

Okamoto projetou o queixo para a frente e deixou que o cigarro fosse aceso.

— Veio cedo, né? — Kitaoka puxou uma cadeira de tubo e se sentou. Okamoto fez o mesmo.

— Cedo como? Está de brincadeira? — Okamoto soprou fumaça no rosto de Kitaoka.

— Não estou falando de você, Okamoto. Ali. — Franzindo a testa, Kitaoka apontou com o cigarro para a direção da janela.

— O chefe?

— Sim. Quando cheguei, ele já estava aqui! Pelo visto, veio antes de todo mundo.

— Hm... — Okamoto balançou a cabeça várias vezes. — É que ele é um sujeito severo. Talvez até consigo mesmo.

— Complicado. Deve ser sufocante ter um chefe assim.

— Não é nada demais. Não somos colarinhos-brancos. É melhor um chefe rígido do que desleixado.

— Pior que é, né? Um exemplo a ser seguido. — Kitaoka deu de ombros com exagero. — Quando eu me casar, vou fazer minha esposa me acordar cedo.

— Boa ideia. — Okamoto assentiu, rindo.

Foi então que aconteceu. Dobrando cuidadosamente o jornal que acabara de ler, Saeki chamou Okamoto.

— Já vou, senhor!

Ele se levantou e apagou o cigarro.

— Ei, o que será? — Kitaoka sussurrou, franzindo o cenho. — Okamoto, o que foi que você fez?

— Eu não fiz nada, seu idiota! — Ele deu um cutucão na cabeça de Kitaoka e se dirigiu até Saeki. — Posso ajudar?

Saeki pegou e ergueu o jornal, mostrando para Okamoto uma notícia que estava na primeira página. Era o *Touto*, e a manchete principal era uma matéria sobre a testemunha do caso, com as informações vazadas por Okamoto. Aliás, Tanio parecia ter sido muito fiel aos dados recebidos de Okamoto ao escrever o artigo. O texto havia sido redigido com todo o cuidado, de modo a evitar conclusões precipitadas sobre a culpa do sujeito. Estava escrito que se tratava apenas de um relato importante.

— Você já leu isso, Okamoto? — A voz de Saeki estava tranquila.

— Sim, li hoje de manhã. Em casa também temos a assinatura do jornal *Touto* — respondeu Okamoto, fingindo inocência e perguntando-se o que de fato poderia ter fisgado a atenção de Saeki no artigo.

— Não acha que é cedo?

Saeki encarava os olhos de Okamoto, que se sentia como se o chefe estivesse lendo sua mente. Sentiu um leve pânico.

— Acho que sim.

Okamoto pensou que estava disfarçando bem a perturbação que havia em seu interior naquele momento.

— Alguém provavelmente vazou essas informações. É preocupante.

— Acho que sim. — Ele não entendia bem o verdadeiro motivo para Saeki chamá-lo ali, então estava se limitando a concordar com o que seu superior lhe dizia.

— Okamoto, você me parece ter uma relação boa com um jornalista chamado Tanio, que trabalha para o *Touto*, não é mesmo?

Aquelas palavras eram como lâminas afiadas perfurando o peito de Okamoto. Era uma surpresa inacreditável, mas Saeki sabia de seu contato com Tanio. Ele começou a empalidecer.

— Quem vazou as informações para o *Touto* foi você, não foi, Okamoto? — A voz de Saeki permaneceu baixa. Se alguém estivesse por perto, dificilmente conseguiria entender sobre o que os dois falavam.

Okamoto percebeu que suava. Estava sem palavras e sem resposta.

— Como isso aconteceu? — questionou Saeki, impiedoso. Seu tom de voz era pacífico, mas não permitia respostas vagas.

— Como o senhor sabe sobre o Tanio? — Mal conseguiu pronunciar a pergunta.

— Entendo que a presença de informantes seja inevitável. É natural que um veterano como você tenha proximidade com um ou dois jornalistas. Por isso, até agora eu vinha fazendo vista grossa. No entanto, em uma ocasião como esta, quando a informação vazada aparece com um destaque desse tamanho na capa de um jornal, eu não posso deixar de repreendê-lo.

— Eu lamento… muito. Peço perdão por isso. — Okamoto não podia fazer nada além de se desculpar com hombridade. Em seguida, fez uma reverência, curvando bastante o tronco.

Saeki recostou-se em sua cadeira.

— Bem, dessa vez a informação vazada não causou grandes problemas. Sem dúvida você levou isso em consideração antes de falar. Por ora, vou deixar o assunto de lado, mas daqui em diante, peço que tome mais cuidado. — Saeki girou a cadeira de repente e virou-se de lado. — Está tudo certo.

— Hã?

— Pode se retirar. Terminamos por aqui.

— Ah.

Okamoto mais uma vez curvou a cabeça e, em seguida, retornou para seu assento. As axilas estavam encharcadas de suor.

— O que houve? — Kitaoka perguntou com uma expressão de curiosidade.

Okamoto pegou um lenço e enxugou a testa.

— Nada.

Kitaoka ficou observando o rosto de Okamoto, mas não o pressionou mais.

— Ei, Kitaoka — Okamoto precisou dizer. — Se há alguém que você jamais deve subestimar neste mundo, é o chefe da Primeira Seção Investigativa.

21

De acordo com o panfleto, haveria uma reunião de estudo naquela semana, no sábado, dia 31 de agosto. Ele decidiu participar, tanto porque fora recomendada por Saki, quanto pelo interesse em saber mais sobre a cabala.

No dia da palestra, ele foi para a sala do quinto andar onde ocorreria o evento. Cerca de trinta pessoas estavam reunidas. O lugar estava organizado como uma sala de aula de faculdade, com mesas e carteiras alinhadas. Cerca de oitenta por cento dos assentos estavam ocupados. Lá na frente, havia um púlpito para o palestrante e, atrás dele, uma tela de projeção.

— Ah, Matsumoto!

No momento em que ele entrou na sala, ouviu alguém chamando seu nome. Era Kawakami, o homem que o acompanhara em sua primeira visita àquela unidade.

— Então, parece que você entrou mesmo. Fico feliz em saber!

— Sim, no dia seguinte eu já estava de volta para me filiar.

— Que legal. — Kawakami assentiu com a cabeça algumas vezes. — E não perdeu tempo em vir hoje estudar, né?

— Sim, ainda estou muito perdido em relação à doutrina.

— Acho que a apresentação de hoje vai ser boa para os iniciantes.

— É você quem vai dar a palestra?

— Não, não, de forma alguma. — Kawakami balançou as mãos à frente do rosto. — Eu ainda não estou em um nível *sephiroth* alto o bastante para fazer algo assim. Hoje vim como assistente; alguém precisa operar o projetor.

— Ah, entendi.

Kawakami virou o rosto na direção do púlpito.

— Já, já vai começar. É melhor você se sentar o mais na frente possível!

— Vou, sim.

Ele se despediu acenando com a cabeça e foi procurar um assento. Kawakami dirigiu-se para os fundos da sala, abriu uma porta e sumiu.

A primeira fileira de carteiras já estava ocupada. Na segunda, havia um único lugar vago, no lado direito, onde ele decidiu se sentar.

— Ah, com licença — ele falou ao passar pelo homem magro feito bambu que estava sentado na cadeira da ponta da fileira.

O homem levantou seus óculos e olhou para o rosto dele. Seu cabelo liso estava repartido no meio. Parecia pálido e pouco saudável.

— Posso me sentar aqui? — perguntou, apontando para o assento ao lado do homem, que respondeu com um aceno positivo de cabeça.

Ele colocou em cima da carteira a maleta que vinha carregando.

Depois que se sentou, não passaram nem dois minutos antes que o palestrante aparecesse. Era um homem com o corpo tão impressionantemente musculoso que poderia ser confundido com um fisiculturista. Cumprimentou a plateia com uma voz tão alta que nem era necessário microfone.

— Já que alguns de vocês são iniciantes, quero começar a palestra comentando certos princípios básicos da cabala.

Ele falava de um jeito que lembrava um professor de educação física, entretanto o conteúdo não era de modo algum tão enfadonho. A palestra era interessante mesmo para aqueles que não tinham muito conhecimento da cabala.

— ... por exemplo, um caso familiar para a gente é o nome. Existem por aí vários métodos de adivinhação do futuro baseados nos nomes das pessoas, mas a cabala difere dessas outras práticas vagas por ter engendrado uma lei universal. Como a cabala é originária do Ocidente, é necessário transliterar os nomes japoneses no alfabeto latino, mas isso não influencia nem altera a essência deles. De acordo com a cabala, cada letra latina corresponde a um algarismo diferente. Todos os seus nomes podem ser convertidos em números de um a dez, que correspondem aos níveis da escala *sephiroth*. Chamamos isso de "raiz digital". Pode-se dizer que é um número místico sagrado que influencia o nosso destino, sendo, portanto, um conceito de extrema importância. Pessoas que são da raiz digital de número oito recebem ao nascer a influência de poder, riqueza e secularidade. Simplificando, é algo relacionado ao sucesso ou ao fracasso. Todos os que se tornam figurões possuem a raiz oito. Por outro lado, as pessoas da raiz quatro são confiáveis, comuns e monótonas. Jamais vão enriquecer. Por isso, se você é dono de um negócio e sua raiz digital é quatro, o ideal é que mude seu nome imediatamente.

A plateia explodiu em gargalhadas. A palestra foi se evoluindo com maestria, conseguindo cativar e prender a atenção de todos ao longo de uma hora de apresentação. Ele também estava ouvindo com atenção, em alguns momentos rindo, em outros impressionado.

— ... com isso, terminamos por hoje. Peço a todos que tentem calcular suas raízes digitais usando o método que expliquei há pouco. Talvez descubram algo sobre o próprio destino que nunca imaginaram.

Quando o palestrante fez a reverência de despedida, os presentes o aplaudiram muito. Ele, que participava pela primeira vez de uma reunião de estudo daquele culto, também estava satisfeito com o que ouvira e se juntou aos demais na salva de palmas.

O burburinho ainda continuou ecoando por algum tempo enquanto só a plateia permanecia na sala. Ele guardou seus materiais na maleta, pensando no que faria em seguida.

Então, o homem magro sentado ao seu lado inclinou o corpo para ele, se aproximando.

— Acho que nunca vi você por aqui antes, né? Ingressou recentemente?

— Sim, isso mesmo.

Ele ficou espantado com o tom sombrio da voz do homem.

— Meu nome é Shima. — E o cumprimentou abaixando bastante a cabeça.

Ele ficou um pouco atordoado, mas também se apresentou.

— O que você achou dessa palestra? — A voz de Shima era meio oca, como um vento seco invernal.

— Foi bastante interessante. Consegui entender um pouco do que se trata a cabala. — Ele não achava que aquele homem parecia alguém bom de conversa, mas resolveu seguir o conselho que Saki havia lhe dado alguns dias atrás e tentou trocar algumas palavras com ele.

— É mesmo? Que bom. — Shima levantou o lábio superior de forma forçada. Era como se fosse sorrir, mas aquilo não lembrava em nada um sorriso.

— Você já entrou há bastante tempo? — perguntou ele, procurando encontrar uma brecha para desenvolver a conversa.

— Sim, bem... — Shima concordou com a voz arrastada. — Há bastante tempo, sim, mas meu desempenho tem sido abaixo do esperado.

— É mesmo?

Ele não sabia como reagir àquilo, portanto deu uma resposta neutra.

Sem dúvidas: para alguém que já era antigo no culto, era estranho que participasse de uma reunião de estudo direcionada a iniciantes. Talvez não fosse um membro tão fervoroso assim.

— O que o levou a entrar para a Ordem? — Shima aproximou-se mais, seu olhar ávido.

— Eu? Acho que detectei um pouco de verdade nos ensinamentos daqui. Antes de chegar à Ordem, acabei caindo em uma religião de charlatães. Por isso, estava buscando algo verdadeiro.

— E por que você busca uma religião verdadeira? — Shima perguntou.

— É o que me pergunto também. — Ele não estava muito interessado em falar sobre os próprios sentimentos. O buraco no peito era algo que ninguém mais poderia entender.

— Você está arrastando algo pesado e sombrio consigo, né? — Shima falou de repente.

— Algo sombrio? — Ele franziu as sobrancelhas, sem entender. — Tipo o quê?

— Aí já não sei. — Shima fez um barulho como quisesse rir e acabou parecendo mais uma tosse no fundo da garganta. — Você, melhor do que ninguém, deveria saber do que se trata.

Ele estava começando a achar aquilo um pouco esquisito. Não conseguia entender quais eram as reais intenções do sujeito.

— Não entendi — falou de forma brusca. Se Shima fosse o que chamam de "fanático religioso", ele iria querer manter distância.

— Pelo que vejo, está carregando um grande peso nas costas. Seria por causa do seu passado, talvez?

Chocado, o coração dele disparou. O tom de voz de Shima soava sugestivo. Ele se perguntou se o sujeito talvez soubesse de algo sobre o seu passado.

— Não estou entendendo muito bem o que você quer dizer. Como lhe disse, acabei de ingressar aqui e, por isso, ainda não compreendo essas coisas mais complicadas — afirmou com firmeza, pretendendo encerrar a conversa.

— Você fez bem em vir para cá. Com certeza vai encontrar sua salvação aqui — Shima falou com seriedade, como se fosse um profeta prevendo o futuro.

— Com licença. — Ele acenou de leve com a cabeça e se levantou da cadeira. Não queria continuar aquela conversa.

Shima não fez menção de impedi-lo.

Ele ia voltar para casa, mas decidiu passar antes pelo departamento de publicações, no sexto andar. Logo viu que Saki também estava lá, folheando um livro da estante. Aliviado, foi falar com ela.

— Ei, olá!

— Ah! — Saki ergueu as sobrancelhas em surpresa, mas em seguida sua expressão relaxou e ela sorriu. — Você veio da reunião de estudo, né?

— Sim, acabou agora.

— E como foi? Deve ter sido interessante.

— Foi mesmo!

— Entendeu do que se trata a cabala?

Não ficou o menor sinal de maldade no tom da pergunta de Saki; isso ficava ainda mais nítido depois da conversa com Shima.

— Sim. Eu pensava que seria algo mais difícil, mas não foi tanto assim.

— Pois é, né? — Saki alegremente ergueu um dedo. — Isso mesmo! A cabala é algo muito próximo da gente, tanto que pode fazer efeito quando aplicada no nosso dia a dia.

— Foi mesmo fácil de entender.

— Com certeza! Com certeza! — Saki estava alegre como se ela mesma tivesse recebido um elogio.

Ao ver esse comportamento leve e despreocupado, ele de repente se lembrou de Shima e se perguntou se Saki saberia que tipo de pessoa ele era.

— A propósito, durante a reunião de estudos, um sujeito um pouco estranho se sentou ao meu lado. Será que você o conhece? Seu nome é Shima — perguntou, sem muita esperança de obter resposta.

— Ah, o senhor Shima. — Saki assentiu com a cabeça. — Conheço, sim. Ele meio que é uma celebridade por aqui, sabe?

— "Celebridade"? — repetiu ele, descrente.

— Isso mesmo. O senhor Shima tem certa fama. Dizem que é um esquisitão. — Os olhos de Saki brilhavam, divertidos.

— "Esquisitão"? Certamente ele é um pouco estranho, mas a ponto de ganhar fama...?

— Pois é. Até eu já ouvi falar dele. Pode não parecer, mas ele já está aqui há muito tempo. Segundo os rumores, desde a fundação do culto.

— Uau!

— Então, se isso for mesmo verdade, ele poderia se tornar um dos líderes. Mas, por alguma razão, continua sem sair do quarto nível. Dizem que ele, por vontade própria, não quer subir muito na hierarquia.

Ele considerou que o quarto nível era bastante alto e se perguntou por que alguém assim estaria participando de reuniões de estudo voltadas para iniciantes.

Quando compartilhou sua dúvida com Saki, ela apenas encerrou o assunto de forma descontraída, dizendo:

— Bem, deve ser por isso que chamam ele de esquisitão, né?

— Hm... — soltou ele, sem entusiasmo e insatisfeito com a resposta. As palavras de Shima haviam se fincado em seu peito como raízes.

22

HAVIA SE PASSADO UMA SEMANA DESDE QUE O CORPO FORA ENCONTRADO.

Após o *Touto* publicar informações sobre o suspeito, outros jornais também noticiaram o fato em todo o Japão. Como resultado, relatos começaram a chegar aos montes na central de investigação. Os detetives checaram várias vezes cada um para garantir sua veracidade, mas, em geral, não passavam de informações falsas, baseadas em suposições infundadas e mal-entendidos.

Enfim os sinais de cansaço começavam a se manifestar.

O que mais estressava os detetives era o fato de que não havia informações confiáveis e, por isso, o caso não progredia. Se fosse definido que se tratava de um assassinato motivado por questões pessoais, financeiras ou passionais, a investigação teria mais foco. Entretanto, em um caso como esse, em que o assassino parecia ter escolhido a vítima de forma aleatória, era difícil afunilar a investigação pois o criminoso podia não ter qualquer passagem pela polícia. O ideal seria coletar todos os depoimentos recebidos por meio de interrogatórios. O problema era que o corpo havia sido descoberto na margem de um rio onde poucas pessoas passavam e, por esse motivo, quase não havia testemunhas confiáveis, um fator que também tornava a investigação tortuosa.

Enquanto ocorriam as entrevistas com possíveis testemunhas, foi conduzida uma verificação nas fichas criminais de indivíduos com histórico de prisão por crimes sexuais. A hipótese era a de que o criminoso poderia ter praticado delitos semelhantes no passado. Porém, os resultados obtidos mostraram-se insatisfatórios. Alguns dos antigos réus estavam agora reabilitados e levavam vidas comuns em sociedade e, portanto, não poderiam mais ser investigados. Os detetives se viam forçados a explorar o caso por caminhos alternativos, o que acabava aumentando a frustração.

Houve, então, um novo incidente relevante. Um homem fora preso em flagrante pela polícia após assediar uma criança na cidade de Hino.

Após ser detido, o sujeito foi levado imediatamente para a delegacia da zona leste da cidade. Estava cabisbaixo, com a aparência abatida, quando Okamoto entrou na sala de interrogatório. O homem havia se apresentado como um estudante de vinte e um anos. Usava óculos de armação prateada e seu cabelo era longo o suficiente para cobrir as orelhas. Não tinha muito senso de moda: vestia um moletom sob uma jaqueta esportiva. Parecia um típico jovem que chamariam de *otaku*: um antissocial fanático e obcecado. Assim que Okamoto se sentou na cadeira no lado oposto da pequena mesa, o homem levantou a cabeça, aparentemente assustado, e começou a se desculpar, falando que não faria aquele tipo de coisa de novo.

"Não é ele", Okamoto julgou à primeira vista. "Esse jovem não tem coragem para matar alguém. É provável que ele, por impulso, tenha apenas feito alguma gracinha de mau gosto, mas escolheu um péssimo momento para isso e acabou vindo parar aqui."

Pelo que Okamoto ouvira, o homem estava usando doces como iscas para induzir garotinhas solitárias a subir em um trepa-trepa, debaixo do qual ele tirava fotos. Uma pessoa que passava pelo local chamou sua atenção, ele entrou em pânico e saiu correndo, mas foi pego por um policial que fora avisado da situação e estava em uma guarita próxima. Quando Okamoto confirmou essas informações, o rapaz começou a chorar e assumiu a culpa. Ele explicou suas motivações sem que Okamoto precisasse sequer perguntar: teria começado a se interessar por meninas mais novas porque as moças da sua idade não se interessavam por ele. Aquela não fora a primeira vez em que havia tirado fotografias de meninas, porém, nunca havia tocado nelas e muito menos levado alguma para casa. Quando enfim soube que estava sendo considerado suspeito em um caso de sequestro e assassinato de meninas pequenas, ele ficou pálido e negou. Okamoto tinha absoluta convicção de que o jovem não era quem a polícia procurava.

A notícia da prisão do assediador tomou, por um momento, a atenção da central de investigação, deixando todos animados e ansiosos. Entretanto, tão logo o rapaz foi declarado inocente no caso Naomi Saitou, os detetives voltaram às rotinas de trabalho. A repercussão do caso, por outro lado, alcançou proporções inesperadas. De alguma forma, a informação vazou para a imprensa.

Okamoto soube disso da boca do próprio Tanio.

Nessa noite, Tanio voltou à casa de Okamoto. Envergonhado, desculpou-se repetidas vezes pelas visitas tardias. Okamoto não pretendia tratar Tanio do mesmo jeito que trataria outros jornalistas, mas o amigo pareceu precavido. Ele abaixou o tom de voz habitualmente alto e disse, murmurando:

— O suspeito foi capturado, certo?

— Não é cedo demais pra isso?

Okamoto não conseguiu conter a surpresa. Para evitar uma confusão desnecessária, havia sido decretada uma ordem de silêncio na central de investigação inteira. Apesar disso, a imprensa tinha conseguido descobrir a prisão do assediador. Mais uma vez, se viu impressionado com a capacidade da mídia de obter informações.

— Ele é mesmo o culpado? — O humor de sempre de Tanio havia sumido, estava estranhamente sério.

Okamoto hesitou por um instante antes de negar. A conversa anterior com Saeki lhe veio à mente. Se respondesse de forma vaga, a prisão do suspeito do caso Naomi Saitou seria manchete no jornal da manhã seguinte. Se fosse negligente e deixasse vazar informação falsa, apenas criaria um tumulto na opinião pública. Okamoto se preparou, balançando a cabeça.

— Não, ele não é o culpado.

— Sério? Diz isso porque ainda não coletaram evidências suficientes e, portanto, não podem fazer uma declaração definitiva? — pressionou Tanio, sem recuar.

— Não, nós verificamos o álibi dele para o dia do ocorrido — Okamoto respondeu com franqueza. Essa era a verdade.

Assim que o homem foi preso, o álibi que alegou para a data de 10 de dezembro do ano anterior foi verificado. Confirmaram que ele estivera o dia inteiro no campus da universidade de Chiba e seu álibi foi oficialmente validado. Não havia dúvidas: ele não era o culpado pelo caso da pequena Naomi.

Quando Okamoto explicou os detalhes da situação, Tanio enfim relaxou.

— Quem foi que te contou isso? — perguntou Okamoto.

Aquela fonte era um problema. Se tivesse vazado a informação para outras redações — que decidissem publicá-la sem checar os fatos —, logo haveria desinformação circulando por aí. Era com isso que Okamoto se preocupava.

— Soube pelo jornal *Maichou* — Tanio respondeu sem hesitar, provavelmente em retribuição à honestidade com que Okamoto havia compartilhado informações. — Não sei onde eles obtiveram essa informação. Acabei ouvindo a história por acaso, mas acredito que ninguém mais saiba. Eles estão desesperados tentando superar nosso furo de reportagem!

O "furo de reportagem" ao qual Tanio se referia era a descrição do suspeito que Okamoto havia lhe contado. O jornal *Touto* publicara a notícia antes dos concorrentes.

— Você acha que eles já sabem sobre o álibi?

— Difícil dizer, né? — Tanio inclinou a cabeça.

Sem surpresas, no dia seguinte a manchete SUSPEITO É PRESO apareceu em letras garrafais na primeira página do jornal *Maichou*. Uma clara jogada para tentar vencer a guerra jornalística que estava a todo vapor. O problema foi que Saeki negou a notícia em uma coletiva de imprensa subsequente, afundando de vez a reputação do *Maichou*.

Contudo, a notícia falsa causou um grande impacto na investigação. O número de denúncias recebidas, ainda que nem sempre confiáveis, caiu drasticamente e a central de investigação se viu de mãos e pés atados.

O caso se tornava ainda mais caótico.

23

Ele havia sido convidado por Saki a participar de uma sessão de treinamento no domingo seguinte. O lugar destinado ao encontro era um grande auditório ao lado do departamento de vendas. Ali o teto era mais alto e o piso de madeira, muito bem encerado, lembrando a quadra esportiva de escola. Na parte inferior do auditório havia desde crianças até idosos; na superior, todos pareciam passar dos setenta anos. Havia cerca de cinquenta pessoas reunidas. No chão, estavam espalhados inúmeros tapetes de exercícios e o clima lembrava o de um grande evento esportivo. O código de vestimenta era livre e, por isso, ele não fez nenhuma preparação em especial, mas muitos compareceram usando roupas apropriadas para atividades físicas.

— Senhor Matsumoto. — Saki entrava na sala e, olhando ao redor, veio em sua direção. Vestia camiseta e short. Seu cabelo estava amarrado para trás, parecendo um garoto. — Vamos dar duro nos exercícios de hoje! — Seu tom de voz era alegre como de costume.

— Ah! Mas será que estou malvestido? — Ele se preocupou com a aparência.

— Que nada! A gente nem deve chegar a suar muito. Ei, vamos logo para o meio!

Saki segurou seus braços e o puxou com força até o centro do auditório.

— Olá, boa tarde — cumprimentou alguém.

O dono da voz era um universitário que havia sido apresentado durante a primeira visita ao local. Tinha quase certeza de que o nome do rapaz era Arai. Era alto, devia ter em torno de um metro e oitenta, com um corpo esbelto e bem proporcionado, o rosto de traços harmoniosos. Com certeza fazia sucesso entre as mulheres.

— Veio para o treinamento? — Arai perguntou sorrindo, os dentes brancos à mostra.

Ele respondeu apropriadamente e o interesse de Arai mudou para Saki. Falou sobre alguma coisa sobre os exercícios. Saki também não pareceu incomodada e respondeu rindo. E ele ficou ali, em pé, deslocado entre os dois.

Pouco depois o instrutor apareceu. Não era o palestrante do outro dia, que parecia um halterofilista, e sim um homem pálido com ares de professor de física.

O instrutor juntou todos os presentes e pediu que se agachassem. Foi solicitado também que os novatos levantassem a mão. Foi o que ele fez, com a mão esquerda. Várias outras pessoas, entre homens e mulheres, também ergueram a mão e, dentre elas, uma foi chamada a ir para a frente.

— Usaremos esse rapaz como modelo. Acredito que os participantes frequentes já saibam, mas o que faremos aqui tem a ver tanto com o corpo físico quanto com o espírito. Um ponto muito importante na cabala é a capacidade de controlar esses dois elementos que nos constituem. — Após essa explicação, o instrutor fez o voluntário se abaixar até ficar de joelhos, em posição de genuflexão. — Pronto, a partir daí, estique a perna esquerda para trás. Vá levantando-a aos poucos. Enquanto isso, vá deitando o torso para a frente, por favor. Não tem problema se precisar esticar as mãos para manter o equilíbrio.

O rapaz não conseguia manter a estabilidade, o corpo balançando para os lados.

— Manter esse estado de instabilidade física vai levá-los ao aprimoramento da capacidade de concentração. Peço que todos se empenhem até conseguirem sustentar essa posição por cerca de uma hora. Então, agora é a vez de vocês.

As pessoas que estavam agachadas se levantaram e começaram a tentar aquela forma estranha de se ajoelhar. Ele também tentou fazer, mas era mesmo difícil manter o equilíbrio. Mal conseguia ficar dez segundos naquela posição e sua perna acabava desabando. Aguentar aquilo por uma hora inteira não seria nada fácil, mas ele entendeu que era disso, afinal, que o treinamento se tratava.

O instrutor passava devagar entre os participantes para observá-los, explicando uma técnica de respiração. Disse que precisavam manter o ritmo: inspirando por dez segundos, segurando o ar por trinta e expirando por vinte. Mas ele estava tão preocupado em manter o equilíbrio que não conseguiria de jeito nenhum prestar atenção na respiração.

Os jovens pareciam estar gostando daquilo. Claro, em comparação aos mais velhos, eles aprendiam mais depressa. Em geral, eram os jovens que mantinham a posição por um período de tempo maior. Todos tinham o semblante sério, praticamente não havia pessoas brincando ou fazendo piadas.

Enquanto isso, Saki tentava manter a posição ao lado de Arai, que grudava nela como uma sombra. Quando ela perdeu o equilíbrio e caiu por cima dele, gargalharam alto. Os dois eram os únicos que não combinavam com o clima sóbrio do local.

Depois dessa atividade, foram orientados a fazer outras posições estranhas, como ficar de pé apoiado apenas no pé direito, segurar o tornozelo esquerdo com a mão direita e pressionar os lábios com o polegar esquerdo. Nisso, duas horas se passaram em um piscar de olhos. Como esperado, o instrutor tinha um ótimo senso de equilíbrio e conseguia ficar naquelas posições difíceis. Era surpreendente como, com o passar do tempo, aquele rosto pálido de professor de física foi parecendo cada vez mais o de um iogue.

— Pronto, hoje vamos parar por aqui. Este treino é de extrema importância. Por isso, peço que o coloquem em prática em suas rotinas, para se aprimorem constantemente. Se conseguirem prestar atenção em coisas simples, como não cruzar as pernas ou não levantar a mão esquerda acima da cintura, já estarão fazendo um exercício esplêndido. Então, pessoal, procurem se dedicar com afinco para que possam se tornar cabalistas o quanto antes.

Com essas palavras, o encontro foi concluído. Saki dissera que não iriam suar, mas ele terminou o evento totalmente ensopado. Isso o fez perceber que não era mais um jovenzinho.

— Deu pra cansar, né, senhor Matsumoto? — Saki comentou, com as bochechas ruborizadas e um sorriso revigorado após o exercício.

— Meio difícil, hein. — Ele deu uma risada irônica, mas percebia a respiração um pouco mais intensa.

— Pois é, mas o treino é assim mesmo — Saki falou com confiança, como se não fosse nada de mais.

— Preciso treinar um pouco mais, senão não vai dar certo.

— Sério? Mas você ainda é novo!

Enquanto batiam papo, Arai se intrometeu:

— Você estava se dedicando bastante, né? Dava pra sentir o seu entusiasmo!

— Ah, é? — respondeu com certa frieza.

Ele já estava incomodado com o comportamento do rapaz que claramente estava mais interessado em Saki do que no evento.

Arai parecia querer direcionar a atenção dela para si, às vezes se intrometendo na conversa, às vezes ignorando a existência dele e falando apenas com a moça. Ele estava se sentindo um tolo e queria sumir daquele lugar.

— ... então, parece que semana que vem vai ter uma sessão de treinamento na unidade de Kameido. Vamos participar também?

Era óbvio para ele que o jovem estava usando o evento como pretexto para encontrar Saki de novo.

— Ah! O que acha, senhor Matsumoto? Quer ir com a gente? — disse Saki, sem perceber as intenções de Arai.

Ele já estava de saída, mas virou-se e olhou para o rosto de Saki. Pensou em recusar o convite, porém, ao ver Arai parado atrás dela com cara de irritado, um sentimento competitivo lhe tomou de repente.

— Claro! Vamos sim — disse ele.

— Ah, que bom! — Saki bateu palmas, alegre.

Arai não conseguiu esconder o desapontamento. Por dentro, ele zombou do rapaz frustrado.

24

Era inegável que a notícia falsa divulgada pelo jornal *Maichou* fora a causa do silêncio da central de investigação. Todas as redações estavam perplexas com a escassez de informações oficiais e, por isso, acabaram empreendendo investigações independentes e se precipitando. Alguns desses jornais criticaram abertamente o comportamento da polícia.

Entretanto, nas atuais circunstâncias, não havia muitos fatos que pudessem ser anunciados, não era apenas uma questão de sigilo.

Para lidar com o ritmo lento da investigação, os jornais passaram a publicar mais e mais notícias sem consultar oficialmente a polícia. Após a reportagem falsa veiculada pelo *Maichou*, todos começaram a divulgar ao mesmo tempo informações recebidas de fontes próprias. Entre esses artigos, foi dito que um assediador já vinha aparecendo com frequência no local onde o corpo fora encontrado; também informaram que o culpado havia avisado a polícia sobre os crimes que iria cometer; havia ainda a notícia de que o desaparecimento de um menino há dois anos, na província de Shizuoka, estaria relacionado ao caso atual e que o Departamento de Polícia Metropolitana de Tóquio e a polícia local daquela região estariam se preparando para lançar uma investigação conjunta.

Nenhuma dessas notícias tinha fundamento, e a central de investigação se recusou a comentar cada uma das reportagens irresponsáveis, acreditando que desapareceriam assim que divulgadas. Em vez disso, a preocupação principal era como essas informações equivocadas estavam afetando o interesse da opinião pública.

Nesse período de sucessivas notícias falsas, aumentou também o número de trotes para a casa dos pais de Naomi Saitou. Eles recebiam mais de cinquenta ligações por dia, que variavam de pessoas em silêncio absoluto a outras que afirmavam algo como: "Eu sou o assassino." Eram brincadeiras de mau gosto, insensíveis e impiedosas, que revelavam um lado doentio da sociedade japonesa. A central de investigação foi notificada de que a mãe da pequena Naomi estava perdendo a sanidade devido aos trotes.

A polícia estava completamente à mercê desses acontecimentos, forçada a checar a legitimidade de cada reportagem da imprensa e telefonema. Por mais que fosse consenso que se tratavam de farsas, não era possível simplesmente deixar para lá. A realidade é que seria um desastre caso uma dessas informações fosse ignorada e acabasse por ser verdadeira, mesmo que a chance de isso acontecer fosse mínima. No final das contas, porém, tudo não passava de um monte de bobagens, cujas apurações apenas aumentavam o cansaço dos investigadores.

Domingo, dia 13 de janeiro. A casa de Naomi Saitou recebeu um telefonema que não podia ser ignorado. Um homem de voz grave deixou a seguinte mensagem gravada na secretária eletrônica:

— Eu sou o culpado. Eu a estrangulei até a morte. E ainda vou fazer mais e mais. A próxima será no dia 21. Quem tiver uma filha pequena que tome cuidado.

A fita foi enviada imediatamente para o laboratório de análise forense do Departamento de Polícia Metropolitana, onde seu conteúdo seria averiguado.

A central de investigação ficou bastante dividida quanto à decisão de compartilhar ou não aquele novo fato com o público. Enquanto Saeki declarava com convicção que aquilo havia sido um trote, o chefe da Seção de Assuntos Criminais da delegacia da zona leste de Hino afirmava que essa era uma opinião infundada e defendia que fizessem um comunicado à imprensa. Como ficou evidente que a insistência estava mais focada em simplesmente contrariar Saeki, a tendência da reunião foi a de evitar fazer um anúncio. No fim, foi decidido considerar aquela mensagem como outro trote e não se fez mais nada a respeito. No entanto, ao longo de todo o dia 21 de janeiro os investigadores permaneceram tensos.

O julgamento de Saeki estava correto. Naquela data, nada ocorreu que pudesse ser considerado um incidente. Todos os oficiais envolvidos no caso suspiraram aliviados.

Esse episódio, entretanto, chamou a atenção para os trotes. Será que o culpado realmente não havia tentado entrar em contato com os pais da criança sequestrada? Se esse contato tivesse sido feito de alguma forma que passara despercebida, uma pista valiosa poderia ter sido perdida bem debaixo do nariz deles.

A central iria mais uma vez examinar as ligações e as correspondências recebidas na casa dos familiares de Naomi após a ocorrência do crime. Além disso, a investigação passaria a incluir, extraoficialmente, o caso do sumiço de Yukiho Kagawa, cuja ligação com o caso atual vinha sendo questionada até então. Era possível que, mesmo que o culpado não tivesse feito contato com a casa de Naomi, talvez pudesse ter tentado algum tipo de aproximação com os pais de Yukiho.

Essa tarefa foi atribuída à equipe de Okamoto. Ele e Kitaoka logo foram encontrar a mãe de Yukiho Kagawa.

A menina era filha única de mãe solo, sustentando a casa com o trabalho em um bar de Ikebukuro.

A mãe morava a cerca de quinze minutos a pé da estação de Higashikurume, da linha férrea Seibu Ikebukuro, em um apartamento conjugado pequeno. Seu local de trabalho não havia mudado, portanto ela estava em casa durante o dia. Okamoto e Kitaoka tocaram a campainha da residência assim que o relógio bateu 14h.

— Sim? — Uma mulher com olhar cansado abriu um pouco a porta e colocou a cabeça para fora.

Como ainda era dia, ela talvez não estivesse usando nenhuma maquiagem, mas ainda assim não poderia ser elogiada pela jovialidade. Devia ter vinte e oito anos, mas o rosto cansado parecia o de uma mulher de meia-idade, perto dos quarenta. Okamoto não tinha certeza se o seu esgotamento físico era proveniente do desaparecimento da filha ou do seu trabalho noturno.

— Desculpe o incômodo — disse ele.

Ela convidou os dois a entrar.

A decoração do cômodo era simples. Os únicos móveis eram uma penteadeira, uma cômoda e uma cama de solteiro. Apenas uma boneca, colocada acima da penteadeira, dava alguma personalidade ao local.

— Por favor, sentem-se. Vou fazer um pouco de chá. — A dona da casa entregou duas almofadas descombinadas para que eles se acomodassem. — Fiquem à vontade.

Eles pegaram as almofadas e sentaram-se no chão. O piso era laminado de madeira.

A mulher ficou em pé na cozinha, calada, observando a chaleira.

Um silêncio pesado dominou o lugar durante os cerca de dois minutos até a água ferver. Desconfortável e inquieto, Kitaoka ficou se balançando suavemente. Okamoto, por sua vez, aguardou tranquilo.

Logo em seguida, duas xícaras — também descombinadas — de chá verde foram colocadas diante dos oficiais.

— Bebam, por favor. — Assim que ela disse isso, ambos tomaram um gole. — Em relação à Yukiho... nenhuma pista ainda? — murmurou. Sua voz não tinha o menor traço de alegria.

— Infelizmente, não. — Okamoto respondeu de modo resoluto. — É por isso que estamos aqui hoje.

Ele evitou mostrar compaixão pela mãe da vítima. Tentar reconfortá-la apenas instigaria uma tristeza ainda maior e pioraria seu relato dos fatos do passado. A melhor estratégia era continuar fazendo perguntas como se estivessem em uma reunião formal.

— E do que desejam tratar? — A mãe ergueu um pouco o rosto para Okamoto. Mesmo encarando-a mais uma vez, ele não conseguia acreditar que fosse uma jovem de vinte e tantos anos. Sua pele tinha sinais profundos de abatimento.

— Bem, na verdade... — Okamoto contou sobre os trotes telefônicos que a família Saitou vinha recebendo. — Decidimos checar se a senhora também não estaria recebendo esse tipo de ligação.

— Agradeço pelo empenho de vocês, mas não recebi qualquer telefonema assim... Nosso número nem está na lista telefônica.

— Ah, sim, entendo. — Okamoto assentiu, abaixando bastante a cabeça.

— Não recebeu nenhuma carta? — perguntou Kitaoka.

— Carta...? Que tipo de carta seria? — falou a mãe, bem devagar. Ela estava exausta e já não conseguia mais raciocinar direito.

— Uma carta que alguém tenha escrito assumindo ser o culpado ou algo assim — Kitaoka pacientemente acrescentou.

— Ah, desse tipo eu recebi algumas.

— Recebeu?! — Kitaoka exclamou alto. — Ainda estão com a senhora?

Ela meneou a cabeça.

— Não, eu achei que fossem apenas trotes e acabei jogando no lixo.

Kitaoka não escondeu sua decepção. Suspirou e olhou para o chão. Okamoto tomou seu lugar para dar prosseguimento às perguntas:

— Lembra algo sobre o conteúdo dessas cartas?

Ela negou novamente, quase sem forças.

— Não, já não lembro o conteúdo. Isso foi há três meses.

— Certo. — Okamoto concordou, abaixando a cabeça.

— Já não há mais o que se fazer, né? Yukiho não vai voltar pra casa, vai? — falou a mãe.

Kitaoka olhou para o rosto de Okamoto, que estava com um olhar visivelmente triste.

— Não perca as esperanças, senhora. A polícia está empregando todos os seus recursos na investigação.

Até para ele próprio essas palavras soaram falsas. Contudo, como policial, ele não poderia dizer que as expectativas de encontrarem Yukiho eram baixíssimas. E aquela mãe com certeza não iria querer ouvir algo assim.

— A senhora tem ido ao trabalho? — Tentou mudar o assunto, indo para algo mais trivial.

A mulher balançou a cabeça.

— Sim, porque se não trabalhar não tenho como me sustentar.

— Desculpe a intromissão, mas e o pai de Yukiho?

— Bem... — A mulher inclinou a cabeça para o lado. Pela primeira vez estava com um sorriso irônico no rosto. — Não sei onde está nem o que anda fazendo... E ele não sabe de Yukiho.

— Desde o nascimento, a senhora tem criado Yukiho sozinha? — Okamoto fez a pergunta de modo casual, mas acabou provocando uma reação intensa.

— Isso mesmo! Eu a criei sozinha, por todo esse tempo! — Ela elevou a voz de repente. — Eu não tive uma pessoa sequer para me ajudar. Meu único suporte foi a Yukiho. As pessoas nos menosprezavam, dizendo que tínhamos sido abandonadas, mas eu continuei dando o meu melhor. Apesar de tudo, eu não me arrependo de ter dado à luz Yukiho. Sim, ela é uma criança sem pai, mas nunca tive nenhuma vergonha dela. Eu vivo com honestidade. E, apesar disso tudo, alguém roubou Yukiho de mim! Quem...?

As últimas palavras se perderam em meio a um soluço. Após aquele momento de revolta ter passado, voltou a ser apenas uma mãe solitária e exausta.

Okamoto e Kitaoka trocaram olhares. Já estava chegando a hora de partirem.

— A propósito, só mais uma pergunta — Okamoto falou de forma fria. — A senhora acha que o desaparecimento de Yukiho pode ter alguma relação com o caso do assassinato de Naomi Saitou?

A mulher arregalou os olhos e disse:

— Não sei. Se isso significar que Yukiho vai voltar para casa, pode ser. Nada mais me importa.

25

Saindo da estação de Kameido, ele seguiu direto pela rua comercial bem em frente. Assim que novembro chegou, uma brisa fresca começou a soprar, tornando as caminhadas ao ar livre mais agradáveis. Com o calor finalmente cedendo, as pessoas também estavam recuperando a energia e aquela região comercial transbordava de vida.

Após caminhar por algum tempo, ele virou à esquerda na rua do templo Kameido Tenjin. Antigamente, levava a filha para orar no local, de forma que a rua lhe levava algumas lembranças. Aqueles dias pareciam distantes demais agora. Com essas memórias, ele voltou a sentir também, ainda que de leve, aquela dor de cabeça cuja existência já estava começando a esquecer.

Logo encontrou o prédio que procurava, pois havia uma grande placa do culto na frente. Ao contrário da unidade de Kyoudou, a de Kameido ficava em um edifício misto, com unidades comerciais e residenciais. Pelo visto, a Ordem alugava o quarto andar.

Ele pegou o elevador. Assim que a porta se abriu, um pôster pendurado na parede saltou-lhe aos olhos. Era uma foto ampliada do suposto fundador do culto, Shouei Koizumi, anunciando o grande encontro que aconteceria naquele mês. A imagem havia capturado o exato momento no qual o homem, com cerca de quarenta anos, discursava em um púlpito, vestido com um terno sob medida, como se fosse um homem de negócios — estava com uma aparência tão boa e demonstrava tanta autoconfiança que poderia virar um ator. Era uma pessoa dotada de muito carisma.

Olhando ao redor, o local tinha a atmosfera de sala de espera de hospital. Ao longo da parede, havia um banco comprido e preto revestido de vinil, com algumas revistas da organização religiosa em cima. Havia uma área para tirar os sapatos e calçar pantufas antes de entrar. O lugar passava uma impressão totalmente diferente da unidade em Kyoudou.

Depositou seus calçados na sapateira e colocou as pantufas. Pegou sua maleta e, enquanto procurava o local do treinamento, teve uma sensação de que alguém se aproximava.

— Perfeito — disse uma voz.

Estava se virando na direção da voz, mas se interrompeu. A pessoa que se aproximava e abria a porta era alguém que ele não estava esperando encontrar ali.

Era Shima, que, ao vê-lo, apenas o cumprimentou sem demonstrar nenhuma surpresa.

— Olá. — Shima olhou para a maleta na mão dele e disse, com seu tom de voz gelado como sempre: — Veio para o treino de hoje? Você é bastante empolgado, né?

— Sim.

Por alguma razão, ele não queria ter qualquer contato com Shima, por isso, respondeu de forma vaga e evasiva. Shima, por outro lado, parecia nem perceber.

— Eu também vim para isso. Que coincidência, não acha? — disse, caminhando na direção dele. — Ainda temos tempo até começar. Já que chegamos cedo, não quer se sentar ali e conversar um pouco? — Shima apontou para o banco.

Ele pensou em recusar, mas o homem, sem demora, o pegou pelo braço e o levou até o banco. Relutantemente, teve que se sentar. Shima se acomodou ao seu lado, com tamanha leveza que parecia não sentir o peso do próprio corpo.

Ele pegou o cinzeiro para fumar e, com a mão esquerda, acionou o isqueiro. Chegou até a oferecer para Shima, que recusou.

— Ah, você é canhoto? — Shima estava olhando para o cinzeiro na mão esquerda dele.

— Sou, nasci assim. Mas o que tem isso?

Ele ficou observando a própria mão esquerda por um momento e depois voltou a olhar para o rosto de Shima.

— Na cabala, ser canhoto tem um significado muito grandioso! — Shima, que olhava fixamente para a mão esquerda dele, de repente o encarou. Suas pupilas eram tão pretas que pareciam sugar a luz.

— É mesmo?

Ele abriu e fechou duas ou três vezes a tampa do isqueiro e, então, acabou colocando-o de volta na maleta. Nesse momento, lembrou-se do que Saki havia falado: "O senhor Shima está aqui há muito tempo."

— Sim, bem...

Shima sorriu de forma firme. Esse sorriso lhe era familiar, mas não sabia dizer por quê.

— Você conhece bem a cabala? — perguntou.

— Menos do que deveria. — Shima assentiu com a cabeça e continuou a falar: — Você tem interesse nela?

— Na cabala e, mais ainda, na doutrina da Ordem.

— Ah, no que, em específico? — Shima continuou a perguntar.

Ele não queria ter um debate sobre crenças religiosas, mas agora já não tinha como escapar.

— Tenho pensado sobre "Deus" — afirmou, resoluto.

Se Shima começasse a discutir sobre isso, ele ia se levantar e ir embora imediatamente. Entretanto, o veterano da Ordem recebeu aquelas palavras com tranquilidade.

— Certo. "Deus"?

Então, Shima permaneceu parado em silêncio olhando para o rosto dele, que ficou esperando o outro dizer alguma coisa, em vão. Seu olhar era tão intenso que ele estava prestes a, instintivamente, aumentar o tom de voz para perguntar qual era o problema, porém, um segundo antes, Shima resolveu abrir a boca. E suas palavras o pegaram de surpresa:

— Você tem um buraco aberto no peito, não tem?

Ele ficou atônito, por um momento paralisado com a boca aberta, como se tivesse tido um derrame. "Como Shima sabe disso? Afinal, que tipo de homem é esse?"

— Exatamente como eu pensei. — Shima estava entretido com a reação dele e chegou a sorrir com o canto da boca, como se achasse graça.

— Como... como que você sabe?

Ele tinha até mesmo se esquecido de se fazer de bobo. Quando se deu conta, já tinha deixado claro que a suposição de Shima estava correta.

— Dá para perceber só de olhar para você. Está carregando o peso de um grande sofrimento nas costas — Shima afirmou.

Ele encarou Shima como se o visse pela primeira vez. O espanto estava mudando até mesmo aquela impressão que tivera do outro. Em vez de pensar que era apenas um sujeito sombrio e desinteressante, agora ele percebia Shima como um homem de natureza ainda desconhecida, sim, mas dotado de uma profunda capacidade de percepção.

— Isso é... o poder da cabala?

— Talvez seja. — Shima deu uma resposta vaga, talvez optando por ocultar suas habilidades.

— Você tem superpoderes?

Ao ouvir a pergunta, o homem meneou a cabeça.

— Eu não li a sua mente. Não tenho esse tipo de poder. É apenas que, olhando para você, qualquer um pode perceber isso. Você veio parar neste culto porque estava procurando conforto espiritual, salvação.

Ele se lembrou das palavras ditas por Shima alguns dias atrás.

— Você falou naquele dia que eu encontraria salvação. O que quis dizer?

Shima respondeu, sério:

— Não sei. É possível que o grão-mestre Koizumi lhe responda tudo.

— O grão-mestre é capaz de fechar esse buraco no meu peito? — perguntou, suplicante. Sentia que enfim a salvação que vinha buscando começava a se revelar.

— Pode — Shima afirmou categoricamente. — Ele está salvando todos aqueles que têm um buraco no peito.

— O que devo fazer para encontrá-lo?

— É uma questão de fé. Se você acreditar nesta religião e continuar se esforçando, vai subir na escala *sephiroth*. Após alcançar o nível para se tornar um *adeptus major*, poderá falar direto com o grão-mestre.

Ele ficou um pouco desapontado com a resposta de Shima. Sentiu um desânimo ao imaginar que levaria muito tempo até que pudesse ter a oportunidade de se encontrar com o líder da Ordem.

— Mas se você realmente, do fundo do coração, quiser conversar com o grão-mestre, pode ser que realize essa vontade em breve. Se quiser mesmo encontrá-lo a todo custo — falou Shima, todo misterioso.

Ele não pôde deixar de se ater àquelas palavras.

— É mesmo? Poderei encontrar o grão-mestre em breve?

— Só depende de você. — E franziu o canto da boca.

E foi bem nesse momento que a porta da entrada se abriu e apareceram uma mulher e um homem. Eram Saki e Arai. Assim que os olhos da moça o encontraram, ela exclamou:

— Ah, senhor Matsumoto!

Ao lado dela, Arai fez uma reverência curvando seu corpo esguio.

— Vamos ralar no treino de hoje também, hein? — falou de forma alegre, para logo depois sumir de vista, sob o olhar atento dele, que os acompanhava sem se mover.

— É uma garota iluminada, não? — Shima comentou assim que os dois tinham desaparecido. — Depois que ela ingressou, a aura das reuniões de jovens também mudou.

— É mesmo.

Shima deu continuidade ao comentário:

— Essa garota, Saki Kitamura, é uma fanática religiosa. Ela fica vagando de uma denominação para a outra. Talvez consiga se dar ao luxo de fazer isso porque é de uma família rica.

Ele encarou Shima com surpresa. Era estranho que o veterano soubesse esse tipo de coisa sobre Saki.

— Mas isso em si não é motivo para repreendê-la. Talvez o problema seja quem estava junto com ela, Arai.

Inconscientemente, ele virou a cabeça na direção em que a dupla de jovens havia sumido. Então, a voz de Shima chegou aos seus ouvidos:

— Arai tem uma mente perversa. Não é adequado para a Ordem.

26

Sexta-feira, 25 de janeiro. Saeki foi convocado por Kai, chefe da Divisão de Assuntos Criminais, e se dirigiu ao Departamento de Polícia Metropolitana de Tóquio. Ao andar pelos corredores, ele passou por vários colegas de trabalho. Saeki estava em uma posição difícil, à frente de uma investigação atribulada, e atraía muitos olhares. Alguns demonstravam compaixão, enquanto outros claramente manifestavam certo desdém. O investigador já estava incomodado quando bateu à porta do chefe.

— Pode entrar — disse a voz de Kai, de dentro da sala.

— Com licença.

Saeki o cumprimentou e andou até o superior.

Kai provavelmente não conseguiria aparentar mais mau humor do que naquele momento. A lentidão da investigação vinha deixando a sociedade agitada. Apesar de, na prática, ser conduzida por Saeki, Kai era seu chefe e, por isso, também estava envolvido na situação, ainda que apenas nominalmente. Sem dúvida o quadro não estava nada bom. A consequência natural disso, assim como a razão de Saeki ter sido convocado, era clara. Ele entendia que o que estava prestes a acontecer não seria agradável, mas mesmo assim sua expressão facial se manteve plácida.

Os olhos de Kai estavam agitados. Pensativo, encarou Saeki, depois observou o teto da sala, em seguida a mesa, as pontas dos dedos e, por fim, retornou ao rosto do subordinado.

— Você entende o que precisa ser feito, certo?

— Sim. — Saeki endireitou a postura. — Acho que entendo.

— Então, a conversa vai ser breve. — Com uma expressão pesarosa, Kai juntou suas mãos. — Pode me falar sobre a situação em que se encontra a investigação?

Saeki respirou fundo e colocou para fora de uma vez só tudo o que queria falar:

— Atualmente, estamos priorizando a busca por testemunhas tanto do momento do desaparecimento quanto de quando o corpo foi abandonado, e interrogando cada uma delas. Em paralelo, temos avançado na investigação de movimentações e possíveis álibis de pessoas com antecedentes criminais em uma área próxima ao ocorrido.

— E como está o progresso disso?

— Insatisfatório — declarou Saeki.

Kai franziu ainda mais a testa.

— Insatisfatório? Pois isso é um problema. — Kai tamborilou na mesa, perdendo a paciência.

— Estamos fazendo o melhor possível e empregando todos os nossos esforços nesse caso. — Saeki, por outro lado, mantinha seu tom de voz sereno.

— Sei disso. Não penso que vocês estejam sendo negligentes. Só quero dizer que talvez seja necessário repensar nossa estratégia de investigação. — Um músculo na têmpora de Kai estremeceu.

— Acredito que, em breve, vamos conseguir obter informações importantes.

Ao ouvir a resposta intransigente de Saeki, Kai permaneceu em silêncio por alguns segundos, balançando a coxa, já irritado.

— Sobre o perfil do culpado, o que vocês já têm?

Saeki ficou calado por um instante. Para organizar melhor os pensamentos, pousou o olhar na paisagem da janela que havia atrás de Kai. A superfície da água do fosso por trás dos muros do Palácio Imperial cintilava sob os raios de sol gentis do inverno.

— Temos tão poucas informações que acredito que seja arriscado fechar em apenas um perfil, mas se fosse dar alguns palpites... — Saeki, que até então estava com as mãos unidas atrás das costas, pela primeira vez as moveu à frente do corpo. Levantou a mão esquerda e ergueu o indicador. — O primeiro é que ele tem carro. Segundo, deve ter uma casa própria, aonde poderia levar uma criança e mantê-la lá. Podemos presumir isso porque o corpo não foi abandonado logo depois do sequestro.

Kai assentiu vigorosamente com a cabeça.

— Continue.

— Terceiro, ele está familiarizado com os arredores. Acho que isso é tudo que podemos supor até o momento.

— Entendo. Idade?

— Não há dados suficientes. Considerando que não houve violência sexual, o culpado poderia ser de qualquer faixa etária, desde crianças no ensino fundamental a idosos que passaram do auge da atividade sexual.

— O foco está ampliado a ponto de incluir crianças do ensino fundamental?! — Kai se espantou, erguendo as sobrancelhas.

— De fato, há ocorrências de casos assim no exterior. Talvez seja muito otimista pensar que o Japão seria exceção. Mas, para ser sincero, acredito que as chances sejam muito pequenas, porque não bate com as condições que mencionei antes.

— Realmente — falou Kai com certo alívio.

— Restringindo à ideia de que a pessoa precisaria ter um veículo... E, veja bem, isso seria uma suposição a partir de outra suposição. Considerando a idade em que alguém poderia ter o próprio carro, a faixa etária mínima seria universitária. Mas particularmente não estou certo se devamos estabelecer isso de forma tão fechada. Não podemos afirmar com certeza que não se trata de um estudante mais jovem.

— Sim. — Kai assentiu com a cabeça.

— Já sobre o limite máximo de idade, deve ser alguém com vigor físico. Não deve ser idoso a ponto de ter problemas de locomoção ou com atividades cotidianas. Não posso afirmar uma faixa etária específica porque hoje em dia mesmo quem já passou dos sessenta anos ainda se mantém em forma.

— É mesmo.

— Quanto ao gênero... é desconhecido.

— O quê?! — Kai gritou, surpreso ao ouvir as palavras de Saeki. — Não está decidido que é um homem?!

— Não acho que possamos afirmar isso com convicção. Como não foi encontrado nada que indicasse violência sexual no assassinato, é possível que estejamos atrás de uma mulher.

Kai soltou um gemido.

— Você acha mesmo isso?

— É uma questão de probabilidade. Se a pessoa levou a criança para casa porque a achou bonitinha, e depois a matou por chorar, não seria impossível que a culpada fosse uma mulher.

— Hm. — Kai bufou.

Saeki prosseguiu com seu relatório:

— Em seguida, vamos aos aspectos psicológicos. Recebemos este conselho do professor Kazuhiro Yamana, uma autoridade em psicologia criminal da Faculdade de Medicina de Touhou.

— Ah, o professor Yamana? — Kai balançou a cabeça, como se estivesse satisfeito com o nome. — E então?

— Em primeiro lugar... — Saeki voltou a levantar o dedo da mão esquerda. — O criminoso é emocionalmente imaturo e se enxerga em crianças pequenas. Isso não é necessariamente sintoma de um distúrbio psicológico, como, por exemplo, de pedofilia. Mães de luto após perderem um filho pequeno também podem se encaixar nessa categoria. O professor Yamana explicou que, de modo geral, há uma grande possibilidade de que o ego, que deveria se desenvolver com a idade, tenha tido seu amadurecimento interrompido.

— Entendo. E o que mais? — pressionou Kai.

— As certezas param por aí, mas se formos ousar nas suposições, o professor Yamana disse, com reservas, que o culpado deve ser alguém sexualmente inexperiente, talvez impotente por alguma condição psicológica.

— Hm, certo. Um pervertido, como suspeitamos?

— Além disso, partindo dessa condição de impotência sexual, podemos supor que o culpado seja alguém que teve acesso a uma educação de qualidade. Parece que a impotência psicológica é mais comum entre intelectuais.

— Nossa! — Ele franziu um pouco a testa, não mais aparentando estar entretido.

— Por fim, o professor também apontou para a possibilidade de que o criminoso tenha crescido em um ambiente familiar desestruturado. Pessoas que crescem com pai ou mãe ausente podem desenvolver uma forte conexão com crianças pequenas. Elas buscam proporcionar a essas crianças a paternidade ou a maternidade que lhes foi negada.

Kai encarou Saeki de olhos arregalados.

— Isso é tudo — concluiu ele, ignorando o superior. — É possível que os dois últimos pontos não se enquadrem no caso. Ele me orientou a encará-los apenas como referência.

Kai soltou um gemido de lamento e cruzou os braços. Durante algum tempo ficou com a cabeça inclinada, como se refletisse sobre o que Saeki havia lhe dito.

— Isso tudo é muito vago, não acha? Não tem nenhum comentário mais concreto?

— Alguns dos investigadores estão restringindo o perfil do criminoso a um grupo de jovens que são chamados de *otakus*, mas acho esse tipo de preconceito perigoso.

— É que já houve crimes semelhantes no passado, não? Provavelmente esse tipo de suposição também passa pela cabeça das pessoas.

— A verdade é que a ideia fixa de que o crime foi cometido por um *otaku* pervertido afeta as informações recebidas.

— Hm. Então, o que você está pensando em fazer agora? — As palavras de Kai foram pouco a pouco perdendo a força.

Saeki falou com firmeza:

— Queremos manter a busca por testemunhas como nosso principal foco. Planejamos enfatizar acima de tudo os avistamentos de carros circulando sem rumo certo nos arredores de onde o corpo foi abandonado. Junto a isso, vamos colocar parte dos investigadores para localizar o local onde ocorreu o assassinato. Para isso, vamos tentar o máximo possível coletar informações sobre pessoas que moram sozinhas e foram vistas acompanhadas de crianças pequenas.

Kai foi assentindo a cada parte da explicação de Saeki.

— Então é isso? Acho que é tudo. Por favor, se dedique um pouco mais a esse plano de ações.

Ele se interrompeu por um breve momento. Parecia estar hesitando dizer algo difícil que sovava sua massa cerebral, até que se inclinou para a frente e falou:

— Na verdade... alguns comentários têm surgido aqui e ali sobre esse caso ser, como alguns já consideravam previamente, difícil demais para alguém com pouca experiência como você.

Saeki manteve sua expressão inabalável, mas não pôde deixar de pensar: "Como imaginei." Ele já supunha que Kai o convocara para dizer aquilo.

— Claro que você tem o meu apoio, mas isso também me coloca em uma posição um tanto delicada, entende? Se essa investigação se arrastar por muito mais tempo, talvez eu mesmo tenha que me retirar do caso.

Saeki ficou em silêncio. Era algo que ele estava prevendo desde o começo.

— Particularmente, quero evitar isso tanto quanto for possível. Então, peço que você também faça um esforço extra para que sejamos bem-sucedidos.

— Entendido. — Saeki abaixou a cabeça, obedientemente.

Kai estava contando que Saeki iria fazer alguma objeção, mas, ao ouvir a resposta dócil do subordinado, sua própria expressão se atenuou.

— É isso. Sei bem que você tem sofrido críticas duras. Por isso, quero que apresente resultados que não deem margem a dúvidas sobre a sua capacidade e que mandem esses boatos maldosos pastar.

— Muito obrigado — disse Saeki com toda a educação.

Kai, talvez encorajado pelo comportamento humilde do subordinado, continuou falando:

— A propósito, soube que você não está mais morando com sua esposa, certo?

Saeki permaneceu em silêncio. Provavelmente Kai estava mesmo em uma situação difícil pelo fato de que um subordinado seu e a filha do comissário-geral da Agência Nacional de Polícia encontravam-se em atrito. Kai devia estar pensando que aquilo era um problema, mas, para Saeki, não era um assunto com que seu chefe devesse se preocupar. Contudo, o intrincado equilíbrio de poder entre eles não lhe permitiria falar algo nesse sentido.

— O senhor deseja a minha confirmação? — Saeki perguntou. Ele não queria falar para Kai não se meter na sua vida pessoal.

— N-não. Está tudo certo. Perguntei apenas porque ouvi alguns comentários desagradáveis a respeito e acabei ficando um pouco preocupado — falou Kai depressa, tentando diminuir o constrangimento.

Saeki não conseguiu nem sentir raiva.

— As minhas falhas são todas minhas. Manterei isso em mente — disse ele, melancolicamente.

27

Sexta-feira, 20 de setembro. Era chegado o dia da grande semestral. Haviam lhe explicado que o motivo daquela data era o fato de que, somando os números dois e zero, do dia, com o nove, do mês de setembro, o resultado é onze, que é um número considerado poderoso pela cabala.

Um moderno hall na região portuária havia sido alugado para a convenção. Era um espaço com frequência utilizado por músicos e cantores jovens para shows. Conseguia perceber o poder do culto, cuja quantidade de seguidores vinha crescendo exponencialmente.

Ele desceu do trem na estação Maihama e pegou um ônibus ali em frente. Todos os que estavam aguardando naquele ponto eram membros da Ordem. Como conhecia uma dessas pessoas de vista, cumprimentaram-se e trocaram algumas palavras. Durante a breve conversa, acabaram falando de alguém que tinha deixado o culto havia pouco tempo. A mulher com quem ele conversava não parava de menear a cabeça, confusa sobre o motivo da saída.

Falando nisso, ele se lembrou de que alguns dias antes soubera de um rumor: Arai, que andava atrás de Saki, tinha se retirado da congregação. Realmente, fazia cerca de duas semanas desde a última vez que o vira, na unidade de Kameido. Como Saki continuava participando com frequência de atividades do grupo, não parecia ser o caso de terem partido juntos. Ela não parecia abalada com a saída de Arai e continuava com seu jeito leve e despreocupado de sempre. Por isso, ele imaginou que talvez o jovem tivesse se afastado depois de Saki recusar suas muitas investidas.

O ônibus não levou nem cinco minutos para deixá-los em frente ao local da convenção. Na entrada, já havia uma longa fila e um funcionário muito ocupado verificando os ingressos e liberando o acesso ao local.

Ele entrou no final da fila e ficou quieto, esperando sua vez de entrar no hall. A convenção começaria com a fala do grão-mestre às duas da tarde e ainda era uma hora, então, não precisava se preocupar com o tempo.

Quando finalmente conseguiu ingressar no local, já era uma e meia. Logo viu que se tratava de um evento de sucesso, reunindo dezenas de milhares de seguidores. Era possível perceber toda a grandiosidade da Ordem.

Ele checou o número em seu ingresso e saiu à procura do assento correspondente. Era uma cadeira um pouco à frente do meio. Logo adiante estavam o púlpito e uma grande tela para projeção. Era um local ótimo para ver bem o discurso do grão-mestre.

Enquanto aguardava o início da convenção, ele folheou os panfletos que havia recebido na entrada. Nos corredores, as pessoas fumavam e se refrescavam, bem o que se esperaria de um público aguardando o início de um show. Inúmeras conversas se misturavam, formando um único burburinho.

Enquanto lia em silêncio algumas palavras do grão-mestre em um panfleto, de repente uma sombra o cobriu. Alguém estava em pé ao seu lado, bloqueando a luz. Ao olhar para cima, ele viu que se tratava de Shima.

— Como vai? Temos nos encontrado bastante, não é mesmo? — Shima comentou com um leve sorriso.

— É verdade.

Não podia se dizer que era simplesmente uma coincidência. Encontrar alguém específico no meio de uma multidão como aquela seria como encontrar uma agulha em um palheiro.

— Até mais — disse Shima. — Nos vemos quando acabar.

Para a surpresa dele, o homem não falou nada além daquilo e logo se afastou. Ele ficou sentado com a cabeça inclinada para o lado, estranhando o comportamento do sujeito.

Poucos minutos antes das duas da tarde, a iluminação foi diminuindo aos poucos. Antes que ele percebesse, os assentos já estavam todos ocupados. A expectativa do público emudecido era tão intensa que chegava quase a ser palpável.

Então, de repente, as luzes se apagaram. Após um momento de escuridão completa, ouviu-se um barulho de explosão e, em seguida, o palco foi iluminado por uma cascata de faíscas de fogos de artifício. Ao mesmo tempo, uma música solene começou a tocar, cada vez mais alta.

Em um movimento rápido, os refletores focaram um único ponto do palco. Havia alguém de pé ali, e era ninguém menos que o grão-mestre da Ordem Universal da Luz Branca, Shouei Koizumi.

O hall foi tomado por gritos de alegria e empolgação. Naquele momento, a música atingia seu clímax e intensificava ainda mais a agitação do público.

Shouei Koizumi subiu lentamente ao púlpito. No fundo do palco, o projetor exibia essa cena ampliada para que todos os presentes pudessem ver melhor. Vestindo um terno refinado e impecável, o líder apoiou as mãos no púlpito e olhou para o público com um semblante austero.

— Senhoras e senhores... — Sua voz profunda e estrondosa reverberou pelo hall e a música parou de imediato. — Sejam todos muito bem-vindos. Nenhum de vocês está aqui por um simples acaso. Vocês são escolhidos. Era algo predeterminado desde tempos imemoriais. Todos nós prometemos naquela época que voltaríamos a nos encontrar. Agora, enfim, estamos aqui novamente reunidos para cumprir nosso pacto, e um grande milagre ocorrerá. Isso é motivo para uma enorme alegria, não é mesmo?

Essa declaração acabou gerando outra onda de entusiasmo. As palavras de Shouei Koizumi eram cheias de energia e de um carisma inato que agitava mais e mais a plateia. Com uma assertividade que transbordava autoconfiança, comum aos melhores oradores, ele logo conquistou o coração do público.

— E, por isso, devemos dizer que Deus é a verdadeira essência da humanidade, sua identidade primordial. É a harmonia fundamental de todos os fenômenos, aquela que está por trás deste mundo aparentemente caótico e sem sentido.

O grão-mestre discursava sobre a divina providência de forma clara e sem espaço para ambiguidades. A plateia ficou em absoluto silêncio, os olhares de milhares de pessoas concentrados em um só ponto. Ele, em meio ao público, também ansiava pelas palavras do guru.

— A cabala é uma das leis que regem esse universo caótico e confuso. Sob a ótica de um cabalista, o mundo é visto como um lindo projeto feito por Deus. Como se feito com um instrumento de precisão, não há nenhuma parte que não tenha um motivo para estar ali, cada coisa, por mais minúscula que seja, foi planejada para proporcionar essa beleza perfeitamente funcional.

Agora não era possível ouvir nem sequer uma tosse. O grão-mestre havia conquistado aquelas dezenas de milhares de pessoas com o poder de sua retórica audaciosa, sem jamais perder a atenção delas.

— Então, o ser humano é uma analogia precisa do universo, esse quadro pintado com riqueza de detalhes por Deus. Nós também somos constituídos por muitas partes. Temos cabeça, braços, pernas, órgãos, esqueleto, cérebro... Todos esses elementos, isolados, não têm nenhuma personalidade em especial. Contudo, ao se reunirem sob a forma de um corpo, as várias características mentais e afetivas moldam o que seria a base da personalidade de cada um. E isso é exatamente o que ocorre na menor escala. Quando centenas de milhões de células, unidades que individualmente são insignificantes, se juntam, elas compõem um ser racional único. Se isso não é uma manifestação artística divina, o que seria?

Koizumi levantou o punho fechado e continuou o discurso acalorado. O grão-mestre começou a se deixar tomar pelo frenesi que ele próprio estava causando e isso inflamou ainda mais a plateia. Não havia ninguém que não estivesse empolgado com o êxtase do orador.

— E até na maior escala possível, o mesmo acontece. O universo é um organismo com centenas de milhões de seres humanos que, juntos, formam uma gigantesca personalidade. Assim como o caráter de uma pessoa tem várias faces, os fenômenos do universo não são mais do que múltiplos fragmentos de uma "entidade única". E essa "entidade única" é o poder, é a verdade primordial, é a substância material. É algo que não pode ser expresso por meio de palavras. Isso, sim, é Deus.

As palavras do grão-mestre da Ordem eram uma espécie de encanto que enfeitiçara todos os presentes, como se tivessem sucumbido a uma hipnose coletiva.

— Tudo o que existe no universo faz parte de Deus. O universo inteiro é Deus, e o ser humano, como uma miniatura do universo, é também uma réplica de Deus. Dentro de cada um de nós há um enorme poder adormecido, que só pode ser despertado pela nossa evolução espiritual. Quando seu espírito ascender para além dos céus, você encontrará Deus dentro de si. Isso é o trabalho de uma vida inteira. Não é algo que se consiga do dia para a noite. Por outro lado...

Koizumi bateu com força a palma da mão no púlpito. O público assistia, perdendo o fôlego.

— Não há espaço para medo. Todos na Ordem podem te ajudar. Eu vou guiar você a alturas ainda maiores. Acredite em mim. Acredite na Ordem. Acredite em Deus.

O frenesi atingiu seu auge. A plateia se levantou e, todos ao mesmo tempo, começaram a gritar entusiasmados. A comoção se deu em ondas crescentes, atingindo todas as pessoas ali. Em meio aos aplausos barulhentos, alguns caíam no choro. Todos louvavam a imponência do grão-mestre, e ninguém duvidava de sua sanidade.

Ele mesmo, participando pela primeira vez de um evento da Ordem daquela magnitude, não era uma exceção à comoção. Suas lágrimas transbordavam, e, sem saber quando cessariam, apenas as deixou fluírem. "Encontrei!", pensava, o coração quase explodindo de satisfação. "Encontrei! Encontrei!"

Sentia-se como se um único feixe de luz tivesse finalmente aberto caminho para a terra devastada que era o seu coração.

28

Não apenas pelo comentário de Kai, mas Saeki pensou que já era a hora de retornar para a residência no bairro de Yoyogi, onde moravam a esposa, Mie, e a filha, Eriko. Desde que ele decidira sair de casa, dois anos haviam se passado em um piscar de olhos. Resolvera voltar para lá uma vez por mês, mas esse tipo de "casamento" intermitente tornara inviável a possibilidade de reaquecerem o relacionamento.

Saeki foi de carro até Yoyogi. A casa estava em seu nome, mas já parecia pertencer a outro alguém. Aliás, a "outros alguéns" — a esposa e a filha dele, que lá moravam.

Originalmente, a casa onde Saeki morava havia sido "concedida" por seu pai. Quando Hideyoshi Oshikawa soube que a mulher por quem estava apaixonado havia engravidado, ele, de forma muito generosa, presenteou o filho com aquela casa. Entretanto, sua suposta dedicação limitou-se a isso. Depois de ter nascido, Saeki cresceu sem ser reconhecido como filho e sem receber qualquer tipo de apoio financeiro. Oshikawa acabou oferecendo a casa em Yoyogi para a mãe de Saeki como uma espécie de compensação. Trinta e tantos anos atrás, dera um terreno de cerca com área de oitenta tsubo, ou mais ou menos duzentos e sessenta e cinco metros quadrados, em uma região privilegiada de Yoyogi. Era um argumento que obrigava Saeki a reconhecer que o pai não era avarento.

Apesar disso, Oshikawa foi inflexível ao negar ajudá-los em qualquer outro aspecto. Curiosamente, a mãe de Saeki ria ao contar que tinha sido uma boa decisão no final das contas. Ela pudera trabalhar para criar o filho pequeno sem se preocupar com o que as pessoas ao redor iriam pensar. Costumava falar: "Sou feliz só pelo fato de ter onde morar."

Mas Saeki não conseguia ter uma visão tão positiva quanto a dela. Desde bem pequeno, ele odiava a figura negligente de Hideyoshi Oshikawa. Amaldiçoava a infelicidade de não ter crescido em uma família normal e guardava mágoa de seu genitor, que considerava um destruidor irresponsável.

Saeki começou a se dar conta do poder de influência do pai quando estava no ginásio. Naquela época, Oshikawa havia acabado de perder, em um acidente trágico, o único filho legítimo. Ele soube que o rapaz havia morrido jovem, dirigindo de forma imprudente, mas não se interessou em procurar detalhes. Para Saeki, ele não tinha nada a ver com aquela situação.

Contudo, apesar desse pensamento e contra a sua vontade, sua vida foi obrigada a mudar por causa da força opressiva do pai. Após ter perdido o herdeiro criado para ser seu sucessor, Oshikawa enfim se lembrou da existência do outro filho, mais de uma década depois de ele nascer. O pai mudou de postura e decidiu se aproximar de Saeki quando soube que o filho havia sido admitido em uma escola de prestígio do Governo Metropolitano de Tóquio, uma instituição famosa pelo alto índice de aprovação em universidades renomadas. Oshikawa ordenou que o filho entrasse na Universidade de Tóquio a qualquer custo, disponibilizando-se a prover toda a assistência financeira necessária. Saeki resistiu bastante a princípio, mas, na prática, apenas a renda da mãe não era suficiente para comprar os livros didáticos. A certa altura, Oshikawa de repente cortou o contato com os dois, mas depois Saeki descobriu que ele continuava enviando dinheiro à mãe. Quando descobriu que até mesmo o valor da taxa de matrícula na universidade saíra do bolso do pai, ficou tão chocado que não conseguia nem comer. Foi a partir daquele momento que Saeki não pôde mais ignorar a existência de Hideyoshi Oshikawa.

Parecia que Oshikawa queria alguém sangue de seu sangue como assessor pessoal. No entanto, Saeki se opôs a isso com toda a firmeza e escolheu trabalhar como policial. Foi aprovado por mérito próprio no Exame Nacional do Serviço Público de nível superior e se tornou um oficial de carreira. Quando Saeki estava feliz por enfim poder retribuir tudo o que sua mãe havia feito, ela descobriu um câncer de mama e logo acabou falecendo. Saeki tinha vinte e cinco anos.

Ele foi apresentado a Mie por um colega, uma espécie de encontro às cegas. Saeki gostou dela e percebeu que Mie também havia ficado feliz em conhecê-lo e, assim, começaram a conversar. Ele só descobriu que ela era filha do comissário-geral da Agência Nacional de Polícia, Junichirou Saeki, quando o assunto do casamento começou a surgir de forma mais concreta. Como ele próprio levava uma vida sem manter laços com o pai, não considerou essa informação muito importante. Pensou que não era nada além de uma situação em que, por acaso, o pai da mulher com quem estava se comprometendo era seu superior.

Só após concordar em usar o sobrenome da família da esposa, Saeki, e com a data do casamento já marcada, foi que o investigador enfim percebeu o quanto sua forma de pensar fora ingênua. Mais uma vez Hideyoshi Oshikawa puxava as cordas de seu destino. Saeki descobriu que o futuro sogro e o pai mantinham boas relações e que estava sendo usado em um casamento arranjado por motivações políticas. Depois confirmou também que o amigo que o havia apresentado a Mie possuía ligações com as poderosas figuras. Ocorre que todos os preparativos do casamento já estavam prontos e ele não podia voltar atrás e desistir. Por isso, mesmo atormentado por uma sensação de derrota, Saeki se casou com Mie.

Quando tomou conhecimento de que estava sendo usado como um peão por Hideyoshi Oshikawa, seu amor por Mie desapareceu. Tinha total noção de que aquilo não era culpa dela, mas ainda assim não conseguia aceitar. Não era uma questão de lógica, mas, sim, de sentimento.

A vida conjugal do casal não foi além da geração da filha. A partir daí, Saeki alugou um apartamento para si e nunca mais morou em Yoyogi.

Saindo da autoestrada Koushuu, o carro virou à direita na rua Yamate e seguiu para o sul. As luzes dispostas em intervalos regulares em ambos os lados da via brilhavam conforme ele as deixava para trás. Enquanto dirigia para casa, Saeki sentia uma leve enxaqueca de cansaço. Parou o veículo em frente ao portão por um segundo, abriu a garagem e estacionou o carro.

Assim que o motor desligou, o silêncio tomou conta. A ausência de sons era tão absoluta que ninguém pensaria que Saeki estava no centro da cidade. Talvez uma razão para isso fosse o fato de que as casas não eram muito próximas umas das outras, circundadas por um terreno amplo. Outro motivo era que não havia pedestres transitando pela rua. A atmosfera era, de certo modo, sinistra.

Saeki abriu a porta que conectava a garagem ao quintal e foi seguindo o caminho de pedras até a entrada principal. Deu um toque curto na campainha, seguido por um mais longo. Era um sinal que ele havia combinado com Mie quando eram recém-casados, uma precaução necessária, considerando que ele era policial.

Como já não esperava mesmo que alguém viesse recebê-lo, pegou logo sua chave e abriu a porta. Entrou calado, sentou-se, tirou os sapatos e estava prestes a deixá-los no espaço apropriado quando ouviu uma voz.

— Ah, você veio.

Mie, que estava vestindo uma camisola, o olhou da sala de estar. Ele avisou que iria para casa naquele dia. "Voltei, grande coisa", pensou com amargura.

— Por que seria ruim eu voltar para minha própria casa? — Seu tom acabou saindo agressivo. Estava ciente de que era errado, mas já tinha se tornado um hábito havia muito tempo.

— Ei, Eriko está dormindo. Não fale alto. — Mie não escondeu sua insatisfação. — Além disso, ela fica assustada quando você vem para cá.

Saeki virou-se espantado para Mie.

— Eriko tem medo de mim?

— Isso mesmo. — Mie franziu o rosto com desgosto. — Eriko tem medo de você, sim.

Era a primeira vez que Saeki ouvia isso. Sabia que Eriko não era muito apegada a ele, mas jamais imaginou que a amedrontasse.

Saeki sabia que a esposa devia ficar no ouvido de Eriko, reclamando dele o dia inteiro. Como resultado, a menina havia perdido a conexão afetiva com o pai. Também não era possível estreitar esses laços quando se encontravam pessoalmente uma vez por mês.

Ele estava exausto e sentia os ombros pesados como se feitos de chumbo. Entrou na sala de estar com passos lentos e se largou no sofá como se estivesse desmoronando.

— Você deve estar cansado. — Mie se apoiou no batente da porta, com os braços cruzados. — O trabalho está muito pesado? Ou você está exausto da companhia de mulheres sabe-se lá de onde?

As palavras de Mie eram cheias de veneno. Saeki estava prestes a responder que ambos estavam no mesmo barco no que se referia a traição, mas conteve as palavras que já vinham à ponta da língua, pensando: "Quantas vezes nós já não tivemos essas discussões que não levaram a nada?"

— Tem café? — Saeki perguntou em um tom tão amigável quanto era possível, sem querer entrar em uma discussão naquele momento.

— Tem sim. Quer que faça um pra você?

— Ah, posso te pedir isso?

— Sem problemas. Não é nada de mais.

Mie logo sumiu pelo corredor. A dor de cabeça voltara. Ele se abaixou e a apoiou nas mãos, incomodado.

De repente, ergueu o olhar e viu Eriko de pijama, parada na porta, observando-o.

— Eriko, te acordei? — exclamou Saeki, tomado pela surpresa por ver a filha. Ele não esperava encontrá-la assim tão tarde.

Eriko não respondeu. Olhou fixamente para ele, inexpressiva, e de repente desapareceu. Saeki chegou a tentar se levantar, mas sua cabeça pesou e ele voltou a se jogar no sofá.

— Eriko acabou acordando. — Mie voltou trazendo uma bandeja. Atrás, colada na mãe, estava Eriko, com uma expressão apreensiva. — O café é instantâneo. Com leite e sem açúcar, né?

Ela colocou a xícara sobre a mesa.

— Ah, me desculpe o incômodo — Saeki disse para a esposa enquanto acompanhava a filha com o olhar.

Eriko não parecia estar com sono e observava Saeki com os olhos arregalados. Era o mesmo olhar que alguém ofereceria a um urso ou um tigre no zoológico. Aquilo magoou Saeki.

— Ei, Eriko! Vá se deitar logo. Você consegue dormir sem a mamãe, não consegue? — Mie falou para a filha, que assentiu e se retirou da sala. — Essa menina tem medo de você desde aquela vez.

Mie se sentou do outro lado da mesa, em frente a Saeki.

— "Aquela vez"? — Saeki estava levando a xícara quente aos lábios e interrompeu o movimento.

— Isso, desde o dia em que você me bateu. — Mie acariciou lentamente sua bochecha direita.

Saeki ainda se lembrava do episódio, que nunca havia acontecido antes nem voltara a acontecer depois. Tinha sido única vez em que agredira a esposa.

Foi quando ele descobriu o caso extraconjugal dela. Mie vinha se encontrando em segredo com um amigo da época da faculdade. Na ocasião, Mie falara sem qualquer culpa que era fácil ter aventuras por aí quando o marido usava a desculpa de que estava ocupado no trabalho para quase não voltar para casa. Por um instante, ele virou bicho. Quando voltou a si, tinha derrubado Mie com uma pancada. Essa havia sido a razão pela qual Saeki decidira sair de casa. Foi também depois daquela ocasião que ele começou o relacionamento com Itsuko.

— Ela... Ela viu aquilo? — Saeki perguntou, em choque.

Saeki não se lembrava precisamente de como se comportara naquela ocasião. Só tinha certeza de que havia gritado todos os insultos possíveis contra Mie. Ele se perguntou se a filha o vira como um demônio naquele dia. Se, naquele momento, Eriko expulsou definitivamente do coração o homem que fora tão cruel com sua mãe.

— Claro que viu, né? Ela estava aterrorizada e chorando de soluçar. Pobrezinha. — Mie deu de ombros.

— A culpa foi minha? — Saeki não conseguiu evitar a pergunta.

— Bem, agora isso não importa mais — Mie falou com desdém. — Eriko não precisa de pai mesmo. — Com esse último comentário, Mie se levantou. — Vou dormir.

Com movimentos firmes, ela se retirou da sala de estar.

Ele sentiu os ombros pesados. A exaustão parecia areia movediça, afundando-o até a cabeça.

Estava difícil até levantar a xícara de café... não, até mesmo respirar. Parecia que o tinham forçado a engolir uma pedra e agora sentia um desconforto que ia da garganta até o peito. Era como se houvesse um corpo estranho no fundo do estômago que se expandia depressa.

"Por que eu estou tão perplexo com isso?", Saeki se questionou. A resposta logo lhe veio: porque agora compreendia os sentimentos da filha por ele. "Por um acaso eu algum dia já me importei tanto assim com ela?" A resposta era *não*. Saeki era evidentemente um péssimo pai. Ele nunca, nem uma vez sequer, a tinha levado ou buscado no jardim de infância. Quase não conseguia se lembrar das vezes em que a levara ao parque de diversões ou ao zoológico, de tão poucas que haviam sido. Para Eriko, não fazia diferença se Saeki estava ou não presente.

"Não, é mais do que isso", lamuriou-se Saeki. "Não é questão de estar presente ou não. Para minha filha, a minha presença é algo que inevitavelmente lhe causa medo." Imaginou que, para Eriko, não passava de um ser desprezível. "Não é diferente do sentimento que carrego por Hideyoshi Oshikawa. Embora odeie meu pai, estou repetindo com minha filha as mesmas coisas que ele fez comigo. Que estupidez." Saeki ficou atônito ao chegar a essa conclusão.

Enfim, ele havia entendido. O caso atual do assassinato de menininhas o havia desestabilizado mais do que imaginara. Itsuko havia notado sua inquietação. Ela tinha percebido essa dor, algo que nem mesmo ele notara, e o abordara bem do jeito dela.

Saeki sempre vira semelhanças entre a menina assassinada, Naomi Saitou, e sua filha. Ele se sentia inconscientemente culpado por não ter feito as coisas que se esperava de um pai. Na verdade, sentia pena de Eriko por não ter um pai presente. Sentia o peso da tristeza dos pais que haviam perdido a filha e vinha mantendo a imagem de sua própria menina, que estava viva, no fundo da mente. Isso era algo do qual não podia escapar: o seu passado.

— Como pude fazer uma coisa dessas...? — murmurou baixinho, mas não havia ninguém para lhe responder.

29

A CONVENÇÃO FOI ENCERRADA COM O HINO DA ORDEM CANTADO EM coro. A empolgação do público não tinha diminuído e todos conversavam cheios de entusiasmo.

Ele, porém, estava sozinho. Quando decidiu sair logo e ir embora, uma voz às suas costas o chamou e ele se virou.

Era Shima, que vinha em sua direção sem pressa. Ele se lembrou de que o homem prometera encontrá-lo depois do evento.

— Ei, aí está você! Já estava indo para casa? — Shima sorria de forma exagerada.

— Sim — respondeu ele.

— Assim não dá. Eu te falei que a gente ia se ver quando acabasse — Shima falou, magoado.

— E o que posso fazer por você?

Ele não se importava de fato.

Shima se aproximou com um passo e segurou seus braços.

— É por um bom motivo. Você disse que queria encontrar o grão-mestre Shouei Koizumi, não é mesmo?

— Sim, disse. E daí?

Vendo sua confusão, Shima inflou a bochecha direita.

— Eu poderia te apresentar a ele.

— Sério? — perguntou ele meio incrédulo, em dúvida sobre como um membro qualquer como Shima teria acesso a alguém tão importante quanto o grão-mestre.

— Ei, não precisa ficar desconfiado! E aí, vai querer encontrá-lo ou não?

Ele assentiu sem pensar duas vezes. Aquela poderia ser uma chance em um milhão de conseguir um encontro daqueles.

— Quero — respondeu com firmeza.

— Certo. — O sorriso de Shima estava cada vez mais intenso. — Então, me acompanhe, por favor. Depressa.

Sem largar o braço dele, Shima o puxou com força. Os dois atravessaram o corredor apressados e seguiram até que o veterano abriu, sem titubear, uma porta em que estava escrito ENTRADA PROIBIDA — ACESSO EXCLUSIVO PARA PESSOAL AUTORIZADO.

A porta dava para o que poderia se chamar de camarim. À direita e à esquerda havia outras salinhas onde, pelo vão das portas, ele ouviu pessoas da organização conversando animadamente. Sem demonstrar hesitação, Shima seguiu puxando-o para dentro. Ele, por sua vez, parecia preocupado com a possibilidade de alguém os repreender, mas, por mais estranho que parecesse, não cruzaram com ninguém pelo caminho.

— Bem, aqui estamos.

Ao parar diante da última porta, Shima enfim largou o braço dele, que estava dolorido e quente.

— Aí dentro está o grão-mestre Koizumi, aguardando para ouvir o que você tem a dizer.

Shima abriu a porta de uma vez só.

Ali ficava um salão amplo, com piso de tatame e grandes espelhos nas paredes. Em um canto havia uma pilha de almofadas finas, com outras espalhadas pelo espaço. Na sala havia apenas uma pessoa: Shouei Koizumi, o homem que ele já vira tantas vezes em fotos.

— Vai. Entre e feche a porta.

Com essa insistência, ele enfim caiu em si. O grão-mestre o encarava, percebendo-o ali pela primeira vez, e ele ficou paralisado no lugar. Desconcertado, fechou a porta atrás de si sem se virar.

— Por favor, sente-se. — Com um sorriso, Koizumi apontou para uma almofada.

O carisma místico que ele exalava no palco tinha sumido completamente. A aparência dele não era diferente da de um homem de negócios que havia acabado de afrouxar a gravata.

— Então? — Shima lhe deu um tapinha nas costas.

— Ah, bem... — Ele olhou para Shima e acenou com a cabeça. — Com licença.

Ele fez uma reverência e retirou os sapatos. Antes de ir até a almofada indicada pelo grão-mestre, sentou-se sobre as canelas no tatame.

— Este é o Matsumoto — apresentou Shima, vindo atrás.

— Eu sou Shouei Koizumi — o mestre falou com tranquilidade. Era possível sentir a paz de espírito que emanava dele. — Por favor, sente-se na almofada.

— Está bem. — Ele se adiantou e viu-se cara a cara com o líder da Ordem.

Com os olhos escuros como buracos negros, Koizumi o encarou. Talvez tenha permanecido um minuto inteiro assim. Ele reagiu ajeitando a postura. Shima continuava em pé sem se mover.

— Você vem carregando um fardo muito pesado nas costas, não é mesmo? — o grão-mestre murmurou. — Uma imensurável e abismal tristeza. Pobre criatura.

Koizumi desviou o olhar, fechando os olhos com força, um movimento que deu a entender que não suportava mais olhá-lo.

— O senhor percebeu? — ele perguntou, sem se surpreender. Parecia natural que o grão-mestre fosse capaz de enxergar o coração das pessoas.

— Percebi. Consigo ver com toda a clareza esse buraco aberto no seu peito — o líder da Ordem falou, exatamente como Shima. — E não apenas isso. Sinto que poderia enxergar também o motivo desse peso enorme que você carrega.

Koizumi levantou dois dedos e os pressionou contra sua testa. Fechou os olhos e franziu as sobrancelhas, se concentrando.

Ele continuou parado, sem fazer o mínimo movimento, ainda não muito à vontade com a situação. Aos poucos seu corpo relaxou, abrindo-se ao sentimento de segurança que a obediência às palavras do grão-mestre lhe trazia. Lembrou-se de que já fazia muito tempo desde que havia relaxado assim.

— Você... — Enfim Koizumi voltou a falar. — Perdeu a sua filha, não é mesmo?

— Sim.

Ele abaixou a cabeça, compreendendo que o grão-mestre podia ver tudo o que havia dentro de si, sem nenhuma obstrução.

— Foi isso o que abriu esse buraco no seu peito, certo?

— Isso mesmo.

— O nome da sua filha forma uma raiz digital de quatro, não forma?

— Forma.

O fato de o grão-mestre ser capaz de identificar até mesmo aquela informação o deixou um pouco surpreso. "O grão-mestre consegue ver até esse tipo de coisa? Já tentei calcular a raiz digital do nome de minha filha falecida e era, de fato, quatro."

Koizumi balançou a cabeça.

— Que terrível. Quatro é um número infértil e agourento, que denota trevas e sofrimento. Infelizmente, essas eram as características do destino de sua filha.

— Isso é mesmo verdade? — exclamou ele, pela primeira vez se apoiando nos joelhos. — A morte da minha filha estava mesmo predestinada a acontecer?

O grão-mestre assentiu com a cabeça solenemente.

— Infelizmente.

— Não foi culpa minha? — insistiu, desesperado. A sensação de culpa pela morte da filha o vinha atormentando havia tanto tempo.

— Não. A morte não é culpa de ninguém. A morte se deve somente ao destino inerente àquela pessoa.

De repente, toda a força deixou seu corpo e ele foi tomado por uma indescritível e transbordante sensação de alívio, tão intensa que o deixou tonto.

— Não se condene. Ninguém é capaz de mudar as leis da cabala. É uma lástima, mas a morte de sua filha era algo que já estava determinado. — O tom de Koizumi era suave e chegou com gentileza aos seus ouvidos.

— Muito obrigado... Eu, enfim, me sinto salvo — falou com a voz embargada, sentindo que, de repente, havia sido curado da enxaqueca que chegava a lhe dar vontade de cortar a cabeça fora.

— Isso é ótimo. — O líder sorria. — Mas não se descuide. A paz que você acaba de alcançar é transitória. Com o passar do tempo, pode acabar voltando a se culpar. Para evitar que isso ocorra, por favor, continue treinando e preencha sua alma de luz.

Ele caminhava ainda relembrando a conversa que tivera com o grão-mestre e, quando se deu conta, se viu de volta ao hall. Shima estava parado ao seu lado.

Virou-se para o veterano e lhe fez uma profunda reverência.

— Muito obrigado, de verdade. Graças a você eu enfim pude tirar esse peso do meu coração.

— De modo algum. — Shima balançou a cabeça. — Eu não tenho essa capacidade. Foi tudo obra do grão-mestre Koizumi.

— Não. Se não estivesse aqui, eu provavelmente não teria tido a honra de falar com o grão-mestre tão cedo. Você tem toda a minha gratidão.

— Tenha gratidão por si mesmo. — Shima deu um passo na direção dele. — Por si mesmo.

— Por mim mesmo?

— Isso. Você deve ascender rapidamente na escala *sephiroth*. Eu acredito nisso, e foi por isso que o apresentei ao grão-mestre.

— Ascender...? — ele repetiu, sem conseguir compreender.

— Sim, você não deveria se satisfazer em perdurar nos níveis iniciais, como os de *neophyte*, o primeiro, ou de *zelator*, o segundo. Tem a capacidade de subir até os níveis de *adeptus exemptus*, o sexto, de *magister templi*, o oitavo, ou mesmo de *magus*, o nono.

As palavras de Shima o atravessaram. Antes que se desse conta, ele perguntou:

— Como posso fazer isso? Como posso ascender na escala *sephiroth*?

— Faça doações — Shima respondeu de imediato. — Doar vai elevar seu espírito a grandes alturas. Você não deve falhar nas doações. Se acredita na Ordem, vai devotar a ela tudo o que é seu. Fazendo isso, a salvação o alcançará no momento certo — disse, fervoroso.

Cada uma daquelas palavras era como uma estaca a perfurar seu coração.

— Pois eu acredito! — exclamou. — Eu acredito na Ordem!

30

NO ÚLTIMO DIA DE JANEIRO, APARECEU ESTAMPADO NAS PÁGINAS DOS jornais o depoimento de uma testemunha até então desconhecida pela central de investigação. A testemunha afirmava que, na noite anterior à descoberta do cadáver, um carro suspeito vagava pelos arredores. A matéria havia sido publicada no jornal *Nippou*. Um detetive próximo de um jornalista do noticiário entrou em contato por telefone, perguntando qual era a fonte daquelas informações. Okamoto e Kitaoka partiram para descobrir o que estava por trás da notícia.

— No final das contas, não deve ser nada além de mais desinformação — Kitaoka afirmou sem muito interesse.

Ele enumerou todos os passos que vinham dando e que se provavam infrutíferos, reclamando do esforço que depositaram em vão nessas ações. O sentimento negativo não era exclusivo de Kitaoka. Uma sensação de esgotamento físico havia tomado toda a central. O progresso vagaroso da investigação — estava, sub-repticiamente, minando o psicológico dos investigadores, um péssimo indicativo.

Okamoto não fez menção de repreendê-lo — isso não lhe traria motivação. Não havia remédio para um caso assim, a não ser que a pessoa percebesse por si mesma a questão e tentasse mudar de comportamento.

De acordo com o *Nippou*, seu informante era um estudante que fazia bicos em uma pizzaria nos arredores. Os detetives já haviam investigado aquela vizinhança à procura de pistas e sem dúvidas entraram naquele restaurante pelo menos duas vezes antes.

Ao passarem pela porta, receberam as boas-vindas da jovem no caixa. Okamoto discretamente lhe mostrou sua identificação policial e pediu que chamasse o estudante que dera aquela declaração ao jornal. Ela o chamou, e logo um rapaz deu as caras. Tinha acne bem proeminente e vinha carregando uma revista.

— Disseram que são detetives! — exclamou a garota, animada.

Os olhos do estudante quase saltaram das órbitas.

— Lamento por assustá-lo — falou Okamoto, no tom mais gentil que conseguia. — Estamos aqui para que você nos conte o que relatou para o jornal *Nippou*.

O jovem coçou a cabeça e disse:

— Ah, é só isso? Que susto!

— Podemos sair pra conversarmos um pouco? — Okamoto gesticulou.

— Não precisa, pode ser aqui mesmo. Lá fora está frio. — O estudante apontou para uma mesa da pizzaria.

— Não vai causar nenhum problema?

— Está tudo certo! Aqui é basicamente só pra entrega, os fregueses quase não comem aqui.

Dizendo isso, ele se sentou no banco. Okamoto e Kitaoka se acomodaram ao seu lado.

— A gente já tinha passado nesta pizzaria, mas parece que você não estava, certo?

O jovem deu de ombros.

— É que eu tinha prova no colégio, por isso estava de folga daqui. Mas ontem à noite um repórter apareceu e começou a fazer um monte de perguntas. Como não tinha pedidos para preparar e eu estava um pouco à toa, fiquei fazendo companhia a ele. Foi aí que me lembrei de um negócio.

"Então, foi por isso que não conseguimos falar com esse rapaz antes", concluiu Okamoto, satisfeito.

— Me desculpem por demorar a passar a pista. Aquela pessoa era o culpado mesmo?

— Para confirmar, gostaria que nos relatasse o que viu.

O estudante concordou com a cabeça.

— Eu estava entregando uma pizza, sabe? Somos uma pizzaria com delivery. Você entende como funciona, né? — O estudante apontou para uma bicicleta na frente da loja.

Okamoto assentiu com a cabeça, incentivando-o a prosseguir.

— Devia ser por volta das onze da noite. Eu estava pedalando na parte aterrada do rio. Então, percebi que havia um carro andando mais devagar que uma tartaruga. Morrinhava tanto que eu, de bicicleta, poderia ultrapassá-lo. Parecia que estava procurando alguma coisa.

— Certo. E então?

— Só isso mesmo — ele respondeu de forma tão morna que foi até anticlimático.

— Qual era o modelo do carro? — Kitaoka interveio.

— Um Silvia. Azul-marinho. A placa eu não sei...

— Você não se lembra de nenhum número ou letra dela?

— Não, nada disso. Normalmente, a gente não presta atenção à placa dos carros, né? E nunca que eu ia imaginar que aquele lá fosse estar envolvido em um crime. Só fui pensar nisso quando o jornalista me perguntou ontem à noite. — O estudante fez beiço, chateado.

Mais tarde, as opiniões da central de investigação se dividiram a respeito desse depoimento. De um lado, o chefe da Assuntos Criminais do leste de Hino afirmava que deveriam ratificar publicamente a veracidade da matéria do jornal *Nippou* e coletar informações com a população. Do outro, Saeki defendia que era necessário procurar mais evidências que corroborassem aquelas informações antes de emitir um comunicado oficial.

O primeiro foi categórico:

— Ninguém pode dizer que a investigação está progredindo. A cada dia que passa as informações relevantes diminuem. Já vai fazer um mês desde que o corpo foi encontrado! É uma questão de tempo até que comecem a perguntar o que raios a polícia anda fazendo! Se não mostrarmos à sociedade que estamos nos aproximando do culpado, mesmo que pouco a pouco, o prestígio da corporação será abalado!

— Mas... — Saeki argumentou com toda a calma. — Não há nenhuma prova definitiva de que aquele carro pertencia ao criminoso. Seria muito perigoso direcionar o foco da opinião pública a algo vago assim. E se, para nosso azar, o culpado for outro?

— Mas não conseguimos enfim uma informação sólida? Ninguém pode negar que o carro é suspeito! A gente divulga isso. Se o proprietário do carro se apresentar, não tem problema nenhum. E, se mais nada aparecer, é porque o sujeito é o culpado!

Tais argumentos eram irresponsáveis, mas muitos detetives concordaram. O fato é que eles apenas ansiavam por qualquer progresso na investigação. Após refletir um pouco, Saeki aprovou a sugestão do chefe da Seção de Assuntos Criminais.

— É inútil debater.

Naquela noite foi realizada uma coletiva de imprensa emergencial. Saeki confirmou que a matéria do jornal *Nippou* apresentava informações verídicas e solicitou à população que colaborasse. Foi a primeira vez que a central de investigação fazia referência a uma matéria jornalística; até então a posição era ignorar a imprensa. Esse evento simbolizava o beco sem saída onde a polícia se encontrava. A honra da corporação estava manchada: a imprensa estava um passo à frente.

Saeki, entretanto, apenas sugeriu que o proprietário do Silvia era um potencial suspeito, deixando claro que poderia não se tratar do culpado. Os repórteres insistiram nesse ponto, porém, Saeki enfatizou até o fim que o dono do carro poderia não ser o criminoso que procuravam. Ele temia que outra informação promissora acabasse descartada.

Contudo, para sua surpresa, em dois jornais da manhã seguinte, veio a manchete, em fonte chamativa: CULPADO AVISTADO. Fora por isso que Saeki tentara manter a cautela.

A comando de Saeki, Okamoto deu início à investigação concentrada nessas novas informações. Deviam, na verdade, fazer uma reclamação, pedindo que uma errata fosse publicada a respeito do tal "avistamento do culpado", mas já era tarde demais para algo assim. Leitores de jornal em geral só absorvem as notícias pela manchete. Muitas pessoas não leem a seção de erratas. Por causa dos dois jornais que noticiaram aquilo, a imagem que ficaria guardada na cabeça do público era a de que um Silvia era o carro do criminoso. Portanto, mesmo que alguém tivesse visto outro veículo agindo de forma suspeita, essa informação já não seria mais comunicada à polícia. Aquele era um exemplo clássico de como o comportamento arbitrário da imprensa podia ser uma pedra no sapato da corporação.

No entanto, quando Okamoto entrou em contato com Tanio pelo telefone, ficou sabendo de um fato chocante.

— Aquela notícia? — Quase não dava para ouvir a voz de Tanio, com o zumbido da ligação ruim. — Eu ouvi dizer que o próprio chefe da Assuntos Criminais de Hino foi o informante daquele texto. Era mesmo o carro do culpado?

— O quê? — Okamoto gritou ao telefone. — Como é que é?

— O chefe da Seção de Assuntos Criminais da delegacia do leste de Hino vazou a informação de que a polícia tinha concluído que aquele carro era mesmo do culpado. Por isso que as notícias saíram daquele jeito.

Okamoto não acreditava no que estava ouvindo. Ele agradeceu e finalizou o telefonema. O homem de quem Tanio falava estava logo ali, à janela, com um semblante despreocupado, sem fazer a menor ideia da conversa que acabara de ocorrer diante dele.

Okamoto tentou reprimir a decepção. Estava claro que aquele superior, que vivia tendo atritos com Saeki e que queria assumir sozinho a liderança da investigação, estava tentando agradar a imprensa. Ao contrário do que a sociedade acreditava, a polícia não era uma entidade unida, um monólito. Na verdade, os conflitos que ocorriam dentro da polícia podiam ser ainda mais intensos do que os nas empresas comuns. Não eram poucos os exemplos de investigações que foram atrasadas e de criminosos que escaparam por causa desses problemas internos. Agora, mais uma vez, por causa do posicionamento estúpido do chefe da Seção de Assuntos Criminais, eles estavam seguindo por um caminho equivocado.

Okamoto conteve aquele sentimento desagradável.

— Vamos logo, Kitaoka — disse ele, apressando o colega ao lado para que se levantasse.

31

Ao doar 1 milhão de ienes, ele recebeu uma promoção especial e foi de *zelator* direto a *philosophus* — o quarto nível —, galgando dois níveis de uma vez só. Não havia sentido nenhuma grande emoção quando foi promovido de *neophyte* para *zelator*, porém, a sua escalada de dois graus de uma só vez estimulou seu senso de pertencimento à Ordem.

Foi convidado a participar de um encontro de membros ricos, doadores de quantias relativamente altas. Estavam presentes pessoas de vários ramos, desde donos de empresas pequenas e médias até diretores e executivos de grandes companhias. O assunto de todos era o mesmo: as graças recebidas por meio das doações.

— Quanto a mim — narrava com paixão o dono de uma pequena empresa —, sempre estive cem por cento comprometido com o trabalho e nem me passava pela cabeça dar mais atenção à minha família. Mas, depois de trabalhar incansavelmente, um dia quando voltava para casa me peguei pensando no quão brutal era o caminho que havia escolhido para seguir com a minha vida. Fiquei horrorizado. O que, afinal, estava fazendo comigo mesmo? Questionei o sentido de fazer tanto dinheiro. Foi naquela época que ouvi falar sobre a Ordem e, pela primeira vez, descobri qual era a minha missão: se eu ganho muito dinheiro, é porque devo doá-lo.

Outro participante, o diretor de um grande banco, comentou:

— Quando eu faço uma doação, percebo com toda a clareza que estou me purificando por dentro. Eu, de fato, me sinto mais leve de repente. O dinheiro é como uma algema, não acham? Quando me dei conta disso, me senti um idiota por ter sido tão zeloso com centavos.

Uma mulher, casada com uma celebridade, estava com os olhos brilhando.

— Comigo foi a mesma coisa — disse ela. — Antes de ingressar na Ordem, minha família estava bastante separada. Cada um fazia as suas coisas por conta própria. Morávamos juntos, mas não podíamos ser chamados de família. Isso mudou quando passei a frequentar o culto. Como minha família toda veio participar, passamos a conversar mais e nossos laços se aprofundaram. Nossa relação mudou completamente. Agora não me incomodo nem um pouco de doar a quantia que seja para esta congregação.

— Eu também! — Quando ele falou, todos ao redor abaixaram as cabeças parecendo alegres. — Faz pouco tempo que doei pela primeira vez e, de fato, fui tomado por um sentimento de realização. Com isso, me senti mais parte da Ordem do que nunca, e percebi que a felicidade brotava e corria por mim.

— É isso mesmo, devemos continuar doando. Se até os jovens que fazem bicos por aí doam, nós que somos mais velhos não podemos deixar por menos — falou o diretor do banco.

— Além disso, progredimos na escala *sephiroth*, né? — A esposa da celebridade riu. — Minha diversão atual é pensar quando vou conseguir ir para o próximo nível.

— Ainda não se passou muito tempo desde que entrei, e acabei de finalmente me tornar *philosophus*. — Ele assentia vigorosamente. — Mas penso em ascender o mais depressa possível.

Uma voz se elevou de pronto:

— Tudo depende das suas doações! Doar enriquece sua vida! Senhor Matsumoto, me parece que tem uma certa liberdade financeira, certo? Se for mesmo o caso, não hesite em doar, pois quando alcançar o nível de *adeptus major*, poderá conversar pessoalmente com o grão--mestre!

Ele fez uma reverência profunda, concordando.

A Ordem havia estabelecido uma pontuação para promover os membros. Cada pessoa podia ganhar pontos ao contribuir para o culto, seja por meio de doações ou de trabalhos voluntários. Essa pontuação era toda registrada e controlada por um sistema de computador. Estimulado pelos outros membros, ele destinava cada vez mais do seu dinheiro à Ordem. Tanto que, dez meses após a entrada, ele já tinha se tornado *adeptus major*.

— Parabéns pela promoção!

Certo dia, enquanto fumava no saguão, Shima o chamou. O veterano dava as caras nas reuniões mesmo em dias de semana e isso despertou uma dúvida. Já se conheciam havia algum tempo, mas ele não sabia que tipo de trabalho Shima tinha.

— Agora você pode encontrar o grão-mestre Koizumi a qualquer momento, né?

— É verdade! — concordou. — Finalmente cheguei lá.

— Mas não pode relaxar! Tem muito a ascender ainda. — Como de costume, Shima tinha um leve sorriso no rosto.

Ele concordou com um semblante sério e Shima se aproximou.

— Ao se tornar um *adeptus major*, aos poucos você começa a aprender os mistérios esotéricos da cabala. Claro, pode recusar e seguir com sua vida como antes. O que pretende fazer?

— Os mistérios da cabala? — Ele nunca tinha ouvido falar disso. — Como assim?

— Não é algo que eu possa contar a qualquer um — Shima falou em voz baixa. — Vou explicar só porque é você. Não quero que outras pessoas saibam. Tudo bem?

Diante da expressão severa do outro, ele instintivamente deu um passo para trás.

— Não precisa temer. O grão-mestre Koizumi, de vez em quando, conforme os mistérios da cabala, recebe mensagens espirituais e nós às vezes estamos presentes nessas cerimônias. Se quiser, posso recomendar sua participação.

— Posso participar de algo importante assim? — Ele arregalou os olhos.

— Sim, se quiser.

— Claro! Claro que quero! Por favor! — pediu, entusiasmado.

O canto da boca de Shima se repuxou em um sorrisinho.

— Não poderia ser diferente, né? É bem como previ. Você possui mesmo as qualidades para se tornar um cabalista.

32

A INVESTIGAÇÃO CHEGARA A UMA SITUAÇÃO DE TOTAL IMPASSE.

Janeiro havia passado sem grandes novidades e, enquanto eles ainda tateavam no escuro, fevereiro começou. Embora tivessem conseguido obter uma ou outra informação, elas não tinham relevância para a resolução do caso. Mesmo o avistamento de um homem usando óculos de aro preto e boné próximo ao local da descoberta do corpo não levou a nenhuma pista promissora. Os detetives andaram pelos arredores carregando o retrato falado dele, mas, como o esboço havia sido feito a partir de um ângulo pouco favorável, aquilo não passava de uma evidência vaga.

Quanto ao carro suspeito, as informações que chegaram também não eram confiáveis. Muitas pessoas precipitadas entravam em contato com a polícia apenas por terem visto alguém em algum lugar com um Silvia azul-marinho. A central de investigação tinha decidido priorizar a identificação do proprietário do veículo avistado perto de onde o corpo fora encontrado. Os detetives receberam das revendedoras de automóveis a lista de vendas de Silvia, com os dados dos compradores, e estavam fazendo visitas a cada um. Foi iniciado, então, um levantamento de quais daquelas pessoas não tinham um local de trabalho definitivo, quais tinham má fama entre os vizinhos e quais se destacavam por comportamento excêntrico. Como também havia a possibilidade de que o culpado fosse residente de uma província vizinha, foi solicitado o apoio das polícias de Saitama e de Kanagawa. Somente a paciência e a tenacidade dos investigadores poderiam transformar aquela derrota em vitória.

Nesse ínterim, Kai, o chefe da Divisão de Assuntos Criminais do Departamento de Polícia Metropolitana de Tóquio, decidiu fazer uma inspeção repentina na central. Oficialmente, era ele o responsável pelo local, mas o líder de campo — quem na prática decidia o andamento para a resolução do caso — era o chefe da Primeira Seção Investigativa, Saeki. Em situações de lentidão como aquela, Kai às vezes aparecia para supervisionar o andamento das coisas. Era impossível que a simples visita dele causasse uma reviravolta milagrosa no caso, mas de fato revigorava um pouco a equipe concentrada na central. No caso dos detetives de primeira linha, contudo, a visita daquela autoridade para uma inspeção era humilhante.

A razão da inspeção de Kai era bastante óbvia e aquela decisão havia sido feita após a coletiva de imprensa liderada por Saeki. O alto escalão entendia que o prestígio do Departamento de Polícia Metropolitana estava comprometido após o episódio em que o jornal *Nippou* tomara a dianteira na investigação e publicara a notícia do avistamento do Silvia próximo à cena do crime.

Dia 2 de fevereiro. Os detetives já tinham saído para cumprir suas tarefas quando o assessor do chefe da Divisão de Assuntos Criminais apareceu na central. Saeki tentou recebê-lo com o máximo de cortesia possível, mas o assessor não escondia seu olhar de desdém.

— Acabou que deu nisso mesmo, né? — comentou o homem, com ar de superioridade.

Sua patente era a mesma que a de Saeki: superintendente. Contudo, suas atribuições não poderiam ser mais diferentes. O posto de chefe da Primeira Seção Investigativa tinha tanto prestígio que, quando alguém novo o assumia, os jornais noticiavam o fato por todo Japão. Por outro lado, o trabalho do assessor do chefe da Divisão de Assuntos Criminais era praticamente inexistente. Seguindo a lógica da corporação, era para aquele homem estar ocupando o posto de Saeki, mas isso não acontecera. Graças a Saeki, ele fora empurrado para essa posição ociosa. Não era difícil entender o porquê do ressentimento do assessor.

— Infelizmente — Saeki respondeu, sucinto, contendo o aborrecimento.

O chefe da Seção de Assuntos Criminais da zona leste de Hino, que estava por perto ouvindo tudo, lançou um olhar de soslaio e riu, como se achasse que Saeki merecia mesmo aquelas palavras.

— Eu sempre tive interesse em conhecer a abordagem que você usa nas investigações, Saeki. Vim hoje para ter o prazer de ouvir você me contar pessoalmente.

O chefe dos dois, Kai, iria à central de investigação no dia seguinte. A tarefa do assessor não era nada além de fazer um simples contato prévio. Quando os detetives voltassem da ronda, ele ouviria como estava o andamento da investigação e os questionaria em caso de imprecisões. Aquilo, então, se repetiria diante do chefe da Divisão de Assuntos Criminais. Para os detetives era um desperdício de energia fazer aquilo duas vezes e ouvir as mesmas reclamações. Era uma prática ilógica muito malvista ali.

O próprio assessor estava ciente de que sua presença não era bem-vinda, e isso só tornava tudo mais desagradável. Essa percepção se manifestava em forma de hostilidade contra Saeki.

— A cada dia que passa, a opinião pública se mostra mais contrária à condução do caso por esta central. Como sabe, os sucessivos escândalos envolvendo policiais já vinham descredibilizando a corporação. Se este caso se provar um fiasco, é difícil prever o alarde que a imprensa seria capaz de causar.

— De forma alguma vou permitir que algo assim aconteça — afirmou Saeki, contundente.

— Conto com isso.

O assessor coçou o queixo com descaso.

Uma semana depois, suas preocupações se provaram corretas.

33

SHIMA O AVISARA SOBRE A PRÓXIMA CERIMÔNIA ESPIRITUAL DO GRÃO--mestre Shouei Koizumi: 6 de outubro, a partir das 23h. A data e a hora haviam sido determinadas por meio de uma fórmula secreta da cabala.

Como ele fora instruído a purificar o corpo antes da cerimônia, deixou para tomar banho o mais tarde possível e, logo em seguida, foi de carro até o local. Quando chegou à entrada do prédio, não havia sinal de ninguém lá dentro.

Pensou que o edifício estaria trancado, mas a porta de vidro abriu sem percalços. No hall, apenas a luz de emergência estava ligada, conferindo ao local uma atmosfera lúgubre.

Olhou para o relógio: 22h45. "Bem a tempo!", pensou, antes de pegar o elevador até o sexto andar.

Enquanto subia, acompanhando com o olhar o indicador dos andares que passavam, lembrou-se de algo que lera em um dos livros da Ordem. Koizumi tinha vinte e quatro anos quando recebera uma súbita mensagem espiritual. Involuntariamente, palavras começaram a sair da sua boca, e a mensagem o deixara espantado. Aquelas palavras contavam a verdade de Deus, e Koizumi, em êxtase, as psicografou. A partir de então, as mensagens espirituais não pararam de vir. Koizumi reuniu esses textos em um único livro e o publicou. Isso marcou o início da Ordem, e esse ainda era o primeiro livro entregue aos novos devotos do culto.

Disseram a ele que a doutrina da Ordem era fundamentada em mensagens espirituais. Por isso a cerimônia que estava prestes a começar, tão intrinsecamente ligada às bases do culto, era o ritual mais importante de todos. Só de pensar no que ele veria naquela noite, sentia um friozinho na barriga e uma empolgação crescente.

Quando a porta do elevador se abriu, uma mulher de meia-idade que já conhecia de vista estava o esperando. Uma luz pálida clareava o corredor. Seguindo-a, ele entrou em uma saleta próxima ao departamento de publicações. Recebeu ali uma roupa branca que deveria vestir.

Assim que a mulher saiu da sala, ele se trocou. A vestimenta se resumia a um grande pedaço de pano com um buraco para a cabeça, semelhante a um poncho. Também havia uma máscara que cobria apenas a região ao redor dos olhos, como as usadas em bailes.

Depois que terminou de se vestir, voltou ao corredor e continuou sendo conduzido pela mulher. Passando do auditório onde havia participado de uma sessão de treinamento, acabou chegando a um espaço vazio onde nunca havia colocado os pés.

Ao abrir a porta, deparou-se com outro elevador que ele sequer sabia que existia até então.

— Por favor, pegue este elevador e saia quando ele parar. — A mulher apenas apontou para o aparelho e voltou pelo corredor.

Ao apertar o botão, a porta do elevador se abriu. Lá dentro, percebeu que não havia botões de andares, mas apenas aqueles indicando ABRIR e FECHAR. Quando apertou FECHAR, a porta assim o fez, e o elevador começou a subir.

Um andar acima, o elevador parou. Aparentemente, aquele era o sétimo piso. Uma luz fraca entrou enquanto a porta abria devagar.

— Seja bem-vindo.

No hall havia um homem de pé que o cumprimentou com uma mesura educada. Trajava uma vestimenta branca idêntica à dele. Seu rosto também estava mascarado, mas pela voz e estatura, ele percebeu que se tratava de Shima.

— A partir daqui é proibido chamarmos uns aos outros pelo nome. Lembre-se disso — Shima alertou com uma voz sombria.

Ele se curvou em silêncio.

— Venha. — Shima abriu a porta diante deles e o incitou a entrar.

A primeira coisa que lhe saltou aos olhos foi a grande estátua que se erguia bem à frente: uma majestosa figura humana com rosto de pássaro entre os pilares e o altar, uma detalhada escultura ao estilo grego. O espaço era amplo como uma sala de aula de escola. Ali havia não mais do que dez pessoas, todas vestidas de branco e ajoelhadas. Ele percebeu um aroma que nunca havia sentido, semelhante ao de incenso, permeando o ambiente. A iluminação vermelha tingia os trajes com cor de sangue.

Ele estava tão deslumbrado com tudo ao redor que, por alguns instantes, só conseguiu ficar ali de pé. A atmosfera solene de um universo paralelo envolvia a sala, criando um espaço bizarro aos seus olhos.

— Entre logo!

Enfim voltou a si quando a voz de Shima, atrás dele, o encorajou. Então, seguiu adiante.

Como tinha retirado o relógio, não sabia que horas eram, mas provavelmente esperaram cerca de dez minutos até que mais três pessoas chegassem e a cerimônia iniciasse.

Shima foi o último a entrar na sala. Fechou a porta e com toda a calma caminhou em direção ao púlpito. Em frente ao altar, virou-se e falou com uma voz melancólica:

— Conforme os mistérios esotéricos da cabala, dentro de alguns instantes o grão-mestre Koizumi vai receber mensagens espirituais. Acredito que todos já estejam cientes, mas reitero o pedido de que a partir de agora não pronunciem, em hipótese alguma, os nomes uns dos outros. Segundo a cabala, nomes possuem um imenso poder. Se falarem o nome de alguém presente, é possível que espíritos malignos sejam atraídos para cá. Fiquem atentos, por favor.

Ele ficou bastante surpreso quando, depois do aviso, Shima permaneceu ao lado esquerdo do púlpito, desempenhando um papel de tamanha responsabilidade naquele ritual tão importante. Ficou se perguntando qual seria, afinal, a posição que o veterano ocupava dentro do culto.

Aguardaram por alguns momentos até que a porta à direita se abrisse e a figura de Shouei Koizumi se revelasse. Como esperado, estava usando o mesmo tipo de traje que os demais, porém, sem máscara. Era o único dos presentes que mostrava o rosto.

Koizumi se dirigiu ao altar sem lançar um olhar sequer em direção aos devotos ali reunidos e parou diante deles com um semblante pensativo. A luz vermelha em seu perfil rígido o deixava com uma expressão ainda mais exótica.

O grão-mestre se ajoelhou e juntou as mãos como se fosse rezar. Não, na verdade ele já havia começado. Ficou ali de olhos fechados e com a boca se movendo, recitando em silêncio. Do outro lado da sala, o novato percebeu de repente que os devotos ao redor estavam rezando na mesma posição que o líder do culto. Imediatamente se juntou a eles.

Logo a voz de Koizumi foi se elevando. Ao mesmo tempo, o aroma que envolvia a sala se intensificava também. Conforme a oração conjunta ficava mais alta, também se intensificava a tensão à sua volta. Ele sentiu que algum poder invisível era aos poucos reunido naquele local.

As palavras do grão-mestre da Ordem começavam a chegar aos ouvidos dos devotos presentes. Sua voz assumiu um tom que reverberava por todo o cômodo, repetindo de novo e de novo as mesmas frases:

— Apareçam! Apareçam!
Obedeçam a mim!
Que todos os espíritos me obedeçam!
Espíritos do céu, espíritos do éter, espíritos da terra,
Espíritos das profundezas, espíritos dos desertos,
espíritos dos mares,
Espíritos dos redemoinhos, espíritos incendiários
E todas as feitiçarias e as calamidades de Deus!
Me obedeçam!

Os devotos mascarados repetiram em uníssono as palavras entoadas por Koizumi. Suas vozes sombrias pulsavam intensamente cada vez mais, permeando a sala com uma pressão que se podia sentir na pele.

Koizumi continuava:

— ... Eu sou teu companheiro, teu homem,
O bode em teu rebanho, sou ouro, sou deus,
O ornato do cajado teu, a carne dos ossos teus.
Com cascos de ferro galopo sobre o rocado,
Pelo equinócio até o solstício insubjugado.

A sensação de que a sala estava se tornando um ambiente sinistro e bizarro aumentava, e depressa. Àquela altura, ninguém poderia se opor ao que acontecia. Todos repetiam fervorosamente as palavras do grão-mestre como se estivessem embarcando em um delírio coletivo.

— ... Então, eu rasgo, grito,
Despedaço, transgrido,
Um mundo sem fim, eternamente
Homúnculos, donzelas, mênades, gente
Pelo poder de Pan.

Koizumi ergueu as mãos sobre a cabeça e bateu palmas.

— Oh, Pan! Iô, Pan!
Iô, Pan! Iô, Pan!
Pan! Pan! Pan! Pan!

Incentivados por aqueles estranhos gritos, os fiéis batiam palmas sem parar. Ele não pretendia ficar para trás e começou a recitar freneticamente aquela espécie de encanto.

Os gritos continuavam se repetindo sem parar e ele foi perdendo a noção do tempo. Sentia como se um minuto durasse um segundo e um segundo durasse uma hora. Sua mente estava em transe, ele não conseguia se concentrar em mais nada. O fluxo de pensamento estava tingido de vermelho e ele apenas seguia batendo as palmas de modo mecânico.

— Tu, conceda-me o caminho! Guie-me por ele! Eleva-me a alturas ainda maiores! — O berro de Koizumi ecoou pelo cômodo.

E, com esse grito desesperado como se estivesse prestes a morrer, o grão-mestre desabou. Prostrou-se como se em estado de choque, os ombros estremecendo em intensos movimentos bruscos enquanto arquejava.

Talvez por acreditarem que a queda de seu líder fosse uma reação a um sinal divino, os devotos começaram a tombar da mesma forma. Mas ele ainda estava de pé e, ao olhar para os demais, percebeu que babavam e, aparentemente, perdiam a consciência.

Quando sua respiração enfim se acalmou, o grão-mestre se levantou e estas palavras escaparam de sua boca:

— Ah, está feito.

Ao dizer isso, Koizumi foi mais uma vez ao chão. Não moveu um músculo sequer.

Ele percebeu de soslaio que Shima, que observara impassível todo o processo, havia se levantado.

— A mensagem espiritual foi recebida. Deus se pronunciou. A harmonia entre as pessoas é o bem mais importante. A harmonia dentro da Ordem vai criar um novo mundo. Todos os que estão aqui puderam ouvir a voz de Deus. Vocês são os escolhidos para o novo mundo. Receberam a missão de guiar outras pessoas. Peço que não se esqueçam disso.

Shima fez uma reverência e recuou.

— Ooh! — os seguidores exclamaram em uníssono.

No auge do entusiasmo que os tomava como eletricidade, todos saíram correndo em direção ao grão-mestre.

— Obrigado. Obrigado.

Ao chegarem ao corpo do líder, colheram seu suor com as mãos e o esfregaram nos próprios rostos. Todos se comportavam de forma obscena, sem se importarem com a presença e a opinião dos demais ali.

E ele não foi exceção.

34

Uma tranquilidade pairava no quarto após o sexo. Itsuko, deitada ao lado de Saeki, lhe acendeu um cigarro. Ele tragou a fumaça sem pressa.

Sempre que Saeki aparecia, o pequeno apartamento de Itsuko estava arrumado. Parecia mais um showroom sem moradores. Apesar disso, não lhe faltava calor humano. Graças à atenção meticulosa dela, havia um senso de segurança lá, advindo do fato de as coisas estarem sempre no lugar certo. Itsuko conseguia manter o ambiente mais aconchegante desse jeito do que se estivesse bagunçado.

Era a primeira vez que Saeki ia à residência de Itsuko desde que a central de investigação havia sido montada. Sempre que estava atolado de trabalho, Saeki preferia ir para o próprio apartamento. Nessas ocasiões, ele ficava mais irritadiço e poderia acabar magoando Itsuko. Acima de tudo, era uma forma de ser responsável em relação a si mesmo.

Entretanto, naquela noite ele resolvera quebrar aquela regra autoimposta. A vontade de encontrar Itsuko havia sido irresistível.

Ele sabia muito bem o motivo da urgência. A conversa que tivera com a esposa dias antes lhe causara um abalo inesperado e não saía de seus pensamentos. Até então, Saeki pensava que era capaz de lidar sozinho com tudo, mas agora entendia que isso tinha sido um erro terrível. A questão é que, até aquele momento, apenas acreditava que não podia fazer nada além de aguentar sozinho o fardo sobre os ombros. De fato, era o que ele sentia em seu âmago.

"Diferente do que as pessoas acham, não sou tão forte assim", ele pensou com um sorriso irônico no rosto. Não era muito agradável se dar conta de suas fraquezas naquela idade. Isso era ainda mais grave porque sua força costumava ser uma grande fonte de orgulho.

Embora sua exaustão fosse tão intensa que mais parecia areia movediça, o sexo havia sido bastante vigoroso. Ele se empenhara ao máximo, mergulhando nela com força, como se quisesse se punir. E agora desejava apenas se entregar àquela sensação prazerosa de esgotamento.

— Me passa o cigarro.

Itsuko, que até então estava de olhos fechados, encostada no braço de Saeki, se sentou. Em silêncio, ele fez o que ela pedia.

— Obrigada — disse Itsuko, tragando com evidente prazer. Ela gostava mais de fumar do que Saeki. — Ainda está sem sono?

Itsuko afastou o cigarro dos lábios e olhou para Saeki de soslaio.

— Ah, sim, estou sem sono.

— Então... — Itsuko puxou o cobertor até o peito e se recostou na cabeceira da cama. — Fui hoje ao hospital da faculdade de medicina da Universidade Keihou apurar informações para a reportagem sobre negligência médica. Mas foi inútil. Não foi uma visita agendada, então fiquei quieta sentada na sala de espera observando a movimentação dos enfermeiros. Todos eram arrogantes e pareciam não se importar com ninguém. Entendo que estejam cansados, o trabalho está acumulado por conta da redução no quadro de funcionários, mas ainda assim, tem um limite. Não acha? Está me ouvindo?

— Ah, estou. — Saeki voltou a si. Não prestara atenção alguma à história de Itsuko.

— Parece que você não ouviu nada do que eu falei. A gente está com um problema de comunicação mesmo.

— Desculpe. — Ele se virou e apagou o cigarro no cinzeiro. — Acabei me distraindo.

— Trabalho?

— Isso. — Saeki abaixou o queixo. — Desculpe, ok?

— Sem problemas, até porque eu mesma estava falando sobre o trabalho também. Estamos quites. — Itsuko deu um tapinha de brincadeira no braço direito de Saeki. — Desculpe por interromper seus pensamentos.

— Não, tudo bem. Não era nada de mais. — Saeki se levantou da cama e olhou para Itsuko. — Estou com sede. Quer beber algo?

— Sim. Tem chá oolong na geladeira.

Saeki foi até a cozinha e abriu a geladeira. Voltou com uma lata em cada mão e jogou uma para Itsuko. Ele abriu a sua e bebeu um gole.

— Então, quero que você me ouça também — disse Saeki enquanto voltava para a cama.

— O quê?

— É sobre o caso. Aquele do assassinato da garotinha.

— Que estranho você querer conversar sobre isso. Essa investigação não estava correndo em segredo?

— É que quero ouvir sua opinião. Não sei nem se a pessoa responsável pelo assassinato é homem ou mulher.

Itsuko levantou as sobrancelhas, surpresa.

— Sério? Eu estava certa de que era um homem.

— Que tipo de sujeito você acha que é o culpado? — Saeki perguntou.

— Você quer saber como eu o imagino?

Saeki assentiu, e ela apagou o cigarro.

— Vamos lá. É um homem, tem entre 25 e 29 anos. O cabelo é liso e seco, não oleoso. Usa óculos. Veste moletom e calça jeans. E uma jaqueta esportiva por cima. Bem, ele se veste mal. Gosta de videogame, animes e filmes. Foi mimado pelos pais. Seu ego se desenvolveu de uma forma pouco natural e é muito orgulhoso. Não consegue se adaptar à vida em sociedade e esse vazio o deixa irritado.

Saeki abriu um sorriso sarcástico enquanto Itsuko disparava a falar.

— Você daria uma grande psicóloga, hein? Mesmo se largasse o jornalismo, conseguiria se sustentar muito bem.

— Tudo isso foram impressões que tive a partir do que a imprensa noticiou. Acho que o público em geral deve ter essa mesma visão do culpado.

— É como pensei, então — Saeki falou com um tom queixoso. — Mas a polícia não vazou esse tipo de informação.

— É mesmo? Então, isso que eu disse agora foi apenas uma visão enviesada da figura do assassino?

— Algo assim. E, pior ainda, é um raciocínio bastante perigoso.

— Hã? — Itsuko exclamou, espantada.

— Essa imagem do culpado deve estar na cabeça do público por causa daquele caso semelhante de alguns anos atrás. Inclusive, todas essas características que você descreveu se aplicam ao culpado daquele caso. Mas antigamente, quando se falava de um pervertido, em geral a suposição era de que fosse um homem de meia-idade.

— É mesmo? Agora que você falou, é verdade. Acho que havia esse senso comum... mas hoje em dia são poucas as pessoas que pensam dessa forma.

— Por isso eu digo que é perigoso. Suspeito que seja justamente essa imagem sem fundamento que as pessoas têm do culpado o que esteja causando essa escassez de relatos de testemunhas.

— Mas, então, qual seria o parecer da polícia?

— É isso o que eu gostaria de raciocinar com você. Preste atenção. — Saeki pegou outro cigarro e o acendeu. — Primeiro, vamos começar com o gênero. O culpado é homem ou mulher?

— Você acha que uma mulher faria algo assim? — Itsuko inclinou a cabeça para o lado.

— O que acha? Como mulher, seria impensável?

— Qual o motivo? Que tipo de mulher assassinaria uma criança pequena?

— Por exemplo, uma mãe que tenha perdido a própria filha. Quando ela se depara por acaso com uma menina parecida, seu luto se sobrepõe à razão e ela acaba sequestrando-a. Depois volta a si, não sabe o que fazer com a criança e acaba matando-a.

Itsuko, imóvel, refletiu sobre aquela hipótese por algum tempo, até que balançou a cabeça devagar, discordando.

— Na minha opinião, não parece possível.

— É mesmo?

— Sim. Não tenho filhos, então não posso dar uma opinião pessoal. O que vou dizer agora não é nada além de uma impressão como observadora — Itsuko explicou, como se estivesse fazendo um prefácio. — Como eu tinha pensado em escrever uma reportagem sobre adoção, acabei pesquisando e juntando algumas informações a respeito.

— Eu sei. E aí?

— Encontrei muitos pais que perderam os filhos. Posso dizer que a impressão que tive a partir dessas conversas é a de que os pais que passaram por esse trauma não querem nunca mais ver nenhuma criança pequena morrer ou mesmo sofrer, e isso inclui até os filhos dos outros. Me parece que, se uma pessoa nessa situação encontrasse uma criança desconhecida chorando, tentaria de todas as formas oferecer algum consolo a ela.

— Entendi.

— Por isso, acho que essa hipótese de que o culpado é alguém que perdeu o próprio filho não se sustenta. Acredito que quem conhece a dor de perder uma criança jamais mataria alguém.

— Hm... — Saeki cruzou os braços e concordou com a cabeça. — Certo, essa é uma perspectiva valiosa que só mesmo uma mulher poderia oferecer. É uma opinião que ninguém da central de investigação teria.

— É que todos lá estão pensando como policiais. — Itsuko franziu a testa.

— Parece que sim. Mas, então, você não consegue pensar em nenhuma outra possibilidade de uma mulher ser a culpada?

— Não. Tratando-se de alguém normal, não consigo imaginar nenhum cenário. Agora, caso se trate de alguém que perdeu a sanidade mental, a história é bem diferente.

— Você acha que isso é obra de um maníaco sexual, então?

— Nenhum resgate foi pedido quando ocorreu o sequestro, né? Ah! E se o assassino tivesse alguma picuinha com os pais da menina?

— A possibilidade é bem pequena.

— Certo. Acho que não tem picuinha capaz de levar alguém a cometer um crime dessa gravidade, então tem bem cara de ser coisa de um tarado mesmo.

— De fato, a central também está quase toda em consenso sobre isso.

— Algo foi feito no corpo? Houve abuso sexual?

— Ela foi despida e depois estrangulada.

— Que estranho... O fato de que ele tenha tirado a roupa dela realmente faz parecer coisa de tarado, mas se não a violentou...

— Exatamente. Por isso que não consigo descartar a hipótese de que seja uma mulher tentando forjar um crime cometido por um homem.

— Você não está pensando demais? A possibilidade de ser uma mulher é muito pequena — Itsuko insistiu.

— Não é como se não existissem precedentes. Uma mulher matar criancinhas não é algo assim tão raro.

— Mas provavelmente são histórias muito antigas. De uma época em que as mulheres eram mais oprimidas e não podiam demonstrar afeto a ninguém que não os próprios filhos. Todo aquele foco em cuidar de crianças às vezes levava a circunstâncias inesperadas.

— Sim, mas...

— Na noite anterior à descoberta do corpo, um carro suspeito foi visto. Dizem que era um Silvia, não? É um carro de gente jovem. E sendo assim, não é uma mulher de jeito nenhum. O culpado é um homem!

Diante da determinação de Itsuko, Saeki voltou a cruzar os braços e ficou em silêncio. Ele entendia o que ela queria dizer. Ainda assim, alguma coisa naquele raciocínio o deixava desconfiado.

"E se fosse comigo?", Saeki tentou imaginar. "E se fosse a minha filha quem tivesse sido assassinada? O que eu faria?"

A resposta lhe veio automaticamente:

"Eu perderia a cabeça. Se a minha filha fosse brutalmente assassinada, eu perderia o juízo. Não importa o quanto ela me odeie."

E era justamente por isso que Saeki se opunha a bater o martelo no perfil do culpado como sendo o de um jovem pervertido. "Não dá para prever o que um pai ou uma mãe que perderam a razão são capazes de fazer. Ainda que seja você mesmo nessa posição."

35

Ele dava as caras na unidade do culto quase todos os dias e vinha percebendo melhor o fluxo de membros que ingressavam e deixavam a Ordem. Novos rostos apareciam com frequência, mas também havia pessoas que de repente sumiam de vez. Quando ele notava que deixara de ver uma pessoa, provavelmente era porque ela havia se afastado do culto. O próprio Kawakami, que com tanta gentileza lhe mostrara o lugar e dera algumas explicações iniciais, foi um desses casos. Ele ficou bastante surpreso ao saber da saída do *philosophus*, em especial porque havia sido a primeira pessoa com quem ele conversara.

— Por que será que ele saiu? — perguntou para a mulher que trabalhava no escritório da administração.

— Não posso contar o motivo pelo qual alguém deixa a Ordem — ela desconversou com um tom mecânico.

Ele sabia que não eram poucas as pessoas que vinham saindo do culto, mas até então pensara que aquilo não lhe dizia respeito. Julgava que não havia ninguém particularmente amigável naquele grupo de desertores — eram pessoas que jamais haviam se conectado com o todo.

Bem por isso a saída de Kawakami fora um choque, e agora ele precisava descobrir qual havia sido o motivo por trás dessa decisão.

Ele voltou à secretaria, mas agora para checar o registro dos membros, em busca do telefone da empresa onde Kawakami trabalhava como corretor de imóveis. Era uma imobiliária grande, com diversas filiais abertas na região metropolitana de Tóquio. Assim que encontrou o número, ele não hesitou e o discou. Quem atendeu parecia um tanto surpreso com sua ligação.

— Ah, senhor Matsumoto? Tudo bem?

Ele percebeu que o cumprimento não fora alegre como de costume. Havia um ar de desinteresse, talvez pelo fato de que Kawakami estava no trabalho.

— Eu levei um susto! Vi que não estava te encontrando ultimamente e, quando fui perguntar sobre você, me disseram que havia deixado a Ordem.

— Sim, é verdade — Kawakami respondeu, animado. Não parecia incomodado com a ligação.

Com isso, ele juntou forças e perguntou o motivo de sua saída.

— Não tenho como te responder assim. Não é algo que consiga resumir em poucas palavras. Será que você consegue me perdoar? É que agora estou bem no meio do expediente.

— Então, em outro momento, posso telefonar de novo para entender o que aconteceu?

— Claro! Pelo visto, ainda está fervorosamente praticando sua fé, não é mesmo, senhor Matsumoto?

— Com certeza — ele confirmou sem dúvidas na voz.

— Nesse caso, é melhor que a gente tenha uma conversinha. Afinal, fui eu quem o incentivou a ingressar na Ordem.

— Uma conversinha?

— Isso. Sobre o quanto o culto é corrupto.

— O que quer dizer? — Seu tom de voz saiu espinhoso e irritado, como se Kawakami estivesse duvidando do próprio caráter dele.

— Bem, vamos nos encontrar e aí falamos sobre isso. Posso lhe explicar em detalhes. Quando seria bom pra você?

Ele respondeu que estava disponível a qualquer momento. Então, Kawakami indicou uma cafeteria em Ikebukuro e disse que poderia encontrá-lo ainda naquela noite, às 20h. Ele concordou e desligou o telefone.

* * *

Ele estava sentado lendo um jornal quando Kawakami chegou, dez minutos depois do horário marcado. Ao encontrá-lo, o homem se curvou algumas vezes para cumprimentá-lo e se aproximou.

— Sinto muito! Acabei me atrasando.

— Não tem problema.

Ele dobrou o jornal e o colocou na cadeira ao lado.

Apressado, Kawakami se sentou em frente a ele e, sem olhar o cardápio, pediu à garçonete uma xícara de café.

— Sinto muito, o trabalho tem me prendido além do horário — desculpou-se outra vez.

— Tudo bem, nem esperei tanto assim. Quando eu estava trabalhando, também não conseguia ser muito pontual.

— Com o que você trabalhava, Matsumoto?

É provável que Kawakami tenha perguntado apenas por educação, mas aquilo o transtornou tanto que ele não conseguiu responder.

— Ah, me desculpe! Não precisa falar sobre isso se não quiser! — Kawakami percebeu seu desconforto e ergueu a mão para interrompê-lo. — Então, deseja saber por que deixei o culto, certo?

Kawakami sacou um cigarro do bolso interno do paletó, pediu permissão e o acendeu.

— Por onde devo começar...? Primeiro, vou explicar o motivo pelo qual entrei na Ordem — disparou sem pausa, com um tom de vendedor profissional.

Ele assentiu em silêncio.

Kawakami virou-se para o lado, baforou a fumaça do cigarro e começou a narrativa:

— Em primeiro lugar, ingressei na Ordem a convite de um amigo da época da faculdade. Desde que era estudante, lia livros densos, tinha interesse em religiões... Então, não ofereci resistência à proposta. Na verdade, nós éramos bastante próximos, e ele foi tão incisivo no convite que não encontrei razão para recusar e decidi me tornar membro.

Kawakami apagou o cigarro.

— E como foi que ele ouviu falar do culto? Por meio de um tio, que era um devoto tão fervoroso que conseguiu incentivar até mesmo o amigo do sobrinho a se juntar à Ordem.

Kawakami bebericou o café e continuou contando a história. Contou que o tio desse amigo era o presidente de uma empresa que produzia equipamentos de precisão. Um negócio relativamente pequeno, mas que já estava alcançando alguma fama graças ao bom trabalho que realizava. Não era incomum que proprietários de empresas de pequeno e médio porte se interessassem por neorreligiões, assim como não era estranho empregar um parente na própria empresa.

"Ele não era apenas tio, mas também o presidente da empresa onde meu amigo trabalhava. Então, não pôde ir contra os desejos do tio. Para meu amigo, as ordens do tio eram absolutas."

Seu amigo entrara meio incrédulo na Ordem, mas logo os convites para Kawakami fazer parte também ficaram cada vez mais incisivos. Na época, Kawakami já estava trabalhando havia três anos e já conhecia o lado bom e o lado ruim de seu emprego. Estava cada vez mais entediado com sua vidinha e decidiu, então, se devotar às atividades do culto, com uma seriedade que nunca tinha vivenciado.

— Até mesmo os meus décimos terceiros foram quase inteiramente doados para a Ordem. Daí, como eu não guardava nenhum dinheiro, no final do mês ficavam correndo atrás de mim para que eu pagasse o boleto. — Kawakami abriu um sorriso amarelo.

No que dizia respeito a injetar dinheiro no culto, o tio do seu amigo não perdia para ninguém. Embora lidasse com comércio de produtos de alta complexidade, o homem era bastante mão-aberta. Todo santo mês ele doava cerca de um ou dois milhões de ienes para a Ordem.

— A economia também estava indo bem, né? Então, era possível cometer esse tipo de excesso.

Sem surpresas, em um piscar de olhos o tio ascendera vertiginosamente na escala *sephiroth*. Logo alcançou o sexto nível, o de *adeptus exemptus*, e se tornou uma voz influente dentro do culto, inclusive na administração da Ordem.

— Em todo caso, na história da Ordem, apenas uma ou duas pessoas competiam em montante de doações. Só por esse comprometimento financeiro, ele deveria ter sido promovido a níveis ainda mais altos da *sephiroth*.

No entanto, o sujeito não fora capaz de cair nas graças de certo alguém. E por causa dessa pessoa, não conseguira avançar mais na *sephiroth*.

— Mas as contribuições do tio do meu amigo eram muito altas e por isso, independente do seu nível na escala *sephiroth*, a Ordem geralmente acatava suas sugestões. Muitos dos projetos e eventos que ocorreram naquela época foram ideias dele.

Contudo, a situação mudou com a recessão econômica. A crise que começara um ano antes impactou todas as indústrias japonesas, principalmente a manufatureira. Com isso, a preocupação desse senhor, quando a própria situação financeira ficou em perigo, deixou de ser a religião.

— Naquele momento, as extravagâncias financeiras voltaram para assombrá-lo. Mesmo as grandes empresas que encomendavam equipamentos de sua empresa foram abaladas pela crise, então, não é difícil imaginar como ficaram as subsidiárias, né?

Conforme o volume de doações dele diminuía até que, enfim, não tivesse mais como doar para o culto, o tio se viu despencar pelos graus da *sephiroth*, e o alto escalão do culto passou a ignorá-lo. O amigo de Kawakami, então, começou a se manifestar em protesto, alegando que alguém que tinha problemas com seu tio estava manipulando o culto contra ele.

— Acabou que sua empresa foi à falência e, ao mesmo tempo, o tio do meu amigo foi rebaixado ao grau de *philosophus*. Ele dizia que estava cego de raiva com tudo que tinha acontecido. No final das contas, a Ordem simplesmente o usou e, quando achou que não tinha mais utilidade, o descartou. — Kawakami fez uma careta.

Quando o tio saiu do culto, o sobrinho o acompanhou. O próprio Kawakami disse que também começou a desconfiar da Ordem por causa da importância exagerada que atribuía ao dinheiro e aos poucos começou a frequentar cada vez menos as atividades.

— Mas... — ele finalmente interveio. — Isso é apenas um lado da história, não? Eu lamento de verdade por essa experiência ruim que seus dois conhecidos tiveram, mas é injusto direcionar tanto ressentimento contra a Ordem por causa disso.

Kawakami abriu um riso irônico ao ouvir a contestação.

— Pelo visto, até você já sofreu a lavagem cerebral completa pelas mãos da Ordem, né? A religião tem mesmo esse poder mágico. Quando se está ali dentro, imerso nas atividades, não consegue enxergar, mas ao dar um passo para trás e olhar com calma, percebe o lado suspeito nisso tudo.

— Suspeito? — Ele franziu a testa. — O que há de suspeito no culto?

Kawakami encolheu os ombros e pegou outro cigarro.

— Você nunca foi pressionado a fazer doações?

— Não fui particularmente pressionado por ninguém, tenho feito doações por vontade própria. Só isso.

— A Ordem só se importa de verdade com os membros que têm dinheiro. Os jovens pobres são peões usados para atrair mais gente para o culto, na melhor das hipóteses. E os membros sem dinheiro e que não podem prestar trabalho voluntário não têm qualquer utilidade para eles.

— Isso é uma visão distorcida — ele insistiu meneando a cabeça.

— De modo algum. Vamos aos fatos? — falou Kawakami, cheio de confiança. — Eu já ouvi falar que você é relativamente bem de vida, Matsumoto.

Ao ser colocado sob os holofotes, ele respondeu de forma vaga e evasiva:

— Não sei a partir de que ponto alguém pode ser considerado "bem de vida".

— Você conhece um homem chamado Shima, não conhece? — perguntou Kawakami com um semblante sério.

— Sim. — Ele também assentiu com a cabeça, sem saber o que isso teria a ver com a conversa e qual pergunta viria a seguir. — Conheço muito bem.

— Pois foi justamente Shima o responsável por expulsar o tio do meu amigo da Ordem.

— Ah!

Ele não ficou exatamente surpreso com isso e apenas assentiu para indicar que estava acompanhando, mas as palavras seguintes de Kawakami o pegaram desprevenido.

— Shima é quem, na prática, vem comandando a Ordem. Ele é o verdadeiro líder por trás dos panos. Sabia disso, Matsumoto?

— Como assim?

Ele não conseguiu esconder sua perplexidade.

— É ainda pior do que parece. Shouei Koizumi não passa de uma marionete nas mãos de Shima.

Ele tomou um gole de café para tentar se acalmar e comentou:

— Não consigo acreditar nisso.

— Senhor Matsumoto, me diga: você foi convidado por Shima a participar de uma cerimônia misteriosa?

Ele se esforçou para que a surpresa não transparecesse em seu semblante ao ouvir isso. Sentia como se todos os músculos do seu rosto estivessem paralisados.

— Que coisa, não? — Kawakami continuou, sem se importar. — Quando uma pessoa relativamente mais velha ingressa no culto, eles fazem um levantamento completo da vida dela. Se for alguém com dinheiro, Shima se aproxima dessa pessoa. E passa a coagi-la para que faça doações para a Ordem.

— Eu não fui coagido — insistiu ele.

Kawakami se limitou a ignorar a objeção.

— O papel de Shima é conseguir doadores para a Ordem, ao mesmo tempo em que realiza cerimônias suspeitas para si próprio. Ele criou o culto como um disfarce!

— Você quer dizer que foi Shima quem fundou a Ordem?

— Isso mesmo. Você não sabia? — Kawakami tinha a expressão de quem achava que aquela informação fosse óbvia.

Ele, por outro lado, não conseguia disfarçar o espanto. Sabia que Shima era um membro do culto desde a época de sua fundação, mas jamais imaginara que fosse efetivamente responsável por sua criação.

— Você tem alguma prova do que está falando? — O tom de voz dele se tornou mais severo.

— Parece que Shima está envolvido com a prática de magia demoníaca — Kawakami mencionou, sem tentar responder à pergunta que lhe fora feita.

— Magia demoníaca?!

— Isso. É algo que se popularizou na Europa medieval. Rituais satânicos. Você já deve ter ouvido falar de coisas como "missa de Satã" e "sabá das bruxas". É uma crença que envolve sacrifício de animais e de mulheres jovens como oferendas ao demônio. O senhor não participou de nada do tipo?

— Nunca soube de nada assim! — gritou ele. O que Kawakami estava lhe dizendo parecia totalmente desvairado.

— Eu ouvi isso direto do tio do meu amigo: a Ordem vem adorando o demônio.

— Lamento, mas não posso acreditar nisso. Não há uma evidência sequer de que isso seja verdade.

— O fato de que Shima procurou e se aproximou de você sem nenhuma razão específica não é evidência suficiente? Você pode até negar, mas não está participando das cerimônias realizadas por ele?

— Não, eu não estou envolvido com nada disso.

— É mesmo? Que bom ouvir isso. Só te dou um conselho: é bom sair do culto logo, antes que te forcem a participar de algum desses rituais satânicos — falou Kawakami, tentando convencê-lo.

Ele apenas balançou a cabeça sem muita força, em negação.

36

Okamoto e Kitaoka terminaram o interrogatório durante a manhã e retornaram para a central de investigação. Com a listagem recebida das concessionárias em mãos, eles foram de casa em casa, visitando os donos de carros Silvia azul-marinho. Essa abordagem ainda não dera em nada. No começo, logo depois que a central havia sido estabelecida, todo dia os policiais se deparavam com alguma novidade sobre o caso, mas conforme o tempo foi passando, as linhas de investigação viraram uma sequência de becos sem saída. Naquele momento, um detetive voltar da rua com uma informação nova era uma raridade.

— Não aguento mais! Estou farto disso! — Kitaoka se aproximou do aquecedor, ainda vestindo o casaco da rua. Colocou as mãos, dormentes de frio, acima do aparelho para amorná-las. Com o início de fevereiro, o frio tinha se tornado ainda mais severo.

— Por que a gente sempre pega as missões que não levam a nada? Será que esse azar todo é porque alguém aqui andou comendo soba? — reclamou Kitaoka, abaixando o volume da voz para que os figurões que se sentavam perto da janela não o ouvissem.

— Você não é jovem demais pra ser supersticioso assim? — Okamoto comentou para provocá-lo.

Havia sido estabelecido que os detetives deveriam parar de comer macarrão soba para que o caso não se prolongasse ainda mais, uma crendice popular em que Kitaoka, pelo visto, acreditava.

— Ah, num dia frio como esse, bem que eu queria um lámenzinho...

Okamoto sentiu tanta verdade no lamento de Kitaoka que chegou a deixar escapar um sorriso.

De repente, resolveu olhar para o relógio pendurado na parede. Era meio-dia e meia. A qualquer momento, os resultados deveriam sair.

— Já volto, vou fazer uma ligação.

Ao ouvir isso, Kitaoka sorriu como se já soubesse do que se tratava.

— Tomara que ele tenha passado!

— Obrigado.

Okamoto se dirigiu para o saguão no primeiro andar do edifício. Naquele dia seria divulgado o resultado do processo seletivo do qual seu filho estava participando para ingressar no ginásio. Assim que Takashi saíra da prova, Okamoto lhe perguntou como tinha ido, e o filho não pareceu muito confiante. "As probabilidades são de cinquenta a cinquenta. Não dá pra criar muitas expectativas", dissera Takashi. Como o resultado ainda não tinha sido anunciado, Okamoto não tentou consolar o filho nem tocou mais no assunto. No entanto, desde que acordara, Okamoto passou a manhã toda nervoso pensando no assunto. Estava tão tenso que, mesmo com o sono atrasado, antes das seis já estava totalmente desperto. Durante o café da manhã, acabou derrubando seu missoshiru, e foi repreendido pela esposa: "Isso não diz respeito a você, então não fique nervoso desse jeito."

Okamoto havia insistido que, se o filho entrasse em uma escola pública já seria o bastante, porém, agora que tinha chegado o dia do resultado, ele se sentia risivelmente ansioso. Embora não tivesse mudado de opinião, Okamoto torcia para que o filho fosse aprovado. Ao seu ver, alguém com doze anos era jovem demais para provar o sabor amargo do fracasso.

Ele percebeu que o coração estava batendo tão rápido que parecia prestes a pular do peito a qualquer momento. Respirou fundo e depositou a moeda no telefone público. De alguma forma, conseguiu discar o número sem que os dedos tremessem.

— Alô. — Era a voz de seu filho, ainda infantil e incólume das transformações da adolescência.

Okamoto ficou um tanto apavorado, pois esperava que a esposa atendesse.

— Ah... Sou eu. — Por um instante, ele não sabia o que seria adequado dizer e ficou procurando as palavras na sua cabeça. — E... E aí?

— "E aí" o quê? — o filho falou despreocupadamente, alheio ao nervosismo do pai.

— O exame. O resultado com os aprovados. — Estava tão impaciente que se viu balançando a perna. "Que raios de comportamento é esse?", pensou.

— O resultado? Eu passei, sim — respondeu o filho com um tom tranquilo.

Por um instante, Okamoto sentiu o corpo perder as forças, e as pernas bambearam de tanto alívio.

— É sério, então? Você conseguiu?

— Pois é.

A resposta de Takashi fez com que Okamoto pudesse até mesmo imaginar o enorme sorriso no rosto do filho.

— O que a sua mãe disse?

— Ela ficou feliz.

— Verdade... Hm... Hm... — Ele assentiu duas vezes. — Fico feliz demais por você.

— Obrigado — agradeceu o menino, com sinceridade.

Depois de conversar um pouco com a esposa, ele desligou. No caminho de volta à central, sentia os passos mais leves.

Chegando lá, Kitaoka o olhou com atenção e logo percebeu que o resultado havia sido positivo.

— Pelo visto deu tudo certo, né?

— Ah, ainda bem! — Okamoto coçou a cabeça, parecendo um pouco desconfortável. — O menino é inteligente, ao contrário do pai.

— Meus parabéns!

Okamoto era todo sorrisos.

— Obrigado.

Okamoto estava prestes a gargalhar, mas se conteve. No último instante, percebeu que Saeki olhava em sua direção e decidiu segurar a risada, tentando manter o semblante sério.

Em seguida, o chefe se levantou e veio em sua direção.

— Seu filho foi aprovado? Meus parabéns!

— Ah, muito obrigado! — Okamoto sentia gratidão genuína pelas palavras do chefe.

Saeki puxou uma cadeira e se sentou.

— Você deve estar aliviado. Que boa notícia, não?

Okamoto ficou perplexo, pois nunca imaginara que Saeki lhe diria esse tipo de coisa.

— Ah, sim! É, sim. Mas como era só uma seleção para o ginásio, mesmo que ele não conseguisse e fosse para uma escola pública, não teria problema. Então eu nem estava tão preocupado.

Saeki curvou a cabeça em resposta à demonstração de bravura de Okamoto.

— A próxima é a sua filha, não é mesmo? O exame de admissão do ensino médio.

— Ah, pois é. Os pais nunca têm sossego mesmo — resmungou Okamoto.

— É verdade. — Saeki lhe deu um sorriso compadecido. — Mas é melhor enquanto eles continuam dando trabalho, não acha? Depois que os seus dois filhos se formarem na faculdade e se tornarem independentes, com certeza você vai sentir falta desses momentos.

— Acredito que sim.

Saeki tinha feito um comentário simples, comum, mas Okamoto não esperava ouvir algo tão sentimental vindo dele. Ficou calado, estupefato.

— Bem, a sua filha ainda é novinha, né? Então, o senhor ainda tem muito tempo para aproveitar a companhia dela.

Saeki ficou desconcertado com o comentário de Okamoto por um instante, então balançou a cabeça.

— Não, eu e minha filha não somos muito próximos. Infelizmente, parece que não estou destinado a esse tipo de preocupação.

Okamoto ficou sem palavras. Instintivamente, tentou fazer contato visual com Kitaoka. Sentiu que dissera algo impróprio.

Saeki se levantou com um sorriso constrangido no rosto. Enquanto dobrava a cadeira, falou:

— Desculpe por interromper a conversa de vocês. É que fiquei com inveja de você, Okamoto.

As palavras de Saeki saíram de forma tão débil que o subordinado estranhou e precisou olhar para ele outra vez, tentando entender o que estava acontecendo. Nunca tinha visto o chefe tão desanimado.

— Mas, sabe, Okamoto, acho que todos os pais devem se sentir desse jeito — Saeki continuou falando, com um tom autodepreciativo. — Até eu, como qualquer pai, fico louco quando o assunto é a minha filha. Chega a ser meio embaraçoso.

Saeki se virou e retornou calmamente para seu assento próximo à janela. Talvez tivesse sido apenas sua imaginação, mas Okamoto percebeu uma grande solidão nas palavras de seu superior.

37

JUSTAMENTE AGORA QUE ELE QUERIA ENCONTRAR SHIMA PARA CONVERSAR, o homem ficou um bom tempo sem dar as caras. Ele já estava ficando irritado com a situação, até que, no terceiro dia, Shima enfim apareceu no culto.

Ele segurou o sujeito pelo braço e o levou até o lounge vazio. Chegando lá, contou sobre o encontro com Kawakami e sobre o que ouvira. Não deixaria Shima ir embora até que esclarecesse aquela história tintim por tintim. Ele o pressionou, cobrando incisivamente por respostas e afirmando que não toleraria que o enganassem de forma alguma.

Shima o ouviu em silêncio e, assim que viu que ele havia terminado, deu de ombros.

— Isso é tudo o que você tinha para falar? Com licença, então.

Shima começou a se levantar, ignorando-o.

— Espere aí. — Ele levantou a voz. — Eu não vou ficar satisfeito enquanto você não me der uma resposta decente.

Shima o encarou com um olhar perplexo, balançou a cabeça e voltou a se sentar.

— O que deseja que eu responda?

— Se tudo o que Kawakami me contou é verdade.

— E o que você acha?

Ele, com cautela, ficou em silêncio.

— Você acha o quê? Que o culto está correndo desesperado por aí atrás de dinheiro? — falou Shima em um tom áspero. — Se é nisso mesmo que acredita, não há nada que eu possa dizer para convencê-lo do contrário. Você é livre para se retirar da Ordem.

— Então você nega, certo? — Ele já estava perdendo o ímpeto.

— Não há nada a negar. Você pode julgar por conta própria e decidir o que pensa. — O semblante de Shima estava tranquilo.

— Entendo. Eu confio em você quando diz isso. Eu acredito na Ordem.

— Que bom. — Shima abriu um sorriso de satisfação. — Eu sabia que alguém como você entenderia, Matsumoto. Enfim, esses ataques dos dissidentes são fruto de uma visão distorcida e subjetiva deles. Não importa o que dizem, mas sim que permaneçamos firmes nas nossas próprias crenças.

— E aquela história de magia e satanismo? — ele insistiu.

Shima o fitou com aquelas pupilas totalmente pretas e profundas como um poço.

— Isso não passa de uma falsa acusação. Não há nada assim na Ordem. O que eu realizo é uma cerimônia apropriada, baseada nos preceitos da cabala.

— Então, você está dizendo que não são rituais satânicos?

— Claro que não são. Quem hoje, em pleno século XX, iria seriamente cultuar o demônio? Isso é algo que não se encaixa nos ensinamentos da Ordem. É uma pena, mas muitas pessoas não entendem a doutrina da cabala e acabam causando esse tipo de mal-entendido.

Por dentro, ele estava aliviado com a negação de Shima. Percebeu que, apesar de pressionar o veterano por uma resposta, queria mesmo era ouvi-lo negar tudo que Kawakami lhe dissera.

— A doutrina da cabala não se limita às leis da física. Por isso, aos olhos de alguém que não a conhece o suficiente, é inevitável que as ações da cabala se assemelhem ao satanismo. Para evitar esse tipo de equívoco, só revelamos nossas cerimônias secretas a um número reduzido de seguidores, pois são os rituais mais importantes dentro dos ensinamentos da Ordem.

— Essas cerimônias secretas não são como aquela da qual eu tive o privilégio de participar, certo? A cerimônia em que mensagens espirituais são transmitidas.

— Não. — Shima curvou a cabeça devagar. — Aliás, estava pensando que tenho que te convidar em breve. Acho que seria uma boa oportunidade para você. Não gostaria de participar da próxima? Com certeza, vai ficar mais tranquilo depois de ver com os próprios olhos e entender do que se trata.

— Claro, quero muito participar!

— Então, está combinado. — Shima sorria de novo. — Também fiquei mais tranquilo agora. Minha principal preocupação era que, por causa de comentários maliciosos incutidos por pessoas cheias de preconceitos, você se desviasse do caminho, Matsumoto.

Shima inclinou-se para a frente, aproximando-se, e continuou:

— Se você pratica sua fé por muito tempo, pode começar a se sentir um pouco perdido. Nesse momento de dúvida, o que determina o futuro é qual caminho você decide trilhar. O desejo deste culto é guiá-lo pelo caminho correto. Ah, nossa, quase esqueci de dizer. Por favor, não conte a ninguém mais sobre a cerimônia secreta.

— Entendido. — Ele assentiu.

— Bem, então está tudo certo, né?

Shima se levantou e já estava na porta, a caminho da saída, quando ele, ainda sentado, virou-se e falou para as suas costas:

— Só mais uma coisa. Kawakami falou que você é o verdadeiro líder do culto. Isso é verdade?

Shima virou apenas a cabeça, ainda segurando a maçaneta da porta.

— Isso é uma calúnia sem qualquer fundamento.

Então, saiu do lounge sem fazer barulho.

38

A INVESTIGAÇÃO SOFREU UMA REVIRAVOLTA NO DIA 10 DE FEVEREIRO, uma segunda-feira.

Passava das 20h quando receberam uma chamada de emergência. Na central de investigação, os detetives estavam no meio da checagem das informações coletadas ao longo do dia. Havia certa agitação no ar enquanto eles esticavam as pernas cansadas.

O telefone na mesa de Saeki tocou. Ele atendeu e começou a falar. Aquela ligação inesperada deixou todos os detetives presentes no mais completo silêncio. Okamoto também assistia à cena quase sem respirar.

O rosto de Saeki transpareceu seu espanto por um momento, mas logo em seguida ele assentiu e desligou.

— Quero que todos me ouçam. — Saeki se levantou e olhou com seriedade para os detetives ao redor. — A ligação que acabei de receber veio da delegacia da zona leste de Ogu. Informaram que na área da jurisdição deles mais uma criança pequena foi dada como desaparecida. Acabaram de receber a ligação dos pais e imediatamente entraram em contato conosco. Ainda não temos maiores detalhes.

Todos os investigadores soltaram exclamações de surpresa e trocaram olhares uns com os outros.

— Não sabemos ainda se há conexão com nosso caso. Na delegacia de Ogu, eles levantaram a possibilidade de que tenha sido apenas um acidente, então, primeiro vamos esperar pelo resultado das buscas deles.

Assim que se calou, Saeki olhou para Okamoto, que no mesmo instante deduziu o que o chefe queria dele.

— Okamoto, quero que você vá até lá para obter mais informações. Vamos repensar o plano de ação amanhã de manhã, levando em conta as descobertas que fizermos.

— Entendido. — Okamoto na mesma hora se esqueceu do cansaço e se levantou. — Vou agora mesmo.

Foi até o armário e pegou seu casaco. Alguns colegas se aproximaram, com expressões assustadas, para lhe desejar boa sorte. Okamoto agradeceu e, em seguida, deixou a central.

O detetive pegou o trem da linha JR Chuuou para descer na estação de Tóquio. O plano era de lá fazer baldeação para a estação de Nishinippori e, por fim, pegar um táxi.

Como Okamoto estava indo no contrafluxo da hora do rush, o trem estava vazio. Ele se sentiu aliviado por poder fazer a viagem sentado. Não aguentaria ficar em pé durante o percurso de mais de uma hora.

A paisagem noturna vista pela janela era monótona. Comparando-se com a região metropolitana de Tóquio, naquela área a quantidade de luzes era muito menor. Não passava uma grande escuridão pouco aprazível aos olhos.

Enquanto observava o cenário, Okamoto pensou sobre o novo incidente que ele estava indo averiguar. Havia um fator muito diferente entre o assassinato de Naomi Saitou e o desaparecimento dessa criança: o local do ocorrido. Embora Hino tivesse começado a crescer recentemente, ainda não passava de uma cidade-dormitório quando comparada ao centro de Tóquio. Por isso, bastava que o trem se distanciasse um pouco da estação para que a paisagem lá fora já se tornasse erma. Se uma criança pequena desaparecesse, eram altas as chances de que tivesse acontecido um acidente, como ter caído em um rio ou sido atropelada por um carro.

Entretanto, o local de ocorrência desse novo incidente não era assim tão pequeno. O bairro de Arakawa podia parecer calmo, mas ficava em Tóquio. O desaparecimento de uma criança em um dos vinte e três bairros da capital sempre acendia um alerta para uma potencial atividade criminosa.

Havia um ponto específico que preocupava Okamoto: o fato de ser segunda-feira. Afinal, Naomi Saitou também fora sequestrada numa segunda. Além disso, havia o desaparecimento de Yukiho Kagawa, em outubro do ano anterior: ela também tinha sumido no mesmo dia da semana. Essa coincidência tinha chegado até mesmo a virar motivo de burburinho na imprensa.

"Será mesmo uma simples coincidência? Ou, pelo contrário, isso deveria ser visto como o terceiro incidente de uma série de crimes? Caso estejam interligados, o Departamento de Polícia Metropolitana teria deixado que uma terceira criança fosse levada", Okamoto pensou enquanto rangia os dentes.

Quando chegou à estação de Tóquio, entrou em contato com a delegacia do leste de Ogu e eles falaram que enviariam um carro para buscá-lo quando estivesse em Nishinippori. Pensando em agilizar o seu trabalho, Okamoto decidiu aproveitar a gentileza e se permitir aquela indulgência. Todos na delegacia estavam totalmente mobilizados nas buscas pela criança, mas sem sucesso até então.

Uma viatura policial esperava por ele na saída leste da estação de Nishinippori. Okamoto deu uma leve batidinha no vidro da janela do lado do motorista. O oficial uniformizado percebeu e abriu a porta.

— Sou o detetive Okamoto, do Departamento de Polícia Metropolitana. Obrigado por ter vindo me buscar.

— Não, eu é que preciso te agradecer, detetive, por estar trabalhando a esta hora da noite — respondeu o oficial com muita formalidade.

— Ainda não a encontraram? — Okamoto perguntou assim que o carro deu partida.

— Infelizmente, não — o motorista respondeu, abatido. — Estamos fazendo o possível, mas...

— Qual o nome da criança desaparecida?

— Ouvi falar que se chama Shouko Tada. Tem quatro anos e está no jardim de infância.

— Quatro anos? — Okamoto franziu a testa. — Você sabe no que os pais dela trabalham?

— Parece que são assalariados comuns. Não sei mais do que isso.

— Certo.

Em meio a essa breve conversa, a viatura estacionou em frente à entrada principal da delegacia situada a leste de Ogu. Okamoto agradeceu ao motorista por ter lhe trazido até ali e se dirigiu apressado para a Seção de Assuntos Criminais daquela repartição.

Ele abriu a porta e se apresentou ao que ouviu alguém dizer:

— Obrigado por ter vindo!

O homem com porte atlético, forte como um urso, se levantou e veio em sua direção. Okamoto já o vira de passagem. Achava que seu nome era Misawa.

Misawa aproximou o rosto, virou a cabeça de lado e apontou com os olhos para trás de si.

— Aqueles dois ali são os pais.

Ao olhar naquela direção, Okamoto viu do outro lado da sala um casal ainda jovem sentado de cabeça baixa. A mulher segurava um lenço junto ao canto do olho e fungava. O homem olhava para o nada, entorpecido.

— O marido é um inútil. Se quiser informações, perguntar à esposa é mais confiável — sussurrou Misawa.

Okamoto assentiu e caminhou em direção aos pais. A mulher percebeu e levantou o rosto em sua direção.

— Sou o detetive Okamoto, do Departamento de Polícia Metropolitana. — Abaixou a cabeça para cumprimentá-los. — Ainda não se pode afirmar que se trate de um caso criminal. Mantenham as esperanças.

— Muito obrigada — falou a mulher, com a voz surpreendentemente clara, enquanto curvava a cabeça algumas vezes. O marido continuava com o olhar perdido.

— Gostaria de ouvir de vocês uma versão mais detalhada da história.

Okamoto puxou uma cadeira próxima e se sentou. Misawa fez o mesmo.

— Quando vocês perceberam a ausência de sua filha?

— Por volta das 18h30 — respondeu a mulher prontamente, sem demonstrar qualquer sombra de dúvida. Talvez a memória dela estivesse clara a respeito disso por ter sido respondido a mesma coisa tantas vezes. — No fim da tarde, quando voltei do supermercado onde trabalho em meio período, percebi que Shouko não estava em casa.

— Sua filha sempre fica em casa sozinha?

— Não, não é bem assim. Geralmente fica brincando com os amigos até tarde, mas, como esfriou bastante, Shouko tem ficado em casa brincando sozinha.

— Entendo. Então, quando a senhora voltou, ela deveria estar em casa, mas não estava. Sua filha frequenta o jardim de infância, correto?

— Frequenta. Eu só trabalho durante o horário de almoço e no fim da tarde. Assim, quando o jardim de infância termina, por volta das três, estou livre. Então, vou buscá-la, a levo para casa e depois vou de novo para o supermercado.

— Isso quer dizer que a última vez em que viu a sua filha foi logo após as três da tarde, certo?

— Na verdade, até as quatro eu estava em casa com ela. Foi nesse horário que fui para o trabalho. Ela deve ter saído depois.

— A senhora tem alguma ideia de para onde ela poderia ter ido?

— Já liguei para todo mundo. Não estava na casa de amigos nem no parquinho ao qual sempre vamos.

— E o senhor? — perguntou, elevando a voz, pois o pai da criança estava do outro lado. — Tem alguma ideia do paradeiro dela?

— Não, eu não sei de nada. Se não fosse pela minha esposa, eu... — respondeu balançando a cabeça, sem forças.

— É mesmo? Como é o lugar onde os senhores moram?

— Num conjunto residencial comum — a esposa respondeu. — O terreno é dividido em dez lotes, mas são pequenos.

— Tirando os moradores, como é o fluxo de pessoas?

— O loteamento fica em frente a uma grande avenida, então muitas pessoas cruzam o local. O número de pedestres que passam por ali é bem grande, acho.

Okamoto assentiu, pensou por alguns instantes e perguntou:

— Esse tipo de coisa já aconteceu antes? A sua filha ir brincar em um local distante e voltar tarde para casa?

A mãe meneou a cabeça, como se estivesse resignada.

— Nunca. Nem uma vez sequer.

Depois disso, Okamoto pediu alguns detalhes sobre a menina, como aparência, características físicas, a roupa que ela estava vestindo, entre outras coisas, e, ao final, se levantou. A mãe levou o lenço ao nariz e abaixou a cabeça.

Okamoto saiu para o corredor e sacou um cigarro. Ofereceu outro para Misawa, que se aproximava, mas o homem não aceitou.

— Não, melhor não...

Ao ver a mão do colega balançando em sinal de recusa, Okamoto se lembrou: apesar de ser forte como um urso, Misawa não tolerava bebidas alcoólicas nem cigarros.

— O que acha? Acha que o desaparecimento está ligado ao caso que vocês estão investigando? — perguntou com um semblante triste que o fazia parecer um cachorrão manso.

— Esse sumiço tem mesmo cara de ser criminoso. — Okamoto virou a cabeça para o lado e soltou a fumaça. — Mas não faço ideia se está conectado ao outro caso. Pessoalmente, só posso torcer para que não tenham relação.

— Se for obra do mesmo criminoso...

— Ah... — O rosto de Okamoto estava tenso. — Se for isso mesmo, a coisa vai ficar feia.

39

Quando ele atendeu e percebeu que era Shima do outro lado da linha, sentiu uma espécie de arrepio que até fez a mão que segurava o aparelho tremer.

— Você não deve contar para ninguém, lembra? — disse Shima. — É muito fácil de interpretar errado a cerimônia que nós vamos fazer. Por isso, é fundamental que a gente mantenha isso em segredo.

— Está tudo bem. Não contei para ninguém.

— Certo — comentou o outro com um tom de satisfação. — Então, hoje começaremos a partir da meia-noite. Vá ao mesmo lugar daquela outra vez e tente não se atrasar, por favor.

A ligação se encerrou logo depois. Ele entrou no ofurô e ficou ali, imerso por um tempo, calado, para purificar o corpo. Em seguida, pegou o carro e dirigiu até a unidade de Kyoudou.

Assim como na cerimônia de transmissão de mensagens espirituais, o corredor pelo qual ele seguiu estava iluminado apenas pelas luzes de emergência. Ao final, pegou o elevador. Saindo no sexto andar, seguiu as orientações da mulher que o esperava e trocou de roupa, colocando o traje branco. Pegou o elevador secreto e subiu até o sétimo andar, onde um jovem que ele desconhecia estava de pé, usando o mesmo tipo de máscara. Seus lábios estavam tão vermelhos que pareciam pintados.

O jovem permaneceu em silêncio enquanto o conduzia ao salão. Abriu a porta para ele, que entrou.

A estátua humana com cabeça de pássaro continuava na mesma posição. Contudo, agora havia outros objetos colocados sobre o altar.

Ele se agachou atrás das pessoas que já estavam sentadas, bem organizadas e também em trajes brancos, e olhou com mais atenção para o altar.

A primeira coisa que lhe chamou atenção foram os quatro espelhos côncavos, dispostos em cada um dos cantos da superfície do altar e virados para o centro. Eles refletiam a iluminação vermelha.

Uma corrente de ferro circulava o altar, interconectando esses espelhos. No meio do círculo, uma fumaça branca ascendia a partir de dois incensórios ao lado de uma pilha de carvão vegetal. Também estavam posicionados quatro castiçais, que produziam chamas fracas, e doze taças de vinho vazias e alinhadas. No lado esquerdo, uma espada cuja lâmina emitia um brilho potente, amolada à perfeição.

Um círculo mágico tinha sido pintado no chão, e um pentagrama, na frente do púlpito. No palco havia vários vasos ritualísticos, atrás dos quais estava disposto um grande objeto coberto por um tecido. De fora, parecia ter a forma de uma figura humana.

O salão estava imerso naquela luz vermelha e um aroma indescritível havia tomado o ambiente. Os devotos que estavam sentados pareciam entoar um mantra com as vozes guturais. Assim que ele se juntou à meditação, sua mente foi se esvaziando e sua capacidade de raciocinar diminuindo.

De repente, sentiu que havia uma pessoa em pé no meio do círculo mágico desenhado no chão. Ele ergueu a cabeça para confirmar que se tratava do grão-mestre, mas seus olhos se arregalaram com o que viu.

Quem estava de pé ali não era Shouei Koizumi, mas, sim, Shima.

O veterano também estava vestido de branco, mas, não usava máscara para cobrir o rosto. Em vez disso, sua cabeça estava adornada com uma espécie de coroa de folhas verdes entrelaçadas com correntes douradas. Shima trazia uma pena preta na mão esticada, que esfregou gentilmente no incensório, enquanto de sua boca saíam palavras que ele não reconheceu.

Aquilo não era japonês, tampouco inglês ou francês. Se ele tivesse que arriscar, diria que parecia ser o idioma de alguma nação às margens do Mediterrâneo. Os devotos ali presentes se juntaram àquele cântico em uníssono. Espontaneamente, ele também abriu a boca e começou a entoar aquelas palavras. Não fazia ideia do que significavam, mas eram fáceis de repetir.

O tom em que o mantra era proferido subia e descia, ecoando de forma assustadora por aquela sala tomada pela fumaça. Embora as palavras fossem bem diferentes, aquilo lembrava um sutra entoado por monges budistas.

A cerimônia estava iniciada.

Não demorou muito até que os movimentos de Shima se tornassem mais enérgicos. Ele começou a sacudir em todas as direções a pena, que agora segurava com as duas mãos. As palavras pronunciadas pelo veterano também estavam cada vez mais altas e o suor pingava da testa com os movimentos rápidos. Toda a frieza que Shima demonstrava no dia a dia tinha se esvaído e sua expressão era de êxtase total. Tinha entrado em transe.

Ele, que permanecia sentado, parecia estar sonhando acordado, como se sob efeito de hipnose. Foi tomado por uma sensação de entorpecimento, não sentia mais o chão, como se o corpo estivesse flutuando no ar. Não conseguia mais se perceber uno, a impressão era a de que estava se fragmentando e se espalhando pelo infinito. Alcançava um estado mental de desconexão da própria existência.

Os movimentos de Shima cessaram e uma voz de repente reverberou pelo cômodo. Um guincho agudo e rascante. Naquele momento, o jovem de lábios vermelhos apareceu ao lado do altar, em suas mãos uma galinha preta que desesperadamente batia as asas e se contorcia tentando escapar.

O rapaz caminhou em silêncio e, quando se aproximou de Shima, ergueu a galinha, segurando-a pelo pescoço e pelas patas, como se estivesse a oferecendo em devoção. O veterano, cujos ombros estremeciam com a força da respiração, pegou a espada de cima do altar e encarou a galinha com um olhar penetrante. Os olhos, aliás, estavam vermelhos, refletindo o evidente estado de insanidade. Ainda assim, nem uma única pessoa naquele local achou estranho o que estava acontecendo.

— Ah... ah... — Sua respiração arquejada ecoava pelo salão.

Shima empunhava a espada, mas não se movia um centímetro. A galinha, tentando escapar, soltou um guincho angustiado enquanto batia as asas com toda a força. O jovem, porém, não demonstrava qualquer emoção e, sem se importar com a aflição do animal, apenas continuou o segurando com firmeza.

De repente, Shima ergueu a espada e, sem muita habilidade, fez um movimento de cima para baixo. Não parecia ter aplicado qualquer força àquele golpe, mas mesmo assim, foi o suficiente para que a galinha encontrasse seu fim, sendo decapitada no mesmo instante. Não se pôde ouvir nem um último cacarejo. O corpo, pendurado pelas patas, ainda bateu as asas mais três vezes, até parar de se mover. O sangue fresco jorrou em abundância pelo pescoço cortado.

A roupa do rapaz, antes imaculada e branca, estava toda manchada de vermelho, mas ele não parecia se importar nem um pouco. Levou tranquilamente o corpo da galinha até o altar e deixou o sangue escorrer dentro das taças.

A respiração de Shima se estabilizou. Depositou a espada no altar e permaneceu observando friamente a movimentação do jovem.

Após distribuir o sangue pelas taças, o rapaz fez uma reverência e se afastou. Shima, que conferiu o procedimento até o fim, tirou do bolso uma vela amarela em formato de cruz e a segurou acima de um dos castiçais, para acendê-la. Em seguida, voltou a entoar aquele mesmo mantra de antes, proferido em uma língua estranha. A chama começava a derreter a cera da vela, que chiava. Shima cuidadosamente deixou a cera pingar em cada uma das taças e depois, parecendo satisfeito, soprou e apagou o fogo.

Shima pegou uma taça e a ergueu acima de sua cabeça. Enfim, saíram palavras em japonês de sua boca:

— ... Cordeiro sacrificado, sê tu um pilar de poder contra os maus espíritos. Cordeiro assassinado, conceda-me poder para superar as entidades das trevas. Cordeiro sacrificado, dá-me poder para subjugar os demônios insurgentes.

Assim que parou de falar, Shima removeu o tecido branco que cobria o palco. Por baixo do pano, havia uma mulher, completamente nua. Era Saki Kitamura.

A moça não estava dormindo, mas seu olhar estava distante, sem foco. Tampouco demonstrou qualquer reação ao fato de se encontrar despida ali. Quem a conhecesse, talvez cogitasse que seus olhos estavam apáticos por efeito de algum tipo de droga. Contudo, nem uma única pessoa ali se manifestou.

Embora a aparição repentina de Saki tivesse chamado sua atenção, ele não ficou exatamente surpreso. Tomado por uma sensação de entorpecimento, nada poderia perturbá-lo. Limitava-se a observar o curso dos acontecimentos com um olhar impassível.

Saki continuava deitada e sua respiração suave fazia o peito subir e descer devagar. Shima se aproximou, inclinou a taça e derramou o sangue de galinha. O vermelho escarlate vibrante do sangue se espalhou pelo peito alvo da moça. O homem colocou a taça sobre o altar e esticou o braço para tocá-la. Com movimentos gentis, espalhou o sangue lentamente pelo corpo dela. Os seguidores presentes apenas observavam a cena, imóveis.

Shima prosseguiu por algum tempo. Só parou, por fim, quando o sangue começou a ressecar e não era mais possível espalhá-lo pelo corpo de Saki. Com um semblante de satisfação, deu um passo para trás.

O jovem, que havia permanecido por perto, se levantou e se dirigiu à frente do púlpito, de onde falou claramente as seguintes palavras aos devotos:

— Agora é a vez dos senhores. Cada um deve pegar uma taça e, enquanto faz um pedido do fundo do coração, ungir o cordeiro sagrado com o santo sangue. E o desejo será realizado.

Naquele momento, parte da consciência dele, turva até então, começou a se desanuviar. A fala do rapaz havia cortado a escuridão em que sua mente estava como se fosse um raio de luz. Seus olhos brilhavam muito, sem piscar, enquanto fitava Saki deitada no palco. Havia uma esperança enlouquecedora em seus olhos, mas nem uma única pessoa no local percebeu.

Sem que pronunciassem nenhuma palavra, os seguidores se levantaram e, um por um, subiram no palco. Homens e mulheres, sem demonstrar qualquer dúvida a respeito daquele ato, espalharam o sangue pelo corpo nu de Saki. Alguns pareciam estar em transe, outros tinham no semblante um prazer pervertido e havia os que pareciam absortos por completo nos desejos que faziam mentalmente.

Logo chegou sua vez. Ele se forçou a subir no palco e pegou a taça que o jovem lhe ofereceu. Então, ficou em pé ao lado de Saki e a observou fixamente, mas ela continuava com o olhar perdido. Seu semblante era tão delicado quanto o de uma boneca de porcelana sem alma.

Ele inclinou a taça. Um fio grosso de sangue escorreu pelo corpo de Saki. O líquido respingou na pele já vermelha e desceu pela lateral do torso. Ele estendeu a mão direita para interromper o fluxo que caía ao lado do corpo dela. Dessa forma, com a palma da mão cheia de sangue, ele começou a passá-la em Saki, espalhando o líquido. Espalhava e, em seguida, derramava mais. Repetiu o gesto muitas vezes.

Em sua mente, apenas um desejo ecoava sem parar. A cabeça dele parecia que iria estourar a qualquer momento, de tanto que ele suplicava para que seu desejo fosse atendido. E, para realizá-lo, estava disposto a fazer qualquer sacrifício, mesmo que fosse algo terrível.

O desejo dele era apenas um:

"Devolva minha filha!"

40

JÁ HAVIAM SE PASSADO QUARENTA E OITO HORAS DESDE O DESAPARECIMENTO da pequena Shouko Tada e a esperança de encontrar a menina com vida só diminuía. A polícia ainda evitava comunicar o ocorrido à imprensa, então o público estava em silêncio. Mas cedo ou tarde essa informação apareceria em algum lugar e as pessoas ficariam sabendo. Era inevitável que, quando isso acontecesse, a central de investigação fosse alvo de uma avalanche ainda maior de críticas.

Dia 13 de fevereiro. Saeki recebeu a instrução de comparecer na Agência Nacional de Polícia. O comissário-geral estava preocupado com o andamento da investigação e queria ouvir dele qual era a situação.

Enquanto se dirigia ao prédio da Agência em Kasumigaseki, os pés de Saeki pareciam pesar toneladas. Sem dúvidas, essa sensação não era apenas advinda da fadiga. Já era deprimente por si só receber críticas sobre uma investigação que não estava progredindo, mas, quando essas reclamações vinham do pai da esposa, com quem Saeki não tinha uma boa relação, a sensação de desânimo era três vezes pior.

Após se apresentar e pedir orientações na recepção, uma secretária o conduziu até o gabinete do comissário-geral, situado no quarto andar. Ela bateu à porta e anunciou a chegada de Saeki.

— Entre — uma voz respondeu lá de dentro.

A secretária abriu a porta, abriu caminho e solicitou que Saeki entrasse. Resignado, ele tomou coragem e seguiu adiante.

O piso, coberto por um carpete peludo, conferia ao gabinete um aspecto extravagante e abafava o som dos passos. No lado esquerdo, havia um conjunto de móveis de couro legítimo para recepcionar convidados e, próxima à janela, uma enorme mesa de trabalho de mogno. Ali estava um homem que transparecia uma pompa adequada ao local.

O comissário-geral Saeki da Agência Nacional de Polícia era excepcionalmente bem-apessoado para um homem de sua geração. Com o cabelo grisalho e cheio, passava uma impressão de vasta experiência em vez de velhice, e as rugas no rosto não eram nada além de leves marcas do tempo. O corpo era tão forte que não se imaginaria que já tinha passado dos cinquenta anos. Era como se não tivesse engordado durante a vida adulta. Ele tinha um quê do charme dos atores veteranos.

Esse era o homem de quem Saeki herdara o sobrenome.

Saeki fez uma reverência e parou em frente ao sogro, que se levantou e o cumprimentou.

— Superintendente Saeki se apresentando.

O comissário-geral, que observava com atenção a movimentação do genro, assentiu e o encarou. Saeki ficou em silêncio, suportando aquele olhar pesado. O sogro de repente abriu a boca e, com uma voz profundamente grave, falou:

— Nesta manhã, um canal de televisão entrou em contato me convidando para dar uma entrevista. Queriam que eu comentasse sobre o caso do assassinato daquela criança.

Saeki não fez menção de interromper, um comportamento já esperado por seu superior.

— Por não ter conhecimento do quanto foi divulgado até agora sobre o caso em Ogu, preferi recusar o convite. Nem imagino o que poderiam falar se eu concedesse a entrevista e não comentasse esse novo desaparecimento.

Saeki continuou calado; sabia que o sogro não esperava que falasse qualquer coisa. Quando quisesse uma resposta, ele pediria diretamente. Era como agia o comissário-geral Saeki da Agência Nacional de Polícia.

— Quero ouvir sua opinião — falou o sogro, com um tom de voz bastante firme.

— Sobre haver ou não conexão entre os casos? — Saeki perguntou. Ele tinha entendido o que seu superior queria saber, mas preferiu confirmar.

— Isso.

O rosto do sogro ficou tenso, e Saeki respondeu sem hesitação:

— A possibilidade é muito alta.

— Então, o culpado é o mesmo indivíduo?

— Eu diria que sim.

— Hmm... — o comissário-geral retraiu de leve o queixo. — Você naturalmente deve entender o que isso significa, não é?

— Acredito que sim.

— E as chances de que a menina ainda esteja viva?

Saeki meneou a cabeça devagar.

— Infelizmente, se ela não for encontrada em breve, poderemos afirmar que não há mais esperança.

— Entendo. — O sogro tinha uma expressão pesarosa no rosto. — Isso é terrível.

Ele se calou por um momento e depois voltou a falar:

— A menina desaparecida tinha quatro anos, certo?

— Sim.

— Se Eriko desaparecesse, eu ficaria triste. Você também, com certeza. Essa menina também tem pais e avós. Neste momento, eles devem estar sentindo uma tristeza insuportável.

Saeki permaneceu em silêncio.

— É melhor que uma solução seja logo encontrada — prosseguiu o comissário-geral. — Você entende a importância disso, não?

— Entendo.

O comissário-geral assentiu, curvando bastante a cabeça.

— Neste caso, estamos de acordo. Não pretendo me intrometer nos planos da investigação. Confio em você e na sua equipe.

— Estamos nos esforçando para fazermos jus às suas expectativas — Saeki afirmou com convicção.

— Eu o chamei aqui hoje para confirmar se mantinha em mente a dor dessas famílias.

Saeki franziu as sobrancelhas ao ouvir as palavras do sogro, sem entender o que ele queria dizer de fato.

— Eu, mais do que ninguém, sei como você é inteligente. Só que, às vezes, pessoas astutas como você não conseguem entender os sentimentos dos outros. E essa é a minha preocupação.

Saeki prudentemente se manteve em silêncio, pois percebeu que a conversa estava tomando outro rumo.

— Não devemos nos deixar levar pelas emoções e nos desviarmos do caminho ideal em uma investigação. Mas é importante que cada detetive perceba a dor das famílias das vítimas e transforme esse sentimento em uma raiva que sirva de combustível para caçar o culpado. Ou estou errado?

— Não, também penso desse jeito.

— Estou aliviado por ouvi-lo dizer isso. Agora me diga o que você pensa do culpado.

— Eu quero que ele seja capturado e julgado o mais depressa possível.

— Pfff... — bufou o comissário-geral, descontente.

Saeki também não acreditou que sua resposta seria satisfatória para o sogro.

— Eriko vai começar o primário no ano que vem — o sogro falou em tom de quem admite um fracasso.

O comissário-geral girou a cadeira para o lado. Era possível perceber sua frustração por não conseguir encontrar uma boa brecha para entrar naquele assunto, afinal.

— Estudantes do ensino fundamental já são seres humanos completos. Pense por si próprio e tire suas conclusões. Como será que alguém se sente ao chegar a essa idade sem um pai presente?

Saeki não moveu um músculo sequer.

— Eu soube que nos últimos tempos você não tem ido para casa. Isso significa que já está decidido a sair e morar em outro lugar?

— Não, não é bem isso.

— Não me diga que está pensando em se divorciar. — O sogro apertou os olhos.

Era óbvio o motivo da preocupação do chefe. Caso Saeki e sua filha se divorciassem, a relação de parentesco, tão arduamente engendrada, que ligava o comissário-geral a Hideyoshi Oshikawa por meio desse casamento seria dissolvida. Por isso preferiria que os dois continuassem casados, mesmo que só no papel.

— Não, por causa da Eriko — Saeki respondeu friamente.

— Isso mesmo, pense na Eriko. No choque que pode ser para ela caso seus pais se divorciem.

Se a pessoa com quem Saeki estava falando não fosse o comissário-geral da Agência Nacional de Polícia, ele simplesmente teria dado de ombros. "Eriko ficaria chocada se os pais se divorciassem? Ou será que ficaria contente?", Saeki refletiu e se incomodou com os próprios pensamentos.

O sogro pigarreou de forma forçada para limpar a garganta e falou com dificuldade:

— Também estou ciente sobre a situação de vocês. Mas é preciso considerar que a infidelidade foi recíproca. Se vocês se preocupam de verdade com o futuro de Eriko, deveriam reconsiderar um pouco o relacionamento.

— Sinto muito por causar essa preocupação, comissário-geral.

Ele deliberadamente relembrou ao interlocutor sua posição. Caso tivesse sido chamado da central de investigação até ali para ouvir um sermão do sogro, não do seu superior na hierarquia policial, seria um grave caso de conflito de interesses.

Talvez por isso, o chefe falou, irritado:

— Não estou falando isso porque quero. Se o chefe da Primeira Seção Investigativa do Departamento de Polícia Metropolitana adota uma conduta escandalosa, isso se reflete como um mau exemplo para seus subordinados. Pense bem nisso mais uma vez.

— Eu sinto muito.

Saeki se curvou respeitosamente.

41

SEU PEDIDO OBVIAMENTE NÃO HAVIA SIDO REALIZADO.

No entanto, ele não estava desapontado. Pelo contrário: sentia uma esperança enlouquecedora que o levava ao limite. Sentia como se tivesse descoberto um raio de luz sobre a morte da filha, uma nova esperança em relação a algo sobre o qual já se resignara.

A cerimônia anterior não foi celebrada especificamente para ele. Não restavam dúvidas de que a cobiça e a ambição de tantas pessoas ali reunidas deviam ter dispersado o poder conjurado.

"Se a cerimônia fosse apenas para mim e o poder estivesse concentrado apenas em realizar o meu desejo, seria possível realizar um milagre como até reviver um morto? Será que a cabala guarda o conhecimento secreto capaz de concretizar essa proeza?", pensou com toda a seriedade. A esperança acesa em sua alma era tão avassaladora que eliminava qualquer capacidade de pensar racionalmente.

Ele queria muito conversar com Shima agora que já sabia de tudo. De certa forma, o que Kawakami lhe contara era verdadeiro: era provável que o grão-mestre Shouei Koizumi não passasse mesmo uma marionete de Shima, que de fato detinha um poder relevante na Ordem. Mas essas coisas não lhe importavam mais.

O motivo pelo qual Shima havia fundado o culto e se o objetivo era ganhar dinheiro às custas das doações dos devotos também não eram mais relevantes. O mais importante era o conhecimento de Shima. Um conhecimento pelo qual ele estava disposto a pagar qualquer preço que fosse.

No dia seguinte à cerimônia, ele deteve Shima e, como na outra ocasião, levou-o até uma sala de recepção desocupada e trancou a porta com cuidado. Era uma conversa que não queria que ninguém escutasse.

— E hoje, você quer o que comigo? — Shima sorriu.

O semblante daquele homem sempre lhe lembrara alguma coisa, mas agora, enfim ele entendia o quê: Shima sorria como um demônio. Contudo, estava disposto a vender a alma para o demônio se, com isso, pudesse realizar seu desejo.

— Muito obrigado por me permitir participar da cerimônia. — Ele olhava intensamente para Shima, sem nem mesmo piscar. — Ela foi, na verdade, um ritual de magia para realizar os desejos dos participantes, certo?

— Se você quer usar a palavra "magia", não há problema. Apenas não se trata de magia das trevas, mas, sim, de magia da cabala — Shima afirmou de maneira altiva.

— O meu desejo pode ser realizado? — Seu olhar continuava determinado.

Shima recuou um pouco, surpreso com a intensidade da insistência dele. Afastou-se e voltou a falar:

— Depende do tipo de desejo. Se for algo trivial, será atendido sem dúvida.

— Tem certeza disso?

Shima o encarou.

— O que você deseja?

Ele respondeu sem hesitar:

— A ressurreição da minha filha.

— Hã?! — Pela primeira vez, Shima aparentou perplexidade. — Mas sua filha está...

— Sim, está morta. É por isso que quero que ela seja revivida pela cabala.

— Mas isso...

— É impossível? — interrompeu.

Shima olhou nos olhos dele, com um semblante grave.

— Está mesmo falando sério?

— Estou — afirmou, decidido.

Eles permaneceram em silêncio por algum tempo. Ele fitava os olhos de Shima, que não desviou o rosto. A tensão entre eles era tão forte que parecia criar faíscas.

— E então? — Shima recostou-se no assento e cruzou as pernas. — O que você quer de mim, afinal?

— Conhecimento. Quero que compartilhe comigo o conhecimento dos mistérios da cabala.

— Sobre ressuscitar mortos, você quer dizer?

— Isso mesmo.

Shima inclinou a cabeça para o lado, como se estivesse em dúvida, e suspirou. Porém, foi pressionado a dar uma resposta.

— Você não pode?

Shima encolheu os ombros.

— Para a cabala, nada é impossível. Se decifrar as leis que regem o universo, pode fazer qualquer coisa. Mas...

Ele aguardou pacientemente que Shima continuasse, mas este parecia preferir prolongar o suspense para provocá-lo.

— Esse é o maior segredo da cabala e o mais proibido de todos os mistérios esotéricos, pois desafiam e se opõem à vontade de Deus.

— Peço que venda para mim. Me venda esse mistério, por favor. Vou pagar o que for necessário.

Shima o olhou com atenção por algum tempo, como se estivesse avaliando-o.

— Você disse que pagaria o que fosse necessário?

— Sim.

— Certo. — Shima franziu os lábios. — Essa é a sua palavra, senhor Matsumoto, que tem sido um doador tão diligente até agora. Sei que não diz essas coisas da boca para fora.

— De forma nenhuma — respondeu, meneando a cabeça.

— Não importa qual seja a quantia? Por exemplo...

Shima falou o valor. Era um montante que se equiparava à média dos ganhos anuais de um trabalhador assalariado.

— Posso dar um jeito de obter esse dinheiro.

— É mesmo? — Um sorriso genuíno surgia no rosto de Shima. — Já que você está tão decidido assim, vou te contar uma coisa. Isso é uma exceção que estou abrindo. Você entende, né?

Ele assentiu. Shima continuou, com uma expressão de satisfação:

— Por favor, deposite o dinheiro como doação para o culto. A contribuição de um valor assim certamente será muito apreciada.

— Isso é pelo conhecimento dos mistérios esotéricos?

— Não, de modo algum. Eu confio em você. Vou te ensinar agora mesmo. Vou explicar melhor enquanto lhe mostro os materiais. Vamos para outro lugar.

Shima se levantou e ele o acompanhou. Tomaram o mesmo elevador secreto usado para as cerimônias, foram ao sétimo andar e entraram em uma sala onde ele nunca havia estado.

Parecia o escritório pessoal de Shima. Era um espaço de cerca de quinze metros quadrados, com uma grande mesa de madeira. Nas duas paredes laterais, havia estantes abarrotadas de livros antigos com as lombadas escurecidas pelo tempo.

Shima fez com que ele se sentasse. Pegou vários livros e os espalhou pela mesa, começando a explicação. Ele ouviu com bastante atenção, fazendo anotações para não deixar escapar nada.

Obviamente, o que Shima explicava não passava de um monte de informações sem sentido e sem fundamento. Nem mesmo o próprio Shima acreditava naquelas coisas. Mas seu novo "aluno" acreditou. Acreditou porque queria acreditar.

— ... E, se fizer isso exatamente assim, o espírito com certeza vai ser atraído. Por sorte, você é canhoto. Na cabala, acredita-se que a mão esquerda possua um grande poder. Se seguir ao pé da letra o que estou dizendo, o espírito de sua filha também poderá retornar para este mundo.

Em silêncio, ele assentiu. Shima continuou:

— Antigamente, na Europa medieval, os rituais executados utilizavam cadáveres como receptáculos para esses espíritos. Mas, por motivos óbvios, não é possível fazer esse tipo de coisa no mundo contemporâneo, porque você acabaria se tornando um criminoso, né? Recomendo que use como receptáculo uma boneca feita à imagem da sua filha.

— Entendi.

Ele baixou o rosto de modo que Shima não visse as labaredas infernais que se acenderam em seus olhos.

42

Saeki já estava exausto pela conversa com o sogro quando algo o estressou ainda mais. Teve até vontade de estalar a língua de tanto azar.

Ao sair da sala do comissário-geral, ele parou no corredor, esperando o elevador. Quando a porta se abriu sem fazer barulho, Saeki franziu a testa sem conseguir disfarçar.

Estava diante de Ishigami, inspetor-geral afiliado à Agência Nacional de Polícia. Há pessoas no mundo que simplesmente não possuem qualquer afinidade e não conseguem se dar bem. O exemplo perfeito era Saeki e aquele homem. Ishigami parecia gostar de aparecer nos piores momentos, inclusive. Por mais que se esforçasse, Saeki não conseguia impedir que coisas ruins continuassem acontecendo. Talvez seja isso o que chamam de destino.

Saeki o ignorou e tentou entrar no elevador, mas Ishigami o segurou pelo ombro.

— Que raridade ver você por aqui, superintendente Saeki.

Ishigami o conteve à força e aproximou sua cara de lagarto, pálida, com os olhos quase saltando das órbitas. A porta do elevador fechou e ele foi embora.

Saeki se deu por vencido e fingiu ter acabado de notar a presença de Ishigami.

— Ah, é você, inspetor Ishigami. Não tinha percebido.

— Não me ignore, ok, Bastardo? Eu sei que está ocupado. — Ishigami enfim soltou seu braço.

Saeki não ofereceu qualquer desculpa. O simples ato de conversar com aquele homem já lhe causava náuseas.

— Se o chefe da Primeira Seção Investigativa do Departamento de Polícia Metropolitana está aqui é porque... — Ishigami deu um sorriso malicioso. — Foi chamado aqui para levar uma bronca?

— Muito perspicaz da sua parte, inspetor Ishigami — ele falou com ar de deboche, mas seu interlocutor descarado pareceu não se ofender nem um pouco.

— Parece que a investigação está turbulenta, não é? — Ishigami comentou como se estivesse contente. O rosto ficou cada vez mais vermelho. — Um caso grave desses acontece e você ainda por cima comete um erro de cálculo...

— Erro de cálculo? — Saeki perguntou, surpreso com o comentário indelicado.

— Isso aí. Você queria uma desculpa para ser promovido. Seria ruim para a sua reputação se subisse de posição apenas por suas conexões pessoais, sem qualquer feito notável na polícia. Por isso quis o posto de chefe da Primeira Seção Investigativa, porque sabia que assim conseguiria alcançar bons resultados facilmente. Em cerca de três anos, se você trabalhasse direitinho, conseguiria colher os frutos com tranquilidade. Então, voltaria à Agência Nacional de Polícia e se tornaria superintendente-chefe. Só que não passou pela sua cabeça que um caso complicado como esse poderia cair no seu colo. Agora, se continuar sendo incompetente, vai afundar. E você deve estar se mordendo com essa situação toda. Foi por isso que eu disse que foi um erro de cálculo. Ou estou enganado?

— Isso é uma suposição bastante leviana! — Saeki despejou.

— Eu sinto pena de você — falou Ishigami de forma ríspida. — O trabalho sujo deve estar sendo difícil, né?

Retorquir era besteira, mas, mesmo assim, ele não conseguia conter o seu lado mais impulsivo.

— Parece que quem está fazendo um trabalho sujo aqui é você.

— Hum... — Ishigami sorriu com desprezo. — Certamente, não posso dizer que seja um trabalho muito prazeroso, já que preciso desvelar crimes cometidos por colegas policiais. Mas posso garantir que nenhum trabalho é mais gratificante.

Saeki o encarou em silêncio.

— Eu me orgulho de estar fazendo uma limpa na polícia.

— Isso é um grande engano seu. O trabalho do inspetor é o de acabar com a corrupção interna da polícia, evitando que isso venha à tona para a população.

— Falando em corrupção — prosseguiu Ishigami, ignorando a crítica de Saeki. — Na última vez em que nos encontramos, conversamos sobre o vazamento de listas com informações privadas de policiais. Bem, tudo indica que encontramos o culpado.

Saeki permaneceu em silêncio.

— Ele não é da Primeira Seção Investigativa, então pode ficar tranquilo — disse Ishigami.

— Claro que não é.

— Como esperado, foi obra de um daqueles oficiais não concursados. Esses caras são uns lixos, não tem jeito.

— Pare de fazer esses comentários irresponsáveis! — Saeki aumentou o tom de voz sem perceber. — Como um oficial de carreira, eu acredito que eles são iguais a mim.

— Nossa, que surpresa! — Ishigami encolheu exageradamente os ombros. — Quer dizer, então, que o superintendente Saeki tem compaixão pelos não concursados? Que coração mole.

Saeki conteve, com muito esforço, o impulso de gritar: “Também tenho um ódio imenso por você, desgraçado!” Se usasse esse tipo de palavreado ali, desceria ao nível de Ishigami. E isso era algo que não suportaria.

— Falando nisso, há um tempo, eu fui importunado por uma repórter bastante obstinada. — Ishigami voltou a abrir um sorriso maldoso.

— Ela me perguntava insistentemente o que eu pensava a respeito do sistema de carreiras da polícia. Se me lembro bem, disse que se chamava Shino, mas depois eu pensei: "Não era ela que frequentava o escritório do superintendente Saeki?"

Saeki o ignorou. O elevador enfim havia retornado àquele andar.

— Eu ouvi um boato de que essa repórter e você, superintendente Saeki, têm certa intimidade. É verdade?

— Se for verdade, o inspetor-geral vai se intrometer?

Saeki se apressou para entrar no elevador que tinha acabado de chegar. Não se demorou em apertar o botão de fechar a porta.

— Vou pensar a respeito.

A voz de Ishigami veio pela fresta cada vez menor.

43

Havia apenas uma vontade pulsando no peito dele. Sua racionalidade já havia sido subjugada pela loucura da fé cega.

Acreditava plenamente na explicação que Shima havia lhe apresentado e estava convencido de que a falsa cerimônia era eficaz. Naquele instante, sua mente, que vinha tentando sustentar um precário equilíbrio, rendeu-se e mergulhou na mais profunda insanidade.

Sua única vontade era que a filha fosse ressuscitada e não ficaria satisfeito em apenas colocar a alma dela dentro de uma boneca. Ele ansiava por trazê-la de volta à vida, como um ser de carne e osso.

Com um certo discernimento, que estranhamente coexistia com a loucura, ele começou a organizar a cerimônia por conta própria. A primeira coisa que precisava decidir era onde seria realizada. Havia um lugar adequado: o chalé em Hanno que havia comprado alguns anos antes possuía as condições ideais para sediar o ato. Saindo da estação, o único modo de chegar até o chalé era de carro. Era uma localidade sem grandes atrativos além da natureza ainda bem preservada. Nos arredores, havia outras casas de veraneio, mas como era baixa temporada, provavelmente ninguém se aproximaria. A noite ali era tão silenciosa que chegava a ser atemorizante. Além disso, era prático para ir de carro saindo de Tóquio. Quando ainda trabalhava, aquela casa de campo distante havia sido uma bobagem com pouco uso, mas agora a compra estava enfim valendo a pena.

Primeiro, ele pegou o carro e foi até o chalé fazer uma averiguação prévia. Quando chegou ao local, confirmou o que havia imaginado: não havia ninguém nas casas vizinhas. Os proprietários provavelmente se arrependiam de terem se rendido ao impulso de comprar imóveis naquela região durante o período do *boom* econômico. Afinal, Hanno era próximo demais de Tóquio para que o local tivesse uma atmosfera de resort. Para ele, pelo contrário, essa característica era bastante conveniente.

O próximo passo foi iniciar os preparativos para a cerimônia. Segundo Shima, todos os objetos ritualísticos deveriam ser novos, nunca tendo sido usados. Era desejável que a própria pessoa os fizesse a partir de materiais brutos, porém, se isso não fosse possível, seria necessário adquiri-los para a cerimônia. De acordo com a cabala, o uso de objetos reutilizados poderia afetar a harmonia dos propósitos da cerimônia, causando um curto-circuito na energia do praticante do ritual e produzindo resultados perigosos. Por outro lado, objetos novos mantinham sua energia inerente, e esse era o aspecto mais importante da cerimônia.

Ele reuniu aqueles objetos com muito cuidado e determinação, andando por Tóquio para comprar cada um deles em lojas diferentes. Contudo, o mais importante artefato do ritual ele mesmo construiu: o cajado. Para isso, cortou durante o nascer do sol um galho de uma aveleira e o raspou até que ficasse com cerca de cinquenta centímetros, colocando ponteiras de ferro nas extremidades. Havia sido um trabalho amador, mas ao ver o cajado pronto, o resultado lhe pareceu bastante satisfatório. Ele o embrulhou em um pedaço de seda branca, junto com a faca que havia adquirido.

Para o traje, de propósito escolheu a cor vermelha em vez de branca. Isso porque para ressuscitar alguém era necessária a energia intensa proveniente de Marte, e a cor que simboliza esse planeta é o vermelho. Ele inclusive cuidadosamente utilizou essa cor para decorar o cômodo que seria usado na cerimônia. Não só trocou as cortinas e o tapete, mas também pintou as paredes de madeira.

Esses preparativos levaram duas semanas, mesmo que ele trabalhasse sem parar, muitas vezes sem dormir. Naquele período, alimentava-se apenas uma vez por dia, na intenção de se purificar e estimular seu poder interior. Além disso, ainda seria preciso jejuar por uma semana antes da realização da cerimônia.

Depois de aprontar esses inúmeros detalhes, ele deu início à ação. Precisava encontrar um receptáculo para a alma da filha, e não tinha nenhuma intenção de usar uma boneca. Queria o corpo de uma pessoa de verdade. Viva.

Tal qual fizera inúmeras vezes antes, ele passou algum tempo sentado no banco de um parque. As crianças que brincavam por ali eram justamente o que ele estava buscando. Fingia estar aproveitando o banho de sol, mas observava com os olhos atentos cada criança que passava. O mais importante agora era selecionar um bom receptáculo. Se cometesse um equívoco aí, todos os preparativos até aquele momento seriam em vão.

As características com as quais ele mais se importava eram a aparência física e o nome. A criança precisava ser parecida com sua filha, naturalmente. O nome também era essencial. Tinha que ter a mesma raiz digital que a da menina falecida: quatro. Se fosse qualquer outro número, isso se tornaria um obstáculo para que a alma invocada da filha entrasse em perfeita harmonia com o receptáculo.

Essa era uma questão difícil de contornar. Ele não podia simplesmente se aproximar de cada criança para perguntar o seu nome. Mesmo que as atraísse com doces, não era garantido que fosse encontrar uma que atendesse aos critérios estabelecidos. E se tentasse se aproximar muitas vezes, acabaria despertando a atenção dos pais. A última coisa que ele queria era ganhar fama de pedófilo.

Depois de perder dois dias no parque, ele teve uma ideia para aumentar suas chances de encontrar o receptáculo ideal. O lampejo lhe veio quando notou uma idosa que passeava com um cachorro ser rodeada por crianças, que se aproximavam para brincar com o animal. Na mesma hora, foi comprar o menor e mais fofo filhote que encontrou. Bastou colocar uma coleira nele e levá-lo ao parque para que atraísse com facilidade as crianças.

Ele conversava com elas, sorridente, enquanto faziam carinho no cachorro. Os garotos, porém, não tinham utilidade. Ele queria uma menina de cinco anos, de preferência bonitinha.

— Gostou do au-au?

Bastava perguntar isso para garantir a simpatia das crianças.

— Como se chama o cachorrinho?

— Quantos anos ele tem?

E, enquanto respondia às criancinhas, encontrava uma brecha para perguntar os nomes delas sem levantar suspeitas.

Era o terceiro dia desde que tinha comprado o cachorro. Decidiu ir ao parque onde as crianças se reuniam por volta das três da tarde, quando estavam voltando do jardim de infância. Em um piscar de olhos, as criancinhas rodearam o cachorro, que já havia sido arbitrariamente nomeado “Chibi” por uma delas. Enquanto interagia de forma simpática com as crianças, ele perguntava o nome de cada uma. Então, enfim encontrou entre elas uma menina cujo nome tinha a raiz digital quatro. Ele refez o cálculo várias vezes para confirmar se não tinha se enganado, mas estava convicto de que estava correto.

— Onde você mora? — ele perguntou docemente.

A criança se esforçou para conseguir explicar onde ficava sua casa. “Vira lá, depois vira ali”, instruiu de forma imprecisa. Aquilo foi o suficiente.

— Você está com a mamãe aqui?

— Sim! — A menina assentiu energicamente. — Tá ali! Mas daqui a pouco, a mamãe vai trabalhar e eu fico sozinha em casa.

— Nossa, já é uma mocinha, né? — Os olhos dele brilhavam.

O alvo foi escolhido.

44

Ele tocou a campainha e a porta se abriu sem delongas. Itsuko apareceu do outro lado, sem maquiagem.

— Que raro você vir duas vezes aqui durante uma investigação.

— Estou incomodando?

Saeki entrou depressa.

— Eu não quis dizer isso. Você é sempre muito bem-vindo aqui.

Itsuko saiu da frente e deixou Saeki passar.

Ao colocar os pés na sala de estar, ele percebeu que estava limpa e organizada como de costume. Saeki tinha avisado por telefone que iria à casa de Itsuko, mas não parecia que as coisas tinham sido arrumadas às pressas. Até os materiais de trabalho estavam arrumados na escrivaninha de forma impecável.

— Você estava trabalhando? — Saeki perguntou, virando-se para ela, que tinha os lábios franzidos e uma expressão curiosa.

— Acabei de fazer uma pausa. Só ficar sentada olhando pro papel não garante que eu consiga escrever algo bom, né?

Itsuko estava usando um moletom cinza largo, bastante casual. Saeki ali ou não, em casa ela sempre se vestia com roupas confortáveis. Junto com o cabelo curto, ela lembrava mesmo um rapaz desleixado. Ele não desgostava dessa aparência.

— Se não estou enganado, quando nos conhecemos o seu cabelo estava comprido, não? — ele comentou após tirar o casaco e sentar-se no sofá.

— Era, sim. Mas por que isso do nada? — perguntou Itsuko, surpresa.

Saeki a via de costas, em pé na cozinha.

— Nada. É que hoje fui à Agência Nacional de Polícia e seu nome surgiu em uma conversa.

— Como assim?

Ela, talvez por simples curiosidade, aproximou-se de Saeki. Suas mãos estavam molhadas, aparentemente preparava algo para comer.

— Você conhece um homem chamado Ishigami?

Ele se virou e olhou para Itsuko.

— Quem é esse?

— Um inspetor-geral afiliado à Agência Nacional de Polícia. Oficial de carreira.

— Ah, agora que você falou, acho que tentei marcar uma entrevista com ele uma vez antes de te conhecer, mas fui tratada de forma bem ríspida.

Itsuko se sentou de lado no encosto do sofá.

— Ah, é? É a primeira vez que ouço essa história.

— Eu entrevistei alguns oficiais de carreira para coletar informações.

— Então, entre esses tantos oficiais, fui eu o sorteado?

— Acertei em cheio, não acertei? — Ela apertou o ombro dele e voltou para a cozinha.

Saeki ainda se lembrava de quando conhecera Itsuko. Ocorreu logo depois de ter assumido o posto de chefe da Primeira Seção Investigativa.

Naquela ocasião, Itsuko aparecera de repente. Seu comportamento audacioso de quem fazia tudo para obter um furo beirava a arrogância. Ela acabara de se tornar repórter freelancer e desconhecia o significado da palavra "medo". Quando esse assunto às vezes surgia nas conversas atuais, Saeki e Itsuko riam ao se lembrarem do grau de insensatez daquele período...

— Por favor, me conte em detalhes qual a sua opinião sobre as diferenças entre os oficiais que são concursados e os que não são. — Itsuko mal tinha se apresentado e, sem qualquer preâmbulo, foi direto ao ponto.

Embora não estivesse muito ocupado, Saeki educadamente recusou-se a participar; não poderia responder àquele tipo de questionamento.

O assunto se resolvera por ora. Ainda assim, a persistência de Itsuko deixaria no chinelo qualquer jornalista experiente. Mirando no horário de saída de Saeki, ela fizera uma segunda ofensiva:

— Estou coletando informações para uma reportagem sobre as contradições do sistema de promoções dentro da polícia. Um movimento de insatisfação vem crescendo dentro da corporação devido ao fato de que os postos de liderança estão sendo ocupados pelos ditos oficiais de elite apenas por terem formação acadêmica, mas sem um mínimo de experiência prática!

Itsuko pegara um amontoado de folhas de papel impressas e as sacudia na cara de Saeki.

Ele, correndo para chegar ao carro parado no estacionamento, apenas a olhou de soslaio e continuou apressado. Itsuko não se dera por vencida e seguira em seu encalço.

— Você saiu por aí sozinha abordando todas essas pessoas? — perguntara Saeki ao ver a quantidade de folhas.

— Claro que sim! — ela respondera orgulhosa.

Saeki voltara a olhar para a frente e a apressar o passo, como se não tivesse ninguém ali além dele. Com uma expressão de desespero, Itsuko prosseguira:

— O que eu gostaria de saber é o que os oficiais de carreira no alto escalão da polícia pensam a respeito dessas vozes que têm se manifestado contra o sistema. O senhor não poderia dar pelo menos uma olhadinha neste material? E, então, por gentileza, compartilhar sua opinião?

Saeki tinha parado ao lado do seu carro, pegara a chave e a enfiara na porta, abrindo-a. Ignorava totalmente a presença de Itsuko.

— Espere, por favor! — Itsuko colocara a mão na porta, impedindo que Saeki, que já estava dentro do veículo, a fechasse.

Saeki pela primeira vez olhava com seriedade para o rosto de Itsuko.

— Já é um grande feito você ter coletado tantos depoimentos — dissera com frieza. — Mas já parou para pensar quantas dessas pessoas que você entrevistou falaram a verdade?

— Como é? — Itsuko ficara tão chocada que havia afastado a mão.

Saeki aproveitara então a oportunidade para fechar a porta e ligar o carro. Itsuko foi deixada para trás, imóvel e perdida nos próprios pensamentos, refletida no retrovisor do veículo que se afastava.

Desde aquela ocasião, Itsuko passou a visitar Saeki diariamente. Embora não entrasse no edifício governamental onde estava situado o Departamento de Polícia Metropolitana, sempre esperava o horário de saída do trabalho do investigador para abordá-lo. Por um lado, ele se sentia incomodado e, por outro, também admirava a enorme persistência da moça. Mas Saeki não podia se dar ao luxo de fracassar naquele teste de resistência. Havia se tornado uma verdadeira competição de egos que só terminaria quando Itsuko sumisse ou ele cedesse.

Saeki sempre a ignorava e ia embora de carro, mas ela não se dava por vencida e o seguia até seu apartamento. Então permanecia parada na rua, olhando para a janela dele lá em cima. Algumas horas depois, quando chegava o horário do último trem, ela enfim ia embora. Isso se repetiu ao longo de duas semanas, período no qual Saeki de vez em quando fazia trajetos mais longos ou ia para a casa em Yoyogi, apenas para tentar desanimá-la e fazê-la desistir. Mesmo assim, Itsuko persistia.

— É que eu odeio perder! — Itsuko dizia rindo agora.

Por outro lado, também houvera momentos que não eram motivo de riso...

Certa noite, as coisas deram errado. Assim que passou das 20h, uma chuva abrupta começou a cair e foi aumentando até se tornar uma tempestade. Naquele dia, Saeki tinha voltado mais cedo para casa e estava relaxando, mas de repente pensou em olhar pela janela. Na rua, em pé, estava Itsuko, completamente encharcada. Parecia que, por não ter levado guarda-chuva, ela apenas havia aceitado seu azar e se deixava molhar.

Saeki fechara a cortina e decidira ignorá-la, acreditando que em breve ela desistiria e iria para casa.

Contudo, o orgulho de Itsuko era grande demais. Ela ficara ali, se esforçando, até cair na rua de tanta febre. Saeki não poderia ignorar aquela situação. Mesmo a contragosto, carregara a repórter para casa. Como não podia vê-la sem roupa, havia lhe entregado uma toalha e empurrado para dentro do banheiro, para que Itsuko tomasse um banho quente. Depois, emprestara um moletom e a levara para casa.

— Me desculpe por causar esse inconveniente todo — falara Itsuko com dificuldades, tremendo e com os dentes batendo, cheia de calafrios.

— Por que você é tão cabeça-dura assim? — Saeki perguntara com uma expressão rabugenta, olhando a jornalista nos olhos.

— Eu queria saber a sua opinião sincera. A opinião de um policial.

— Para quê?

Esfregando os braços, ela havia respondido:

— A polícia é a responsável pela nossa segurança. Não é natural que eu queira saber o que você pensa?

Apesar de não responder, Saeki sentiu o coração ser tocado pelas palavras de Itsuko. Ele se deu conta de que estava tão empenhado em cumprir suas obrigações do trabalho que deixara de prestar atenção às pessoas.

Alguns dias depois, Itsuko o convidara para jantar como forma de se desculpar. E ele não recusou. Claro que a moça tinha ficado surpresa, mas mesmo assim contou, de forma resoluta, uma decisão que havia tomado:

— Eu decidi refazer a coleta de depoimentos. Quero escrever uma reportagem que chegue ainda mais fundo nessa questão.

— Que bom.

E foi assim que o relacionamento entre Saeki e Itsuko começou.

Depois de ter contado a Saeki que tinha passado por um divórcio, ela acrescentara:

— Não é como se eu estivesse sendo teimosa e me recusando a perder para um homem por causa do divórcio e das mágoas. Eu só queria saber como era ser uma mulher sozinha neste mundo e ser capaz de seguir com a minha vida.

Alguns meses depois, o incidente em que um policial não concursado agredira um oficial de carreira chamou a atenção do público. A reportagem de Itsuko, publicada logo em seguida, tornou-se de imediato uma das mais lidas no país.

— É que saiu na hora certa! — Itsuko costumava dizer.

A verdade, contudo, era que a publicação daquela reportagem teve grande repercussão. Várias pessoas de diferentes lugares se manifestaram contra o sistema ultrapassado de carreiras da polícia. No caso de Saeki, ele tinha dificuldade de acompanhar o argumento que histericamente clamava por democracia, mas, de modo geral, concordava com a opinião pública. Ao mesmo tempo, percebia que as denúncias não tiveram efeito prático para mudar nada na polícia.

Conforme Saeki previra, com o passar do tempo o interesse da sociedade pelo assunto foi diminuindo. Não era de se surpreender que a polícia não tivesse realizado uma reforma estrutural, algo pelo qual Itsuko se lamentava até os dias atuais.

Saeki voltou a si após sua mente vagar pelas lembranças do relacionamento com Itsuko. Percebeu que estava mais nostálgico do que de costume. Reconhecia-se mais sensível e já estava cansado de saber o motivo. O olhar da filha, como se ele fosse um completo desconhecido, fora como estilhaços de vidro rasgando seu coração. Eram fragmentos afiados e gelados dos quais ele não conseguia se livrar, por mais que tentasse.

Para se distrair, Saeki pegou uma revista sobre a mesa. Era uma edição da *Shunjuu*, uma revista de variedades semanal que abordava diversos temas, dos mais sérios aos mais descontraídos. Ele folheava as páginas, lendo um trecho ou outro sem prestar atenção, quando de repente uma matéria chamou sua atenção.

Ele releu o texto desde o começo, com calma. Por algum motivo, sua intuição soava um alarme.

— A revista que está aqui na mesa é desta semana? — ele perguntou a Itsuko, que estava na cozinha preparando a refeição.

— Como? Ah! Não, é a edição da semana passada.

— Semana passada? — Saeki olhou de novo para a matéria que despertara seu interesse. — Tudo bem se eu pegar emprestada?

— Claro! Eu já li, então pode ficar pra você!

— Agradecido.

Saeki correu os olhos pelas letras que compunham a manchete. Estava escrito: OS MALEFÍCIOS E PERIGOS DAS NEORRELIGIÕES.

45

Naquele mesmo dia, ele confirmou qual era a casa do alvo. Também se certificou de que a criança estava brincando com os amiguinhos até o fim da tarde. Com essas informações, decidiu parar de ir ao parque e interagir com as crianças, para se precaver em relação às pessoas da vizinhança.

Ele definiu a data da cerimônia de acordo com a cabala e começou a fazer o jejum. Como desde o início dos preparativos o apetite dele só vinha diminuindo, jejuar não era nenhum grande sofrimento. Além disso, também já tinha comprado uma galinha preta para o sacrifício. O vendedor era um pequeno fazendeiro de Shiraoka, apresentado por Shima. O veterano da Ordem lhe contara que o culto também comprava as galinhas daquele local. Como aquele senhor não perguntava para o que as galinhas seriam usadas, parecia que todos os animais para as cerimônias vinham dali.

Levou a galinha para o chalé em Hanno e a enfiou dentro de uma gaiola. Comida e água eram diligentemente colocadas todos os dias para o animal. Afinal, se viesse a morrer antes do dia da cerimônia, tudo estaria perdido. Ele cuidava da galinha com todo o cuidado.

Decidiu também que a cerimônia seria realizada em uma segunda-feira, porque, segundo os costumes tradicionais, é o dia que possui energia cósmica em maior abundância. Até aquela data, manteria o ciclo de jejum e banhos para se purificar, além das orações constantes. Ele começava a perceber que sua energia corporal estava gradualmente se ampliando.

Estava determinado a raptar a criança no mesmo dia em que ocorreria a cerimônia. Não considerava a possibilidade de falhas no plano. Ele acreditava, ainda que sem fundamento algum, que conseguiria realizar o que precisava em uma única tentativa.

Eram 17h30. Ele colocou o cachorro no carro e partiu. Conforme já havia planejado, estacionou em uma estrada ao longo da ferrovia e ficou dentro do veículo, aguardando. Do lado esquerdo havia um longo muro de concreto, que separava as ruas da ferrovia. Do lado direito, armazéns acinzentados pouco convidativos e postes fracos se enfileiravam de forma equidistante. Havia poucos transeuntes, mas, por outro lado, muitos veículos estavam estacionados de forma irregular ao longo do muro. Em meio àqueles carros, ele se escondeu, deitado no banco, apenas aguardando a criança passar.

Ele não usou nada para esconder o rosto, nem mesmo óculos escuros. Era fundamental não se destacar e utilizar um artifício de forma imprudente poderia apenas levantar suspeitas. Não é como se não tivesse ninguém andando por ali, mas ele sabia que, se passasse despercebido, não teria por que se preocupar com testemunhas.

Os arredores logo começavam a escurecer com o pôr do sol. O céu limpo estava tingido de vermelho como a cor do sangue. A noite sorrateiramente ia se infiltrando. As crianças logo estariam retornando para casa.

O relógio marcava 17h43. O espelho retrovisor do carro refletiu a figura de uma menininha se aproximando a passos velozes, apressada para voltar ao lar. Provavelmente os pais a haviam alertado que deveria voltar rápido assim que começasse a escurecer. Ela se esforçava para se apressar com suas pequenas pernas, quase correndo. Ele voltou a ficar sentado, e pegou o cachorrinho do banco traseiro. Então, abriu a porta e o colocou na rua. Largou o animal, que saiu correndo.

— Ah! Aqui! — ele gritou para chamar atenção. O cachorro estava indo à toda velocidade em direção à menina.

— Ei! — ela falou sorridente com a surpresa. — Au-au!

A garota se abaixou para segurar o cachorro que vinha correndo e foi capturado com facilidade por ela, abanando o rabo alegremente.

— Oi, obrigado. — Ele levantou a mão e foi se aproximando dela.

— Ei! É o tio do outro dia — disse ela enquanto olhava para o rosto dele. — Ah, então esse é o Chibi! — Fez carinho na cabeça do cachorro de forma amorosa.

— Você foi uma heroína! Pensei que ele ia acabar fugindo!

— O Chibi, fugir? — a garota perguntou, inclinando a cabeça para o lado.

— Ah, é que ele é um menino brincalhão, né? Gosta de sair correndo por aí. — Ele também se abaixou, e seus olhos ficaram na mesma altura que os da criança.

— Tudo bem se ele fugir! Eu encontro pra você! — Ela estufou o peito.

— Sendo assim, fico mais tranquilo. Mas se você o resgatar, vai trazê-lo direitinho para o tio?

— Vou! — prometeu a menina, parecendo um pouco chateada com a pergunta. — Eu não pego o cachorro dos outros pra mim!

— Certo, certo. Desculpe. Mas você deve gostar de cachorros, né?

— Gosto. — A criança inclinou a cabeça para a frente. — Mas, sabe, a mamãe não me deixa ter um.

— É mesmo? A mamãe não deixa? — ele falou com o tom repleto de compaixão. — Bem, então não pode, né?

— Não posso! — A menina ficou cabisbaixa, acariciando as costas do cachorrinho.

— Bem, e se a gente fizer assim? Tem mais um filhotinho na casa do tio. Vou te dar de presente. Vou cuidar dele, mas o cachorrinho é seu. Sempre que quiser, pode vir brincar e encontrar com ele. Que tal?

— Hã, de verdade?! — A garota ergueu a cabeça, os olhos brilhando. — Mas eu preciso contar pra mamãe...

— Pode deixar que o tio conta para a sua mamãe! Com certeza ela vai concordar!

— De verdade?

— Pode deixar com o tio!

— Tá.

A menina sorriu de orelha a orelha. Ele sorriu de volta.

— Então, vamos agora mesmo conhecer o filhotinho? O carro do tio é aquele ali. — Ele apontou para o automóvel. — A casa do tio fica pertinho, se você der uma passadinha lá e voltar logo, a mamãe não vai reclamar.

A menina pegou o cachorrinho no colo e entrou no carro sem nenhuma preocupação.

— Então, vamos lá!

Ele deu partida no carro discretamente. Checou com atenção os arredores, mas nem uma pessoa sequer estava observando.

46

Saeki passou a noite no apartamento de Itsuko. Na manhã seguinte, acordou cedo, preparou seu café da manhã e depois foi embora. Era uma regra entre eles dois que um não atrapalhasse a rotina do outro e que cada qual preparasse suas próprias coisas. Embora Itsuko tivesse acordado, ela havia decidido tentar dormir mais um pouco assim que Saeki se retirasse. Sem trocar de roupa, ela o observou fazer sua refeição e depois o acompanhou até a porta para se despedir.

Lá fora estava nublado. O céu do inverno estava de um cinza tão opressivo que parecia quase ao alcance das mãos. Assim que deixou a entrada do prédio, Saeki foi atacado por um frio avassalador. Ele instintivamente se encolheu na gola do casaco.

Foi bem naquele momento que um clarão abrupto atingiu os olhos de Saeki. Ele apertou os olhos, incomodado pela claridade repentina, e virou-se em direção à origem daquela luz.

Um homem estava com uma câmera fotográfica e não parava de disparar flashes em sua direção. Saeki ergueu a mão para tentar proteger os olhos daquela luz que os fazia arder.

— O que pensa que está fazendo? — falou Saeki, aproximando-se do homem sem levantar a voz e com um semblante de indiferença.

O fotógrafo afastou a câmera de seu rosto e deu uma risada forçada.

— Quem é você? Para onde trabalha? — insistiu Saeki.

O fotógrafo recuava lentamente, mas Saeki o agarrou pelo braço e o puxou para si. O dono da câmera então se curvou e falou, como se fosse uma criança sofrendo bullying e tentando demonstrar coragem:

— V-você deve ser o chefe Saeki do Departamento Metropolitano de Polícia!

Saeki apenas o encarou com seu olhar penetrante, mas sem confirmar a informação. O homem continuou gaguejando:

— Não é você quem está liderando a equipe de investigação do caso da menininha assassinada? Você é conhecido entre meus colegas jornalistas por ser esquivo e por ninguém conseguir te abordar nem antes, nem depois do expediente. Calma! Me larga!

Saeki soltou o braço do fotógrafo, que pulou para trás exageradamente e sacudiu algumas vezes o braço direito, que Saeki agarrara.

— Ai, que dor... Que força é essa, hein, patrão?

— O que você pretende fazer com essa foto? — A voz de Saeki não estava alterada, mas ainda assim era ameaçadora.

Intimidado, o outro recuou outra vez.

— Hehe, agora entendo por que você é esquivo assim! O chefão da Primeira Seção Investigativa do Departamento de Polícia Metropolitana tem uma amante? Isso é que é notícia!

— Me dê o rolo de filme — ordenou Saeki, esticando a mão e avançando.

— V-você só pode estar de brincadeira, né? Como que vou te entregar um furo de reportagem desses? — falou o fotógrafo, protegendo a câmera.

Saeki deu um salto e agarrou o homem. Então, torceu o braço dele, tentando arrancar a câmera.

Naquele instante, foi disparado um flash do outro lado da rua. Saeki levantou o rosto e os clarões continuaram. Havia dois fotógrafos.

— Rá, rá! Não adianta você pegar essa aqui! Já é tarde demais!

O outro fotógrafo saiu correndo o mais rápido que pôde assim que terminou de fazer registros de Saeki. Foi uma fuga tão incrível que o policial nem tentou persegui-lo.

— Tsc! — Saeki estalou a língua e soltou o homem que estava segurando.

O fotógrafo abriu um sorriso nervoso e deu alguns passos para trás. Nesse momento, ele percebeu que Saeki havia desistido da câmera, então deu meia-volta e fugiu em disparada.

Saeki balançou a cabeça e foi em direção ao automóvel.

As fotografias foram publicadas dois dias depois, em uma revista semanal. O exato instante em que Saeki saiu do prédio de Itsuko havia sido perfeitamente registrado. Acompanhando as imagens, um texto em tom de escárnio afirmava que era compreensível que a polícia ainda não tivesse conseguido prender o culpado, uma vez que o oficial no comando da investigação não parava de visitar sua amante.

É óbvio que aquela notícia provocou uma reação furiosa da opinião pública. Críticas à central de investigação encheram as páginas de cada publicação da imprensa, e a situação aparentava estar prestes a explodir. Contudo, mais do que criticar a estagnação em que se encontrava a investigação, muitos desses veículos da mídia demonstravam se divertir mais em aproveitar a brecha para atacar a própria polícia. Com certeza, aquele conteúdo fazia muito mais sucesso do que o assassinato de uma garotinha.

Quanto ao próprio alvo das notícias, Saeki se manteve admiravelmente em silêncio sobre o que era veiculado a seu respeito. Sem dar explicações a ninguém, o superintendente prosseguiu com suas tarefas profissionais com um ar de serenidade, como se nada tivesse acontecido.

O superintendente-chefe Kai tinha uma expressão colérica, com veias quase saltando do rosto, quando chegou à central de investigação, mas Saeki lidou com ele de forma tranquila. Seus ânimos foram se acalmando conforme o tempo passava e ele analisava o semblante do comissário-geral da Agência Nacional de Polícia. Terminou afirmando que esperaria mais um pouco antes de tomar uma decisão.

Dentro da central, tanto a maioria dos oficiais que se opunha a Saeki quanto a minoria que ainda simpatizava com ele aguardavam com uma enorme ansiedade para saber qual seria a sua punição. Essa questão interna foi esquecida, porém, quando surgiu um novo ocorrido.

Uma suposta declaração de autoria do criminoso que eles tanto procuravam havia sido enviada a diferentes veículos de imprensa.

47

ELE COLOCOU A CRIANÇA PARA DORMIR, TENTANDO EVITAR QUE FIZESSE barulho. Como não dispunha de calmantes, deu à menina dois frascos de xarope infantil para resfriado. Assim que os tomou, com prazer porque eram adocicados, ela logo caiu em sono profundo.

Ao chegar ao chalé, ele pegou a menina nos braços e a levou para a cama. Após colocá-la ali, cobriu a criança e a deixou dormindo. A cerimônia estava programada para começar à meia-noite.

Cogitou que talvez ela acordasse em algum momento, mas a garota continuou dormindo sem interrupções. Se ele simplesmente a ignorasse, talvez dormisse até a manhã do dia seguinte, o que era bastante conveniente para o seu planejamento.

Ele ficou relaxando enquanto as horas passavam. Após tomar um banho para purificar seu corpo, ele resolveu pegar um livro para ler, o que não fazia havia muito tempo. Era um título que lera somente uma vez, quando era estudante: *Assim falou Zaratustra*, de Nietzsche. Naquela época, ele não entendera muito bem, mas agora, de alguma forma, estava finalmente fazendo sentido. Era como se um campo magnético tivesse surgido dentro dele, reagindo à rigidez da escrita do autor, e agora isso fazia com que ambos — ele e Nietzsche — se atraíssem. Ficou admirado e contente por perceber sua consciência se expandindo assim, ilimitada. Fazia muito tempo que ele não se sentia tão confortável.

Aquele período intenso passou em um instante. Quando se deu conta, já eram 23h30. Por aquele intervalo, tinha se esquecido completamente da cerimônia. Ele se elogiou por estar vivendo esses momentos como se fosse um dia comum do cotidiano.

Tirou toda a roupa e vestiu o traje vermelho. Dirigiu-se ao cômodo preparado para a cerimônia e acendeu as luzes. Lâmpadas vermelhas iluminaram o espaço vermelho. Até mesmo as sombras projetadas naquele ambiente eram bizarramente avermelhadas.

Correu os olhos pelo cômodo com satisfação. Era um verdadeiro santuário feito por suas próprias mãos. No chão, havia desenhado com precisão um círculo mágico contendo dois triângulos. Um deles simbolizava o fogo e o outro, invertido, a água, e combinados daquela forma específica eram uma representação da pedra filosofal. Esses elementos também estavam bordados no traje que ele vestia.

Quatro castiçais estavam dispostos na circunferência do círculo, distribuídos de maneira equidistante coincidindo com os pontos cardeais, e em cada um deles foi colocada uma vela preta. Ele acendeu uma por uma com um fósforo de uma caixa nova.

Na direção norte, havia um altar sobre o qual estava um pequeno braseiro redondo. Nele, o carvão vegetal também foi aceso e dentro do recipiente foram colocados sândalo, folhas de salsinha e sementes de papoula preta. Enquanto ele observava, o fogo se espalhou, crepitante. Um aroma muito particular, composto pela queima daquelas plantas, começava a se espalhar pelo ambiente.

Ele olhou mais uma vez para o quarto, conferindo cada detalhe, assentiu e foi em direção ao cômodo onde estava a menina, que continuava a dormir com um semblante inocente. Ele colocou a mão em seu ombro e o sacudiu de leve para que acordasse.

A criança abriu um pouco os olhos, com uma expressão ainda confusa de sonolência, e o viu. Ele sorriu. O carinho que sentia por aquela menina era tamanho que quase doía.

Ele a colocou sentada e levou um copo à boca da menina. No recipiente, havia sedativos, que recebera quando estava hospitalizado, macerados e dissolvidos em água. Como a criança estava com sede, logo bebeu aquele líquido até a última gota e, em seguida, voltou a cair no sono.

Depois que a descobriu, ele a despiu. Então, gentilmente a pegou no colo e a levou para a sala onde seria realizada a cerimônia. Como se estivesse lidando com um objeto muito precioso, ele a colocou deitada no altar com muito cuidado. A menina não dava nenhum sinal de que acordaria.

Ele foi buscar a gaiola na cozinha e a trouxe. A galinha ali dentro não deu um pio sequer.

Quando terminou todos os últimos preparativos e fechou a porta, faltavam dez minutos para a meia-noite. Estava tudo conforme o planejado. Ele calmamente se posicionou no centro do círculo mágico.

Primeiro, fez uma oração silenciosa, agradecendo a Deus com todo o coração. Então, girou três vezes em sentido anti-horário dentro do círculo. A "esquerda" era um importante fator para invocar aquele poder invisível.

Em seguida, ficou em posição de genuflexão diante do altar, com as palmas das mãos juntas e os olhos fechados. Respirava lentamente, concentrando-se no ponto entre as sobrancelhas. O encantamento começou a ser declamado:

> — Pela santa ressurreição e pelo tormento dos condenados,
> Eu conjuro os espíritos dos mortos.
> Para que atendam à minha ordem e escapem do tormento eterno,
> Sejam obedientes a esta sagrada cerimônia.

No começo, ele sussurrou o encantamento de forma quase inaudível. Depois, conforme foi proferindo repetidamente, o volume ia aumentando. O mais importante era manter sob controle a própria euforia. Deveria deixar que ela se manifestasse e se expandisse dentro dele, mas ainda sob seu controle absoluto. Ele estava totalmente concentrado naquilo.

Os arredores estavam em completo silêncio. Só era possível ouvir a voz dele proferindo o encantamento, o som das plantas no braseiro queimando e das velas ardendo. A fumaça que subia se espalhava pelo ambiente. Ao atravessar e confrontar as luzes vermelhas, um vórtice se formou e encobriu o homem. Bem no meio de toda essa fumaça, ele continuou inabalável e devotamente invocando os espíritos.

Embora o aquecedor não estivesse ligado, ele sentia a temperatura subindo pouco a pouco. Gotas de suor já brotavam em sua testa, enquanto ondas de fervor fluíam pelo corpo todo. Elas avançavam, se chocavam contra a barreira invisível limítrofe e recuavam. À medida que as ondas começavam a ganhar mais potência, aproximavam-se de um ponto crítico.

Depois de muitos ciclos assim, quando uma onda bateu, ele decidiu mantê-la adiante. Então, em vez de recuar, ela foi crescendo cada vez mais.

Ele se levantou, pegou um pão que estava no altar e o colocou delicadamente sobre a barriga da menina, que continuava a dormir. Em seguida, o homem segurou uma taça e a inclinou, derramando o líquido sobre o pão. Encharcou o pão com o que era, na verdade, suco de uva, consequentemente espalhando o líquido pela pele da criança.

— Ó, espírito do meu anseio.
Munido da força do Deus Todo-Poderoso,
Eu te conjuro a este local.

Ele pegou seu cajado de aveleira e o usou para dar leves batidinhas no corpo da menina. Repetiu isso três vezes e continuou a proferir o encantamento:

— Revela-te e fala comigo com alegria,
Com clareza e sem truques.
Vem. Não vaciles.

Ele deu mais três pancadinhas com o cajado na criança e, depois de uma pausa, outras três.

Ele percebeu um zumbido nos ouvidos. Era a materialização de uma tremenda energia que se manifestava ali. Ela fluía a partir dele e preenchia a sala inteira, encorajando-o a seguir adiante no ritual. Agora, mais do que nunca, ele atingia o clímax do fervor. Foi nesse momento que seu poder interior começou a transbordar. Junto a essa força, uma sensação de extremo prazer também o estimulava.

— Ó, espírito do meu anseio.

Ele caminhou até a gaiola, levantou a grade para abri-la e esticou a mão para pegar a galinha. O animal se entregou, subserviente como um cordeiro.

— Ó, munido da força do Deus Todo-Poderoso,
Eu te conjuro a este local.

Segurou a galinha pelo pescoço com a mão direita e na mesma hora ouviu um grito. A galinha estrangulada batia as asas desesperadamente.

Em seguida, ele pegou a faca, pressionou a lâmina contra o pescoço da galinha e a puxou.

Sangue fresco jorrou do corte. A galinha continuou guinchando enquanto ele derramava o líquido sobre todo o corpo da menina.

Ele podia sentir a vida da galinha se esvaindo com o sangue, uma força vital que agora irrigava o corpo da criança. Os requisitos haviam sido atendidos.

— Vem! Satisfaz minha vontade...

Seu cérebro zumbia, estridente, e ficou entorpecido, como se um diapasão tivesse sido implantado dentro da cabeça dele e ressoasse um som muito agudo. Ele torceu a boca.

Esticou as mãos e as colocou no pescoço da menina delicadamente, como se sua pele fosse feita de papel. As pálpebras da criança tremeram por um instante.

Ele chamou o nome de sua filha falecida e conseguiu sentir que ela vinha se aproximando.

— Eu vou lhe entregar um corpo agora mesmo. Tenha um pouco mais de paciência — murmurou, como se a filha estivesse ali presente.

Em seguida, começou a aplicar força às suas mãos.

Lentamente, lentamente.

Apertando, apertando.

Ele esperou, sem pregar os olhos, até o amanhecer. Era o momento em que o corpo da criança deveria despertar, portando a alma de sua filha.

No entanto, seu desejo não foi atendido.

O sol nasceu, mas a menina permaneceu fria.

48

A DECLARAÇÃO HAVIA SIDO DIGITADA COM UM PROCESSADOR DE texto, impressa e enviada aos três maiores jornais: *Maichou*, *Nippou* e *Touto*. Estava dentro de um envelope simples de papel pardo, com o endereço do destinatário impresso. Não havia dados do remetente, e o carimbo no selo era da agência postal Ushigome, localizada no bairro de Shinjuku, em Tóquio.

As redações que receberam a mensagem reagiram de diferentes maneiras. *Nippou* e *Touto*, entendendo a gravidade e a relevância do material, imediatamente notificaram o Departamento de Polícia Metropolitana. Apenas uma empresa, a do jornal *Maichou*, tentou transformar aquilo em fonte de notícia. Sem confirmar se outros jornais haviam recebido a mesma declaração, os líderes do *Maichou* acreditaram que tinham obtido aquele documento com exclusividade e decidiram não informar a polícia para manter o furo de reportagem. Eles vinham publicando notícias falsas e precipitadas desde sempre — parecia ser uma característica intrínseca do jornal *Maichou* não checar os fatos antes de trazer as informações a público. Depois dessa situação, os jornalistas de lá pareceram começar a se sentir envergonhados no Clube de Imprensa do Departamento de Polícia Metropolitana, mas isso é uma outra história.

O conteúdo da declaração foi o seguinte:

> Peço desculpas por entrar em contato do nada.
>
> Eu sei o paradeiro da menina desaparecida Shouko Tada.

Desde o dia em que ela sumiu até hoje, eu tenho vivido aflito, sem saber quando o nome dela apareceria nos jornais.

Mas não saiu nada nos jornais sobre a pequena Shouko.

Eu me pergunto por que será que a polícia está fazendo mistério sobre isso.

Portanto, pensei em escrever esta carta para as redações de jornais.

Vocês devem estar se perguntando por que eu sei o paradeiro da menina Shouko Tada. É porque fui eu quem a raptou.

Por que eu a raptei? É que ela é muito graciosa. Eu não entendo a razão por que a sociedade olha feio para quem diz isso sobre uma criancinha. Por que nos chamam de *lolicon*, de pedófilos? Será que as pessoas não acham as crianças graciosas?

Não há como não achar a pequena e graciosa Shouko. Não foi algo planejado, eu simplesmente a vi e não pude resistir a trazê-la comigo.

Eu não tinha más intenções. Por favor, acreditem.

As pessoas talvez me considerem um sequestrador. Mas não é isso. É que eu simplesmente não consigo evitar achar que as crianças pequenas sejam graciosas.

Eu escrevi esta carta porque queria que vocês entendessem. Eu não sou um *lolicon* de jeito nenhum.

Espero que a pequena Shouko seja logo encontrada. Acho que ela quer que a encontrem.

Ao receber a notificação, a central de investigação deu início a uma discussão acalorada sobre a carta.

— A primeira informação que precisamos confirmar é se esse texto foi realmente escrito pelo culpado — opinou um detetive veterano.

Outro oficial levantou a mão e respondeu:

— Na atual conjuntura, o público ainda não sabe do desaparecimento de Shouko Tada. Como o remetente dessa carta sabe sobre o ocorrido, não há dúvidas de que ele deve ser o sequestrador, não é mesmo?

— Não necessariamente. É verdade que essa história ainda não saiu nos jornais, mas não foi decretada uma lei de silêncio absoluta sobre o caso. Os vizinhos certamente devem saber, e os parentes também podem ter escutado sobre o sumiço. Por isso, existe a possibilidade de que essa carta tenha sido escrita por alguém que descobriu sobre o caso desse modo e resolveu fazer um trote.

— Então, você acha que pode ser apenas um trote? — perguntou um detetive da delegacia da zona leste de Hino.

— Com certeza. Até agora já tivemos bastante dor de cabeça com trotes envolvendo esta investigação — o veterano confirmou.

Okamoto, que estava até então ouvindo a conversa entre os colegas, se manifestou:

— É verdade, mas essa carta parece real de um jeito que, pelo menos pra mim, torna difícil pensar que seja apenas um trote.

— Realmente — uma voz de concordância se manifestou.

— O texto é bem simples e isso, mais do que me fazer questionar o grau de instrução da pessoa que o escreveu, me passa uma impressão de loucura que chega a me causar calafrios.

— O fato de que o autor da carta enfatiza que não é um *lolicon* pedófilo acaba me fazendo pensar justamente o contrário: que ele tem algum complexo relacionado a isso.

Muitos entre os presentes concordaram. Ao ver isso, o chefe de seção resumiu:

— Certo, já entendi. Não podemos descartar a possibilidade de que seja um trote, mas, no caso de a carta ter sido mesmo escrita pelo sequestrador, o que poderíamos supor a partir dela?

— Qual seria o objetivo do culpado?

— Quando ele fala que deseja que a Shouko seja logo encontrada, ele quer dizer, em outras palavras, o cadáver dela, não?

— Se essa carta for verdadeira, a morte da menina pode ser dada como certa. Infelizmente.

— Nesse caso, o que será que o culpado quer, afinal? — perguntou Okamoto. — São apenas atitudes impensadas de um louco?

— Será que ele não cometeu esses crimes apenas por diversão? — Kitaoka considerou. — Me parece que o autor da carta é um grande exibicionista. Pode ser que queira atrair a atenção do público?

— Provavelmente achou que se divertiria horrores ao ver sua carta em destaque nos jornais.

— Ou talvez seja apenas um psicopata.

— Alguém que assassina crianças pequenas é, por definição, um psicopata!

— É verdade.

— Vocês não ficaram irritados com essa carta? Se o sujeito afirma que não tinha más intenções, qual a desculpa dele para cometer essas atrocidades?

— Talvez ele queira escapar do crime ou realmente não pretendia fazer nada de ruim, a princípio.

— Faria mais sentido se ele apenas lamentasse o que causou! Porque, se ele acha mesmo que não fez nada de errado, trata-se de uma pessoa totalmente insana — Kitaoka comentou.

— O que quer que seja, não há dúvidas de que quem enviou essa carta é um pervertido sexual! — afirmou o detetive veterano, e todos ali concordaram outra vez. — Isso diminuiu bastante as variáveis para o perfil do culpado. A faixa etária dele vai dos vinte aos quarenta anos. Não é casado nem namora. Não tem interesse em mulheres adultas, é o que na sociedade japonesa chama de *lolicon*, uma espécie de pedófilo.

— Além disso, com esse jeito de escrever, a escolaridade dele também não deve ser alta. Talvez seja louco.

— Pode ser que, para nossa surpresa, detectem impressões digitais no papel.

— Você deve estar brincando, né? Os criminosos de hoje em dia não são burros assim.

— Sobre a construção do texto, pode ser que tenha escrito mal de propósito! Eu olhei de novo e fica muito evidente a repetição que ele faz no trecho em que usa "por que" várias vezes em sequência.

— Ele é inteligente o bastante para usar um processador de texto.

— Então é mais inteligente do que eu! — brincou um detetive, mas poucos riram.

— Certo — Saeki falou no momento adequado. — De toda forma, esse texto vai estar estampado nos jornais amanhã de manhã. A central de investigação precisará dar uma declaração a respeito dessa carta. Estamos de acordo sobre os pontos que levantamos na conversa até agora?

Não houve objeções.

— Sendo assim, a central vai considerar que essa carta é legítima e priorizar a busca pelo corpo e pelo culpado, levando em conta o perfil de um pedófilo. Pessoal, agora mais do que nunca, é a hora de darmos tudo nessa investigação.

No dia seguinte, todo jornal matinal trazia o conteúdo da carta em destaque. Na televisão, o assunto causou furor não apenas nos noticiários, mas também nos programas de variedades, chamando a atenção do público. Quem tinha filhos pequenos estava em choque, e aumentou o número de jardins de infância que faziam o transporte de ida e vindas das crianças em grupos. As escolas que não possuíam micro-ônibus viram o seu número de estudantes diminuir drasticamente.

Muitos psicólogos faziam aparições nas telas de televisão e nas páginas das revistas, cada qual compartilhando sua abordagem teórica favorita. A suposição de que o culpado tinha complexo de *lolicon* foi rapidamente se infiltrando no imaginário da sociedade.

Em paralelo a toda essa comoção pública, os detetives davam prosseguimento à investigação em silêncio. Eles já não podiam mais se preocupar com as aparências. Visitaram editoras que publicavam revistas periódicas e obtiveram os nomes de alguns leitores que se manifestaram entusiasticamente por aquelas matérias. O alcance da investigação havia aumentado, colocando ainda mais pressão sobre os oficiais.

A equipe de Okamoto continuava na busca pelo proprietário do Silvia azul-marinho. Não haviam entrado em contato com nem metade da lista. Pelo visto, ainda teriam longos dias de caminhada pela região como baratas tontas.

— E, no final das contas, deu no quê? — Kitaoka perguntou certo dia, enquanto caminhavam calados.

— O quê? — rebateu Okamoto.

— A punição do chefe Saeki, Okamoto! — Kitaoka afirmou, meio irritado. — Graças à carta e sua repercussão, a situação do chefe acabou ficando em segundo plano. A atenção da imprensa também mudou de foco e ele não sofreu qualquer repressão do alto escalão.

Okamoto também notara. Aliás, aquela era uma questão sobre a qual todos os detetives envolvidos na investigação se perguntavam em segredo.

Com um escândalo daquele nível, ele não poderia se esquivar das consequências e se afastar do seu posto de chefia. Ainda assim, o alto escalão não havia determinado qualquer punição a Saeki, e nem o inspetor-geral da Agência Nacional de Polícia nem a Segunda Seção Investigativa davam sinais de interesse no andamento da situação. Essa conjunção de comportamentos parecia o cenário mais estranho possível para o caso.

— Que tal essa? Talvez ele tenha tido sorte. — Kitaoka balançou a cabeça. — Bem, pessoalmente, sei que ele também é humano, mas não se incomodar nem um pouco com a amante vindo a público? O comissário-geral da Agência Nacional de Polícia deve estar bem irritado.

— Também não sei — Okamoto comentou de forma vaga.

Na verdade, provavelmente quem estava permitindo que a situação de Saeki se prolongasse sem punição era o próprio comissário-geral da Agência Nacional de Polícia. Não havia dúvidas de que seu pai, Hideyoshi Oshikawa, também interviera. Se aquele escândalo fosse levado às últimas consequências, logo o nome de Oshikawa seria envolvido. A verdade é que as faíscas logo foram apagadas antes que causassem um grande incêndio.

A maioria dos detetives da central tinha ciência disso, e os que não tinham cedo ou tarde descobririam a verdade. O próprio Saeki era responsável pelo escândalo envolvendo a amante, mas não era sua intenção fugir da responsabilidade. No entanto, poucos oficiais da polícia compreendiam isso. Para qualquer lado que olhasse, só encontraria hostilidade.

— Não vale a pena se preocupar com a vida pessoal dos outros. Melhor fazer apenas o nosso trabalho — disse Okamoto com firmeza.

49

Ele se sentia profundamente desapontado.

Era a primeira vez na vida que experimentava tamanha sensação de fracasso. Sua alma estava mergulhada em caos e sua capacidade mental, destruída. Ele entrou em pânico, sem saber o que deveria fazer a seguir.

Segurou o corpo da menina e a sacudiu várias vezes. Pensava que talvez a criança estivesse apenas dormindo. Mas a pele estava fria como gelo e, não importava o quanto esfregasse o corpo dela, a temperatura corporal não aumentava. Aquela garota estava morta e nunca mais ia retornar.

Percebendo que seus esforços foram em vão, ele ficou transtornado e se curvou, com as mãos na cabeça, em choque. As altas expectativas tinham se convertido em sentimentos inversamente proporcionais. Era como alguém desesperado tentando escapar da areia movediça, mas afundando cada vez mais.

Ele ficou encolhido por três dias, sem fazer nenhuma refeição. As bochechas murcharam, o cabelo ficou ressecado e embaraçado e os olhos brilhavam com ferocidade.

No terceiro dia, enfim, se levantou. Estava tonto e não conseguia firmar os pés no chão. Um cheiro estranho dominava o ambiente. O cadáver da menina tinha começado a se decompor. Se aquele fedor não o incomodasse, ele teria ficado encolhido ali por mais tempo; foi somente aquela perturbação que o trouxe de volta à realidade.

O que mais o preocupava era como resolver a situação do cadáver. Aquele corpo não tinha mais qualquer utilidade para ele, então precisava ser descartado. Por sorte, ele possuía um veículo que poderia realizar o transporte e o local era pouco movimentado. Se escolhesse bem seus próximos passos, provavelmente não seria descoberto.

Para que o cheiro de podre não se espalhasse ainda mais, ele colocou o cadáver dentro de um saco de lixo e o amarrou bem. Se enterrasse o corpo assim, a vala não seria cavada por cachorros. Terminou o embrulho depressa e o colocou no carro, assim como uma pá e luvas. Partiu no meio da noite e enterrou a menina nas montanhas de Yamanashi, sem deixar testemunhas.

Após completar a tarefa, voltou ao seu apartamento, depois de muito tempo sem aparecer por lá. Havia um cheiro ruim no ar, mas ele não se incomodou. Sentou-se no sofá, sem abrir as janelas para ventilar o local, e levou as mãos à cabeça. "O que aconteceu? Por que a minha filha não voltou à vida…?"

Aquelas perguntas tomaram sua cabeça. Como um filósofo, entregou-se à reflexão do que havia dado errado. Foi só o que fez por cerca de um mês, e nada mais.

Então, em algum momento, ele enfim se deu conta de onde havia falhado. Depois de repassar na cabeça várias e várias vezes o processo da cerimônia, chegou à conclusão de que não havia cometido nenhum erro ali. Tampouco houve engano quanto à preparação dos materiais utilizados nem no que dizia respeito à escolha da data de realização do ritual. Por isso, ele só podia pensar que o motivo do fracasso era o próprio receptáculo, a menina.

Estava convencido de que a alma e o receptáculo escolhido eram incompatíveis, pois a cerimônia havia sido realizada de forma irretocável. Não tinha dúvidas de que a alma de sua filha havia sido de fato invocada e estivera ali ao seu lado no fim do ritual. No entanto, o receptáculo era um componente essencial para o sucesso do procedimento, e a alma de sua filha não conseguira se unir àquele corpo.

Ele enfim sentiu a mente se desanuviar. Suas esperanças não haviam sido destroçadas. "Se você fracassar, basta tentar outra vez." Com essa simples conclusão, ele se sentiu pronto para tentar novamente realizar seu desejo.

Estava de volta à ação. A primeira coisa que ele fez foi buscar mais conhecimento. Talvez existissem cerimônias mágicas eficientes além daquela ensinada por Shima. Foi a uma livraria e lá comprou tudo que havia sobre feitiçaria, dos títulos mais antigos aos mais modernos. De volta ao apartamento, empilhou os livros na escrivaninha e se pôs a lê-los sem demora. Fazia anotações detalhadas em um caderno, escrevendo suas interpretações do conteúdo que aprendia, sistematizando-o. Estava se sentindo muito confiante em relação aos novos conhecimentos que adquiria.

Ele renovou o conjunto de objetos cerimoniais. Descartou todos aqueles que havia utilizado antes e comprou novos, que levou para o imóvel em Hanno.

O cachorrinho, trancado no chalé por mais de um mês, já tinha morrido de fome. Depois de tanto tempo, sua carcaça já estava em processo avançado de decomposição. O homem colocou o corpo em um saco plástico e o descartou.

Em seguida, recomeçou a busca por um receptáculo. Também comprou outro filhote, mas de um pet shop diferente, para não ser rastreado.

Daquela vez, ele pretendia escolher o receptáculo com calma, levando todo o tempo que fosse necessário. Deveria fazer a escolha com calma e atenção, para que o corpo fosse adequado à alma de sua filha.

Mesmo assim, ainda havia a possibilidade de que a cerimônia falhasse de novo, porque não era possível saber antes da realização do ritual se uma alma e um corpo seriam de fato compatíveis.

"Tudo bem", pensava. Caso falhasse, bastava tentar novamente. Até que sua filha fosse revivida, ele tentaria inúmeras vezes, quantas fossem necessárias.

50

Quando Saeki retornou ao apartamento, tudo o que o esperava era ar frio. Acendeu a luz, mas isso não alterava a temperatura incômoda. Com o controle remoto, ligou o aquecedor.

Notou a lâmpada da secretária eletrônica piscando. Alguém havia deixado uma mensagem para ele. Apertou o botão e, enquanto desfazia o nó da gravata, ouviu a voz de Itsuko:

— *Espero que tenha ido tudo bem no trabalho hoje. Quando voltar, por favor, me ligue, não importa a hora. Vou ficar esperando.*

A mensagem se resumia a isso e não havia nenhuma outra gravada no aparelho. Saeki olhou para o pulso, checando as horas: o ponteiro do relógio marcava uma da manhã. Para Itsuko, a noite ainda era uma criança.

O corpo de Saeki estava tomado pelo cansaço. Ele percebeu que ultimamente essa sensação era cada vez mais comum. Até algum tempo atrás, mesmo que dormisse por apenas três horas, já era o suficiente. Algo assim era impensável agora. Ele gastara toda a energia apenas tirando o terno e agora só queria mergulhar na cama, sem fazer mais nada. Sentiu uma dor latejante no estômago. Parecia que os sinais da idade estavam mesmo avançando, indicando seu declínio físico aqui e ali.

Levantou-se sentindo o corpo pesado e encheu a banheira de água quente. Tomar um banho era essencial para tornar seu despertar menos custoso. Se deixasse para o dia seguinte, apenas se sentiria ainda mais exausto. Era parte da rotina de Saeki se livrar da sujeira do dia.

Depois de tomar um banho escaldante, sentia-se um pouco mais desperto. Com um gole de chá oolong, era como se aqueles líquidos tivessem irrigado o seu corpo seco.

Sentou-se no sofá, esfregando a cabeça molhada. Enfim pegou o telefone e clicou no botão de discagem rápida. Após alguns toques, Itsuko atendeu.

— Oi, alô — disse ela com a voz clara. Não parecia estar mesmo dormindo.

— Você me ligou, né? — Saeki perguntou sem se identificar.

— Ah... Sim — ela respondeu de forma desanimada.

— Estava trabalhando?

— Não. Tudo bem, eu que te disse para ligar.

— Tem algo a dizer?

— Algo... Sim, tenho sim.

Ela parecia estar com dificuldade de escolher as palavras, o que era estranho. Aquela hesitação toda não combinava com a personalidade de Itsuko.

— O que houve? — perguntou Saeki.

— Hm... Eu acho que isso virou um problemão, sabe?

Ele não sabia se por "isso" Itsuko se referia à divulgação do relacionamento deles ou às complicações da investigação. Saeki decidiu que, provavelmente, eram as duas coisas.

— Desculpe, você anda bem ocupado, né? E eu fico ligando e...

— Tudo bem. Fui eu quem lhe causei transtornos. A jornalista de alguma revista apareceu por aí do nada, não foi?

— Ela veio aqui, sim — Itsuko confirmou, soltando uma risada abafada. — Eu me senti uma verdadeira celebridade. Foi divertido.

— Desde que não atrapalhe o seu trabalho, tudo bem.

— Eu estou bem. Na verdade, é bom que meu nome fique mais famoso.

Saeki não sabia se ela estava apenas sendo educada.

— Acho que o fotógrafo talvez já vinha me seguindo há algum tempo — disse ele. — Não sei como não notei.

— Verdade. Não é do seu feitio não perceber essas coisas.

— Com certeza não é.

Ambos ficaram em silêncio.

— Talvez seja só o cansaço... — disse Itsuko.

— Talvez seja. Mas o cansaço é o mesmo de sempre.

— Você quebrou uma regra que criou para si próprio e, por isso, provocou a ira dos deuses! Quem mandou vir aqui em casa no meio de uma investigação?

— Pois é...

— Né?

Depois de ter dito isso, Itsuko não continuou. Saeki esperou em silêncio.

— Você tem percebido algo diferente nos últimos tempos?

Era perceptível que ela precisou tomar coragem para falar aquilo.

— Ah... Eu diria que sim. — Saeki não negou.

— Então, você percebeu...

— Percebi, acho.

— E você sabe o motivo?

Havia um certo tom de urgência na voz dela.

— O motivo? É o cansaço.

— Mentira — afirmou Itsuko, culpando Saeki por sua decepção.

— Quer dizer então que *você* sabe o motivo?

Ele ouviu um breve suspiro do outro lado da linha.

— Você tem que ser muito burro para achar que não percebi nada.

— Você está brava? O que houve?

Saeki não entendia o que Itsuko queria dizer. Parecia que, de alguma forma, o comportamento dele a havia irritado?

O silêncio durou cerca de cinco segundos, até ser rasgado pela voz de Itsuko:

— Acho melhor a gente dar um tempo.

— Como assim?

Saeki torceu para que seu tom de voz tenha saído de forma calma, porque estava muito perturbado pela decisão abrupta de Itsuko.

— Mesmo que eu não dissesse isso, você provavelmente já estava planejando fazer o mesmo. Está causando problemas no seu trabalho.

— Se está falando do meu cargo, não precisa se preocupar. Eu sei me cuidar.

— Mesmo assim! Até que a situação se acalme um pouco, é mais prudente que a gente não se encontre.

— É... — Saeki não pôde deixar de concordar.

— Era só isso que eu queria falar.

— O que houve? Eu disse algo que te chateou?

Embora o argumento de Itsuko fosse muito racional, Saeki sentia que não era apenas aquilo o que havia por trás da decisão dela; existia algo mais nas entrelinhas.

— Se eu disser que sim, vai pensar a respeito? Porque também seria doloroso.

— Doloroso? Você está dizendo que te magoei?

— Pare de exigir todas as respostas de mim. Pense um pouco sozinho.

— Não tenho problema em pedir desculpas. Mas não estou entendendo.

— Não minta! Nem pra mim nem pra si mesmo.

— Estou mentindo para mim mesmo?

— Está — Itsuko afirmou depressa e continuou: — Quando achar que devo, ligo pra você de novo. Se cuida, tá?

Ela desligou, sem dar tempo para que Saeki tentasse argumentar. O detetive franziu as sobrancelhas e bateu o telefone.

Saeki cruzou os braços atrás da cabeça e olhou para o teto. O aquecedor estava funcionando bem, mantendo o ambiente em uma temperatura agradável, mas ele ainda sentia frio. Era provável que a decoração melancólica, com pouca mobília, ajudasse a criar a atmosfera desolada. Se esse fosse mesmo o caso, talvez devesse comprar flores de vez em quando para alegrar o lugar.

Naquele momento, Saeki se deu conta de que estava irremediavelmente sozinho. Percebeu que não havia ninguém ao seu redor. Ninguém era indispensável para a sua vida, e ele não era indispensável na vida de ninguém. Nem uma pessoa sequer. “É isso o que chamam de aridez? Minha severidade me obriga à solidão? Se for isso mesmo, o que estou fazendo com a minha vida até agora?”, pensou.

Deixou escapar uma risada de desdém de si mesmo.

Como se achasse tudo muitíssimo engraçado, Saeki gargalhou por um longo tempo.

51

Sem preâmbulo, o inverno sinalizava a sua presença pela cidade. O vento gelado que soprava pelas ruas roubava as cores da paisagem, tornando tudo pálido. Os passos das pessoas estavam mais apressados sem motivo aparente, o que o fez perceber que, para bem ou para mal, já era dezembro.

Era difícil de acreditar que, pouco tempo atrás, ele derretia com o calor infernal.

Em um piscar de olhos, o inverno chegara. Não havia mais o frescor do outono. O tempo passou enquanto ele estava engolfado por ondas furiosas, até que se viu em uma situação inesperada. Sentia-se um completo estranho, caminhando por aí sem rumo ao lado do cachorrinho. Um ano atrás, jamais se imaginaria saindo de casa para passear com um cão em um dia tão frio. O que lhe acontecia não parecia real, mas, sim, algo saído de um filme ou de um livro.

Ele passava os dias em um parque com uma grande área aberta, um lugar bastante adequado para as crianças correrem e se divertirem. Um largo calçadão de tijolos amarelos passava por cima da grama, que gradualmente perdia o viço. Árvores pontilhavam o gramado, com os galhos já desfolhados balançando ao vento.

Ele gostava daquele parque. Passeava com seu filhote, alheio ao frio, quando se deparou com um senhor que caminhava com o próprio cachorro. O animal era um são-bernardo que chegava à cintura do idoso, de modo que era impossível saber quem puxava quem. Quando estavam quase se cruzando no calçadão e o filhote viu de perto aquele cachorro de pelagem imponente, ficou assustado e saiu apressado do caminho. O são-bernardo observou com curiosidade o filhotinho se afastar. O homem e o idoso trocaram olhares e sorriram.

Já passava de três da tarde e estudantes saídos da escola já se aglomeravam no parque. Eles corriam e rolavam pelo gramado atrás de bolas de futebol e de vôlei. Alguns brincavam de arremessar e pegar bolas de beisebol, enquanto outros jogavam badminton. As condições não estavam boas para a prática do esporte, pois o vento forte soprava as petecas para longe. Ao virar o rosto, ele viu uma criança empinando uma pipa que planava pelo ar, uma pipa triangular preta que voava a uma altura cada vez maior, levada pelo vento.

Embora não conseguissem participar dessas atividades com as crianças mais velhas, os pequenos do jardim de infância se agrupavam por conta própria, longe da vigilância dos pais, e se divertiam com simples jogos de correr. As regras e os barulhos causados por brincadeiras como pique-pega, pique-esconde e chuta-lata eram os mesmos de sempre, assim como o entusiasmo das crianças.

Continuando em linha reta pelo calçadão, ele acabou atravessando uma ponte sobre um córrego artificial. Às margens, árvores perenifólias abrilhantavam a paisagem e projetavam suas sombras intensas mesmo durante o dia. Seu cachorro, curioso, foi farejando a umidade até entrar em meio aos arbustos. Ele se abaixou e foi atrás.

Preso à coleira, o filhote levou o tutor com grande vigor mata adentro. Parecia que algo tinha despertado o seu interesse ali. Enquanto o homem abria caminho pelo matagal, avistou algo amarelo entre a folhagem. O cachorro disparou bem naquela direção, puxando-o junto.

O cachorro soltou um latido.

— Ah, seu bobo! Shhh! — uma voz infantil dizia.

O filhote abanou o rabo e correu em direção à voz.

— Shhh!

Uma menina de roupa amarela estava agachada, com o indicador sobre os lábios, e olhava feio para o cachorro. O animal parecia estar se divertindo e colocou a língua para fora, de forma adorável. Sentou-se ao lado da garota, com o rabo agitado agora batendo no chão.

A criança tinha cabelo curtinho e usava bermuda, como um menino. Apesar dos pés descalços, ela não aparentava sentir nem um pouco de frio. Os arranhões no joelho esquerdo davam a entender que era arteira.

— Tio, não! Vai pra lá — a menina sussurrou, reclamando.

Ele também se abaixou mais e se aproximou dela.

— O que você está fazendo?

— Me escondendo — a criança falou com uma expressão séria. — Não podem me encontrar!

— Ah, sim. Seria terrível. — Ele forçou um semblante sério. — Mas o cachorro te encontrou.

— O cachorrinho pode — assegurou a menina com a maior clareza possível.

O animal, como se entendesse que estavam falando dele, arfou alegremente.

— Que bonitinho! Posso fazer carinho?

— Ah, claro!

— Não morde?

— Não, pode ficar tranquila. Ele é bem mansinho. Mesmo quando o pegam no colo ele fica tranquilo.

— Verdade?

A garota esticou o braço, ainda meio temerosa, até tocar nas costas do filhote. Ela o pegou e colocou sobre os joelhos. O cachorro logo lambeu a bochecha dela.

— Hahah! Faz cosquinha! Que fofinho.

— Gosta de cachorro?

— Sim. Em casa temos um também, mas o Gon é bem maior.

— Se chama Gon?

— Chama. O Gon é grande assim. — A menina usou a mão para sinalizar no ar. — E este menininho aqui, qual o nome?

— Se chama Chibi.

— Ah, claro, porque ele é pequenininho. — Ela riu e fez carinho nas costas do animal.

— Isso mesmo. E você, qual o seu nome?

— Eu?

A menina se apresentou, toda orgulhosa. Ele sorriu e disse:

— Que nome bonito.

Era de fato um nome bonito.

— Hein, mas como até o tio conseguiu te achar, se você ficar aqui por muito tempo, vai acabar sendo encontrada pelos outros também. — Ele franziu as sobrancelhas como se aquilo fosse um grave problema.

— É que o tio faz muito barulho! Se ficar quietinho, não vão me achar. — A garota inflou as bochechas.

— O tio conhece um lugar bem melhor! Lá eles nunca vão te encontrar. Com certeza!

— Verdade? — a garota perguntou desconfiada.

— Verdade verdadeira. Eu não minto.

— Onde?

— Por ali. — Ele apontou na direção do estacionamento.

— Hmm... — A menina parou de acariciar o cachorro, como se fizesse uma pausa para pensar. — Não vão me achar mesmo?

— Não mesmo! — ele assegurou de forma bem séria.

— Então, vamos! — a criança concordou facilmente.

Ele se virou, tentando esconder o sorriso de animação que surgia no rosto. Foi andando assim, meio agachado. A menina o acompanhou, levando o cachorro no colo.

Atravessou os arbustos e saiu no estacionamento. Como era um dia de semana, não havia muitos carros nem ninguém à vista. A menina veio atrás. Ele cerrou os punhos de leve. As palmas suavam um pouco.

— Mas aqui vão achar a gente rapidinho!

Ele ouviu a criança reclamando às suas costas.

— É mesmo, né?

Ele se virou e, num movimento rápido, golpeou a barriga da menina. Ela soltou um grito abafado e de imediato ficou mole. Seus braços relaxaram e o cachorro que ela segurava pulou para o chão e começou a uivar em protesto ao tratamento grosseiro.

Pegou a criança no colo e a levou até o seu automóvel. Não havia trancado a porta de propósito, para facilitar. Depressa, colocou a menina deitada no banco traseiro e a escondeu com um cobertor.

Agarrou o filhote rondando aos seus pés e ligou o motor do veículo. Não havia passado dois minutos desde que pisara no estacionamento com a menina. O lugar estava deserto.

Estava bastante satisfeito com a própria performance e soltou uma risadinha de contentamento para si mesmo.

52

A CARTA DO POSSÍVEL CULPADO FORA ENVIADA AO LABORATÓRIO DE Análise Forense do Departamento de Polícia Metropolitana para averiguação, mas não trouxe nenhuma pista nova.

Na carta não havia impressões digitais, e as que foram encontradas no envelope foram atribuídas a funcionários da agência postal de onde a mensagem fora enviada. Além disso, tanto o envelope pardo quanto a folha de papel recebidos eram artigos produzidos em massa, portanto impossíveis de rastrear. A única expectativa era a de que, a partir dos caracteres na mensagem, fosse possível determinar o modelo do processador de texto utilizado; porém, embora tenham conseguido obter essa informação, era da linha mais vendida no mercado. A partir desses indícios, era possível supor que o remetente havia se precavido meticulosamente ao enviar aquela carta.

A central de investigação, que ficara empolgada com os novos desdobramentos do caso, foi tomada por um sentimento palpável de frustração com os resultados da análise forense. O fato de que não se conseguira obter nenhuma pista de uma provocação escrita clara como aquela deixou muitos dos detetives envolvidos indignados. Como não fora possível descartar a hipótese de que a carta fosse apenas um trote, a investigação chegou a abordar as pessoas próximas à família Tada, mas mesmo isso não levou a nenhuma novidade relevante.

Ao mesmo tempo, o comissário-geral Saeki, da Agência Nacional de Polícia, enfim fez uma aparição para a mídia em resposta à crescente comoção pública, expressando suas condolências às famílias das vítimas e indignação em relação ao criminoso. As manifestações contra a lentidão da investigação se intensificaram ainda mais.

Quinta-feira, 2 de fevereiro. A imprensa transmitiu as informações divulgadas na coletiva de imprensa emergencial realizada pela delegacia da zona oeste de Ogu. Mais de duzentos jornalistas participaram. O local estava tão cheio que não foi necessário ligar os aquecedores, apesar de ser o auge do inverno.

A coletiva foi transmitida às 18h30. As autoridades presentes eram o delegado daquela repartição e Kai, o chefe da Divisão de Assuntos Criminais. Por causa do escândalo em que se envolvera recentemente, Saeki hesitou em aparecer diante da imprensa e preferiu assistir à coletiva pela televisão da central de investigação.

Todos os detetives da central estavam reunidos diante do telão, cientes de que em breve uma declaração muito importante seria feita. Eles assistiam, sem conseguir esconder a apreensão que pairava, pois acreditavam que a reação às informações divulgadas naquela coletiva de imprensa seria violenta.

A transmissão começou a exibir o local da coletiva de imprensa com dez minutos de antecedência. O apresentador narrava o resumo dos fatos relacionados ao caso até aquele momento. Havia um enorme número de jornalistas empilhados diante da mesa em que as duas autoridades policiais se sentariam, mas os dois homens ainda não haviam aparecido.

No horário marcado em ponto, o chefe da Divisão de Assuntos Criminais e o líder da delegacia da zona oeste de Ogu entraram e, tão logo avistados, foram recebidos por uma chuva de flashes fotográficos. Eles se sentaram, Kai com uma expressão confiante e seu colega de mesa aparentemente tenso.

Os detetives que assistiam pela televisão da central estavam calados e imóveis. Podia-se ouvir até mesmo quando alguém engolia em seco de nervosismo. Saeki, em pé e de braços cruzados, mantinha os olhos atentos à transmissão.

O delegado da repartição checou a recepção do microfone e, em seguida, começou a falar:

— Bem... Eu tenho uma declaração importante para fazer.

Não houve qualquer introdução. Kai estava ao seu lado, de braços cruzados, sem conseguir disfarçar o desagrado. O delegado abriu o papel que trazia nas mãos com gestos pouco delicados.

— Uma segunda carta do criminoso foi recebida hoje na delegacia do oeste de Ogu.

Houve burburinho imediato entre os jornalistas presentes. Os detetives que assistiam pela televisão da central de investigação não moviam um músculo sequer.

— Aqui está — disse, enquanto exibia a carta para uma câmera. As telas exibiam o conteúdo. — Eu gostaria de lê-la para os senhores.

Depois de exibir a carta por algum tempo, o delegado começou a ler em voz alta e rouca:

— "Caro chefe da central de investigação. Eu sou a pessoa que recentemente enviou cartas aos jornais. Parece que aquele documento causou uma grande comoção, não? Fiquei surpreso com o grande interesse das pessoas. Vi várias suposições de perfis criminais em canais de televisão e revistas. Algumas dessas hipóteses estavam corretas, enquanto outras erraram feio. Acompanhar o raciocínio por trás dessas conclusões foi bem divertido. Mas o que me surpreendeu foi o fato de que a imprensa insiste em cogitar que a pequena Shouko Tada esteja viva. Será que é por que a polícia está se eximindo de fazer uma declaração definitiva sobre a situação? Ou por que não encontraram o corpo dela ainda? Por isso e para evitar mal-entendidos desnecessários, decidi mandar esta segunda carta. Embora seja muito arriscado ficar enviando correspondências para vocês, decidi abrir uma exceção desta vez para fazer um favorzinho. Por favor, vejam a foto que envio neste envelope. Acredito que assim vocês vão entender o que quero dizer..." E isso é tudo o que está escrito.

O chefe da delegacia parou de falar e voltou a dobrar a carta. Em seguida, pegou uma fotografia e esticou o braço, mostrando-a aos jornalistas.

No mesmo momento, a câmera que transmitia a coletiva deu um zoom na foto para que ela ocupasse a tela inteira.

Na imagem, via-se a figura de Shouko deitada, de olhos fechados, vestindo exatamente as mesmas roupas que usava no dia do desaparecimento.

— E-essa menina é mesmo Shouko Tada?! — Um jornalista soltou a pergunta com a voz agitada e estridente.

O chefe da Divisão de Assuntos Criminais finalmente se pronunciou:

— Recebemos a confirmação da família. Não há dúvidas de que se trata da garota desaparecida.

— Não poderia ser uma fotografia tirada pela família?

— Não. Além de os pais não reconhecerem a foto, ela é de uma máquina Polaroid, e os Tada não possuem uma câmera dessas em casa.

Kai balançou a cabeça com uma expressão triste.

— Então, o remetente é de fato o indivíduo que sequestrou Shouko Tada?

— Acredito que seja possível afirmar isso.

— É perceptível que o estilo de escrita desta nova carta é bem diferente da mensagem anterior. Será que se trata do mesmo autor?

— Esse ponto se encontra sob cuidadosa investigação no momento.

— Se aquela carta tiver sido escrita por outro indivíduo, isso quer dizer que ela não passou de um trote?

— Na fase atual da investigação, é muito difícil afirmar.

Os questionamentos feitos pelos jornalistas já haviam sido debatidos pelos oficiais na central de investigação.

Era óbvio que o estilo de escrita da primeira carta não era igual ao da segunda. Aquela possuía um texto que transmitia certa hesitação temerária do autor em ser capturado e passava um ar de infantilidade. Já o texto da mensagem mais recente denotava uma maior sofisticação comunicativa. Seu estilo peculiarmente arrogante parecia, inclusive, debochar da lentidão da polícia.

Embora alguns aspectos pudessem ser apontados como diversos nos textos das mensagens, o mais chamativo era o uso de ideogramas. A palavra "entender" fora grafada com o ideograma apropriado na primeira carta. Na segunda, porém, fora grafada de outra maneira. As opiniões se dividiam: essa diferença era devida a um esquecimento na hora de datilografar a palavra ou se tratava realmente de uma diferença de estilo de escrita?

Pensando de modo objetivo, não parecia que as duas cartas tinham sido escritas pela mesma pessoa. Por outro lado, considerando a capacidade do culpado de pensar de forma meticulosa sem deixar pistas, era plausível que se tratasse de alguém com escolaridade e inteligência acima da média. Se tivesse ensino superior, não seria impossível que fosse capaz de empregar diferentes estilos de escrita ao seu bel-prazer.

No final das contas, não houve consenso na central de investigações. A única certeza era a de que o autor da segunda carta estava envolvido no desaparecimento de Shouko.

A transmissão televisionada da coletiva de imprensa estava chegando ao fim. Kai concluiu sua fala anunciando que seria estabelecida uma força-tarefa integrada dentro do Departamento de Polícia Metropolitana.

Os detetives, em silêncio fitando a tela da televisão, enfim começaram a se manifestar. Não apenas oficiais da área de investigação, mas também pessoal de transporte e de prevenção ao crime seriam designados para aquela nova força-tarefa. Além disso, a delegacia da zona oeste de Ogu havia sido incluída na grande rede de inteligência que estava sendo lançada. Alguns detetives ficaram genuinamente empolgados com os novos desdobramentos do caso, enquanto outros continuavam pessimistas.

Saeki permaneceu com o semblante inexpressivo, de braços cruzados e sem dizer sequer uma palavra.

53

UM ANO TURBULENTO HAVIA TERMINADO E UM NOVO COMEÇAVA. PASSAVA o réveillon em seu apartamento com o cachorro. Não tinha feito nenhum preparativo em especial para comemorar a data, estava apenas entornando latas de cerveja sozinho.

Não havia ninguém com quem ele quisesse celebrar. Ninguém fora visitá-lo. Havia recebido alguns cartões de ano-novo, mas os deixara em um canto da sala sem sequer se dar ao trabalho de olhar o que havia de escrito neles. Obviamente, não respondera a nenhum.

Desde a virada do ano, ele vinha passando o tempo assistindo à televisão. Não era como se quisesse ver a programação especial da virada, mas estava atento às notícias. Assim que começara a realizar a cerimônia, acompanhava religiosamente os noticiários.

Os sucessivos desaparecimentos de menininhas haviam causado nada menos do que um frenesi na imprensa. E quando um corpo foi encontrado no início daquele ano, não teve um só dia em que os jornais não comentassem o caso.

Naquele momento mesmo, enquanto ele segurava uma lata de cerveja e assistia friamente à sua TV de tubo, um apresentador com um semblante solene comentava as últimas notícias:

— *O Departamento de Polícia Metropolitana está correndo contra o tempo em busca de testemunhas, considerando o caso como obra de um assassino em série. A seguir...*

O telefone tocou. Ele virou-se e olhou para o aparelho, sem esboçar qualquer reação. Fazia meses desde que alguém lhe ligava, e ele não tinha a mínima ideia de quem poderia ser.

Ele se levantou com grande esforço e esticou o braço lentamente até alcançar o telefone.

— Sim?

Estava rouco. Mesmo pensando que se tratava de um engano, ele decidiu atender a ligação.

— Sou eu, Shima — uma voz firme e grave respondeu.

Ele ficou surpreso ao reconhecer quem era.

— Hum!

Sem palavras, só conseguiu responder com um grunhido.

Shima soltou uma risada baixa.

— Essa não... Você já se esqueceu de mim, não é?

— Não, não é isso. É só que você me pegou um pouco desprevenido.

— A minha ligação?

— Sim.

— É mesmo? — Shima soltou uma risadinha abafada, sem entender o que havia de estranho. Logo se interrompeu e continuou falando: — Faz muito tempo, né? Eu fiquei preocupado porque você não tem comparecido às atividades do culto.

— Sim, já faz um bom tempo.

— Não está pensando em sair da Ordem, está? — O tom de voz de Shima não havia mudado, mas era perceptível que havia uma demanda urgente por resposta.

— Não é a minha intenção, mas ultimamente tenho me sentido um pouco indisposto — mentiu, dando uma desculpa.

— Isso não é bom.

— Sim, só que como moro sozinho, tem sido bastante complicado. Estou ficando bastante tempo deitado.

— Cuide-se, por favor. Será que não está resfriado?

— Pois é, pode ser isso.

— Parece que os resfriados estão mais severos neste ano.

— Parece que sim...

— Quão mal você se sente? Se quiser, podemos enviar alguém do culto para ajudá-lo.

— Não é pra tanto. Já melhorei bastante.

— Tem certeza? Então, volte ao culto e me mostre esse rosto saudável.

— Logo mais.

Desde que começou a realizar as cerimônias por conta própria, ele tinha abandonado o culto. Não conseguia mais se devotar a isso com o mesmo fervor de antes. Talvez porque, agora que tinha encontrado um propósito para sua vida, não sentia mais a necessidade de buscar conforto emocional na instituição.

— Vou ficar te esperando — Shima comentou com a voz seca, antes de mudar de assunto. — A propósito... Você tem lido os jornais ultimamente?

— Os jornais? Dou uma olhada de vez em quando.

Ele não sabia qual era o intuito de Shima ao lhe perguntar aquilo.

— Você viu que agora eles têm falado sobre uma série de sequestros e assassinatos de garotas pequenas?

— Eu soube — respondeu calmamente, sem mover um músculo.

— Um caso assustador, não acha?

— Demais.

— Não seria você, seria? — Shima perguntou, direto ao ponto.

— Hã? — Ele se fez de desentendido.

— Esse caso. Não seria obra sua, poderia? — repetiu, sem demonstrar irritação.

— Que absurdo é esse? — Ele soltou uma risada. — Eu jamais faria algo assim!

— É mesmo... Não há nenhuma possibilidade de você ser o culpado.

— Nenhuma. E você sabe disso melhor do que ninguém, Shima — insistiu, ainda fingindo inocência. Afinal, certamente não havia evidências de seus atos.

— Pois é. É que você havia me perguntado com tanto interesse sobre a invocação de espíritos, e calhou desse caso das meninas surgir logo depois... Acabei ficando um pouco preocupado.

— Não precisa esquentar com isso. Eu estou seguindo à risca o que você me ensinou.

— Entendo. Que alívio. As datas dos desaparecimentos também não batem, mas acho que fiquei ansioso e preferi confirmar com você, por via das dúvidas.

— Sinto muito por preocupá-lo — ele respondeu calmamente.

— Mas, então, como foi a sessão espírita? Tudo ocorreu bem?

— Sim, de certa forma. Consegui reviver minha filha dentro do meu coração.

— É mesmo? Que bom...

— Isso também é o motivo de eu não estar aparecendo recentemente — ele se justificou, mas não tinha certeza de que aquilo convenceria Shima. Pensava que talvez não tivesse com o que se preocupar, mas se havia alguém que poderia associá-lo àquela série de crimes, essa pessoa seria Shima e mais ninguém.

Agora que a segunda cerimônia também havia fracassado, ele precisava encontrar uma terceira criança para ser o novo receptáculo no ritual, e depressa. Nesse sentido, seria bom acabar com as desconfianças de Shima o quanto antes.

Ele prometeu que apareceria em breve e desligou o telefone.

54

ERA O QUINTO DIA DESDE O ESTABELECIMENTO DA FORÇA-TAREFA integrada.

Saeki enfim conseguira um tempo livre. Ele já tinha falado com todos os oficiais que foram deslocados para participar da equipe, feito um levantamento e organizado todos os detalhes dos eventos ocorridos até então, examinado as pistas encontradas, definido o encaminhamento da investigação a partir daquele ponto, formado os times de policiais e os alocado em respectivas subdivisões da região em que atuariam. Foram necessários vários dias de reuniões apenas para preparar tudo. Kai e Saeki estavam no comando de toda a operação, tão atarefados que não tinham um minuto sequer para si próprios.

Depois de finalizar a série de procedimentos formais, Saeki pôde finalmente retornar à delegacia da zona leste de Hino e cuidar da investigação do assassinato de Naomi Saitou.

Dez da manhã. Enquanto os detetives saíam em pequenos grupos para investigar suas áreas designadas, Saeki estendeu o braço e pegou o telefone da mesa. Apanhou uma revista de sua maleta, olhou a contracapa e discou. Pediu ao atendente que transferisse a ligação para o departamento editorial da *Shunjuu*.

— Sim, a edição de 12 de fevereiro. Eu gostaria de marcar uma reunião com o autor da matéria sobre neorreligiões. Sim, sim. Certo, entendo. Fico no aguardo.

Assim que encerrou a ligação, percebeu que Okamoto o observava fixamente.

— O que foi?

— Nada, estou de saída. — Okamoto balançou de leve a cabeça, apressando Kitaoka para se retirarem.

Trinta minutos depois, o telefone tocou. Saeki pegou o aparelho. Do outro lado da linha, estava a pessoa cuja ligação aguardava.

— Aqui é Sudou. — A voz era áspera e desagradável. — Você ligou mais cedo?

— Ah, é você mesmo — respondeu Saeki. — Imaginei que fosse.

— Está ligando para registrar uma reclamação sobre a matéria que escrevi?

— Eu queria marcar uma reunião para fazer algumas perguntas. Você tem um tempinho?

Em vez de uma resposta, Saeki ouviu apenas o barulho de papel sendo folheado. Ele supôs que a pessoa estivesse verificando sua agenda.

— Estou livre a partir das 11h. Você poderia vir?

— Às 11h? — Ele confirmou o horário. — Acho que vou me atrasar um pouco, mas consigo chegar uns dez minutos depois.

— Tudo bem. Onde está agora?

— Em Hino.

— Certo, então seria melhor irmos para Shinjuku. No café Momi, que fica na saída oeste do metrô. Conhece?

— Sim. Chego em breve.

— Te espero lá.

Abruptamente ele encerrou o telefonema.

Saeki se levantou de pronto e se preparou para partir. Avisou ao chefe da Oitava Subseção, sentado ao seu lado, que iria se ausentar por um tempo e se retirou da central de investigação.

Ele se enfiou em um trem que chegou bem na hora e, em quarenta minutos, estava em Shinjuku. Encontrou Sudou em um assento ao lado da janela bebendo café espresso.

— Desculpe pela demora.

Depois de se cumprimentarem com os olhos, Saeki se sentou e pediu um café.

— Francamente, um atraso de vinte minutos... — Sudou comentou, sério.

— Lamento muito. — Saeki sorriu de forma sarcástica para a habitual falta de simpatia do seu interlocutor.

Saeki conhecia Sudou desde os tempos da universidade. Haviam sido colegas de curso e se sentavam próximos nas aulas da faculdade de Direito. Desde aquela época, Sudou já era um homem de personalidade forte e sem amigos íntimos. Ainda assim, curiosamente, se dava bem com Saeki. Uma característica marcante era que se autodeclarava um prodígio — uma postura confiante que o destacava entre todos os estudantes brilhantes da universidade.

Evidentemente, seu histórico acadêmico era impecável. Entretanto, o vasto conhecimento e a memória invejável e sem igual eram os elementos que faziam Sudou ser quem era. Seus livros preferidos eram enciclopédias, afinal de contas. Sudou, que ostentava a eloquência de um especialista em todos os assuntos possíveis, era evitado por todos ao redor. E o próprio Sudou dificultava a aproximação de outras pessoas com seu comportamento ofensivo, muitas vezes chamando-as de estúpidas ou ignorantes.

Saeki não se lembrava de como tinham ficado próximos. Talvez fosse porque o detetive compartilhava com Sudou um quê excêntrico. Depois da formatura, Saeki se tornara policial, enquanto o colega fora trabalhar em uma editora, e seus caminhos se separaram. Ainda assim, seguiram mantendo contato mesmo quando estavam prestes a se esquecer um do outro. O fato de que os trabalhos de ambos possuíam sutis pontos de interseção também colaborava para a manutenção do relacionamento. Assim, inúmeras vezes haviam se ajudado com dicas profissionais.

— Peço desculpas por sempre estar recorrendo a você. Mais uma vez quero que me explique algo — Saeki começou a falar após o café ter chegado à mesa.

— Não espero que você me demonstre uma amizade calorosa. Tudo bem se quiser me usar apenas como uma enciclopédia humana.

Sudou tomou um gole barulhento da pequena xícara de espresso. Já haviam se passado mais de dez anos desde a formatura na universidade, mas a sua aparência não mudara em nada. Apesar de não praticar esportes, Sudou tinha o corpo tonificado como o de um praticante de artes marciais. Sua pele era bem cuidada e sem manchas, como a de uma mulher, e não era exagero dizer que tinha um rosto bonito. A única questão era que seus olhos tremiam em espasmos, demonstrando sua personalidade irritável e criando uma impressão de distanciamento.

— Ah, pode deixar, então. — Saeki tirou a revista de sua maleta. — Esta matéria.

Sudou olhou com aparente desinteresse.

— Ah, isso?

— Logo pensei que fosse um artigo escrito por você. Até porque as matérias mais interessantes da *Shunjuu,* em geral, são as suas.

— Naturalmente — Sudou acrescentou sem sorrir.

— Então, o assunto é esse. Quero uma palestra detalhada sobre neorreligiões.

Sudou encarou Saeki com um olhar frio e sua expressão inalterada.

— Tenho uma condição. — Sudou cruzou as pernas.

— Qual?

— Me conte como esta matéria está relacionada ao caso.

— O caso? — Saeki fingiu não entender.

— Não se faça de bobo. Você é o chefe da Primeira Seção Investigativa do Departamento de Polícia Metropolitana. Qual o caso que agora está em maior evidência na sociedade? Certamente, os sequestros sucessivos dessas meninas. Nenhum imbecil acreditaria que, em um momento tão atribulado, você viria até aqui querendo ouvir sobre religião por uma singela curiosidade pessoal.

— A verdade é que eu mesmo ainda não sei bem — Saeki respondeu honestamente. — Por isso estou aqui.

Sudou o fitou de forma petulante, com o rosto inclinado para o lado.

— Hm, está bem, então. Imagino o que deve estar pensando. Vou falar tudo o que tenho conhecimento a respeito.

— Te agradeço. — Saeki deu um largo sorriso. Ele conhecia bem a personalidade de Sudou e sabia que não era alguém que concordava em atender pedidos docilmente.

— O que você quer saber sobre neorreligiões?

— Tudo, desde o começo. Me explique em detalhes, como se eu não tivesse lido o artigo.

— Que cara abusado, hein?

Após ofendê-lo um pouco, Sudou subitamente começou a falar sobre o tema:

— Embora sejam todas colocadas no mesmo saco como "neorreligiões", suas características variam. Os ideais que defendem são infinitos. Você sabe quantas associações são consideradas "neorreligiões" no Japão atualmente?

— Umas três mil? — Saeki arriscou um palpite.

— São duzentos e trinta mil! — Sudou afirmou.

— Tantas assim?

— É assustador, né? E cada uma delas reverencia uma ou mais divindades diferentes, então há espaço para todo e qualquer deus existente. Além disso, o número estimado de seguidores desses duzentos e trinta mil cultos é de duzentos e quinze milhões de pessoas. Isso equivale a aproximadamente cento e oitenta por cento da população japonesa atual.

— Mas como é possível?

— A resposta para isso é simples. Esse número está registrado no *Anuário Religioso*, uma publicação da Agência para Assuntos Culturais, um órgão do Ministério da Educação, Cultura, Esportes, Ciência e Tecnologia. Porém, os dados são obtidos a partir dos dados divulgados pelos próprios cultos. Ou seja, cada um pode informar ao governo um quantitativo inflacionado de fiéis. Além disso, provavelmente há pessoas que frequentam mais de um grupo religioso.

Sudou estava com a garganta seca e parou brevemente para beber água.

— Acho que você sabe que não acredito em nenhuma religião, de época nem lugar nenhum. Por isso, o que vou dizer agora parte de um posicionamento crítico a esses grupos que operam de forma suspeita. Se você deseja ouvir uma opinião mais imparcial, é melhor procurar outra pessoa.

— Estou ciente. — Saeki sorriu ironicamente.

— O objetivo principal das neorreligiões é acumular dinheiro. E como fazer isso? Atraindo muitos fiéis. Para você ter uma noção, um culto popular pode chegar a ter de um a três milhões de seguidores. O maior deles, a Sociedade Erudita S, chega a dezessete milhões de membros, ou pelo menos é o que divulgam. Bem, por ora, vamos considerar que seja verdade e que o número de devotos de uma determinada organização atinja um milhão. Se ela cobrar dez mil ienes de mensalidade de cada um dos seus seguidores, o total arrecadado chega a dez bilhões de ienes por mês! É um dinheiro que circula por aí sem que tenhamos conhecimento. Não há nenhum outro negócio lucrativo assim. É por isso que esses grupos religiosos fazem de tudo para atrair mais e mais fiéis.

— De fato. — Saeki demonstrou estar impressionado.

Sudou parecia bem-humorado.

— Você sabe qual é o melhor argumento para reunir cada vez mais pessoas em cultos? O sobrenatural. E esses cultos têm criado diversos métodos relativos a fenômenos paranormais para conquistar a atenção dos ignorantes. Podemos classificar em cinco tipos as fraudes que tais religiões praticam. O primeiro é a clarividência, que é bem similar ao golpe aplicado por adivinhos. Ao encontrarem alguém que aparenta não estar muito bem, falam algo como "Posso ver que você está carregando um fardo" ou "Você não tem honrado seus antepassados" ou outra coisa que poderia se aplicar a qualquer pessoa. Afinal, hoje em dia é raro que alguém continue zeloso em suas reverências aos ancestrais. Por isso, quando uma pessoa aleatória para alguém na rua e faz um comentário assim, é provável que o indivíduo se identifique com o comportamento e se sinta culpado. Se a metodologia do culto for calculista o suficiente, pode ser feito um levantamento prévio da vida da pessoa para obter informações mais específicas. Assim, um membro do grupo se aproxima de alguém fazendo perguntas cujas respostas ele já sabe de antemão, mas fingindo estar acertando por meio de clarividência. Se você é ingênuo e está encontrando pela primeira vez alguém que sabe diversas coisas sobre a sua vida, é possível que acredite que se tratem de poderes sobrenaturais. As pessoas que se deixam enganar também são estúpidas.

"O segundo tipo de fraude é chamado de telecinese espiritual. Isso se refere ao fenômeno de movimentar objetos com o poder emanado a partir de uma oração. Isso não deveria ser encarado como nada além de uma artimanha ridícula para enganar crianças, assim como um truque de mágica bem executado. Dependendo de como é realizada, mesmo a performance de um mágico pode parecer guardar em si um grande mistério. Muitas pessoas acabam acreditando quando ouvem que esse tipo de coisa advém do poder de divindades.

"Entre os fundadores dessas seitas, há também aqueles que são habilidosos em hipnose. Eu inclusive verifiquei sua eficácia na prática, e é verídico. Mas a hipnose em si nada tem a ver com habilidades sobrenaturais. Até mesmo médicos a utilizam. Se houver algum segredo a ser desvendado, eu acredito que é mais provável que ele resida na mente de quem é hipnotizado do que na de quem hipnotiza. Bem, de todo modo, isso é assunto para uma outra conversa."

Sudou falava incessantemente sobre o tema sem nem checar suas anotações. Parecia que, de fato, tinha todos aqueles dados memorizados em sua cabeça. Em silêncio, Saeki o incentivava a prosseguir.

— O terceiro tipo é o mais inescrupuloso, pois usa a cura de doenças como fachada para atrair devotos, afirmando que, se você tiver fé, poderá se ver livre de qualquer enfermidade, por mais grave que seja. Acho que não preciso te dizer isso, mas não importa o quanto reze a qualquer deus que seja, isso não vai curar um câncer. Não importa quanto dinheiro coloque em um culto. Há casos revoltantes de pessoas que sofriam de doenças cujas famílias acabaram perdendo tudo para uma dessas neorreligiões. Mas nem vou me estender no assunto. É um absurdo, mas também revela a fraqueza dos seres humanos.

"O quarto tipo é bastante eficiente para atrair especificamente jovens, pois se apresenta como a possibilidade que as pessoas desenvolvam poderes sobrenaturais por meio de treinamentos realizados pela seita. Assim, poderia alcançar o controle irrestrito sobre capacidades como a telepatia e a psicocinese. Pelo visto, palavras como essas são bastante atrativas para os jovens, que possuem o desejo de serem mais do que apenas pessoas comuns. É uma armadilha em que indivíduos cheios de complexos caem com facilidade. Óbvio que você não vai desenvolver nenhuma habilidade sobre-humana com esses treinamentos, mas, se reclamar, argumentarão que não consegue porque sua fé não é forte o suficiente. E aí completam dizendo que, se der mais dinheiro, aí sim conseguirá adquirir um desses poderes espirituais. Parece que há muitos estudantes ralando em bicos por aí que dão todo o salário para esses cultos."

— É uma situação risível, embora não seja engraçada.

— Bem... — Sudou ergueu as sobrancelhas. — Eu acho hilário, mas enfim. Vamos continuar.

"Por fim, os milagres. É curioso, mas essa vertente já é bem tradicional. Afinal, mesmo coisas irrelevantes podem parecer imensas se você quer acreditar, certo? 'Os crentes serão salvos.' 'Abençoados sejam os inocentes.' Você nunca ouviu histórias em que uma pessoa escapa da falência ou são resolvidas discórdias familiares graças à conversão a alguma crença? Para aqueles que possuem fé cega, qualquer acontecimento bom pode parecer um milagre, que entendem como proveniente da religião à qual pertencem. É um pensamento muito imbecil!

"Depois de tudo o que eu disse, você já deve ser capaz de entender até que ponto as neorreligiões usam meios fraudulentos para atrair um maior número de devotos."

— Ah, sim, entendi.

Sudou ficou aparentemente desapontado com a resposta curta de Saeki. Ele cruzou as pernas e afastou o corpo da mesa, apoiando-se no encosto do assento.

— Claro, não apenas os que enganam são ruins, mas os enganados também. Em geral, os novos membros desses cultos esperam receber alguma coisa em troca. São poucos os que se convertem apenas por uma genuína crença em Deus. Todos entram em uma neorreligião buscando receber algum tipo de graça divina. Se você quiser a minha opinião, eu diria que ambos os lados estão igualmente errados.

"Aqui vão alguns dados interessantes: números relacionados à visão religiosa dos japoneses. É um pouco antigo, mas alguns anos atrás o Instituto de Matemática Estatística do governo nacional realizou uma pesquisa. A pergunta era a seguinte: 'Você possui alguma fé ou crença?' A resposta foi positiva para trinta e dois por cento dos entrevistados. Cerca de um a cada três japoneses. A emissora televisiva estatal, a NHK, também promoveu uma pesquisa com tema semelhante, que revelou que cinquenta e seis por cento das pessoas afirmaram acreditar em alguma religião. Isso não quer dizer que esse quantitativo tivesse ingressado em um grupo religioso. Mas indica uma variedade de costumes em nossa sociedade. Por exemplo, se você visita túmulos de pessoas que lhe eram queridas, se logo após a virada do ano vai a algum templo, se tem um altar budista ou xintoísta em casa... Ou seja, a maioria dos japoneses faz algo assim e todos nós sofremos influências desse tipo de tradições em nossas vidas. Por isso, penso que pouquíssimas pessoas podem rir de alguém que se tornou um fanático religioso."

— Realmente, você tem razão — concordou Saeki.

— E eu sou uma dessas pessoas, claro. Mas continuando... — disse Sudou. — O que há de errado com a religião? O fato de ela ter se tornado uma forma de negócio. E não apenas isso: o negócio mais rentável de todos!

"Uma razão para esse fato é que não há a necessidade de investimento financeiro. Você consegue acumular dinheiro automaticamente, sem precisar vender nada. Para isso, pode-se usar vários pretextos, como a construção de um templo ou a organização de eventos. Na prática, porém, o que você tem é algo que funciona como uma fonte inesgotável de renda que vai encher os bolsos com todo zelo. Até porque a pessoa que está entregando o próprio dinheiro não está em busca de algo material em troca. Não há nenhuma outra forma de fazer dinheiro tão facilmente.

"Outro motivo é que há muitas formas de arrecadação. Além do dinheiro para eventos, como acabei de mencionar, em geral são cobradas taxas de admissão e mensalidades aos membros. Dependendo do culto, os devotos também são coagidos a comprar uma variedade de produtos, como adesivos e panfletos. Além dos jornais, como o publicado pela Sociedade Erudita S, cuja circulação é de aproximadamente quatro milhões e meio de exemplares, segundo dizem. A assinatura mensal desse jornal é de mil e trezentos ienes, então, só com esse produto eles arrecadam o total de cinco milhões e oitocentos mil de ienes. É um mercado enorme! E, ainda por cima, também publicam livros. Com esse *boom* recente, qualquer livraria comum tem pilhas e mais pilhas de publicações sobre religiões. Vamos supor que um deles custe mil e quinhentos ienes. Se um milhão de fiéis o comprarem, a arrecadação atinge um bilhão e meio de ienes apenas com essas vendas. Um best-seller dessa magnitude é raro! Mesmo se considerarmos um lucro líquido de setenta por cento desse montante, o número continua sendo impressionante: um bilhão e cinquenta milhões de ienes!

"E tem mais! O principal problema nisso tudo é que o acúmulo de dinheiro realizado pelos grupos religiosos está de acordo com a lei. Você sabia que as instituições religiosas recebem incentivo fiscal? As mensalidades pagas pelos seguidores e as doações feitas aos cultos não são tributadas pelo governo. E não é apenas isso: mesmo os impostos empresariais que essas instituições pagam são absurdamente menores do que os cobrados às empresas comuns. Uma diferença de vinte e sete por cento para as religiosas contra trinta e sete por cento e meio para as privadas. Isso ocorre mesmo nas atividades em comum desempenhadas pelas duas categorias de empresas!

"Aliás, a abrangência de atividades também é um tópico que chega a ser engraçado. De acordo com a lei atual, as instituições religiosas podem operar trinta e três diferentes ramos de negócios rentáveis. Eu os enumeraria agora, mas você provavelmente não se lembraria de todos. Vou destacar apenas os mais risíveis. Por exemplo, casas de banho público. Ainda não consegui entender o que isso tem a ver com religião. Hotelaria também. Incluem-se ainda atividades comerciais envolvendo a indústria alimentícia, lazer, locais recreativos, aluguel de salas e afins. Ouvindo isso, fica até difícil entender de que tipo de negócio estou falando. É como se fosse a indústria do turismo, não? Atividades como barbearias e salões de beleza também são permitidas pela lei, além de entretenimento e cursos de artes. Incluem-se ainda as atividades de venda e locação de imóveis, armazéns e estacionamentos. Os corretores ficariam boquiabertos.

"E a cereja do bolo: empréstimos. Religiões, pelo incrível que pareça, podem até mesmo fazer empréstimos. Este é um negócio particularmente rentável e, para essas instituições, é fácil acumular o suficiente para iniciar suas atividades. Basta arrecadar o dinheiro dos próprios devotos, sem incidência de impostos. Então, você pega esse montante e repete o processo, com novos empréstimos. Claro, não é como se essas instituições pudessem atuar como empresas de empréstimo indiscriminadamente. Tem funcionado mais ou menos como uma licença para que exerçam esse tipo de atividade. Mas isso também deve ser sancionado pela lei se esses grupos começarem a fazer pressão. Não que faça sentido.

"Em suma, as instituições religiosas podem fazer o que bem entenderem sem restrições. Todos os meios concebíveis de arrecadar dinheiro estão de acordo com a lei. É fácil entender o porquê de tantas neorreligiões surgirem aqui e ali. Afinal, são o negócio mais lucrativo que existe atualmente."

Após concluir sua longa fala, Sudou olhou para Saeki como se quisesse ouvir sua opinião. O detetive assentiu e perguntou:

— Sua explicação foi bem compreensível. Agora a minha dúvida é: o que esses grupos religiosos estão fazendo com todo o dinheiro que acumulam?

— O que estão fazendo? — Sudou coçou o queixo. Pela sua expressão, parecia estar se divertindo com aquilo. — Deixe-me tentar adivinhar o que está querendo dizer. Como falei, entre os diversos grupos religiosos que existem por aí, alguns se comportam de forma suspeita, certo?

— Sim.

— Há aqueles que, na prática, são seitas sexuais; outros que promovem rituais bizarros, como os que são noticiados de vez em quando. Ou seja, existem grupos que realmente se comportam de forma nada convencional.

— Por exemplo, há inclusive cultos chamados de pagãos que praticam heresias.

O sorriso de Sudou foi se alargando cada vez mais.

— Como raptar crianças?

— Isso — Saeki concordou.

— Qual parte de tudo que te contei você realmente ouviu? Percebi que você estava reflexivo e, por isso, tentei explicar sobre esse assunto da melhor forma que pude.

Ao ver que Saeki tinha uma expressão confusa no rosto, Sudou descruzou as pernas e se inclinou para a frente.

— Veja bem, religião é uma forma de negócio. E, inclusive, bastante amparada pela lei. Em outras palavras, é como se fosse uma empresa. Você acredita que empresas raptariam pessoas?

— Então, você acha que é impossível?

— É impossível. Ao ouvirem falar em "neorreligiões", as pessoas logo associam à ideia de cultos pagãos e satanismo. Mas esses grupos religiosos de hoje em dia são muito mais espertos do que isso. Como percebe, são organizações voltadas ao acúmulo de capital.

— Tem razão.

Saeki admitiu que tinha ido longe demais em sua teoria. Diante disso, Sudou acrescentou, de forma vaga:

— Bem... Há de se dizer que, no meio desses duzentos e trinta mil cultos, é capaz de haver um grupo cujos membros sejam completamente malucos.

55

Assim que fevereiro começou, ele foi ao culto. O clima estava instável: nuvens cinzentas e pesadas encobriam o céu. A Agência Meteorológica do Japão havia anunciado que aquele seria um inverno ameno, contudo, desde o começo do ano, o frio estava cada vez mais intenso. Só de caminhar um pouco pelas ruas, sua pele do rosto ficava seca e áspera. Ele saiu do carro, acionou o parquímetro e, apressado, quase correndo, entrou no prédio onde se localizava aquela unidade da Ordem.

Quando subiu ao terceiro andar, recebeu algumas saudações calorosas, como de costume. Todos que o conheciam estavam preocupados com sua saúde. Ele precisou explicar algumas vezes que já estava bem recuperado.

Cumpriu o objetivo de cruzar com Shima no hall, e trocaram algumas palavras. Como sempre, ele não conseguia entender direito o que se passava pela mente do veterano e não fazia ideia se o outro ainda guardava alguma desconfiança em relação ao caso das meninas sequestradas. Após uma saudação amigável, conversaram a respeito da cabala. Embora o estudo nos últimos meses tenha aprimorado bastante seu conhecimento sobre o tema, preferiu esconder o aprendizado e fingir admiração ante as palavras de Shima.

— Ah, sim. Você era próximo de Saki Kitamura, não era? — perguntou o veterano, mudando o assunto de repente.

— Eu não diria "próximo"... — Ele balançou a cabeça.

— Ela deixou o culto.

— É mesmo? — Ele reagiu sem demonstrar qualquer espanto.

Falar sobre aquela pessoa já não lhe despertava qualquer sentimento. Para ele, Saki agora não passava de uma moça fútil que pulava de religião em religião. Encontrar alguma religiosidade verdadeira em Saki era como procurar uma agulha no palheiro. Saber agora que ela havia se tornado uma dissidente não o espantava nem um pouco.

Quando estavam prestes a se despedirem, Shima o encorajou a retornar às cerimônias. Como não podia recusar, ele se comprometeu a aparecer. Foi, então, novamente cobrada dele uma taxa de participação, e disso ele não pôde se esquivar. Afinal, era essencial que se comportasse de forma a não levantar mais suspeitas.

Também papeou de forma amistosa com outros membros antigos e, entre essas conversas, um tema específico chamou sua atenção. Era uma história aleatória sobre uma mulher de meia-idade que, alguns dias antes, fora a um restaurante familiar com os filhos e lá encontrou, por acaso, uma seguidora da Ordem fazendo um bico.

Ele conseguiu disfarçar o interesse no assunto, mas uma luz se acendera em sua mente. Como consequência da friagem nas últimas semanas, as crianças haviam passado a retornar mais cedo para casa. Por isso, ele já vinha pensando que precisava de uma nova abordagem para descobrir o nome das meninas, e não tinha cogitado restaurantes como alternativa.

Decidiu que, daquele dia em diante, faria suas refeições em restaurantes familiares.

O cardápio voltado para crianças chegava a ser irritante, mas, procurando bem, conseguia achar pratos que não eram tão ruins. Assim que encerrava a refeição com toda a calma, pedia um café e abria um livro de bolso. Enquanto fingia estar lendo, na verdade prestava atenção na movimentação ao redor e notava quantos adultos acompanhados pelos filhos havia naquele tipo de estabelecimento. Quando crianças chegavam ao restaurante, geralmente estavam tão animadas que corriam de um lado para o outro, e os pais precisavam chamá-las várias vezes pelo nome para repreendê-las. Toda vez em que isso acontecia, ele prestava atenção no nome e o transliterava para o alfabeto latino mentalmente. Com toda a paciência, repetiu esse procedimento em vários restaurantes diferentes, até finalmente encontrar uma menina cujo nome tivesse a raiz digital correspondente ao número quatro.

Certo dia, enquanto ouvia as conversas das mesas ao redor, um nome feminino lhe saltou aos ouvidos. Ele já o havia analisado e memorizado como um possível nome para o receptáculo. Na hora, soube que era a criança pela qual procurava.

Casualmente, deu uma olhada na mesa que mencionara o nome. A mãe estava chamando a atenção de uma garotinha que havia derrubado espaguete sobre o colo. A criança continuava bebendo suco com um semblante sereno enquanto a mãe limpava sua saia. Era uma menina de olhos grandes e feições bem harmoniosas para a idade. O rosto oval lhe despertou recordações de sua filha enquanto ainda em vida.

Ele estava satisfeito quando terminou a refeição. Ainda assim, pediu um café ao garçom quando veio recolher o prato, desejando ficar de olho naquela família enquanto estava ali. Colocou o livro na mesa, abriu em uma página qualquer e tomou um gole da bebida.

Além da mãe e da menina, estavam presentes também o pai e um garoto. Como as duas crianças ainda eram pequenas, ele supôs que talvez tivessem vindo ao restaurante de carro, o que seria conveniente.

Depois de cerca de meia hora, enfim se levantaram para ir embora. Enquanto a mãe pagava no caixa, o pai e os filhos se divertiam olhando os doces expostos. Ele logo se levantou, com a conta em mãos, e se posicionou atrás da mãe na fila, fingindo naturalidade.

Já havia separado o dinheiro exato da conta e, portanto, logo concluiu o pagamento. Desceu a escada atrás da família em direção ao estacionamento, mantendo o passo no mesmo ritmo dos quatro. Ao chegar no andar de baixo, apressou-se até o carro, entrou e o deixou ligado.

Dois minutos depois, o veículo da família passou à sua frente. Em silêncio, ele deu partida e os seguiu.

A empreitada correu sem maiores dificuldades, já que o motorista adiante nem cogitava a possibilidade de estar sendo seguido. O perseguidor manteve o veículo bem próximo ao da família, recusando-se a ficar para trás nem mesmo quando um semáforo ficava vermelho. Em dado momento, o carro da frente saiu da via principal e estacionou diante de uma casa. Ele, porém, continuou em frente sem parar e observou pelo retrovisor a mãe sair do veículo com os filhos e seguir para a entrada do imóvel. Não havia dúvidas de que haviam retornado ao lar.

Ele deu a volta no quarteirão e voltou à rua da residência da família, cujo carro estava estacionado na garagem. Diminuiu a velocidade enquanto passava em frente e ouviu as vozes das crianças vindo da sala de estar.

Checou mais uma vez o número e, então, com um sorriso de satisfação, foi embora.

Três dias depois, o sequestro da criança foi bem-sucedido.

56

NO ÚLTIMO DIA DE FEVEREIRO, OS JORNALISTAS NÃO TIVERAM ESCOLHA a não ser trabalhar arduamente.

Enfim, o corpo da pequena Shouko Tada foi localizado. O cadáver estava na floresta à beira do lago Tama e fora encontrado por um cão.

Um agente florestal estava fazendo sua ronda matutina quando avistou um vira-lata cavando. Ao olhar com mais atenção, percebeu que havia ali um saco de lixo preto.

Recentemente, vinha aumentando o número de pessoas que deixavam seu lixo em parques públicos e florestas, em vez de aguardarem o dia da coleta da rua. De início, o agente acreditou que se tratava de um caso do gênero, um simples saco de lixo largado ali por alguém sem preocupação com a coletividade e o meio ambiente.

Entretanto, após espantar o cachorro e se aproximar do local onde ele escavava, o homem sentiu que o saco exalava um cheiro pútrido. Tapando o nariz, o agente florestal abriu o saco e ficou atônito com o que encontrou. Porque não era lixo o que havia ali, mas, sim, o cadáver de uma criança. O agente florestal ficou tão chocado que caiu sentado e praticamente rastejou de volta ao escritório, de onde ligou para a polícia.

Ao receber essa chamada, o Departamento de Polícia Metropolitana imediatamente enviou uma unidade móvel de investigação ao local, que em seguida transportou o cadáver ao necrotério da delegacia de Yamato. O corpo estava vestido quando fora colocado dentro de um saco de PVC próprio para lixo orgânico. O cachorro só o farejara graças a um rasgo no invólucro — do contrário, provavelmente não teria sido atraído ao local. A descoberta do corpo fora resultado de puro acaso.

Após serem avisados, os pais da menina se apressaram para chegar à delegacia de Yamato, onde foram encaminhados para fazer a identificação do corpo. O pai estava desolado, com os ombros caídos, sem conseguir se mover nem pensar. A mãe, aos prantos, confirmou que se tratava mesmo da filha.

A notícia do descobrimento do cadáver foi comunicada a todos os veículos de imprensa. Em pouco tempo, o local onde havia sido encontrado foi tomado por fotógrafos de jornais e curiosos irresponsáveis, fazendo a situação sair do controle.

Naquele dia, o Departamento de Polícia Metropolitana realizou uma coletiva de imprensa amarga para a instituição. Fazer tantos eventos relacionados a um mesmo caso já era, por si só, humilhante.

A coletiva seria liderada pelo próprio chefe da Divisão de Assuntos Criminais. Kai seria acompanhado por Saeki, que não poderia evitar o dever de estar presente, uma vez que comandava a equipe responsável pela investigação do caso desde o começo.

Saeki, que sempre se apresentava de forma impassível e equilibrada, decidiu não esconder nesta ocasião a raiva que sentia. Com os olhos semicerrados e austeros, dava a impressão de estar tomado por uma energia invisível.

Ele tinha um plano para encarar a coletiva de imprensa, também fruto da impaciência dele com o impasse em que a investigação se encontrava e com o culpado, que deixava a polícia no chinelo.

Na reunião antes da coletiva, Saeki declarou que pretendia provocar o culpado no evento. A expectativa era a de que o criminoso caísse na armadilha e surgisse alguma nova pista.

— "Provocá-lo"? — exclamou, confuso, o chefe da Seção de Assuntos Criminais da delegacia da zona leste de Hino. — Como é que é?

— Na coletiva de imprensa, nós vamos recomendar a ele que se entregue à polícia — disse Saeki. — Não acho que o culpado vá fazer isso de fato, mas sempre há a possibilidade de que ele reaja de alguma forma. E, fazendo isso, podemos conseguir mais provas.

— Na teoria faz sentido, mas é perigoso demais na prática — o outro argumentou, incisivo. — E se isso levar o culpado a cometer mais um crime?

— Eu não pretendo irritá-lo tanto assim. Quero que deixe esse assunto comigo.

— Deixar com você?! — Exaltado, o chefe da Seção de Assuntos Criminais bateu com o punho fechado na mesa. — Quanto você acha que vale a vida das pessoas, hein?! Uma investigação não pode ser conduzida de forma tão displicente! Se parar para pensar por um segundo nas possíveis consequências, vai entender que precisamos evitar o máximo possível os riscos de provocar a ira do criminoso!

Saeki simplesmente rejeitou os argumentos do homem, que já estava com o rosto todo vermelho.

— Então, quem tem uma ideia melhor?

Ninguém respondeu. Todos os policiais presentes estavam cansados de saber que já tinham tentado de tudo e não restavam alternativas.

— Eu não sei! Não sei o que vai acontecer! — gritou o chefe da Seção de Assuntos Criminais, dando as costas para o grupo e se retirando.

Saeki não se manifestou.

Sem dar sinais de se abalar por aquela discussão, Saeki iniciou a coletiva de imprensa enumerando rapidamente alguns pontos: o corpo havia sido confirmado como sendo de Shouko Tada, uma autópsia estava sendo feita, não havia sido encontrado nenhum objeto pertencente ao criminoso etc.

De imediato, os jornalistas começaram a fazer várias perguntas.

— Restam dúvidas de que isso tenha sido obra do mesmo indivíduo que sequestrou e matou Naomi Saitou, cujo corpo foi encontrado em janeiro?

— Considerando o *modus operandi* similar, como a causa da morte, que também foi estrangulamento manual, e a forma como o corpo fora abandonado, são altas as chances de se tratar do mesmo criminoso — Saeki respondeu com toda a calma.

— Você acredita que a pessoa que enviou aquelas cartas é mesmo o criminoso?

— Provavelmente.

Depois de várias perguntas sobre o estado do cadáver e do local onde havia sido encontrado, algumas pessoas se manifestaram criticando a morosidade da investigação. Kai se pronunciou para prestar explicações a esse respeito, com um semblante pesaroso no rosto.

Quando perguntado sobre como se sentia em relação ao culpado, Saeki endureceu a voz e respondeu:

— Se você está nos assistindo pela televisão agora, saiba que é bom se arrepender logo pelos crimes que cometeu. A sociedade não vai perdoar um desgraçado como você. Está muito enganado se acha que pode continuar fugindo para sempre. A polícia vai te encontrar, custe o que custar.

Saeki não havia se dado conta de que, enquanto respondia às perguntas feitas pelos jornalistas, suas emoções tinham ficado mais afloradas. Com isso, a provocação ao criminoso acabou saindo mais intensa do que planejara de início. Mas, ainda assim, o detetive não acreditava que tivesse ido longe demais.

Os flashes das câmeras brilharam incontáveis vezes em direção a Saeki, cuja moderação parecia enfim estar se quebrando e dando lugar a emoções acaloradas. O policial nem piscava; apenas ficou ali parado, limitando-se a ranger os dentes.

E, exatamente como pretendido, a provocação de Saeki causou uma reação no criminoso.

57

FINALMENTE, ELE COMEÇOU A SE SENTIR IMPACIENTE.

Depois de três fracassos consecutivos, precisava se empenhar mais. Além disso, a garota que encontrara no restaurante era mesmo parecida com sua filha falecida, e isso o levava a se lamentar ainda pelo insucesso. No momento em que percebeu que a garota não voltaria à vida, foi acometido por um desespero e um luto sem igual.

Apesar de o corpo ainda não ter sido encontrado, o terceiro sequestro havia causado uma grande comoção na sociedade. Dia após dia, os noticiários exibiam em destaque manchetes com as novidades sobre o caso. E, como o assunto estava recebendo tanto destaque na imprensa, era difícil continuar agindo. Os pais de crianças pequenas também aparentavam estar bem mais atentos com os filhos. Tudo indicava que a busca pela quarta candidata a receptáculo seria complicada.

Já tinha percebido que seu estresse vinha aumentando. Ele se pegava balançando as pernas de tanta irritação. Devido aos jejuns constantes, suas bochechas estavam fundas, e o semblante, totalmente transformado. Ele parecia mais embrutecido e nervoso do que jamais fora.

A movimentação da polícia também o preocupava. Pelo que acompanhava nas notícias, os detetives ainda não haviam encontrado um meio de capturá-lo. Só de ver as declarações divulgadas publicamente, era possível inferir que a equipe responsável pela investigação estava bem perdida.

Apesar disso, a polícia não podia ser subestimada, e ele não menosprezava o poder da corporação. Acreditava que, ao fazer pouco caso de um oponente, acaba se tornando descuidado. E ele sabia que cuidado nunca era demais.

Até então, não havia testemunhas, e ele também não deixara nenhuma pista para trás, mas a partir daquele momento não era possível prever o que aconteceria. A rede de vigilância havia se tornado ainda mais intensa, e o Departamento de Polícia Metropolitana, cuja dignidade havia sido ferida, sem dúvida utilizava todos os seus recursos naquela investigação. Enquanto isso, a frustração dele crescia mais e mais.

Alguns dias haviam se passado desde o fracasso da terceira cerimônia. Estava assistindo à televisão com os olhos fixos, sem disfarçar sua expressão severa. Logo passaria o noticiário das 21h.

Recostava-se no sofá com um joelho levantado e o braço apoiado no encosto. Segurava uma lata de cerveja, algo do qual não conseguira se desapegar nos últimos meses. Após a abertura do programa, um apresentador de expressão séria apareceu na tela. Desinteressado, ele bebeu mais um gole.

O âncora mencionou que a menina desaparecida ainda não havia sido encontrada e em seguida, subitamente, acrescentou a informação de que tinha ocorrido um novo desdobramento no caso: um indivíduo que se declarava o criminoso enviara uma carta à imprensa.

— O quê? — Ele ficou tão chocado que quase deixou cair a cerveja no chão. — Uma carta?

O apresentador leu o documento em voz alta e monocórdica. Era bastante mal escrito e debochava da polícia.

Ele não fazia a menor ideia do que era aquilo. Não possuía nenhuma recordação de ter enviado uma carta como aquela. Era evidente que se tratava de um trote. Como esperado, não havia nada de muito conclusivo no texto, que não apresentava nenhuma informação que só o culpado poderia saber.

Claro, pois se até mesmo ele, o verdadeiro culpado, estava surpreso com aquela carta!

Ele tinha conhecimento de que trotes irresponsáveis assim eram frequentes. Sempre que um caso causava grande comoção, tanto a polícia quanto a casa da vítima recebiam milhares de informações falsas. Também eram comuns cartas e telefonemas feitos por pessoas se passando pelo culpado. Aquela mensagem que o âncora do jornal acabara de ler devia ser algo do tipo. E, como fora endereçada à imprensa, acabou ganhando uma cobertura sensacionalista.

"O que tem de tão divertido em fazer uma coisa dessas, afinal?" Ele se sentia estranhamente revoltado. Era como se suas ações, movidas por um motivo nobre, estivessem sendo maculadas. Havia pessoas que de fato não sentem empatia pelos sentimentos das vítimas ou de seus parentes, e se divertiam às suas custas. Acham graça em alardear à sociedade e magoar os sentimentos alheios. Isso era quase tão ruim quanto um crime e, pior, quem faz essas coisas raramente acha que agiu errado.

No noticiário do dia seguinte, a carta voltou a ser destaque. Um homem de cabelo branco, autodeclarado professor de psicologia criminal, apareceu na tela e fez alguns comentários como se soubesse do que estava falando. O apresentador, por sua vez, divulgou com cuidado o modelo do processador de texto utilizado para escrever a mensagem recebida pela imprensa.

Ao ver isso, ele zombou da incapacidade da polícia de gerenciar informações de forma satisfatória. E no caso, por exemplo, de outro desocupado utilizar o mesmo modelo do aparelho para enviar uma carta, como conseguiriam perceber a diferença entre aquela e a primeira mensagem recebida? Se fosse apenas um trote, não teria problema. No entanto, e se o próprio criminoso utilizasse o mesmo tipo de processador de texto e depois enviasse o documento, como a polícia lidaria com essa questão? Como conseguiriam distinguir de fato o verdadeiro culpado do falso?

— Hmm...

Pela primeira vez em muito tempo ele voltava a abrir um sorriso perverso. Era evidente que aquele trote estava causando um caos na central de investigação, e era assim que ele gostava. Desse modo, ele, o verdadeiro culpado, ficava mais livre para agir.

Quanto mais comoção inútil houvesse na sociedade, mais perto de realizar seu desejo ele estaria.

58

TERÇA-FEIRA, 4 DE MARÇO. UMA TERCEIRA CARTA DO SUPOSTO CULPADO aparecera, desta vez endereçada à polícia. No envelope, o endereço fora digitado em um processador de texto e no campo de destinatário constava: "Aos cuidados de Saeki, chefe da Primeira Seção Investigativa do Departamento de Polícia Metropolitana." O envelope pardo havia sido postado na agência central de Tóquio.

Assim que receberam a carta, Saeki foi convocado. O envelope havia sido aberto e encaminhado para análise laboratorial. Por isso, ele só tinha acesso a uma cópia do original.

A carta dizia o seguinte:

Prezado Sr. Saeki, chefe da Primeira Seção Investigativa.

Ontem, assisti ao seu discurso efervescente na TV. Fiquei impressionado com sua fala, conquistou minha mais profunda admiração! Foi esplêndida e transbordava o seu senso de justiça. Como era esperado, afinal, do incomparável chefe da Primeira Seção Investigativa do Departamento de Polícia Metropolitana.

A maioria dos pais e das mães que lhe assistiram devem ter ficado aliviados ao ouvir suas palavras. Não há dúvida de que muitos pensaram que, com alguém assim no comando da investigação, a captura do criminoso seria apenas uma questão de tempo.

Afinal, você tem vitalidade suficiente para perseguir um atroz sequestrador de garotinhas sem diminuir a frequência das visitas à casa de sua amante. Imagino que a confiança do público em você seja tremenda!

Então, considerando que seja um sujeito tão digno quanto dizem, tenho um grande pedido a fazer. Acredito que esteja chegando a hora de abandonar a investigação e lavar as mãos, que tal? Este que vos escreve está começando a se sentir sufocado. Se a pressão aumentar, vou me estressar ainda mais e serei obrigado a procurar outra criança: porque toda essa intimidação me deu vontade de buscar alívio na catarse que alcanço com essas menininhas.

Esses são os meus termos. A proposta já está feita e, se for ignorada, a sua pessoa certamente vai se arrepender.

Atenciosamente, o culpado.

Todos que leram o conteúdo da carta, incluindo Kai, o chefe da Divisão de Assuntos Criminais, ficaram furiosos. Ninguém jamais desdenhara da polícia como aquele criminoso. Sem ter como descarregar toda a raiva acumulada, cadeiras foram jogadas, paredes tremeram com os socos e poeira caiu do teto.

Saeki, que era quem havia sido de fato ridicularizado, terminou de ler a cópia da carta e a devolveu a Kai, sem dizer uma palavra sequer. Apesar disso, seu rosto estava rígido, tremendo em espasmos. Os punhos se cerravam com tanta força que as unhas fincavam nas palmas das mãos. Saeki tentava se acalmar em silêncio, enterrando bem no fundo do peito toda a ira que sentia.

Logo depois, a polícia descobriu que cartas idênticas àquela haviam sido enviadas para os jornais e canais de televisão, que imediatamente divulgaram o conteúdo na íntegra. Em um piscar de olhos, o nome de Saeki voltou a estar no centro das atenções.

Como era de se esperar, um debate acalorado a respeito daquela carta tomou conta da central de investigação. A força-tarefa integrada dentro do Departamento de Polícia Metropolitana já havia se tornado outra central de investigação conjunta para resolver o caso dos sequestros e assassinatos em série de meninas. A maioria dos detetives das delegacias da zona leste de Hino, de Tama, da zona oeste de Ogu e de Yamato foram deslocados para a nova central, formando um grande esquadrão de investigação. A polícia estava empenhando todos os esforços na resolução daqueles crimes.

— O autor desta carta claramente é o mesmo da anterior. O tipo de escrita é igual.

— Um jovem não usaria uma expressão como "a sua pessoa", então o culpado deve ser alguém mais velho.

— Bem, talvez ele tenha pensado que haveria essa suposição e, por isso mesmo, usou a expressão. Não podemos chegar a essa conclusão por apenas um motivo.

— De qualquer forma, é preciso reconhecer que esse cara tem certo grau de instrução, né?

— Isso quer dizer que aquela primeira carta poderia ter sido escrita de forma menos habilidosa de propósito?

— Ou, quem sabe, podemos considerar que a primeira carta foi enviada por alguém se passando pelo culpado.

— Mas na segunda mensagem ele reconhece a autoria da primeira!

— Talvez ele tenha mentido. Já que não há dúvidas de que o remetente da segunda carta é o culpado!

— As agências postais de onde as cartas foram despachadas estão localizadas em três locais diferentes, todas em Tóquio. Será que o culpado é residente da área central da capital?

— Ou talvez seja a região onde trabalha? Como os locais dos sequestros e dos corpos encontrados ficam longe, não seria mais apropriado que ele residisse em Tama?

— Nesse caso, podemos considerar que ele trabalha fora e circula por aí, certo? Já que enviou as correspondências a partir de diferentes agências postais.

— Ou podemos pensar que está desempregado. Ou, quem sabe, estudante?

— É difícil descartar a hipótese de que o culpado seja um estudante. Provavelmente uma pessoa com ensino superior é capaz de escrever algo assim.

— Mas por que, então, os crimes foram cometidos especificamente às segundas-feiras? Se você é um estudante desocupado, poderia fazer isso em qualquer dia da semana.

— Estudantes podem ser surpreendentemente ocupados! Há aqueles que nunca faltam às aulas. É possível que segundas-feiras sejam seus únicos dias livres.

— É mesmo.

— De todo modo, não há dúvidas de que o suspeito se sente encurralado, já que deseja que a investigação seja interrompida.

— O curioso é que o culpado está dando a entender que vai cometer um outro crime.

— Mesmo que isso seja verdade, não podemos simplesmente interromper a investigação. Esse sujeito está com as mãos atadas por enquanto. Talvez já esteja no nosso escopo de investigação.

— Há mesmo uma grande possibilidade de isso ser verdade. Quem sabe devamos rever a lista de suspeitos que levantamos até agora. Mas estou furioso com a cara de pau dele de sugerir um acordo. Ele está zombando da gente.

— Não podemos admitir que alguém nos faça de bobos dessa forma.

Um silêncio dominou a sala e todos os presentes olharam para um mesmo ponto. Saeki estava de braços cruzados, decidido a não desviar da dezena de olhares em sua direção. Os ânimos na central de investigação estavam calmos, mas havia um desconforto implícito com Saeki.

A penitência de Saeki ainda não havia terminado. Às 17h, uma coletiva de imprensa foi concedida pela polícia, e o assunto da amante do detetive, enfatizado pelo criminoso na última carta, foi levantado pelos jornalistas presentes. Kai previra isso e havia instruído Saeki a não aparecer diante da imprensa, mas ele estava disposto a enfim encarar aquela situação.

— Você está perseguindo um criminoso que cometeu atos hediondos, mas e os seus valores morais na nossa sociedade?

As perguntas eram impiedosas assim.

— Eu tenho orgulho da ética que orienta meu comportamento, mas prefiro deixar esse julgamento nas mãos daqueles que me conhecem — Saeki respondeu sem hesitar.

As questões se tornaram mais diretas:

— E você teria alguma explicação para dar sobre o fato de se relacionar com outra mulher além da sua esposa?

— Essa é uma questão particular que acredito não ter relação alguma com o caso sobre o qual viemos falar aqui. Não tenho nada a declarar a respeito.

O comportamento comedido de Saeki foi recebido com um murmúrio desdenhoso. Ao mesmo tempo, também chegou aos seus ouvidos o comentário: "Muito bem colocado!"

O semblante de Saeki era como uma máscara japonesa do teatro noh — era impossível discernir quais pensamentos e sentimentos se manifestavam sob a superfície.

59

ERA UM DIA DE VENDAVAL.

Desde a manhã, um vento gelado soprava pelas ruas da cidade, arrancando das árvores as folhas secas, que formavam montinhos aqui e ali nas calçadas e atrapalhavam a passagem de pedestres.

A cidade parecia tremer de frio. As pessoas enterravam o queixo nas golas dos casacos ou em cachecóis grossos e caminhavam com pressa. Comparado à época do verão, o trânsito era cerca de cinquenta por cento mais rápido. Era realmente como assistir a um vídeo acelerado.

O vento forte e gelado parecia capaz de levar até mesmo as emoções positivas das pessoas. Todas portavam uma expressão de poucos amigos, as conversas eram cada vez mais incomuns. Era raro cruzar com alguém sorridente e ninguém conversava enquanto andava. As pessoas haviam se tornado indiferentes umas às outras, e a conexão entre elas estava tão frágil que parecia esfarelar-se no ar.

Era um cenário desolador, mas de alguma forma congruente aos sentimentos dele. Seu coração também estava se esfarelando em partículas minúsculas que faziam barulho ao serem sugadas pelo buraco no peito. E não havia ninguém capaz de interromper esse processo. Por isso, decidiu que não queria mais ouvir o som do pó que era seu coração sendo despejado em um buraco sem fundo.

Por causa do clima, não havia crianças brincando do lado de fora. Os parques públicos estavam vazios e deprimentes, sem nada além de folhas secas espalhadas pelo chão. Os balanços, empurrados pelo vento, iam para a frente e para trás com rangidos melancólicos. Ele sentia que aquele som era o lamento das crianças que queriam brincar.

Até o filhote que o acompanhava estava visivelmente desanimado. Em geral, quando ele o levava para passear pelo parque, o animal sempre atraía crianças que se aproximavam para interagir ou brincar. Em um dia frio como aquele, porém, o cãozinho estava fadado à solidão.

— Vamos lá? Não tem ninguém aqui hoje — ele falou com o cachorro, algo que raramente fazia, enquanto segurava a guia presa à sua coleira.

O caso é que sua mente estava vazia e ele não se importava em obter respostas.

Para se precaver em relação às pessoas e à polícia, ele sempre mudava a área onde realizava os raptos e nunca frequentava um mesmo local por muito tempo. Costumava circular por parquinhos infantis onde havia muitas crianças e poucos adultos supervisionando. Mas, conforme o tempo foi passando, as opções de locais assim foram diminuindo. Familiarizado com a região metropolitana de Tóquio, era por ali que costumava agir. Entretanto, talvez logo precisasse seguir para outras províncias. O problema era que, se o caso envolvesse mais localidades, certamente suas respectivas forças policiais entrariam em ação. Por outro lado, com a corporação mais preocupada com a própria dignidade ferida, talvez ele tivesse um pouco mais de liberdade para suas investidas.

Ele deu o braço a torcer: era inútil continuar naquele parque. Contudo, havia um outro ali perto, de porte médio, que podia visitar. Iria andando até lá e, caso não houvesse nenhuma criança no local, encerraria o dia. Com ventos tão fortes, até as crianças mais enérgicas se sentiriam exaustas. Ele mesmo, simplesmente passeando com o cachorro, sentia-se açoitado pelo ar gelado.

Deixou o primeiro parque e se dirigiu com passos apressados para o próximo. O vento rugia pelas orelhas fazendo um ruído incômodo e as deixando geladas.

De repente, olhou para trás. Não havia ninguém ali. Foi apenas um movimento instintivo, sem explicação. Não sabia por que havia se virado.

Ele caminhou cerca de dez minutos até enfim chegar ao outro parque. Era um espaço simples, com brinquedos comuns: balanços, escorregadores, trepa-trepas e uma caixa de areia. Estátuas de animais, como um elefante e um hipopótamo deformados, estavam espalhadas pelo local.

Olhando da rua, havia três crianças brincando na caixa de areia. Todas vestiam shorts, não parecendo nem um pouco incomodadas com o vento congelante. Vinham trazendo com todo o cuidado água de um bebedouro próximo e a derramavam na areia. Com a ajuda de uma pá, moldavam a areia úmida, e a estrutura que se formava já alcançava um tamanho considerável.

Daquela distância, ele não conseguia distinguir se eram meninos ou meninas. Contornou o parquinho até entrarem na área dos brinquedos. Quando o cachorro avistou as crianças, ficou tão animado que saiu correndo em direção a elas, puxando-o junto.

Ao se aproximar, decepção. Eram todos garotos. Realmente nada estava dando certo naquele dia. Apesar de ter passado o dia inteiro em sua busca, ele não colheu nenhum fruto. Puxou a guia da coleira, tentando trazer o cãozinho de volta.

Então, virou o rosto novamente. Tinha visto de canto de olho uma silhueta se mover e, um segundo depois, olhou naquela direção. Alguém virava a esquina e desaparecia em uma vizinhança residencial.

Talvez fosse apenas a sua imaginação, mas ele sentia como se de fato estivesse sendo observado. Alguém olhava em sua direção. Ele deu as costas, escondendo depressa o rosto. Havia um leve desespero em seus movimentos.

Saiu apressado, quase correndo, em direção à esquina por onde a pessoa tinha sumido. Um alarme disparava em sua cabeça. "Cuidado nunca é demais", lembrou-se do conselho que dera a si mesmo.

Ele virou a esquina e observou com atenção a rua adiante. Ninguém. O único movimento ali era o das folhas secas que, agitadas pelo vento, farfalhavam com um som seco.

O alarme foi diminuindo rapidamente até silenciar. Será que tinha sido sua imaginação? Meneou a cabeça. Talvez, sem que ele percebesse, sua mente estivesse cansada dos recentes fracassos sucessivos. Talvez, depois de tanto tempo, ele precisasse descansar um pouco.

Mais uma vez, olhou ao redor com cuidado. Já não tinha a sensação de que estava sendo observado. Em vez disso, sentia a solidão de alguém deixado para trás.

“Será que eu estava sendo seguido?”, perguntou-se. “Não, isso é impensável.” Não acreditava que a polícia estivesse na sua cola. Tinha certeza de que não havia deixado para trás nenhuma pista que levasse à sua pessoa. Não havia razão para duvidar disso.

Ele balançou a cabeça e deu meia-volta.

60

DEZ MINUTOS APÓS TER DADO PARTIDA COM O CARRO, ELE PERCEBEU que os ombros e as costas estavam duros de tanta tensão. Parado no sinal, Saeki girou lentamente a cabeça, alongando o pescoço. Os ossos estalaram de modo satisfatório.

Ele sabia que estava sendo teimoso e inflexível. Não queria expor suas fragilidades, mesmo que isso lhe custasse a vida. Se começasse a se desculpar publicamente, mesmo que por mera formalidade, talvez o ambiente da central de investigações mudasse. Saeki não tinha intenção de fazer nada do gênero. Na sua opinião, desculpar-se seria um ato sem sentido, incapaz de mudar a situação na prática. Não era apenas teimosia; era a única coisa que sustentava Saeki. Se jogasse fora até o orgulho próprio, não lhe restaria mais nada. Saeki estava decidido a não destruir sua aparência de indiferença, não importando a antipatia que esse comportamento lhe atraísse.

Saeki sabia que isso só aumentaria seu cansaço e lamentava sua cabeça-dura. Ser socialmente inapto não era de forma alguma uma característica positiva. Vendo de forma objetiva, ele não passava de um imbecil. Era isso que o detetive pensava de verdade quando se via sozinho — e, embora já estivesse cansado da própria imbecilidade, era incapaz de mudar.

Parou o carro no estacionamento e, enquanto caminhava até o apartamento congelante, lembrou que não haveria ninguém lá esperando por ele. Só queria tomar um banho de banheira e dormir. No dia seguinte, sob os olhares reprovadores dos colegas e subordinados, mergulharia naquele trabalho que não parecia mais ter fim. Era uma rotina ótima, realmente.

Ao entrar na sala, Saeki resistiu à vontade de se jogar no sofá e foi logo trocar de roupa. Lavou o rosto enquanto enchia a banheira com água quente. Ele sabia que, se baixasse a guarda, seria acometido por uma avalanche de incômodos. Sem pensar em mais nada, só queria cair na cama e dormir como uma pedra.

Abruptamente, o barulho do telefone tocando quebrou o silêncio absoluto. Ele olhou para o relógio: ainda era meia-noite. Pegou o telefone.

— Sou eu — falou uma voz grave. Era a esposa, com a voz rouca da qual ele já havia gostado em algum momento da vida.

— Ah... — Saeki estava um pouco surpreso. Era bem raro que Mie lhe telefonasse.

— Já chegou, é?

A esposa parecia não esperar que ele atendesse sua ligação; havia entrado em contato sem nenhuma expectativa de encontrá-lo.

— Sim, acabei de chegar — Saeki respondeu de forma breve.

— Assisti... na televisão — falou Mie, pronunciando cada palavra bem devagar.

Ela parecia estar se referindo à coletiva de imprensa do dia anterior.

Saeki não respondeu. Preferiu ficar em silêncio.

— Muita coragem da sua parte... Fiquei impressionada.

Sua esposa era a única pessoa que ele não queria que tivesse assistido à coletiva. O sarcasmo de Mie perfurava seu coração de forma impiedosa.

— Você me ligou para dizer isso?

Ele se arrependeu dessas palavras assim que saíram de sua boca. Saeki se perguntou se não poderia ter falado de outra forma; aquela atitude só deixaria a mulher mais contrariada.

— "Essa é uma questão particular que acredito não ter nenhuma relação com o caso" — repetiu Mie, sem qualquer sinal de humor na voz. Havia apenas deboche, malícia e uma frieza provocada pelo ressentimento. Ela continuou: — Eu concordo plenamente! Mas, então, o que você tem a dizer a nós, que temos envolvimento direto com essa questão particular?

Saeki nada respondeu.

— Não vai dizer nada? Para onde foi toda aquela audácia que você mostrou na coletiva?

As investidas de Mie eram implacáveis. Saeki mal conseguia revidar.

— O que você quer que eu diga? Quer um pedido de desculpas, a essa altura?

— Para mim, não faz diferença. Para alguém de fora, provavelmente eu também seria culpada e você talvez até recebesse alguma compaixão. Mas e a Eriko, que não tem nada a ver com isso? Por que ela tem que sofrer por sua causa?

— O que a Eriko tem a ver com essa história? — disse Saeki, endurecendo a voz.

— Hoje ela voltou chorando do jardim de infância. Fizeram bullying com ela.

— Por... minha causa? — perguntou, atônito.

— Sim, por sua causa. É claro que por sua causa! Porque você se comporta desse jeito, sem um pingo de vergonha na cara!

Saeki ficou em silêncio.

— Você tem ideia do quão sem-vergonha as pessoas acham que você é? As crianças não entendem essas coisas, apenas ouvem o que os seus pais comentam e repetem depois! "Que cara terrível, ele trai a esposa e nem se abala." É esse tipo de coisa que os pais dizem, e é por isso que elas pensam que você é um canalha. E como a Eriko é sua filha, as crianças acham que não tem problema maltratá-la. Crianças podem ser cruéis!

— Ela... sofreu muito?

Saeki logo se deu conta de que era uma pergunta estúpida. "Eu não tenho mesmo nada melhor a dizer?"

— Por enquanto, vou tirar a Eriko do jardim de infância — disse Mie. — Mas talvez seja melhor transferi-la para outra escola.

— Eriko disse que não quer ir? O que fizeram com ela?

Suas mãos suavam. O sentimento inútil de culpa comprimia seu coração como um torno.

— Ela não quis me dizer, pobrezinha. Mas achei que era importante te contar isso. Queria que você ouvisse. — Antes de continuar, Mie fez uma pausa que, para Saeki, pareceu uma eternidade. — Eriko te detesta do fundo do coração e não quer te ver nunca mais.

A princípio, Saeki não compreendeu as palavras de Mie. Embora tivessem sido proferidas de forma bastante clara, ele precisou analisá-las uma a uma, como se fossem palavras de uma língua estrangeira. O significado foi assimilado aos poucos. Se não fosse assim, aquela informação provavelmente teria corroído seu coração em um instante. Aos poucos. Caso contrário...

— Estou pensando em pedir o divórcio. Não só por nós dois, mas também pela Eriko.

As palavras entraram por um ouvido e saíram pelo outro. Não tinha importância. Ele nem tentou prestar atenção.

Quando se deu conta, Saeki já havia encerrado a ligação e colocava lentamente o telefone de volta no lugar.

Nenhuma dor lancinante ardeu em seu peito. De repente, um pensamento bobo lhe ocorreu: "O que é mais doloroso, levar um tiro no coração ou ser esmagado aos poucos por um ônibus?"

Por incrível que pareça, Saeki não estava chocado — inclusive, estava bastante tranquilo. No entanto, tinha a sensação de algo muito pesado comprimindo o espaço ao redor e gradualmente dificultando sua respiração.

Começou a se sentir sufocado. O oxigênio de repente se tornara rarefeito. O peito estava pesado e dolorido, como se alguém o pisoteasse com força — um peso que aumentava mais e mais até esmagar sua traqueia. Respirar era um tormento.

Ele abriu a boca. Tentou deixar escapar um urro, que acabou entalado na garganta. Seu corpo enrijecera, incapaz de se mover.

"O que devo fazer? O que devo fazer, afinal?"

Saeki implorou de corpo e alma por uma solução, e não se importaria de se desfazer de tudo que possuía na vida se com isso obtivesse uma resposta.

Seu grito se estendeu em silêncio. Saeki imploraria por quanto tempo fosse necessário até receber uma solução para o seu suplício.

61

SEGUIU DIRIGINDO EM SENTIDO NORTE PELA VIA EXPRESSA RN-17. ASSIM que atravessou uma ponte e entrou nos limites de Saitama, a paisagem logo se tornou mais interiorana. Só se viam armazéns, imensas lojas de beira de estrada e restaurantes familiares, conferindo à região uma atmosfera de cidade pequena. Apenas um rio separava aqueles dois cenários completamente diferentes, e até o ar parecia ter mudado.

Nuvens escuras se acumulavam. Volumosas, pareciam tão carregadas que pairavam baixo e cobriam todo o céu. Em breve iria chover.

Ele conduzia o veículo em linha reta, mantendo com todo o cuidado a velocidade abaixo do limite da via. Depois de tudo que já havia feito, não queria ser pego por acelerar demais. Um por um, grandes caminhões de carga e carros de passeio o ultrapassavam, mas ele mantinha o ritmo.

"Talvez não seja ruim expandir minha área de atuação à província de Saitama", pensou enquanto olhava ao redor e observava o cenário que acompanhava a via expressa. Caso adentrasse a região, certamente a paisagem se tornaria ainda mais bucólica.

A relação entre a polícia da província de Saitama e o Departamento de Polícia Metropolitana de Tóquio tinha uma tradição de ser tumultuosa. Se uma criança fosse raptada na região, a polícia local faria de tudo para manchar ainda mais a honra da corporação rival. A transmissão de informação entre as instituições seria lenta, um lapso bastante conveniente. Nada seria mais prazeroso do que assistir de camarote aos policiais brigando entre si.

O carro passou por Oomiya, continuando rumo ao norte. Virou à direita na estrada Kurihashi, indo em direção à cidade de Kuki. Seu destino, porém, era Shiraoka.

Ele havia telefonado e avisado ao fazendeiro da cidade que iria visitá-lo naquele dia. O proprietário antipático respondeu apenas que ele poderia aparecer a qualquer hora.

Pretendia comprar uma galinha e, em seguida, ir diretamente para Hanno, onde decidira se estabelecer até concretizar seu plano. Como já estava ficando complicado agir em Tóquio, daquele momento em diante miraria nas crianças de Saitama.

Não demorou até que as gotas começassem a se chocar com o para-brisa. Enfim a chuva caía. O que de início não passava de um chuvisco tímido, em um piscar de olhos virou uma tempestade. A visibilidade ficou muito prejudicada e a água tomou conta das estradas. Ele ligou os limpadores de vidro sem se abalar.

De repente, olhou pelo retrovisor e viu que outro carro vinha na mesma pista. Por causa da chuva, não conseguia sequer identificar o modelo. Ele voltou os olhos para a estrada e os manteve fixos no caminho adiante.

Fora um gesto inconsciente. Desde que havia sentido alguém o observando no parque, estava preocupado em olhar para trás e ver se havia alguém ali. De todo modo, achava que estava se preocupando demais; desde aquele episódio, ele nunca mais teve a sensação de ser vigiado. Pensava agora que talvez sua preocupação com a presença de testemunhas tivesse criado aquela ilusão de ótica.

Apesar disso, ele prudentemente considerou a possibilidade de a polícia estar em seu encalço. Ela só seria capaz de conectar os crimes a ele se houvesse alguma testemunha nos locais dos raptos das crianças. Será que alguém o avistara?

A resposta era “não”. O clima do início do inverno vinha sendo seu aliado até então. Os adultos não estavam muito dispostos a ficar à toa ao ar livre, então apenas as crianças saíam para brincar até se cansar. Era a estação ideal para um rapto sem testemunhas.

Nesse caso, será que alguém o havia denunciado confidencialmente? Um homem adulto e desocupado andando a esmo por aí sem dúvida chamaria atenção da vizinhança. Ainda assim, os moradores do seu prédio sabiam muito bem pelo que ele havia passado, de modo que não lhe parecia que logo agora iriam se incomodar com ele. Estava ainda menos preocupado com os arredores do chalé em Hanno, pois havia meses não notava o menor sinal da presença de alguém naquelas casas.

Ele estava mais uma vez convicto de que não havia como a polícia tê-lo descoberto. A capacidade investigativa da corporação era incrivelmente limitada quando a relação entre a vítima e o culpado não era bem definida. Isso ficava claro para ele quando pensava nos crimes do passado que nunca foram solucionados. Assassinos sem vínculos com as vítimas, que atacavam alvos aleatórios, só eram presos caso fossem pegos em flagrante, se houvesse testemunhas ou se a polícia desse sorte.

Sendo assim, será que havia mais alguém, além da polícia, em seu encalço? Não, isso era ainda mais improvável. Afinal, quem ligava para o que ele fazia ou deixava de fazer?

Não importava o quanto isso martelasse em sua cabeça, a conclusão era sempre a mesma: não havia necessidade de se preocupar. Ele se convenceu de que deveria concentrar seus esforços apenas na próxima cerimônia.

Após sair da estrada Kurihashi, ele fez várias curvas para a direita e para a esquerda e enfim chegou à fazenda. Passando por um imponente portão, havia uma casa em estilo japonês. Ao lado, uma grande estufa bem pitoresca. Ele parou o carro antes do portão e pegou a gaiola no porta-malas. Com um guarda-chuva na outra mão, atravessou caminho de pedras e dirigiu-se à entrada principal.

— Com licença!

Como não havia campainha, ele resolveu abrir a porta de tela e anunciar sua presença.

O som da televisão vinha do outro lado do corredor com piso de madeira. Ele percebeu que alguém havia se levantado e logo viu a figura de uma senhora muito baixinha.

— Desculpe o incômodo. Vim buscar outra galinha — ele explicou.

A mulher apenas assentiu, sem dizer nada nem sorrir. Pelo contrário, os cantos de sua boca estavam caídos. Não devia nada ao marido em termos de simpatia.

Ela indicou com o queixo que ele se afastasse e calçou suas sandálias antes de descer ao chão de terra batida. Ele abriu outra vez o guarda-chuva e ficou do lado de fora, aguardando.

A senhora também abriu seu guarda-chuva e, sem dizer palavra, se dirigiu à parte posterior da casa. Ele a acompanhou em silêncio. Suas visitas anteriores lhe ensinaram que ali atrás ficava um galinheiro.

Ela abriu a porta de metal galvanizado e entrou no pequeno espaço escuro. Ali, o marido olhava para o teto, preocupado com as goteiras. Nos degraus laterais de concreto, enfileiravam-se cerca de cinquenta galinhas. Presos atrás de telas quadriculadas, os animais pareciam competir pelo cacarejar mais alto.

Quando o fazendeiro o reconheceu, ergueu o dedo e fez um sinal para que ele se aproximasse. Não abriu a boca e estava tão calado que parecia ter esquecido como falar.

O proprietário apontou com o queixo um dos cantos do galinheiro. Ali dentro, presa, havia uma galinha preta quieta, ao contrário das demais. Ele aproximou a gaiola que carregava e esticou o braço em direção à galinha. O outro homem ficou parado observando, sem se oferecer para ajudar.

— Você...

Quando ele se agachou para pegar a galinha, ouviu uma voz o chamando de repente. Ao virar, percebeu que era a mulher, que até então não havia pronunciado uma palavra sequer. Ela estava parada, encarando-o com um olhar estranho.

— O que foi? — perguntou, sem interromper o movimento da mão. Queria apenas pegar logo a galinha e sair daquele local deplorável o mais rápido possível.

— O que foi que você aprontou? — disse a mulher.

Ele pegou a galinha com todo o cuidado e a transferiu para a gaiola.

— Como assim? — perguntou, sem qualquer sinal de espanto.

Fechou a gaiola e se levantou. Tanto o fazendeiro quanto a esposa o fitavam em silêncio. Ele encarou com frieza aqueles olhares.

— Como assim? — repetiu.

A mulher finalmente respondeu. Em seu semblante, um certo temor.

— Outro dia, veio gente da polícia aqui — declarou sem rodeios. — Para perguntar sobre você.

— Da polícia? — Ele arqueou as sobrancelhas o máximo que pôde, com cara de quem não fazia a menor ideia do que estava acontecendo. — Mas o que eles perguntaram exatamente?

— O detetive queria saber o que o pessoal da religião de vocês compra aqui. Eu respondi a verdade.

O tom da voz dela parecia insinuar que não havia razão para culpá-la por aquilo.

— E? — Ele a encorajou a continuar, embora não parecesse interessado em saber.

— Ele perguntou para que vocês compram galinhas. Eu falei que não sabia.

— Foi só isso?

— Só. Não falei mais nada. Até porque não temos nenhuma relação com vocês.

— Sim, claro. Além disso, não estamos fazendo nada ilegal, então pode responder a verdade sem se preocupar — falou de forma amigável, para tranquilizá-la.

— Eu também contei sobre você — o marido, parado ao lado da mulher, disse de repente.

Ele virou o rosto em direção ao granjeiro, com uma expressão atônita como se uma pedra tivesse começado a conversar com ele.

— Fiz besteira? — perguntou o sujeito sem perder a pose arrogante.

— Não, não há nada com o que se preocupar. O que disse a eles?

— Eu disse que alguns membros do culto também vinham comprar galinhas. E mencionei seu nome.

Frustrado, ele se perguntou que tipo de conversa ocorrera de fato.

— E você sabe de onde eram esses policiais?

— Ele me falou que era do Departamento de Polícia Metropolitana — a esposa se intrometeu.

— Você chegou a ver o documento de identificação?

— Vi. — Assentiu com a cabeça.

— Vieram dois detetives?

— Não, só um, de meia-idade.

— Sozinho? — Desconfiado, ele franziu as sobrancelhas.

Normalmente, os detetives agiam em dupla. Parecia preocupante que o agente tivesse ido sozinho ao local.

— Isso é estranho, vocês não acham? Não seria um impostor? — ele argumentou, mas a expressão do casal continuava a mesma. — O culto tem vários grupos rivais. Acho que esse pretenso detetive pode ser membro de um deles, querendo causar problemas para a gente. Por favor, não se preocupem muito com isso.

No fundo, ele não pensava que aquela tinha sido uma desculpa muito convincente. Mas por ora só precisava tranquilizar o casal. Não poderia deixar que levantassem suspeitas.

Ele pagou o valor devido e se apressou a sair do galinheiro, atravessando às pressas o enorme jardim até o carro. Colocou a gaiola no banco de trás e deu a partida. O rosto continuava tenso, enquanto ele, no banco do motorista, olhava para a frente.

"Será que a polícia está no meu encalço?" Mesmo que fosse o caso, era estranho que um detetive tivesse ido sozinho até aquela fazenda. "Afinal, o que isso significa?"

Uma nuvem escura de ansiedade pairava sobre ele. Pisou no acelerador e saiu. A chuva deixava seu campo de visão cada vez mais estreito.

62

A PORTA ESTAVA DESTRANCADA. SAEKI ACHOU SUSPEITO E EMPURROU a maçaneta devagar.

Ficou um pouco surpreso ao ver um par de sapatos femininos logo na entrada.

— Você por aqui? — falou ao entrar na sala de estar.

Sentada no sofá estava Itsuko, que se ajoelhou no estofado, virando--se para Saeki. O olhar da mulher parecia suplicante.

— O que houve? — ele perguntou, se aproximando.

Percebeu que havia algo de estranho em Itsuko e se lembrou da conversa que tiveram por telefone alguns dias atrás.

— Desculpe. Você está chegando em casa cansado e eu vim causar mais incômodo — ela disse, com a voz tão baixa que era difícil de ouvir.

Saeki colocou a mão no ombro de Itsuko, que encarava o chão.

— O que houve?

— Bem... — Itsuko curvou a cabeça de leve. — Fique à vontade. Troque de roupa, lave o rosto... Não se preocupe comigo.

— Você tem algo para me dizer?

— Tenho. E preciso que ouça com toda a atenção.

— Certo.

Saeki afastou a mão e foi para o quarto dos fundos. Trocou de roupa depressa e se sentou em frente a Itsuko.

— Então...? — ele insistiu. A expressão nervosa da mulher o estava deixando preocupado.

Itsuko baixou os olhos de novo, mas, como se tivesse tomado uma decisão, levantou a cabeça e falou:

— Certo. Eu não pretendia te trazer problemas num momento assim, de tanto estresse. Detesto ter que dizer isso, porque vou parecer uma estúpida.

— Não me importo. Me diga. — Saeki inclinou-se para a frente e juntou as palmas das mãos, que, percebeu, estavam úmidas de suor.

— Não quero te assustar. Mas vou contar porque talvez, se não fizer, você vai ficar chateado.

Itsuko parecia querer adiar o assunto o máximo que podia. Não era de seu feitio fazer tantos rodeios. Ela evitava os olhos de Saeki.

— Fui ao hospital hoje.

— Hospital? — Surpreso, Saeki apenas repetiu a palavra.

— Isso. Fui fazer uma curetagem.

— O quê?

A princípio, ele não entendeu o que ela queria dizer. Precisou uns dez segundos para compreender. Itsuko ficou em silêncio, olhando para as mãos do detetive.

— Aborto? — perguntou meio atônito, enfim percebendo do que se tratava.

Itsuko assentiu com um movimento firme de cabeça.

— Você estava grávida? — Os olhos de Saeki se arregalaram de surpresa. Sentiu a cabeça rodar como se de fato tivesse levado uma pancada.

— Burra velha já, e fui me meter numa patacoada dessas! — disse ela. — Me odeio por isso.

Itsuko balançou a cabeça como se estivesse se culpando. Como se suas próprias palavras a irritassem.

— Então, você está me dizendo que fez um aborto?

Saeki nem piscava. As palavras sumiam, não conseguia entender direito nem o que ele mesmo dizia.

— Isso, um aborto — Itsuko falou de forma clara, para não deixar nenhuma dúvida.

— Por quê? Por que não veio falar comigo antes? — cobrou ele. Aquilo lhe parecia totalmente irracional.

— Porque dizia respeito apenas a mim e cabia só a mim decidir.

— Não é bem assim. Isso diz respeito a nós dois.

— Não. Era assunto meu.

Eles continuaram se encarando por algum tempo. Saeki então relaxou os ombros e se aproximou um pouco mais de Itsuko.

— Isso é verdade mesmo?

— Queria eu que não fosse.

— E você já fez o procedimento?

— Já.

Saeki colocou a mão esquerda na testa e fechou os olhos.

— Por que não pediu minha opinião?

Itsuko colocou as mãos sobre os joelhos e encarou as próprias unhas.

— Lamento muito por isso, mas se eu tivesse conversado com você, o que me diria?

— Para não abortar.

— Você teria me dito para ter o bebê.

— Sim, se não fosse um problema para você.

— Mas seria um problema. Nós não somos casados.

— Poderíamos ser.

— E sua esposa, onde ficaria nessa história?

— Eu pediria o divórcio. É o que ela deseja também.

— E sua filha?

Saeki ficou sem palavras.

— Você não pode abandoná-la — disse Itsuko.

— Minha filha... não precisa de mim. No momento, ela me detesta.

— Mas e você? Você não precisa da sua filha?

— Eu...

Ele não conseguiu encontrar palavras. Parecia transtornado, sem conseguir sequer fechar a boca.

— Eu entendo. Tenho observado a situação nos últimos meses. — Itsuko tinha um tom tristonho, mas continuou em um só impulso:

— Você está muito abalado com os assassinatos dessas meninas, não é? Fica por aí tentando se fazer de forte, mas não consegue evitar o sofrimento. E eu entendo. Foi o que falei no telefone, naquele dia.

Ele não respondeu.

— É porque você está preocupado com a sua filha — prosseguiu Itsuko. — O que mais o deixa preocupado é o fato de não morar com ela. Não é isso?

Saeki tentou dizer algo, mas não conseguiu.

— Eu percebi, e isso me surpreendeu bastante. Você vinha escondendo esse sentimento com muito cuidado.

— Não é que estivesse escondendo. Eu...

— Não teria sido necessário esconder, se tivesse sido honesto desde o começo — Itsuko disse, interrompendo-o. — Se tivesse me contado isso desde o começo, não teria sido um choque.

— Choque?

— Sim — afirmou Itsuko.

Saeki não entendeu muito bem.

— O que você quer dizer?

A mulher permaneceu em silêncio por algum tempo. Então, ao abrir a boca de novo, não respondeu à pergunta de Saeki.

— Você achava mesmo que eu não perceberia seus sentimentos?

— É sobre o telefonema do outro dia? Se falei algo errado, peço perdão.

— Eu só queria confirmar mais uma vez o quanto você precisa de um filho.

— Confirmar? — As palavras de Itsuko não faziam sentido para Saeki, que já não conseguia acompanhá-las.

Lágrimas começaram a brotar dos olhos dela, contidas por muito tempo. Enfim, ela permitia que transbordassem.

— Me desculpe. Eu sei que sou uma mulher péssima. E não importa o quanto peça perdão, o fato é que acabei fazendo você sofrer...

— Como assim? — Saeki perguntou com cuidado.

— Eu... não estava grávida — falou Itsuko aos soluços.

Saeki ficou surpreso, mas não demonstrou.

— Desculpe. Era mentira — continuou. — Eu queria saber como você reagiria, o quanto desejava uma criança.

Saeki fechou os olhos e balançou a cabeça.

— Por que fez uma coisa dessas?

Itsuko não tentou conter as lágrimas, que rolavam sem parar.

— É que eu estava escondendo um segredo. Escondendo de você... — Ela soluçava compulsivamente. — Nunca te contei o motivo de ter me divorciado.

— Eu não estou nem aí para o motivo. Nunca me importei com isso, me importei?

— Você não se importava, e isso me alegrava. Mas acho que deveria ter falado desde o começo. Parece que escondemos algumas coisas um do outro, né?

— Somos adultos. Sempre há alguns segredos que preferimos manter.

— Mas não pode ser assim. — Ela balançou a cabeça com força. — Isso é importante. Eu... não posso ter filhos. Descobri depois de ter me casado, e esse foi o motivo do divórcio.

Saeki ficou em silêncio; não havia palavras para responder. Aquela nova informação mudava tudo, de uma hora para a outra. Itsuko jamais dera o menor sinal de algo assim.

— Eu sei muito bem que foi errado esconder isso de você. Por isso... — Ela levantou o rosto de forma destemida. — Por isso, peço que entenda.

Certamente, agora Saeki entendia o comportamento enigmático de Itsuko. E, embora não soubesse de nada daquilo, lamentava tê-la magoado.

— Eu não sabia, mas isso não é um problema. Se você tinha a intenção de pensar nos meus sentimentos...

— Me desculpe.

Naquele dia, Itsuko se desculpou incontáveis vezes. Em determinado momento, ignorando as palavras de Saeki, ela abriu a bolsa ao seu lado.

O detetive achou que ela estava procurando por um lenço, mas Itsuko tirou um pequeno objeto de metal e o colocou sobre a mesa. Era a chave do apartamento de Saeki.

— Não sei o que posso fazer para me desculpar com você. Fui uma idiota. Por isso, preciso te devolver isto.

— Espere. Você não entendeu. Eu não preciso de uma cri...

— Não insista nessa mentira! — ela afirmou, inesperadamente furiosa. — Olhe bem para a minha idade, eu não preciso que você minta para me consolar.

Itsuko se levantou, assentiu e foi para a porta. Saeki segurou o braço dela, mas não encontrou as palavras necessárias para impedi-la de partir.

Ela não falou nada, apenas virou os olhos marejados para Saeki, pegou o punho dele e o afastou lentamente.

Então, sem olhar para trás, Itsuko foi embora.

63

No dia 29 de fevereiro, ocorreu uma reunião entre os membros de nível mais elevado da Ordem. Ele já não tinha o menor interesse no culto, mas não poderia simplesmente ignorar o convite. Já tinha avançado até o nível de *adeptus exemptus*, o quarto maior. Caso alguém com um status elevado assim se ausentasse, sem dúvidas atrairia a atenção dos demais membros.

A reunião estava prevista para começar às 14h. Como de costume, ele foi até lá de carro e, como não havia muito trânsito, acabou chegando trinta minutos antes do horário. Ficou conversando com alguns conhecidos enquanto tomava café no saguão.

A maioria dos integrantes dos níveis mais altos da escala *sephiroth* já tinham certa idade. Não havia muitos na faixa dos trinta anos, como ele. Ainda assim, alguns seguidores jovens eram fervorosos e sempre compareciam a reuniões como aquela. Ele costumava se enturmar nos círculos de conversa desses jovens.

Um assunto comum entre as pessoas daquela faixa etária era "filhos". Todos tinham crianças de idades próximas. Com a época de formatura do jardim de infância se aproximando, os pais papeavam animadamente sobre os preparativos para o ingresso no ensino fundamental.

Ele ficou ouvindo a conversa calado, sem se intrometer. Não podia participar. Estava prestes a se levantar e fingir que ia ao banheiro quando o assunto mudou de rumo inesperadamente.

— Aliás, ouvi que encontraram o corpo de outra menininha — mencionou uma seguidora.

— Ah, é mesmo, também fiquei sabendo.

— Com esse, já são quantos, mesmo?

— Como tenho uma filha dessa idade, fico muito preocupado com esse caso.

— Como os meus dois são garotos, estou tranquilo.

— Eu não teria tanta certeza... Vai que a partir de agora tanto faz se são meninos ou meninas?

— Vai lá saber qual é a tara sexual do maluco, né?

— Não posso deixar meu filho ir sozinho para a escola com um tarado solto por aí.

— Tem toda razão. E o que a polícia tem feito para resolver isso?

— É mesmo. Por falar em polícia, parece que um detetive esteve aqui um dia desses. Vocês sabiam?

— Não, não soube. É verdade?

— Parece que sim.

— Mas pra quê?

— Eu não sei dos detalhes. Parece que queriam saber como o culto funciona, como é a doutrina, os dogmas...

— O que será que isso significa? Nós não estamos fazendo nada que deixaria a polícia desconfiada, estamos?

— Ué, será que tem a ver com os assassinatos das garotinhas?

— Não sei. Pelo visto o detetive também não entrou em muitos detalhes. Em todo caso, o culto funciona de forma idônea. Não temos nada a esconder. Então, cooperaram com o policial.

— Agora fiquei curioso. Vocês acham que o culpado pode ser alguém da Ordem?

— De jeito nenhum.

— Não, eu acho que não. Seria bizarro demais.

— Pois é... Mas há pessoas que só de ouvirem a palavra "religião" já associam a algo suspeito. Dentro da polícia deve ter quem pense assim também.

— Provavelmente tem mesmo. Até no nosso culto tem esse tipo de gente...

— Quando a gente para por um minuto pra pensar nisso, percebe o quanto os preconceitos estão enraizados, não é?

— A polícia está perdida.

— Está mesmo! Até quando vão continuar que nem barata tonta atrás desse criminoso?

Os membros continuaram criticando a incapacidade dos policiais de encontrar o culpado, sem saber que o próprio estava ali do lado, ouvindo tudo e fumando um cigarro em silêncio.

Após o fim do encontro, foi falar de forma aparentemente despretensiosa com a atendente da recepção.

— Acabei de ouvir por acaso que a polícia esteve aqui faz pouco tempo.

— Sim, sim. Isso mesmo — a recepcionista falou abaixando a voz, com os olhos brilhando. — Eu fiquei bem assustada.

— E por qual motivo vieram?

— O policial disse que era apenas para referência futura.

— Referência futura de quê?

— Também não sei. O detetive reclamava que a polícia precisava coletar todo tipo de informação, mesmo as claramente inúteis. Falou que isso não significava que achassem que o culto estava fazendo algo de errado.

— Hmm...

— Ele averiguou o registro com os nomes dos membros e foi embora em seguida. Pareceu importante.

— O registro? — "O que isso quer dizer?", pensou. — E disse algo mais?

— Não, nada em especial. Mas eu apenas o recebi aqui.

— Ah, sim.

— Senhor Matsumoto, andou aprontando alguma coisa? — A recepcionista inclinou o rosto para baixo e ergueu os olhos, com um semblante brincalhão.

— De forma alguma. A verdade é que, bem, eu não queria contar para ninguém, mas recentemente tenho pensado em escrever um romance policial.

— Nossa, que legal!

— Perguntei só para ter umas referências, né? É bem difícil poder ouvir histórias envolvendo detetives de verdade.

— É difícil mesmo. Vou querer um exemplar quando tiver terminado!

— Ah, outra coisa, não conte a ninguém que perguntei.

— Pode deixar. — O olhar da recepcionista estava animado.

— Ah, uma última pergunta. Era uma dupla de detetives?

A mulher respondeu com um sorriso:

— Não, era um só.

Quando ele saiu do prédio do culto e deu partida no carro, seu rosto estava inexpressivo, como uma máscara do teatro noh. Mas não podia apenas seguir tentando manter a compostura.

A polícia estava chegando perto. Afinal, o que teriam farejado?

Ele estava certo de que não tinha feito nada de errado. Considerava que seus sequestros haviam sido executados à perfeição. Não conseguia imaginar o que poderia ter levado a polícia a ficar de olho nele.

Estaria a corporação preocupada com o culto em si? E se os segredos da Ordem tivessem vazado e isso tivesse chamado a atenção da polícia?

Isso faria sentido. O fato de terem ido até Shiraoka para obter informações reforçava essa teoria. Ele imaginava que a polícia estava desesperada com aquele caso sem pistas e, então, se uma nova informação surgisse de repente, os detetives tentariam de tudo para averiguá-la.

Imediatamente, ficou interessado em saber sobre os movimentos da polícia em relação ao caso. Foi direto ao seu apartamento, decidido a inspecionar os jornais dos últimos dias.

Meia-hora depois, chegou em casa e reuniu os jornais empilhados na porta. Logo começou a ler atenciosa e lentamente as páginas de notícias locais. As informações sobre a descoberta dos corpos se destacavam, mas não havia nenhuma outra novidade a respeito do progresso das investigações. Sua dúvida era se isso se devia ao fato de que a polícia poderia estar guardando segredo das novas informações ou se realmente não havia nada digno de ser comunicado.

A descoberta dos corpos havia sido um erro de cálculo. Ele pensava que isso não aconteceria tão cedo, mas também sabia que não ficaria em segredo para sempre. Havia enterrado os corpos com a consciência de que seriam descobertos alguma hora. Mas, mesmo quando isso acontecesse, com certeza não havia evidências que levassem a ele. Mas e se tivesse cometido mais algum erro do qual não tivesse se dado conta...?

Ele ligou a televisão. Ainda era cedo para o noticiário das 18h. Impaciente, ficou apenas aguardando o tempo passar.

Quando a luz do pôr do sol brilhou pela janela, o programa de notícias começou. A imagem do apresentador, de óculos de aro prateado, logo deu lugar a uma coletiva de imprensa da polícia.

Na tela, apareceram o descontente chefe da Divisão de Assuntos Criminais do Departamento de Polícia Metropolitana e o chefe da Primeira Seção Investigativa, que falava diante de vários microfones sobre uma mesa longa e simples. Ele colou o rosto na televisão para não perder nem uma palavra sequer daquele comunicado.

Mas não havia nenhum anúncio relevante. Se aquela fala fosse verdadeira mesmo, a investigação não pareceria estar avançando. Alívio.

Começou a sessão de perguntas e respostas com os jornalistas. O chefe da Primeira Seção Investigativa, com uma expressão amarga no rosto, comentava as perguntas uma a uma. Seu semblante transmitia a todos os que assistiam a raiva que sentia do culpado.

Em resposta a um jornalista que perguntou o que ele gostaria de dizer ao criminoso, o policial encarou a câmera da televisão. O olhar fuzilou o homem que lhe assistia.

O chefe da Primeira Seção Investigativa falou com a voz trêmula cada uma de suas palavras. Ao ouvi-las, ele riu com escárnio.

— Hm. "Jamais vai perdoar o culpado"? Isso não é o que todos dizem?

De repente, uma ideia inesperada lhe ocorreu. "Será que esse oficial não tem uma filha? Se tiver, talvez eu possa pregar uma peça na polícia."

Não passava de um pensamento fugaz, mas, assim que surgiu, ele considerou uma ideia incrível. Sim, ele faria isso. Queria fazer com que aquele homem arrogante experimentasse a mesma dor pela qual ele havia passado. E queria saber qual seria a reação do policial quando a hora chegasse.

Enquanto pensava no assunto, sentiu um calafrio. Apenas ficar correndo por aí fugindo da polícia não era divertido. Já que a corporação estava quase alcançando-o, talvez fosse o momento de contra-atacar.

O momento em que a central de investigação perderia a cabeça seria um espetáculo digno de assistir.

Então, por enquanto, adiaria o planejamento de transferir sua base de operações para Saitama. Custe o que custasse, ele passaria a perna na polícia.

Isso seria simples.

64

Eram 18h do dia 6 de março, uma quinta-feira.

Saeki estava no salão de conferências do décimo sétimo andar do Departamento de Polícia Metropolitana quando recebeu uma ligação. A secretária que estava na linha avisou que se tratava de Mie Saeki.

— Pode transferir.

Ouvir o nome de Mie lhe lembrou das palavras da esposa alguns dias antes. Considerou que talvez quisesse concluir aquela discussão e concretizar o pedido de divórcio. Por outro lado, não era comum que telefonasse para a central de investigação — Mie nunca havia entrado em contato com o escritório de Saeki, nem mesmo quando eram recém-casados.

Depois de um breve toque, a ligação foi transferida.

— Alô — a voz de Mie estava nitidamente ansiosa.

— O que houve? — Saeki perguntou sem rodeios. Estava incomodado com os olhares ao redor e não queria que a conversa se prolongasse.

— Aconteceu uma coisa séria! Muito séria. — Mie soava confusa, o pânico perceptível mesmo através do telefone.

— Acalme-se — falou Saeki, resoluto. — Qual o problema?

Ele não achava que Mie fosse obedecer, mas talvez sua firmeza tivesse algum efeito.

— T-tem um homem estranho rondando a casa.

— Um homem estranho? — Saeki abaixou o tom de voz e olhou ao redor. Várias pessoas que o encaravam desviaram o olhar rapidamente. — Calma. Você está dentro de casa?

— Estou, sim. — A voz de Mie estava trêmula.

— Certo. Vou desligar aqui e te ligar de outro telefone. Vai ser rapidinho. Aguarde um pouco.

— Tudo bem.

Saeki desligou e saiu. Pegou o elevador para o primeiro andar, onde se dirigiu para a entrada do prédio. Devia haver uma cabine telefônica por perto.

Ele atravessou a rua na faixa de pedestres e praticamente se jogou dentro da cabine. Inseriu o cartão e pressionou os botões um a um. Bastou um toque para que o telefonema fosse atendido.

— E então? — Saeki a pressionou.

— Tem um homem estranho por aqui! Estou com medo! — repetia Mie, apavorada.

— Estranho como? — Saeki perguntou, impaciente. A esposa soava confusa.

— Eu saí para fazer compras e voltei agora. Quando cheguei, tinha um homem me encarando.

— Ele estava mesmo olhando na sua direção?

— Estava... Acho que sim.

As palavras de Mie subitamente se tornaram vagas.

— Será que não estava perdido?

— Não era isso. Quando passei apressada ao seu lado, ele levou um susto e me deu as costas.

— Como era a aparência dele?

— A aparência dele?

— Como ele estava vestido? — Saeki refez a pergunta com irritação.

— Ah. Um casaco cinza. O cabelo tinha comprimento médio.

— E além disso?

— Não sei, só o vi de costas.

— O que pode me dizer sobre a altura ou a idade aproximada dele?

— Não sei! Eu estava assustada e não fiquei olhando! — gritou Mie, descontrolada. Perdeu completamente a calma e deixou evidente como sua criação a havia tornado uma mulher mimada e frágil.

— O sujeito deve ter fugido. Não há com o que se preocupar — Saeki aconselhou, um pouco espantado. Mie parecia muito nervosa.

— Mas pode ser o culpado por aqueles assassinatos das menininhas.

— Yoyogi não está na área de atuação do culpado. Você está se preocupando demais.

— Você não viu! Por isso, não entende! Estava se comportando de um jeito realmente esquisito.

— Vou pedir que a patrulha fique atenta — afirmou Saeki, já entediado.

— Só isso não é suficiente! Precisamos de escolta especialmente para esta casa.

— Não posso fazer isso.

— Você é chefe da Primeira Seção Investigativa do Departamento de Polícia Metropolitana! Faça alguma coisa!

— As patrulhas estão subordinadas à Divisão de Patrulhamento. Não posso me intrometer. E, mesmo se pudesse, não haveria como colocá-los para patrulhar só a minha própria casa.

— Você não está nem aí se algo acontecer com a Eriko! — Mie gritou histericamente.

Saeki afastou o telefone da orelha.

— Já pedi ao meu pai, mas ele também disse que não podia fazer nada a respeito.

— Óbvio.

— Por isso que eu te liguei. É a primeira vez que peço algo assim a você. Estou até com vergonha. Mas estou pedindo, por favor, que reforce o policiamento daqui.

— Não posso fazer isso — afirmou Saeki com firmeza.

— Entendi. Não vou pedir mais.

Mie desligou o telefone na cara dele com tanta força que seu ouvido chegou a doer. Irritado, Saeki colocou o telefone no lugar e, quando saiu da cabine, a súplica da esposa já tinha sido varrida de sua mente.

65

Foi inesperadamente simples descobrir o endereço da casa do chefe da Primeira Seção Investigativa que havia feito aquela declaração prepotente. Conseguir a informação havia sido bem mais fácil do que ele imaginava. Claro, bastava não lamentar o dinheiro gasto — cada lugar tinha seus meios obscuros de obter toda sorte de coisa.

Em primeiro lugar, para saber como era a estrutura familiar daquele policial, ele se dirigiu à sede administrativa do bairro. Caso o detetive não tivesse uma filha, aquele plano seria em vão. Porém, por algum motivo, ele estava convicto de que havia uma menina. Tinha a sensação de que tudo estava inevitavelmente convergindo para onde deveria, de uma forma bem premeditada.

Dentro do carro, a caminho do seu destino, avistou uma papelaria relativamente grande e decidiu fazer uma parada ali. Na vitrine da loja estava algo que lhe chamou atenção: um expositor giratório de carimbos pessoais usados para identificação de documentos e assinaturas de modo geral, uma prática bastante comum no Japão.

Ele girou o expositor procurando o sobrenome que queria. Não era um nome tão comum, mas, por outro lado, tampouco era tão raro que não fosse possível encontrar à venda no varejo. Logo encontrou o sobrenome do chefe da Primeira Seção Investigativa.

Pagou pelo item e logo estava de volta ao carro. Aquele carimbo era, sem dúvida, um objeto indispensável para a sua investigação naquele dia.

O estacionamento da sede administrativa do bairro estava lotado, com uma fila de carros tão longa que chegava à rua em frente. Olhando aquilo com resignação, ele se dirigiu a um estacionamento privado nas redondezas e deixou o veículo lá.

Ao passar pela porta automática da entrada principal, viu fileiras de balcões de atendimento e assentos lotados de pessoas aguardando a sua vez. O número de idosos saltava aos olhos, mas também havia muitos homens engravatados. Como era o fim do ano fiscal, o lugar devia estar mais movimentado do que o habitual.

As pessoas também se aglomeravam ao redor de uma mesa sobre a qual havia formulários em branco. Ele foi obedientemente até o final da fila e aguardou a sua vez.

Não levou nem um minuto até que a pessoa à sua frente se afastasse. Ele, então, se aproximou da mesa, procurando o formulário do certificado de residência. Escreveu o nome do chefe da Primeira Seção Investigativa, tentando disfarçar ao máximo sua caligrafia. Na seção em que precisava mencionar os outros membros da família, marcou todas as opções disponíveis.

Quando terminou, fez uma revisão cuidadosa dos dados e utilizou o carimbo barato que acabara de comprar para colocar a identificação depois do nome. Então, levou o formulário até um balcão e recebeu uma senha numérica pela qual seria chamado.

No balcão foi dito que, para obter o certificado de residência, era necessário que o próprio interessado estivesse presente ou alguém com uma procuração. Mas, na prática, não solicitavam que as pessoas apresentassem seus documentos e a verificação de identidade era bastante descuidada. Se você acenasse quando o nome fosse chamado no balcão, seria o suficiente para o atendente.

Bastava uma carimbada para validar um formulário, e não importava se o carimbo utilizado fosse barato e ordinário. Em outras palavras, até mesmo um completo desconhecido poderia obter o certificado de residência de alguém. Informações privadas controladas pelas administrações dos bairros e das cidades estavam praticamente disponíveis para qualquer um.

Não demorou até que chamassem o nome do chefe da Primeira Seção Investigativa e o número da senha aparecesse no painel eletrônico. Ele foi andando em passos lentos na direção do balcão e parou na fila.

O atendente conferiu mecanicamente seu nome.

— Sim, isso mesmo — confirmou, assentindo com a cabeça.

O atendente, sem desconfiar de nada, colocou o certificado de residência no balcão e cobrou o valor devido pelo serviço. Ao ouvir o preço informado pelo funcionário, tirou algumas moedas da carteira.

— Muito obrigado — disse o atendente.

Ele se afastou do balcão, dando as costas para aquelas palavras insinceras. Os olhos foram atraídos para o documento. Abaixo da seção do chefe de família e sua esposa, havia mais um registro: uma filha.

Confirmou a idade a partir de sua data de nascimento. A menina tinha exatos cinco anos. Era a idade perfeita.

Ali, parado, transliterou o nome da criança para o alfabeto latino. Rapidamente fez a conta de cabeça, arregalou os olhos e voltou para checar.

Não restavam dúvidas: a raiz digital da garota era quatro.

Ele não conseguia acreditar no que via. A filha do chefe da Primeira Seção Investigativa preenchia mesmo todas os requisitos para ser utilizada como receptáculo.

Nem nos seus melhores sonhos poderia imaginar se deparar com um cenário desses. Estava de olho em uma possível criança daquele detetive apenas para afrontar a polícia. Ficou admirado com a situação: como podia ser tão sortudo?

Estava convencido de que aquilo não era uma simples coincidência, mas, sim, as leis da cabala. De acordo com seus ensinamentos, tudo no mundo é regido por leis que o mantêm em equilíbrio. Não existem coincidências, os acontecimentos estão atrelados a uma inevitabilidade universal. Em outras palavras, aquilo que o havia deixado tão surpreso não era nada mais do que o culto sempre pregara.

Sentiu uma forte conexão com a quarta vítima, que ele nem conhecia ainda. Havia um fio invisível os conectando.

Daquela vez o ritual certamente seria bem-sucedido. Aquele receptáculo conseguiria receber e abrigar a alma de sua filha. Não havia dúvidas de que ocorreria dessa forma, porque aquilo tudo já estava predeterminado.

Sorria ao dobrar o certificado de residência. Era um sorriso de satisfação com a própria sorte.

66

Três meses haviam se passado desde o desaparecimento de Naomi Saitou — dois desde a descoberta de seu cadáver. Nesse meio-tempo, a central de investigação havia reunido alguns fragmentos de depoimentos e evidências, mas não possuía nenhuma prova material definitiva para chegar ao culpado.

Todos na central já estavam mentalmente preparados para aquela batalha de longo prazo. O incidente marcara a pior perda de prestígio junto à sociedade que a corporação havia sofrido desde a fundação do Departamento de Polícia Metropolitana. A cobertura da imprensa aumentava dia após dia, inflamando a curiosidade da população. Os oficiais de alto escalão não conseguiam esconder o descontentamento evidente em seus rostos.

Ordenou-se que a central de investigação retornasse ao ponto de partida. Voltariam a averiguar os dados encontrados desde o começo. Estavam certos de que o culpado já estivera no escopo da investigação, então não havia outro caminho a não ser reexaminar tudo.

As buscas continuaram focadas em objetivos práticos, como descobrir a identidade do sequestrador, coletar os testemunhos de avistamentos do homem de óculos pretos, checar quem era o proprietário do Silvia azul-marinho. A polícia agora estava restrita aos métodos convencionais de investigação.

Eram 17h28 do dia 17 de março, uma segunda-feira.

Mie ligou outra vez para o Centro de Comando de Comunicações do Departamento de Polícia Metropolitana. A chamada foi imediatamente transferida para o salão de conferências da central de investigação conjunta.

— A Eriko! Ela ainda não voltou! — A voz cheia de pânico de Mie atingiu em cheio o ouvido de Saeki.

Ele rapidamente checou o horário no relógio.

— Então, ela foi para a escola e não voltou para casa depois?

Era incrível que a voz dele não tivesse falhado; o coração tinha disparado só de ouvir as palavras de Mie.

— Isso! A essa hora ela já deveria ter voltado. — O tom estridente revelava a sua aflição.

— Que horas ela costuma chegar em casa? — perguntou como faria em um interrogatório qualquer.

— Às 16h ou, no mais tardar, às 16h30. Ainda que o micro-ônibus demore para deixar outras crianças pelo caminho, não leva mais do que isso.

— Você entrou em contato com a escola?

— Sim, claro. Eles me disseram que ela desceu do ônibus no mesmo ponto de sempre. — As palavras de Mie estavam embargadas. Ao terminar de falar, ela não conteve uma fungada. — Do ponto em que ela desce até aqui em casa não leva nem dois minutos, mesmo para uma criança.

— Não, não leva.

Mie soluçou.

— O que você estava fazendo nesse meio-tempo? — perguntou ele.

— U-uma cerimônia do chá. Você deveria saber que toda segunda-feira tem uma cerimônia do chá e... — Mie soltou um grito, como se quisesse evitar ser repreendida por não estar em casa naquele momento.

— Você a procurou na vizinhança?

— Procurei.

— No parque?

— Nada.

— Será que ela não foi para a casa de algum amigo?

— Eu liguei, mas ela não estava na casa de ninguém.

— Ligue para mais gente. Tente falar com as famílias de todas as crianças que estudam com ela.

— Certo.

— Eu também vou procurá-la.

— Se apresse.

— Não precisa me dizer isso. Eu já sei.

— Sabe... — Mie chamou sua atenção antes que ele desligasse o telefone. — Será que aquele cara suspeito do outro dia levou a Eriko?

— Não pense nisso. Eu tenho certeza de que ela está na casa de alguma amiguinha.

— Não! Eu já liguei para todos os amigos com quem ela costuma brincar! — A voz dela falhava conforme o desespero crescia.

— Mesmo assim. Ela deve estar em algum lugar. Não se preocupe.

— Você está falando para eu não me preocupar? Se eu não me preocupar com ela, me diga, quem mais vai fazer isso?!

— Acalme-se — Saeki falou enfaticamente.

— Eu não consigo. A Eriko foi sequestrada! Ela pode morrer!

— Não creio que seja o caso.

— É claro que é! Se tivesse me levado a sério quando contei daquele homem estranho, isso não teria acontecido!

— Não está confirmado que ela tenha sido sequestrada. Ainda são 17h30. Por que está fazendo todo esse alarde?

— Quanta frieza! Você não está nem aí para a Eriko.

— Isso não é verdade! — Saeki enfim também gritou, irritado.

Os olhares de todos ao seu redor se concentraram nele.

— Tá bom? — continuou. — De todo modo, fique calma. Lide com isso de forma racional. Se perder a cabeça, só vai piorar as coisas. Entendeu?

— Entendi...

— Por ora, ligue para a casa de todos os conhecidos. Daqui também vou começar a busca agora mesmo.

— Se a Eriko morrer, vai ser culpa sua!

— Cuidado com o que fala, sua imbecil! — Saeki encerrou o telefonema batendo o aparelho com toda a força.

— O que houve? — um dos seus subordinados perguntou, notando que havia acontecido algo grave.

— Minha filha ainda não voltou para casa — Saeki respondeu, recompondo-se. Uma onda de choque percorreu todos os presentes na sala de conferência. — Desculpem por incomodá-los com um assunto pessoal, mas acho que se trata de uma emergência. Preciso que a patrulha da delegacia de Yoyogi seja mobilizada.

Após falar isso para ninguém em particular, Saeki pegou novamente o telefone. Assim que a ligação foi estabelecida, explicou a situação com toda a calma. Os detetives que voltavam de suas tarefas externas se reuniram ao redor do chefe.

— Talvez ela tenha apenas se perdido. Não precisam ficar com essas caras — disse ele.

Ao terminar a ligação, Saeki olhou para cada um dos homens que o cercavam.

— Não é o momento de minimizar a situação, chefe. Vamos para lá agora mesmo — um subordinado disse e os demais endossaram, esquecendo-se da animosidade entre eles.

Contudo, ele recusou a oferta de ajuda.

— Gostaria que não criassem tumulto desnecessário. Ainda não é o caso da Primeira Seção entrar em ação.

— Mas...

— Está tudo sob controle.

Todos ficaram em silêncio diante do tom resoluto de Saeki. Agitou as mãos para que se dispersassem e depois as levou à testa.

Ele próprio queria, mais do que qualquer um, sair correndo em busca de Eriko. Sua preocupação era tanta que quase ardia. Mesmo estando sentado na cadeira, a sensação era de que seu corpo flutuava no ar. Sentia uma dor lancinante nas têmporas e uma azia que irradiava do fundo do estômago.

Saeki se perguntava se havia mesmo a possibilidade de Eriko ter sido sequestrada e não conseguiu chegar a uma conclusão. Queria acreditar que ela simplesmente tinha ido a um lugar um pouco mais distante para brincar. Mie estava apenas fazendo tempestade em copo d'água. Nada grave devia ter acontecido.

Por mais que tentasse se convencer disso, não conseguia. Saeki pensava nas palavras, uma por uma, que o criminoso havia escrito em sua última carta. O culpado havia afirmado que, se a investigação continuasse, iria atrás de outra criança. Será que aquilo tinha sido uma ameaça ao próprio Saeki?

No entanto, pensando racionalmente, por mais que o criminoso procurasse, não havia como descobrir o endereço da casa dele. Esse tipo de dado, referente a membros do alto escalão da polícia, não era de conhecimento público e, claro, também não estava disponível na lista telefônica. Por isso mesmo, Saeki não havia se preocupado com o homem suspeito sobre o qual Mie falara.

O pensamento foi interrompido de repente. Ele percebeu que se esquecera de um fato crucial que talvez mudasse tudo. Saeki recordou de uma conversa, certo tempo atrás, com o inspetor-geral Ishigami, que tentava solucionar um caso de vazamento de informações pessoais de policiais.

"Meu endereço vazou!", ele se deu conta, atônito. Havia cometido um deslize terrível. Ele não podia acreditar, mas... Uma frustração quase enlouquecedora o atormentava.

Saeki repassou mentalmente cada passo que dera até então. "Será que cometi um erro em algum momento?" A esse respeito, o que se destacava era a provocação feita ao culpado, apesar da oposição de outros policiais. O criminoso talvez tivesse ficado tão irritado com aquelas palavras que fizera algo drástico, como sequestrar Eriko. Caso fosse essa a situação, não haveria nada no mundo capaz de expiar a culpa de Saeki. O remorso apertava seu peito, dificultando até a respiração.

Naquele exato momento, ele desejava mobilizar toda a central de investigação nas buscas, mas não podia fazer uma coisa dessas. Se algo assim acontecesse com a filha de um dos seus subordinados, ele daria a ordem sem qualquer hesitação, porém, quando se tratava de um interesse próprio, não. Nunca havia se sentido tão desgostoso com seus laços sanguíneos quanto naquele momento. Se não fosse por isso, Saeki já teria agido há muito tempo. Não se importaria de ser acusado de interferir na investigação por causa de interesses pessoais. Estaria pronto para até mesmo abrir mão do cargo.

Mas Saeki não podia. Sua carreira, a figura do seu sogro e a influência do pai o mantinham ali sentado.

O tempo passou sem novidades. Acabava de dar 18h quando Mie entrou em contato mais uma vez e informou, com a voz agitada, que havia ligado para a casa de todos os amigos de Eriko, mas ainda não conseguira localizar a filha. Puerilmente, continuou responsabilizando Saeki pelo sumiço da menina até que o detetive gritou e desligou a ligação.

Os detetives que retornaram mais tarde ficaram sabendo dos acontecimentos e exibiam uma variedade de sentimentos ao olhar para Saeki. O que todos tinham em comum era a compaixão pelo chefe. A agonia de Saeki era de partir o coração. Ele colocou a mão na testa, fechou os olhos e ficou parado, imobilizado. Só queria que a delegacia de Yoyogi entrasse em contato logo.

Por volta das 19h, Mie ligou pela terceira vez. Saeki atendeu esperançoso, mas a esposa informou que Eriko ainda não tinha sido encontrada. Ela repetiu as acusações a Saeki, que desta vez as ouviu em silêncio.

Às 19h30 em ponto, o comissário-geral da Agência Nacional, que havia enfim sido informado, entrou esbaforido na sala de conferências. Ele estava transtornado, totalmente diferente da última vez em que havia cruzado com Saeki, horas antes. Tinha olheiras escuras sob os olhos e a ansiedade era perceptível em sua expressão. O sogro ficou sem palavras quando percebeu qual era de fato a gravidade da situação. De algum modo, Saeki conseguiu manter o autocontrole e explicar de forma objetiva os detalhes do ocorrido.

— Nós deveríamos colocar em ação algumas unidades móveis, não acha? — disse o sogro. — Não é porque se trata de um parente que devemos nos abster disso. Trata-se de uma emergência.

Todos os detetives que observavam a cena manifestaram concordância com a sugestão. Ironicamente, naquela situação extrema, a antipatia que sentiam por Saeki parecia ter sido esquecida.

— Obrigado a todos — agradeceu Saeki, sem muita energia. Em seguida, solicitou ao chefe da Divisão de Assuntos Criminais, Kai, que mobilizasse a primeira unidade móvel de investigação.

Às 20h, a unidade móvel estacionada na subdelegacia local também se juntou à busca e a rede de investigação se estendeu por toda a região de Yoyogi.

Saeki e a maioria dos demais detetives ficaram aguardando por contato, sem conseguir pregar os olhos por um minuto sequer. Pela primeira vez, a central de investigação trabalhava como um organismo só.

Apesar de tudo, suas esperanças foram em vão e não houve qualquer novidade ao longo daquela noite. Eriko continuava desaparecida.

67

Foram três dias de inspeção preliminar, seguidos por uma semana de espera e, então, mais três dias de vigilância.

Com isso, ele conseguiu identificar o padrão aproximado da movimentação da filha do chefe da Primeira Seção Investigativa. Ela ia e voltava do jardim de infância em um micro-ônibus da escola. O veículo buscava e levava as crianças às suas respectivas vizinhanças em pontos e horários específicos. Pela manhã, sua mãe a levava até o ponto. Ao retornar, por outro lado, a menina ia sozinha do ponto até em casa, uma caminhada de cerca de dois minutos. A menina voltava da escola sempre na mesma hora. O percurso também era idêntico. Nessa janela estreita, ele tinha a chance de abordá-la.

A casa ficava em uma área residencial nobre e sossegada, com grandes quintais separando cada residência. Perto dali passava uma estrada, então não era tão isolado assim, mas o número de pedestres era pequeno. Comparado ao tráfego de veículos, haviam poucas pessoas indo e vindo pelas ruas.

O trecho de onde ele espreitava era um terreno baldio onde crescera um matagal dourado, já alto e abundante. A rua adiante ficava a um quarteirão de distância da estrada e, embora fosse uma via pública larga, não era muito movimentada. O terreno tinha uma localização bem conveniente, mas era provável que não estivesse à venda devido à queda de preços no mercado imobiliário; um dos muitos espaços ociosos na região metropolitana de Tóquio.

Às 15h50, ele estacionou o carro ao lado do terreno baldio. Em menos de cinco minutos, a menina passaria por ali.

Olhou para cima e viu que o céu estava encoberto por muitas nuvens cinzentas. Aquela coloração melancólica não dava o menor indício da chegada iminente da primavera.

Era um dia nublado, assim como quando o corpo de sua filha fora encontrado. Uma manhã terrivelmente fria.

Quando ele se deu conta, um ano já tinha passado desde o assassinato da menina. Lutava todos os dias contra o desespero que o consumia. Sempre que se lembrava do momento em que soube que havia perdido a filha, o peito se contraía com uma dor violenta. O buraco aberto ali dentro corroía tudo ao seu redor e se expandia.

Fora um ano de nada além de angústia e remorso. Um ano antes, sua vida havia sido arruinada. Ele quase conseguia ouvir o mundo desmoronando ao redor.

Depois daquele momento, restava-lhe apenas viver o que sobrara de seus dias, que passavam de forma indolente. A ânsia pelo que havia perdido era a única coisa em sua mente, adoecendo-a, debilitando-a. Não, ele não conseguia desejar nada além daquilo.

Apesar das tentativas, seu desejo ainda não se realizou. Em breve, a salvação apareceria diante de seus olhos. Só um pouco mais, menos de um minuto, e ele teria ao seu alcance aquela que tanto desejava. Finalmente, chegara àquele momento, após uma longa e sombria jornada.

O retrovisor refletia a figura da menina. Ela caminhava destemida, sem qualquer preocupação com o próprio destino.

A filha dele também, até seu derradeiro momento, não tinha a menor dúvida de que teria uma vida longa e duradoura. Não tinha quaisquer aflições, só luz. Apesar disso, sua curta vida fora impiedosamente ceifada.

Pela primeira vez, sentiu um nervosismo. Suas mãos suavam. Respirou fundo e esfregou as palmas na calça.

A garota passou ao lado do carro sem se virar para ele em nenhum momento.

Ele olhou para a frente e para trás para checar se tinha alguém vindo. Nada. Sentou-se e colocou os pés para fora do veículo, tocando o chão.

O frio envolveu todo o corpo. Estava ficando tenso. Com um arrepio intenso, ele deu um passo adiante.

A criança caminhava devagar e não estava muito distante dele. Com poucos passos, ele a alcançaria.

Seus joelhos tremiam. Ele hesitou. Então, esticou a mão em direção à menina.

Aquele era o momento.

— Parado aí! — Uma voz autoritária gritou às suas costas.

Assustado, seus ombros trepidaram com aquela ordem enquanto ele se virava para trás. Ficou paralisado ao reconhecer uma pessoa que não esperava encontrar ali.

— Pare agora mesmo, Saeki — ordenou Okamoto.

68

AMANHECER DO DIA 19 DE MARÇO DE 1991.

O nevoeiro matutino cobria as margens dos rios em Tóquio, o que era raro. Aquela névoa úmida abafava o som de tudo, envolvendo o mundo em silêncio.

Era uma manhã tão fria que chegava a ser difícil acreditar que a primavera batia à porta. Gotículas de umidade se prendiam às janelas do carro, prejudicando a visibilidade.

A sirene do veículo tocava freneticamente, cortando o silêncio, e a luz vermelha tingia o nevoeiro de forma onírica, como se convidasse quem assistia à cena a viver um devaneio.

Saeki, de braços cruzados e imóvel, olhava fixamente para o caminho à frente. Não conseguia nem piscar. Talvez pela privação de sono à qual vinha se submetendo, os olhos estavam incandescentes, dando-lhe a aparência de um animal selvagem ferido. O rosto oleoso estava sombrio e mortiço. Uma noite inteira de preocupações havia secado suas bochechas de modo lamentável.

O carro seguia pelo nevoeiro obstinadamente, parecendo flutuar nas nuvens. O senso de realidade de Saeki estava por um fio e ele sentia como se tudo aquilo fosse um sonho.

Não demorou para mais luzes vermelhas revelarem-se adiante. Eram vários giroflex, sirenes de patrulha policial.

A viatura em que Saeki se encontrava parou junto às já estacionadas no local. Mesmo depois que o carro estacionou, nenhum dos passageiros pediu para ele descer.

Saeki se levantou em silêncio. Abriu a porta e saiu para a névoa da manhã.

Foi atingido por um frio que quase o paralisou. A cabeça estava pesada e dormente.

Vários policiais estavam em pé ao redor da viatura. Quando perceberam que se tratava de Saeki, primeiro fizeram cara de espanto e, depois, apressaram-se para cumprimentá-lo.

— Agradeço pela... dedicação de vocês. — A voz de Saeki estava rouca, como se pertencesse a outra pessoa. Suas palavras pareciam ecoar de algum lugar distante. — Onde está? — indagou a ninguém em particular.

Foi necessário muito esforço para fazer aquela pergunta. Se pudesse, teria apenas fechado os olhos e fugido.

— Por aqui. — Um detetive mais velho, provavelmente daquela jurisdição, se aproximou. Sua expressão era bem séria, parecia saber todos os detalhes da circunstância. — Os peritos acabaram de concluir a inspeção. Quer ver... digo, quer falar com eles?

— Quero — Saeki respondeu mecanicamente.

— Ali.

O veterano indicou com a mão o caminho a Saeki, que o seguiu, entrando em um banco de areia às margens de um rio.

Era o frio de um inverno rigoroso e, incomumente, só piorava. Seu rosto estava rijo; os membros, cada vez mais dormentes. Achava deplorável que ela estivesse repousando naquelas margens ermas, em uma manhã gélida como aquela. Se ao menos o clima estivesse um pouco mais brando...

Havia muitas pessoas reunidas na parte baixa da margem. Elas levantaram as cabeças ao mesmo tempo e olharam para Saeki. Todas pararam o que estavam fazendo.

Saeki enxergou um pedaço de plástico branco no meio da multidão. Estava no chão, mas era possível perceber pelo volume que cobria algo muito menor do que o plástico em si. A área ao redor estava praticamente livre.

A atenção de Saeki foi atraída pelo plástico branco. Ele não desviou o olhar nem por um segundo, como se estivesse conectado ao objeto por uma linha invisível. As pessoas se afastaram, abrindo passagem para o detetive. Saeki seguiu em frente.

Havia um zumbido contínuo em seus ouvidos. Era como se um diapasão de alta frequência estivesse soando. Saeki continuou andando roboticamente, ignorando as pessoas que lhe dirigiam a palavra.

Ele parou ao lado do plástico. Ninguém ousaria detê-lo.

Havia uma tensão no ambiente que chegava a ser dolorosa. Alguns dos presentes não suportaram aquilo e desviaram o olhar. Pouco a pouco, Saeki foi perdendo as forças.

Esticou a mão esquerda e tocou o plástico, permanecendo naquela posição e sentindo sua temperatura por algum tempo. Estava frio como uma pedra de gelo.

Levantou o rosto em direção ao agente mais próximo que o observava. Não havia sinal de perturbação no semblante de Saeki.

— Posso... levantar o plástico?

— Ah, claro — respondeu o perito mais velho.

Saeki acenou com a cabeça e voltou a olhar para baixo.

Ele pegou a ponta do plástico com as duas mãos e levantou bem devagar. Pouco a pouco, teve um vislumbre de cabelo humano. Quando puxou um pouco mais, viu a face de Eriko. Pelo semblante, a menina parecia apenas estar dormindo, a pele translúcida como se feita de cera.

Nem um músculo sequer se moveu no rosto de Saeki. Sem emoção, ele pousou a mão esquerda na bochecha de Eriko.

Estava gelada. Não era a temperatura da pele de um ser humano. Gelada o suficiente para congelar e, então, decepar os dedos de quem a tocasse.

Saeki inclinou a cabeça para a frente e olhou para a face da filha como se estivesse curioso. Esfregou a bochecha dela com o polegar, várias vezes, repetindo o pequeno movimento insistentemente.

Para quem assistia, a cena devia ser um pouco estranha. O detetive não esboçou qualquer reação — não chorou nem gritou, apenas continuou ali, acariciando o rosto da menina morta em silêncio. Talvez os agentes até achassem aquilo macabro.

Os olhos de Saeki estavam secos — sem sequer uma lágrima brotou neles. Suas emoções também ressecavam, perdendo a capacidade de reagir de forma humana. O olhar tornou-se um mero espelho da cena que mirava, sem qualquer vontade.

Um som de areia deslizando sussurrava aos ouvidos de Saeki, um barulho que apenas ele conseguia ouvir. O som, de início suave, mas que foi aumentando até se tornar um estrondo. Um grande buraco se abria e tragava tudo o que havia ao redor. O abismo sugou até mesmo a parte amável do coração de Saeki e, com isso, foi se aprofundando, se alargando. Ninguém poderia interromper aquela avalanche.

Saeki não sentia tristeza. Nem fúria, nem ódio. Arrependimento, agonia, perplexidade, desespero e todos os demais sentimentos estavam prestes a ser extintos. Sem expressão, continuava a acariciar o rosto de sua filha. Este era o grito de Saeki.

69

ANOITECER DO DIA 16 DE MARÇO DE 1992. ELE ESTAVA EM UMA SALA de interrogatório do sexto andar do Departamento de Polícia Metropolitana.

Já fazia um ano desde a última vez que estivera ali. Doze meses atrás, quando deixara aquele local, jamais imaginaria que retornaria daquela forma.

Aquela sala quase vazia não lhe despertava nenhuma emoção. Embora frequentasse o prédio havia apenas um ano, suas memórias ali eram tão vagas quanto as da escola primária. Já não possuía qualquer conexão, sequer um pingo de nostalgia pelo seu antigo local de trabalho.

Ele contou com toda a calma o que havia acontecido até então. Já decidira que se portaria com dignidade caso fosse capturado. Desde a morte da filha, havia perdido sua noção de pertencimento em relação a tudo. Já não havia mais arrependimentos. Nem fez objeções quando Okamoto pediu que se entregasse.

Havia sido hospitalizado por burnout e, por isso, afastou-se da polícia. Atormentado pela culpa, buscou conforto na religião. No culto que ingressara, acabou participando de cerimônias de satanismo. E, então, para ressuscitar a filha, decidira realizar um ritual. Contou tudo aquilo de forma sucinta e objetiva a Okamoto.

O policial ouviu aquele depoimento em silêncio, em alguns momentos arregalando os olhos, em outros fazendo uma expressão de tristeza. Talvez por consideração a Okamoto, não havia nenhum outro policial presente. Estavam somente os dois e a secretária responsável por registrar o que era relatado. Apenas aquela voz seca e o barulho da caneta no papel ecoavam entre as paredes brancas da sala.

— Bem... — disse quando terminou sua narrativa. — Fiz a minha parte do combinado. Confessei tudo. Agora é sua vez, Okamoto. Por favor, me conte como você descobriu que era eu o responsável por esses crimes.

Ele fitou os olhos de Okamoto. Encarou-o sem desviar o rosto por um segundo sequer — foi o policial quem recuou primeiro. Ele se deu conta de que sempre era Okamoto quem cedia antes, como se algo em seus olhos o incomodasse. Mesmo nas atuais circunstâncias, aquele comportamento não parecia ter mudado. Achou certa graça nisso.

Okamoto abriu a boca por um segundo e, com o semblante aturdido, voltou a fechá-la. Não parecia encontrar as palavras certas. Pegou um maço de cigarros e ofereceu.

— Aceita?

— Claro, vamos lá.

Ele pegou um cigarro com a mão esquerda. O policial esticou o braço com o isqueiro e acendeu o cigarro para ele.

Okamoto também pegara um e deu uma profunda tragada. Em seguida, virou-se para soltar a fumaça. Mesmo então, não deixou de se atentar aos movimentos dele.

— Seu corpo já está melhor, Saeki?

Ele balançou a cabeça.

— Como eu e minha esposa nos separamos, meu sobrenome voltou a ser Matsumoto.

— Ah, é verdade.

Okamoto assentiu e ficou quieto por alguns instantes. Ele também permaneceu calado. Por algum motivo, o silêncio entre os dois era desconfortável. A verdade é que o policial parecia estar confuso.

Mas, como se já não estivesse mais conseguindo suportar o peso do silêncio, Okamoto subitamente começou a falar:

— No começo, circulou um boato de que você tinha se retirado da polícia e estava envolvido com uma neorreligião. Mesmo depois do afastamento, você ainda era tema de conversas, e essa foi apenas uma das histórias que apareceram pelos corredores.

Okamoto deu uma rápida olhada no rosto dele, como se para examinar sua reação. Ele indicou com o queixo para que o policial continuasse falando.

— Eu não sei os detalhes sobre esse rumor, apenas que desapareceu tão rápido quanto teve início. Ninguém deu muita bola. Mas fiquei com aquilo na cabeça. Porque me lembrava de que você, certa vez, havia entrado em contato com alguém que trabalhava numa revista para perguntar sobre esse assunto.

Ele também se lembrava. Okamoto estava mesmo observando-o quando entrara em contato com Sudou.

— Fiquei pensando no porquê de aquilo ter despertado seu interesse. Então, marquei uma reunião com o jornalista, o tal do Sudou. Pedi que me contasse tudo.

“Pensei que talvez tivesse entendido o que o preocupava. O jornalista disse que você não parecia ter ficado convencido e percebeu que, mesmo após a explicação, ainda não tinha descartado a possibilidade de os crimes serem obra de fanáticos religiosos de um culto.

“Por saber disso, fiz uma suposição. Somei o seu interesse pelo tema com o rumor de que teria ingressado em uma neorreligião e cheguei à conclusão inevitável. Isto é, que você talvez ainda estivesse, de forma independente, perseguindo aquele criminoso.”

Ao chegar nesse ponto da conversa, a expressão de Okamoto ficou severa.

— Mas, no final das contas, eu estava enganado...

— Por favor, prossiga.

Em contraste ao rosto de Okamoto, tomado pela amargura, seu tom de voz continuava frio. Casualmente, apagou o cigarro no cinzeiro.

— Se você estivesse mesmo perseguindo o criminoso por conta própria, a polícia não poderia se omitir quanto a isso — disse Okamoto. — Não seria perigoso apenas para você, como não poderíamos permitir que nos deixasse comendo poeira. Você deve entender.

— Entendo. — Assentiu com a cabeça, indiferente.

— Expliquei a situação ao seu sucessor como chefe da Primeira Seção Investigativa, o oficial Katagiri. Então, pedi para segui-lo sozinho. Até onde pude investigar, não havia nada de estranho no seu comportamento, mas também não podia simplesmente ignorá-lo. O chefe me deu permissão para agir de forma independente, o que também foi decidido porque não havia outra pessoa disponível. Sorte a minha.

"Monitorei você por algum tempo. Então, comecei a cogitar que não estivesse fazendo nada daquilo por causa de uma investigação, mas, sim, que parecia ter realmente se tornado um dos devotos do culto. Fiquei desapontado. Por um tempo, achei que tivesse me deixado levar e tirado conclusões precipitadas. Estava prestes a desistir e encerrar a vigília.

"Naquela época, veio a primeira carta. Uma das muitas correspondências recebidas todos os dias. Acabou chegando às minhas mãos em algum momento. As primeiras pessoas que a leram pensaram que se tratava de uma bobagem."

Okamoto pegou o chá. Sua garganta parecia ter ficado seca por causa do nervosismo. O detetive parecia muito mais abalado do que ele.

— Era uma correspondência anônima. A identificação do remetente não havia sido escrita. O conteúdo apenas citava o seu nome e alegava que você seria o criminoso procurado pela polícia. Estava escrito que Matsumoto, o antigo chefe da Primeira Seção Investigativa do Departamento de Polícia Metropolitana, estava assassinando menininhas para utilizá-las em cerimônias de satanismo. O conteúdo se resumia a isso.

Ele ficou satisfeito em saber. "Então, foi isso." Concluiu que Shima não acreditara em suas justificativas. Ao considerar a questão, se deu conta de que tinha sido ingênuo; um homem como aquele não seria enganado tão facilmente.

— Você imagina quem possa ser o autor da carta? — perguntou Okamoto, olhando em sua direção.

Ele meneou a cabeça.

— Não. Continue, por favor.

O policial não pareceu estar convencido com aquela resposta e o encarou por alguns momentos antes de prosseguir:

— Claro que não acreditei na carta. Nós trabalhamos lado a lado perseguindo um assassino em série que visava meninas. Eu sabia melhor do que ninguém que você não era um criminoso.

"Mas aquela correspondência acabou atraindo minha atenção para o culto. Por alguma razão, a palavra 'satanismo' deixou de significar apenas algo sobrenatural. Eu sentia que havia algo de real por trás disso. Se de fato o culto em que você tinha ingressado estivesse realizando rituais satânicos, talvez a minha suposição inicial não estivesse completamente equivocada. Fiquei de olho no culto e, em paralelo, pesquisei sobre o assunto."

"Só fiquei sabendo depois que desenvolvi esse interesse, mas se for a qualquer livraria poderá adquirir vários livros supostamente sobre magia. São tantos que ocupam seções inteiras. Comprei um monte de livros e os estudei com um frenesi que não vivia desde a época da escola."

A expressão de Okamoto havia relaxado um pouco, mas o detetive voltou a fechar a cara quando ele continuava calado.

— O motivo para estudar tanto sobre o assunto era que eu desejava desenvolver um ponto de vista similar ao seu. Claro que você ainda não tinha esquecido o caso. Essa era a única certeza. Mas eu não sabia o quanto estava conectado ao culto. E queria descobrir.

"Também fiquei de olho na unidade do culto em Kyoudou. Considerei que, se uma cerimônia suspeita fosse realizada, ela ocorreria à noite, e fiquei de prontidão. Não tinha certeza se as cerimônias ocorriam naquela unidade, mas não tinha tempo nem pessoal para fazer de outra forma. Decidi então, a princípio, vigiar o prédio em Kyoudou.

"Como esperado, certa noite percebi uma movimentação. Já era tarde quando as pessoas começaram a chegar ao local, uma a uma. Descobri que tinha acertado na mosca, pois logo vi que o culto estava de fato envolvido com satanismo.

"Naquela noite, continuei de vigília até o amanhecer e segui o carro que chegara para realizar a limpeza depois que os participantes da cerimônia já tinham partido. O automóvel foi até um lixão distante, onde os sacos foram jogados. Vasculhei o lixo e encontrei uma galinha decapitada. Estava convicto de que minhas suposições eram acertadas."

— Realmente.

Admirado, ele assentiu. Não estava sendo sarcástico; sentia-se genuinamente impressionado com a conduta de Okamoto. Conforme recordava, o detetive havia conduzido investigações de forma muito competente.

— Depois, seguindo aquele mesmo automóvel, consegui determinar onde as galinhas eram compradas. Até aquele momento, estava supondo que o culto em si estivesse por trás do caso das meninas.

"Só que, na fazenda em Shiraoka, ouvi algo que me deixou atônito. Não é que me disseram que um homem chamado Matsumoto vinha comprando galinhas para uso pessoal?

"Eu me lembrei da carta e senti que algo não estava certo. Foi só depois disso que passei a suspeitar de você, que até então deduzi estar envolvido em sua própria investigação.

"Por mais que me esforçasse, não conseguia imaginar por que você precisaria de uma galinha. Não fazia o menor sentido para alguém como você, que supostamente estava tentando trazer à tona a maldade daquele culto. Eu não conseguia acreditar, mas decidi que olharia para o caso por uma nova perspectiva."

Talvez ganhando mais autoconfiança com a narrativa, a voz de Okamoto tenha ficado mais resoluta ao dizer:

— Considerei a hipótese de que aquela carta fosse verdadeira. E, ao fazer isso, notei algo estranho: incluindo Yukiho Kagawa, ainda desaparecida, havia sete vítimas no total até então. A própria Yukiho Kagawa, em outubro de 1990. Naomi Saitou, em dezembro do mesmo ano. Shouko Tada, em fevereiro de 1991. Eriko Saeki, em março daquele ano.

Okamoto fez uma pausa.

Ele, por sua vez, nem sequer piscou.

— Depois de uma interrupção, mas ainda no ano de 1991, houve mais duas vítimas — prosseguiu Okamoto. — Mariko Yamamoto, em outubro. Sanae Oota, em dezembro. Yoshiko Katsura, em fevereiro deste ano. Um total de sete.

"Por causa dos inúmeros pontos em comum, entre os quais o estrangulamento como causa da morte e os raptos sempre às segundas-feiras, a polícia vinha considerando que o culpado por todas essas mortes era o mesmo. Eu também pensava assim.

"Porém, ao reexaminar com atenção as informações contidas nas fichas das sete vítimas, percebi uma estranha coincidência. Yukiho Kagawa tinha quatro anos, Naomi Saitou tinha seis e Shouko Tada, quatro. Mas, depois disso todas as vítimas tinham cinco anos. Seria apenas uma coincidência?

"Então, me ocorreu a ideia de experimentar os cálculos de nomes que eram descritos em alguns dos livros esotéricos que eu havia comprado. Tentei aplicar o sistema de cálculos de uma tal de 'cabala' aos nomes das vítimas. Não passou de um simples impulso. Esperava que fosse dar em nada, fiz apenas por fazer.

"Mas o resultado foi surpreendente. Seguindo os ensinamentos da cabala, o modo de calcular o número secreto de um nome é muito simples. Em ordem alfabética, da letra A até a letra I correspondem números de um a nove. Aí o J volta a corresponder a um, o K a dois e assim por diante, até o R. E, então, voltamos: o S é um, o T é dois etc. Dessa forma, basta transliterar o nome em caracteres japoneses para o alfabeto latino, associar os números correspondentes e depois fazer a soma para encontrar o total. Você soma esse número até chegar a um único algarismo, que tem um significado específico, correto?"

Okamoto aguardou a confirmação dele.

— Isso mesmo — respondeu.

— O nome da sua filha, por exemplo, era Eriko. Então, seguindo a lógica da cabala, seria: 5 + 9 + 9 + 2 + 6, igual a 31. Reduzimos somando 3 + 1, igual quatro. O número resultante é chamado de raiz digital. E fazendo o mesmo procedimento matemático, Mariko, Sanae e Yoshiko também são nomes cujos cálculos resultam em quatro. Seria isso também uma coincidência?

"Eu não achei que fosse. Depois de tanto estudar o tema, sabia que números iguais exerciam um papel fundamental para aquela seita. Não é que eu acreditasse nisso. O importante era a crença do culpado. Afinal, não me restavam dúvidas de que o criminoso estava envolvido em cerimônias suspeitas.

"E outra coisa: eu me perguntei se só havia mesmo um culpado por trás de todos esses crimes, como todos pensavam. Não, tinha uma forte intuição de que não era esse o caso. O criminoso que cometera os assassinatos até março do ano passado não devia ser o mesmo que atuou a partir de dezembro. Pensar dessa forma fazia mais sentido. Então, inevitavelmente, a identidade do culpado pelos últimos assassinatos veio à tona. Eu havia estudado neorreligiões e, portanto, sabia que ter a mesma idade e a mesma raiz digital eram fatores essenciais se a ideia absurda era ressuscitar uma pessoa morta. Com isso, a motivação por trás dos atos do criminoso também estava clara."

— Excelente, Okamoto. Sua atenção aos nomes é digna de aplausos.

Ele parabenizou o policial como se estivesse se referindo a outra pessoa. Okamoto não pareceu considerar aquilo uma ironia.

— Mais uma coisa, algo que percebi e que foi assustador: a filha do chefe da Primeira Seção Investigativa ainda é pequena. É bem conhecido o fato de que Katagiri foi abençoado com uma criança já mais velho.

"Fiquei bastante apreensivo com a aproximação do aniversário de morte da sua filha. Não conseguia tirar da cabeça o pensamento: *E se?* Você já foi um policial, e eu não podia acreditar que se voltaria contra nós. Ainda mais você, que conhece a dor de perder a própria filha. Mas os argumentos que estava usando para tentar convencer a mim mesmo eram vazios. Eu tinha certeza de que você era um dos dois assassinos em série e já não era mais o chefe da Primeira Seção Investigativa do passado.

"Por precaução, chequei a idade e o nome da filha do chefe Katagiri: Kazuko, de cinco anos. Raiz digital, quatro. Fiquei desesperado com essa coincidência. Pode parecer um exagero dizer isso, mas, naquele momento, senti a presença de deus. Não apenas isso: a presença de um deus terrivelmente perverso.

"O chefe Katagiri ficou preocupado com minhas perguntas, mas não contei a ele o que me ocorrera. Parecia uma suposição absurda e, ainda por cima, sem provas para embasá-la. Então, mesmo que eu lhe tivesse apresentado essa linha de raciocínio, seria provável que minha acusação fosse tratada como mera calúnia. Que policial no Japão acreditaria que o ex-chefe da Primeira Seção Investigativa do Departamento de Polícia Metropolitana de Tóquio teria se tornado um criminoso hediondo? Por isso não pude contar a ninguém o que estava pensando.

"Tudo o que eu podia fazer era proteger a filha do chefe Katagiri. Com o aniversário da morte de Eriko cada vez mais próximo, tinha certeza de que você apareceria. E, de fato, você apareceu."

Quando terminou de falar, Okamoto pigarreou e o encarou. Entretanto, quando ele retribuiu com um semblante inexpressivo, o policial se acovardou e desviou o olhar.

— Eu... — Enfim as palavras saíram de sua boca. Sua voz estava gélida como o vento do inverno. — Eu sabia desde o começo que seria você quem me prenderia.

— Por quê? — perguntou Okamoto educadamente.

— "Por quê?" — Sua expressão se alterou pela primeira vez, seguida de um riso. — Eu lhe disse há muito tempo, não foi?

— Disse? — Okamoto estava tão surpreso que ficou de boca aberta. Não compreendia, de forma alguma.

— Não está lembrado? Na ocasião em que o seu filho foi aprovado na escola ginasial, eu disse: "Fico louco quando o assunto é a minha filha." Você se esqueceu?

Okamoto arregalou os olhos, como se estivesse revendo a cena daquela conversa ocorrida na central de investigação e enfim percebido algo terrível. Encarou-o com um olhar aterrorizado. Ele retribuiu com uma expressão indiferente.

— Por quê...? Por que foi fazer uma coisa dessas? Você falou com aquele jornalista, o Sudou, e sabia que essas neorreligiões não passam de balela.

Ele sorriu mais uma vez.

— Que pergunta idiota, Okamoto. As pessoas acreditam no que querem acreditar. Eu queria acreditar que minha filha poderia voltar à vida e, por isso, acreditei. É simples assim. Não seria o mesmo que qualquer pai ou mãe faria?

— Não... — Okamoto tentou refutar o pensamento, mas, por algum motivo, engoliu as palavras. Parecia desapontado e, desanimado, deu de ombros.

— Tem uma coisa que eu quero te perguntar.

Okamoto ergueu o rosto ao ouvir sua voz robótica. Pela primeira vez em muito tempo, sentimentos afloraram nos olhos dele.

— Minha filha... Já descobriram a identidade de quem assassinou Eriko?

Okamoto balançou a cabeça com pesar.

— Não... Ainda não.

Impressão e Acabamento:
GRÁFICA GRAFILAR